KALINKA

RUSSIAN SHOP
23-25 Queensway London W2 4QP
Tel/Fax: +44 (0)20 7243 6125
Mob: 077 1234 26 00

Дарья ДОНЦОВА
Записки безумной оптимистки

АВТОБИОГРАФИЯ

• • •

"Записки безумной оптимистки"

«Прочитав огромное количество печатных изданий, я,
Дарья Донцова, узнала о себе много интересного. Например, что
я была замужем десять раз, что у меня искусственная нога... Но
более всего меня возмутило сообщение, будто меня и в природе-то
нет, просто несколько предприимчивых людей пишут иронические
детективы под именем «Дарья Донцова».
Так вот, дорогие мои читатели, чаша моего
терпения лопнула, и я решила
написать о себе сама».

Дарья Донцова открывает свои секреты!

Читайте романы
примадонны иронического детектива
Дарьи Донцовой

Дарья Донцова

Экстрим на сером волке

Москва

ЭКСМО

2004

ИРОНИЧЕСКИЙ ДЕТЕКТИВ

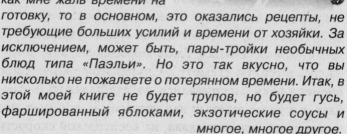

Глава 1

Если вы хотите утром, услышав противный звон будильника, моментально вскочить с кровати, положите сверху на часы мышеловку. Станете спросонья нашаривать предмет, мешающий своим криком вашему мирному похрапыванию, наткнетесь на капкан и мигом забудете про сладкие сны.

Правда, лично мне подобный способ обретения бодрости кажется слегка экстремальным. В былые времена, когда приходилось вставать на работу без десяти шесть, я, разбуженная назойливым попискиванием, тут же била несчастный будильник по «голове» и зарывалась носом в подушку. В мозгу вертелась мысль: вот сейчас полежу ровно пять минут и резво побегу в ванную. Пять минут — это всего лишь триста секунд, вполне успею потом собраться. Глаза закрывались, тело погружалось в теплую дремоту... Спустя энное количество времени веки раскрывались, взгляд падал на циферблат, я в ужасе взлетала над матрасом и, понимая, что вновь невероятно опоздала, на крейсерской скорости неслась в прихожую. Умывалась и красилась я потом в нашем институтском туалете. Впрочем, добрая половина коллег проделывала то же самое. Оставалось лишь удивиться: ну кто решил, что занятия в вузах должны начинаться в девять утра? По мне бы, первую лекцию следовало назначать эдак в полдень. Во-первых, сильно разгрузится общественный транспорт, и служивый люд доберется до своих заводов и контор не в давке; во-вторых, преподаватели обретут способность ясно мыслить и смогут излагать материал связно; в-третьих, студенты явятся к первой паре, а не к последней и получат нужную инъекцию знаний в полном объеме. Кстати, очень многих лекторов бесят те, кто опаздываетт на занятия. Не успеешь открыть рот и выдавить из себя порцию сведений, которые можно спокойно прочитать в учебнике, как дверь с противным скрипом распахивается, и очередной балбес, зевая, вваливается в аудиторию. Ну почему никто не желает осознать, что бедный, мающийся на кафедре препод тоже человек, которому до смерти хочется спать и ему не составляет никакого удовольствия вдалбливать в столь ранний час азы знаний в твердокаменные головы юношей и девушек! Бедный профессор отвлечется, взглянет на припозднившегося и мигом потеряет нить рассказа, придется ему потом спрашивать у аудитории:

— Ну, о чем мы вели только что речь?

Наивные студенты полагают, что таким образом преподаватель проверяет, хорошо ли его слушают. На самом же деле несчастный попросту сам забыл, о чем толковал секунду назад.

Я, правда, всегда старалась изобразить, будто не замечаю опоздавшего, исключение сделала лишь однажды. В тот день на улице с утра стояла такая темень, что я едва подавила в себе желание позвонить на работу и соврать:

— Простудилась, три дня буду отсутствовать.

Отогнав мысль о симулянтстве, я с огромным трудом заставила себя добраться до института, заняла место у доски и занудила про образование прошедшего времени во французском языке. Грамматика — скучная наука. В результате через пятнадцать минут в аудитории установилась мертвая тишина. Не надо думать, что студенты, восхищенные невероятно интересной лекцией, усердно записывали ее в тетради. Нет, совсем напротив. За окном стояла непроглядная тьма, ветер завывал, словно обезумевший волк, в зале не горела половина ламп — наш завхоз отчаянно экономил на электричестве. Плееров, мобильных телефонов и тетрисов человечество еще не изобрело, студентам было нечем заняться, и они начали клевать носом. Я великолепно видела, как кудлатые головы падают на раскрытые тетрадки, но продолжала упрямо зудеть про глаголы «иметь» и «быть». В голове поселилась мысль: если они все сейчас уснут, то и мне можно будет смежить веки. До конца пары еще очень много времени, отлично покемарим. Вот уже и староста курса, отличница Маша, смотрит вокруг не бдительным, а затуманенным взором, скоро она утонет в объятиях Морфея и некому будет «стучать» на окружающих.

И тут, не успела я обрадоваться, что слушатели наконец-то заснули, хлопнула дверь. Студенты встрепенулись, я разозлилась и сердито сказала появившейся на пороге девице:

— Вот что, ангел мой, коли явились с опозданием, извольте входить в аудиторию тихо, как маленькая белая мышка! Понятно? А теперь выйдите в коридор и постойте там минут пять, пока все проспавшие не соберутся вместе, и тогда вы скопом войдете в аудиторию, тихо, словно маленькие белые мышки, ясно? Маленькие белые мышки! Только так!

Девчонка шмыгнула обратно, я раскрыла было рот, но тут дверь опять распахнулась, и на пороге возник огромный негр Рафаэль, представитель одной африканской страны. В советские годы в вузах было много учащихся из так называемых дружественных стран.

Студенты сдавленно захихикали. Рафаэль, дурно говоривший по-русски, приложил палец к губам и трагическим шепотом возвестил:

— Тс-тс, я маленький белый мыш!

Тут уж от хохота слегли все, вместе со мной.

Слава богу, теперь мне не надо зарабатывать себе на хлеб насущный, могу преспокойно вылезти из-под одеяла в районе полудня и, зевая, отправиться пить кофе. Поэтому совершенно непонятно, с какой стати сейчас орет будильник. Я что, завела его? Куда-то собралась? Да зачем?!

Решив, что произошла ошибка, я повернулась на другой бок и с наслаждением вздохнула. Боже, какое у меня теплое одеяло, замечательный матрас, мягкая подушка...

— Мать, — заорал, врываясь в комнату, Аркадий, — я так и знал! Спишь!

Я села и недовольно спросила:

— С какой стати мне бегать по дому? Только восемь пробило! Лучше ответь, почему ты не на работе?

Аркадий открыл было рот, но тут в мою спальню влетела Зайка и затопала ногами:

— Из-за тебя все опоздают!

— Куда?

Ольга повернулась к мужу:

— Вот. Сколько раз говорила тебе: у Даши в связи с возрастом начинаются мозговые явления! А ты возражал, дескать, мать просто придуривается. Теперь убедился? Разве может нормальный человек забыть то, о чем неделю толкуют домашние! Надо срочно позвонить Оксанке и спросить, что пьют от начинающегося маразма! Сегодня она забывает нужную информацию, завтра начнет ножки у стульев грызть, решит, что это ее любимые сухарики. Я не могу наблюдать, как гибнет личность! Аркадий! Что ты молчишь?

Я задохнулась от возмущения. Маразм! Он бывает только у очень пожилых людей, да и вовсе не со всеми! Если я и забыла о чем-то...

— Не пойму никак, — заглянула в спальню домработница Ирка, — вы синий комбинезон со стразами берете? Или только красный класть? Тот, что Манюня из Парижа привезла?

— О боже! — закатила глаза Ольга. — Ну ничего-шеньки никому поручить нельзя! Все самой делать приходится! Синий со стразами! Он же специально куплен!

И тут я мигом вспомнила все.

Тот, кто хорошо знает нашу семью, в курсе того, что в Ложкине проживает стая собак во главе с мопсом Хучем. Каждый год, летом, мы его вывозим на выставку. Хучик никогда не получает медалей, у него, по мнению компетентного жюри, неправильно поставленные уши, слишком крупная голова и беда с задними лапами, слишком уж они кривые. Но Манюня и Зайка не теряют надежды обрести хоть малюсенький дипломчик, потому сборы Хучика на ринг напоминают подготовку супермодели к эксклюзивному показу мод. Вчера мопса торжественно выкупали в шампуне, производители которого пообещали, что собака после использования сего средства будет благоухать фиалками. Затем его шерсть намазали кондиционером, придающим пушистость, потом натерли шкурку специальным лосьоном и отполировали до блеска замшевой тряпочкой. Хуч сначала отбивался, но, поняв, что от судьбы не уйдешь, вздохнул и молча терпел последующие процедуры. Он стоически вынес чистку ушей и зубов, не стал возражать, когда Зайка специальной щеточкой пригладила ему волосы на хвосте. Бедный мопс лишь чихал, когда Маня покрывала его когти лаком и примеряла на шею роскошный ошейник из темно-синей кожи с фальшивыми бриллиантами. Кстати, по поводу цвета поводка в нашем доме развернулась нешуточная баталия. Зая сначала предложила розовый, но ее затоптали ногами. Разве уважающий себя мопс-мужчина станет разгуливать, словно Барби, на шлейке поросячьего цвета? Голубой тоже отмели, слава богу, у Хуча нормальная ориентация, черный показался всем мрачным, зеленый и оранжевый — вульгарным, красный излишне игривым, коричневый банальным. Стоит ли говорить, что все домашние, включая садовника Ивана, домработницу Ирку и кухарку Катерину, жарко отстаивали свои позиции? В результате у нас на лужайке завяли тюльпаны, по дому клоками моталась пыль, а на стол подавались сильно подгоревшие ватрушки. Страсти достигли накала в субботу, когда Зая, появившись на экране телевизора, заявила на всю страну:

— Ну а теперь, в самом конце нашего выпуска, о боксе. На ринг вышли мопс Хуч, то есть, простите, мастер спорта...

Вернувшись домой, Ольга устроила всем разнос, а потом заявила:

— Хуч будет в синем! Всем молчать!

Спорить с закусившей удила Заюшкой дело опасное, чреватое непоправимыми последствиями для здоровья, поэтому мы с Манюней порулили в магазин для собак и приобрели там комбинезоны, поводки, шлейки, ошейники, ботиночки, кепочку, плащик, матрасик, попонку, пледик и зонтик. Все синего цвета.

Увидав «приданое», Хуч потерял всякое самообладание. Впрочем, шлейку он нацепил с видимым удовольствием, небось бедняга подумал, что его берут на прогулку. Но вот от остальной одежды отказался с визгом. Никакие беседы с рефреном: «Приличная собака приезжает к рингу в ботиночках, кепочке и плаще, ты же не бомж какой», на Хуча не подействовали. Поэтому было принято решение: завтра встаем пораньше, забираем все необходимое с собой, едем на выставку, по дороге облачаем Хуча и выводим его из машины при всем честном народе нарядным, надушенным — в общем, великолепным. И вот теперь я проспала.

Испугавшись, что из-за меня Хуч явится на собачью тусовку к шапочному разбору, я мгновенно влезла в джинсы, футболку и понеслась вниз. Домашние метались по холлу, собирая необходимое.

— Сумка с одеждой у меня! — крикнула Маня.

— Пакет с поводками, щетками и кремами в джипе, — сообщил Кеша.

— Во, — задыхаясь, пробасила Катерина, — накось, возьми, тут миска, бутылка минеральной воды без газа, упаковка собачьего печенья, сырные чипсы и кофе в термосе. Вдруг мальчик поесть захочет.

— Еще плед нужен, вон тот, новый, чтобы собака не на траве лежала, — суетилась Зайка.

— И матрасик, — добавила Ирка.

— Букетик прихватите? — предложил Иван. — Поставите в вазочку около мопса, классно смотреться будет!

— Где пудра для блеска шерсти?

— Лак для когтей?

— Кепочку, кепочку забыли.

— Зонтик от солнца.

— Раскладные стулья.

— Полотенца, вдруг он измажется.

— Таблетки для освежения дыхания.

— Ватные диски, глаза вытирать.

— Игрушки! Он же заскучает.

Я юркнула во двор и наткнулась на Дегтярева с видеокамерой.

— Ты чем занимаешься?

— Хочу запечатлеть наш отъезд на выставку, — пояснил полковник, — для семейной хроники, отойди в сторону, не мешай процессу!

Я отправилась к своей машине. Интересно, возьмут ли домашние с собой СВЧ-печку, чтобы погреть мопсу еду? Может, посоветовать им прихватить из гостиной диван? Хуч обожает спать на нем, зарываясь в гору пледов.

Наконец, загрузив в багажники неисчислимое количество сумок, все расселись по автомобилям и тронулись в путь. Я вцепилась в руль и тут же услышала звонок мобильного.

— Мать, — сурово сказал Аркадий, — включи фары.

— Зачем? Светло ведь!

— Мы же едем колонной!

Я усмехнулась. Действительно, кавалькада выглядит весьма внушительно. Впереди на черном полированном джипе мчится Аркадий, на переднем сиденье, около водителя, восседает Манюня. Следом на красной иномарке несется Зайка, далее на малолитражном серебристом «Пежо» рулю я, за мной плюхает Ирка на «Жигулях» цвета взбесившегося апельсина, замыкает строй Дегтярев, гордый владелец черного «Запорожца». Уж не знаю, что приходит в голову остальным участникам движения при взгляде на нас.

К месту проведения выставки мы прибыли без проблем, разбили лагерь, поставили зонт от солнца и перевели дух.

— Ну, — радостно велела Зайка, — давай, Дашута,
веди Хуча.

— Он не у меня, а у Машки.

Машка вытаращила глаза:

— Вовсе нет! Хуча прихватила Ирка! Мопса в джипе
всегда тошнит.

— Вы чего? — завозмущалась домработница. — Хуч
у полковника.

— Никогда бы не взял собаку! — воскликнул Александр Михайлович. — Он мне мешает управлять автомобилем! Мопс у Кеши.

Круг замкнулся, все притихли.

— Значит, мы забыли его дома! — подвел итог
Кеша.

— Немедленно назад! — завопила Ольга.

Я постаралась сохранить серьезное, озабоченное
выражение лица. Но предательская улыбка медленно
раздвинула губы. Причесанный, надушенный, наманикюренный Хуч преспокойно дрыхнет на любимом диване в гостиной, а взбудораженные хозяева с горой
прибамбасов растерянно топчутся в месте проведения
выставки! Такое могло произойти только с нами!

— Живо, — нервничала Ольга, — гоним назад.

Я пошла было к «Пежо», но услышала Зайкино заявление:

— А ты лучше оставайся здесь! Карауль барахло.

— Действительно, — подхватил полковник, —
ворья кругом развелось — жуть! Страшное дело! На ходу подметки рвут!

Я покладисто села на раскладной стульчик. Вот и
хорошо, без меня управятся, я понаблюдаю пока за
другими собаками, почитаю детективчик. Взгляд упал
на термос и пакет, набитый харчами. Я обрадовалась

еще больше: из-за суматохи не успела позавтракать, сейчас же могу спокойно попить кофейку.

Отыскав одноразовые стаканчики, я налила в один ароматного напитка, залпом выпила его и ощутила голод. Порылась в пакетах. Из продуктов имелась лишь собачья еда. Решив, что печенье для мопсов не очень отличается от обычных крекеров, я вытащила один из серых бисквитов и принялась грызть его, надеясь заглушить не к месту разыгравшийся аппетит.

— Даша, — раздался тихий голосок, — надо же, ну и встреча.

Я повернула голову и увидела приятную полную женщину. Коротко стриженные белокурые волосы явно побывали в руках хорошего парикмахера, на шее у нее висела красивая золотая цепочка, элегантный костюм, обувь и сумку она явно приобрела не на толкучке, и пахнет от нее моими любимыми духами — похоже, у дамы нет особых материальных проблем.

— Не узнаешь меня, — улыбнулась блондинка.

— Ну... э...

— Значит, нет!

— Простите, но...

— Неужели я столь изменилась! О тебе такого не скажешь, — проговорила незнакомка, меряя меня взглядом, — небось постоянно на диете сидишь, ни грамма лишнего в рот не возьмешь!

Я хотела было ответить, что ем все подряд и остаюсь при своих сорока восьми килограммах, но вовремя спохватилась. Многие женщины воспримут подобную информацию неадекватно, а я очень не люблю, когда мне завидуют.

— Значит, совсем я постарела, — подытожила женщина, — да уж, время никого не красит! Ладно, давай знакомиться снова: Роза Яковлева.

Я подскочила на стуле.

— Розка! Но ты же была брюнеткой!

Яковлева прищурилась.

— Эко удивленье! Про краску для волос слышала? Человечество придумало много интересного: косметику, например, мыло опять же... Или ты не моешься?

Я постаралась сохранить на лице улыбку. В последней фразе вся Роза. В те годы, когда мы работали на одной кафедре, Яковлева отличалась редкостным умением так отбрить собеседника, что тот на некоторое время терял дар речи. Впрочем, тогда абсолютное большинство коллег предпочитало не связываться с Розкой. Ее папа, Михаил Николаевич, был ректором нашего вуза, и судьба преподавателя, поставившего на место нагл도ватую Розу, скорей всего, была бы печальной. На меня вдруг накатили воспоминания.

Глава 2

Яковлева появилась на нашей кафедре весной, и мы тут же поняли: эта девушка укажет каждому его место. Досталось всем, даже старенькому профессору Ивану Митрофановичу Рыжову, некстати сделавшему Розке замечание:

— Уважаемая, кхм, коллега. Вы являетесь преподавателем, то бишь образцом для подражания, должны подавать студентам правильный пример. Не кажется ли вам, что статус учителя предполагает определенные ограничения? Не следует носить мини-юбки размером с ладонь, я себе такого никогда не позволял!

Розка прищурила умело подкрашенные глазки и разразилась тирадой. Она орала с такой силой, что на люстре лопнул один из плафонов. Заключила Яковлева выступление замечательной фразой:

— Вы, Иван Митрофанович, правильно гордитесь, что никогда не носили мини-юбки. С вашими кривыми волосатыми ногами сей наряд противопоказан. Думается, вы и в молодости таскали брюки, смею надеяться, что вы всегда принадлежали к мужскому полу и юбочки не для вас. Впрочем, нет ли среди ваших родственников шотландцев?

Рыжов втянул голову в плечи и бежал быстрее лани, оставив поле боя за молодой особой. Ивану Митрофановичу были свойственны порой странные заявления. Члены кафедры, уважая его седины и научные заслуги, не обращали на них внимания, но Роза была не из тех, кто умеет интеллигентно молчать. А еще она отлично одевалась, имела две шубки, пользовалась польской косметикой, каждый день душилась дорогими духами и сверкала красивыми колечками. Хватило бы и этого набора, чтобы вся женская часть не только кафедры, но и института возненавидела молодую модницу, но вскоре нашлись и другие, более веские причины для поголовной нелюбви к ней.

Розочка быстро написала диссертацию. Справедливости ради нужно сказать, что работа была вполне удобоваримой, не хуже и не лучше, чем у других соискателей — очевидно, папа-ректор дотошно выправил текст. По-хорошему, диссертацию следовало бы рекомендовать к защите, но наши бабы решили оттянуться и на предварительном обсуждении старательно вытерли о Розу ноги. В особенности неистовствовали две дамы климактерического возраста: Лена Трошкина и Наташа Бойко.

Красная Роза с глазами, полными слез, понеслась домой. Я в аутодафе не участвовала, лежала с гриппом, информация доползла до меня с опозданием, когда реки крови уже пролились. Михаил Николаевич, узнав, как обошлась кафедра с его любимой дочуркой, взбесился и принялся мстить. Лену Трошкину уволили за опоздания. Де-юре рабочий день в институте начинался в девять утра, де-факто же преподаватели, не имевшие первой пары, спокойно приходили кто к одиннадцати, кто к полудню. Естественно, никому в голову не приходило, что он нарушает трудовую дисциплину, в вузах не принято сидеть от звонка до звонка. Представьте теперь удивление Ленки, когда ее вызвали на ковер и сообщили:

— Вот список ваших опозданий на службу, забирайте трудовую книжку.

Наташу Бойко выгнать не удалось, но хитрый ректор навалил на нее столько работы, что бедная сама ушла, не вынеся непомерной нагрузки.

Сотрудники кафедры урок усвоили и стали сквозь зубы улыбаться Розке, та же, поняв, что обладает статусом неприкосновенности, позволяла себе более чем резкие высказывания.

Впрочем, ко мне Роза не приставала, я была самой мелкой спицей в колеснице, тягловая рабочая лошадь безо всяких покровителей: ни мужа, ни папы, ни любовника у меня не было. Я не занимала никаких должностей, не стояла у Розки на дороге, одевалась намного хуже ее и не пользовалась в коллективе особым авторитетом. Словом, самая обычная женщина с головой, забитой хозяйственными заботами. Роза меня попросту не замечала. В легкое изумление она пришла, когда я, вернувшись в первый раз из Парижа, одарила всех сувенирами. Когда же по институту на легких ногах разнеслась весть о том, что госпожа Васильева из нищей оборванки превратилась в богатую женщину[1], Розка подошла ко мне и предложила:

---

[1] См. книгу Дарьи Донцовой «Крутые наследнички», изд-во «Эксмо».

— Давай сходим в кино!

Мне стоило огромного труда не расхохотаться ей в лицо. От предложенной чести я отказалась, а потом уволилась из института. Более с Розкой мы не встречались и вот надо же, столкнулись случайно на выставке.

Розка села на один из складных стульев и принялась рассказывать о своей жизни. Отец ее умер, докторскую защитить ей не удалось. Муж ушел к другой, детей, слава богу, нет, их заменяет собака породы чихуахуа.

— Где ты работаешь? — для приличия спросила я, совсем не радуясь встрече.

Розка усмехнулась:

— В торговле.

Я улыбнулась:

— Хорошее дело.

— Главное, прибыльное, — кивнула Роза. — Ты продукты где покупаешь?

— Ну... в разных местах.

— Систему магазинов «Рай гурмана» знаешь?

— Конечно, заглядываю в эти супермаркеты.

— И как? Нравится?

— Да, редкое сочетание хорошего ассортимента, умеренных цен и приветливого персонала. У них над каждой кассой висит плакат «Улыбка ничего не стоит, но дорого ценится».

— Еще бы этим лентяям не улыбаться за такую-то зарплату, — хмыкнула Роза, — это мои.

— Что твои? — не поняла я.

— Супермаркеты «Рай гурмана», — пояснила Роза. — Я их владелица.

— Да ну? Молодец! Такой бизнес поднять! Неужели ты одна справилась? — с искренним удивлением воскликнула я.

Роза улыбнулась:

— Компаньонка у меня есть. Ну-ка, подожди.

С этими словами она вытащила мобильный и сказала:

— Слышь, беги ко мне, центральная аллея, место номер восемьдесят семь.

Потом, сунув сотовый в карман, Роза, засмеявшись, добавила:

— Сейчас еще не так удивишься! Вон, смотри кто идет!

Я проследила за рукой Розки и мгновенно узнала приближавшуюся женщину: Соня Адашева, тоже моя бывшая коллега.

— Дашка! — завопила Сонька, кидаясь мне на шею и царапая ее огромными бриллиантовыми серьгами. — Ну и ну. Это судьба! Только я о тебе подумала на днях, а ты тут как тут. Зачем сюда приехала?

— Шикарный вопрос тому, кто стоит возле ринга с поводком в руках, — Роза не упустила возможности поехидничать, — ясное дело, Дарья хочет тут занавески купить.

— Занавески? — вытаращилась Соня. — Ну это она не по адресу явилась. Слышь, Дашут, лучше всего ткань на рынке брать, пиши адресок.

Я обняла Адашеву еще раз. Вот уж с кем у меня были хорошие отношения, так это с Соней. Ее отец, очень богатый человек, то ли чеченец, то ли дагестанец, то ли ингуш. Простите, если кого-то сейчас обидела, но меня никогда, ни в прошлом, ни в нынешнем времени, не интересовала национальность знакомых.

Все сотрудники нашего института знали, что Соня из очень обеспеченной семьи, но я, ей-богу, не в курсе, чем зарабатывал на жизнь ее папа. В отличие от Розы Соня никогда не выпячивала своего материального благополучия, одевалась скромно и старалась казаться незаметной. Узнав, что я собачница и кошатница, Соня напросилась в гости, а потом изредка бывала у нас, каждый раз принося в подарок что-нибудь вкусное и одаривая Аркашку машинками. Нас можно было бы считать подругами, если бы не одна особенность Сони: она никогда ничего не рассказывала о своей личной жизни. Один раз только обмолвилась, что замуж выйти может лишь за того, кого выберет отец, а он пока не завершил кастинг женихов. И еще, Сонечка очень любила домашних животных, но не могла себе позволить ни щенка, ни котенка, ее родители не жаловали четвероногих и очень дорожили убранством квартиры: мебелью, коврами и занавесками. Мне же было наплевать на дрова и тряпки, поэтому Соня отводила душу, играя с Клеопатрой, Снапиком и наблюдая за хомячками и жабами.

Но после того, как наша семья стремительно вознеслась к высотам благополучия, Адашева ходить в гости ко мне перестала. Наверное, не захотела навязываться, или ей запретил общаться с Васильевыми папа.

Сейчас Соня выглядела великолепно: стройная, в элегантной одежде, с эксклюзивными, может, излишне дорогими для дня украшениями. Около ног Адашевой крутился очаровательный шпиц.

— Вот, знакомься, — сказала Соня, — Джозефина, в просторечье Зифа.

Я наклонилась и погладила собачку. Значит, родители Сони скончались, а может, она наконец вышла замуж? Я ведь ничего не знаю о Соне, мы мимолетно общались.

— Участники под номерами сорок семь, сорок восемь и сорок девять приглашаются на ринг. Напоминаем, опоздавшие не будут допущены на конкурс, — прозвучало из репродуктора.

— Ой, — засуетилась Роза, — нас зовут! Микки, побежали скорей!

— Можешь не торопиться, — захихикала Соня, — сама знаешь, что у нас Степнов со своей Шельмой в победителях. Он уверен в себе, да и Анька тоже, я видела, разоделись, словно на свадьбу, и о моське он как о чемпионе говорит.

— Ну ладно тебе, — отмахнулась Роза, — хватит глупости болтать.

Оставив после себя запах дорогих духов, она убежала.

— Вот уж не предполагала, что Яковлева может полюбить животное, — растерянно пробормотала я.

Соня улыбнулась:

— Она обожает Микки. Знаешь, кто является генеральным спонсором этого действа, ну, собачьей выставки?

Я пожала плечами.

— Нет, честно говоря, не задумывалась на эту тему. Хотя, действительно, спонсор-то должен быть! Небось собачники не особо богаты!

Сонечка ткнула пальцем в огромный воздушный шар, реющий над полем:

— Вон, читай.

Я вгляделась в ярко-красные буквы.

— «Сеть супермаркетов «Рай гурмана», хорошо, когда есть где купить поесть». Так это вы организуете!

Адашева кивнула:

— В основном Роза, ради Микки старается. Сейчас ему первое место присудят, дадут диплом, кубок. Ей-богу, смешно, впрочем, у Розки ни мужа, ни детей нет, Микки всех ей заменил.

— А ты замужем? — проявила я неделикатное любопытство.

Соня прикусила нижнюю губу, потом ответила:

— Мы ведь давно не общались. Откуда тебе знать о нашей трагедии? Несколько лет тому назад моя семья поехала отдыхать на Багамы. Я должна была отправиться вместе с ними, но накануне полета поддалась на уговоры дочки, отправилась вместе с ней кататься на роликовых коньках, упала и сломала ногу.

Естественно, ни на какие Багамы Соня не попала. Муж хотел остаться около нее, но Соня, на беду, уговорила его не менять планы.

— Все равно я в больнице лежу, — сказала она, — с какой стати тебе и ребенку у моей койки маяться? Заплатим медсестрам, они меня облизывать будут!

Больше всего потом, когда авиалайнер с предвкушающими райский отдых туристами рухнул на землю, Соню терзала мысль о том, что она сама отправила родных на смерть.

— Ужаснее всего то, — ровным голосом объясняла сейчас Соня, — что приходится жить дальше. Не скрою, мне в голову приходили мысли о самоубийстве, на земле меня удержала только Катюша, дочь погибшей сестры. Девочка очень на мою Аню похожа, я воспитываю ее и живу только ради ребенка. Знаешь, зря говорят, что со временем боль притупляется. Поверь, это не так. Пережить смерть родных невозможно. Я стала религиозной и надеюсь лишь на милость всевышнего. Может, он разрешит нам встретиться в загробном мире.

Большие, чуть выпуклые карие глаза Сони наполнились слезами. Я растерялась. Ну что сказать в подобной ситуации? Очень сожалею? Прими мои искренние соболезнования? Ей-богу, глупо. Признаюсь, если приходится звонить кому-то из приятелей, у кого недавно скончался близкий человек, я испытываю определенное неудобство, любые слова кажутся нарочитыми, пустыми, поэтому я сразу спрашиваю:

— Нужна ли помощь? Я готова привезти деньги и мыть посуду после поминок.

Но у Сони-то нет никаких материальных и бытовых проблем, да и несчастье случилось не вчера.

Глубоко вздохнув, я решила переменить тему разговора.

— Значит, вы с Розой главные спонсоры шоу?

— Да, — кивнула Соня.

— Небось ваши просьбы члены жюри примут во внимание?

— Конечно, — улыбнулась Соня.

— Слушай, — зашептала я, — помоги мне! У нас имеется мопс Хуч! Мои невестка и дочь мечтают, чтобы он получил хоть какую-нибудь, самую завалященькую медальку, но, увы, Хучик, так сказать, некондиционный товар. Не можешь ли ты попросить судей дать Хучу приз, ну, к примеру... э... зрительских симпатий. Понимаю, что подобная номинация не предусмотрена, но я сейчас сгоняю в магазин и сама куплю кубок. Наверное, написать диплом не трудно? Я готова также выступить спонсором ну там... для состава жюри... понимаешь, да? Мои девочки были бы счастливы, а то мы который год уезжаем с выставок со слезами!

Соня засмеялась:

— С удовольствием сделаю для тебя такой пустяк. Никаких кубков приобретать не надо. Вот что, зарегистрируй собаку и отдай мне талон. Где мопс?

— Его сейчас привезут.

— Отлично, — кивнула Соня, — я буду сидеть на центральной аллее, мое место номер два. Кстати, вот визитки со всеми телефонами. Давай встретимся на досуге, мне нужно с тобой поговорить. Похоже, нас сегодня сама судьба свела. Я собиралась тебя найти! Тут такое дело... Но сейчас говорить не могу...

— Здорово! — воскликнула я, протягивая бывшей коллеге бумажку. — А здесь мои координаты.

На церемонии вручения наград собралось несметное количество собачников.

— За фигом мы сюда приперли? — с тоской воскликнула Машка. — Ясное дело, нас опять прокатят!

— Надежда умирает последней, — нервно перебила ее Зайка, — оно понятно, что в жюри давным-давно существует такса на места, но, может, у этих уродов проснется совесть, и Хучик получит дипломчик за ум и красоту?

— Чего же мы не дали взятки? — разинула рот Ирка. — Деньги ведь есть! Коли жалко, мне б сказали!

Аркадий засмеялся. Зайка сделала вид, будто не услышала наивного замечания домработницы, а Дегтярев моментально влез с нравоучениями:

— Ирина! Взятка унижает и берущего, и дающего. И потом, в таком случае никакого удовлетворения от полученной награды нет. Ну сама посуди...

— Лучшим мопсом этого показа признан... — понеслось из динамиков.

— Ну вот, — прошептала Зайка, — снова Хучику ничего...

— ...Хуч, владелец Мария Константиновна Воронцова.

— И-и-и, — завизжала Ирка, — Манюня, беги скорей!

— Это нас? — растерянно спросила Машка, оглядываясь по сторонам. — Какая-то Мария Константиновна Воронцова.

— Смею напомнить, — скривился Кеша, — что отчество и фамилия достались нам с тобой вследствие некоторых махинаций матери от дядечки Константина Воронцова, не к ночи помянут будет. Ты так одурела, что забыла, как тебя зовут?

Машка ринулась сквозь толпу, выставив вперед апатично похрапывающего Хуча. Зая кинулась за ними.

— А ну подвиньтесь, — разнеслось над толпой ее хорошо поставленное «телевизионное» сопрано, — не видите разве? Чемпиона несут! Лучшего из лучших! Мопс Хуч! Семья Васильевых—Воронцовых!

— Ну и ну! — только и смог сказать Кеша.

Дегтярев обиженно засопел.

— Ольга очень неделикатна! Семья Васильевых— Воронцовых! А я что, чужой?

Сильные пальцы Кеши схватили меня за плечо.

— Мать! Признавайся! Твоя работа?

Я заморгала.

— Каким образом я сумела бы проделать подобное? Просто жюри наконец-то устыдилось и оценило Хуча по достоинству.

Аркашка с недоверием покачал головой. Дегтярев поднял камеру.

— Во! Глядите, медаль вешают!

Я, поднявшись на цыпочки, наблюдала за действом.

Красная, как перезрелый помидор, Машка держит кубок. Бледная до синевы Заюшка прижимает к себе диплом. Хуч безучастно сидит на высоком столе. Ему наплевать на только что приобретенный статус чемпиона. Ирка, подпрыгивая на месте, кричит в мобильный телефон:

— Да! Мы лучшие! Всех обошли! Во как! Знай наших! А все потому, что я Хучика целую ночь маслом натирала. Замолчи, Катерина, при чем тут твоя гречневая каша по особому рецепту? Шкуру-то сразу видно.

Глубоко вздохнув, я попятилась в толпу. Надо найти Соню и сказать ей «огромное спасибо». Хотя, право, первое место — это слишком, я просила всего лишь скромный приз зрительских симпатий.

Глава 3

Хорошо, что люди придумали мобильные телефоны, иначе как обнаружить в гомонящем человеческом море Соню? До завершения церемонии она сидела под зонтиком с номером два. Именно туда я, запыхавшись, притащила ей регистрационный талон Хуча, но сейчас-то выставка завершила работу, и все перемешалось.

— Иди на главную аллею, — сообщила Соня, — туда, где ларьки со всякой всячиной.

Я побежала в указанном направлении, увидела Адашеву и рассыпалась в благодарностях.

— Ой, брось, — отмахнулась Соня, — тоже мне, проблема. Кстати...

Закончить фразу она не успела. Из людского скопища вынырнула девочка, одетая в белое платье, на голове у нее был венок из полевых цветов, в руках она держала розовую сумочку, сделанную, похоже, из клеенки, на длинной ручке. Помахивая ридикюльчиком, девочка приближалась к нам, лицо ее было скрыто огромными очками. Я сначала решила, что передо мной Катя, племянница Адашевой, дочь ее безвременно погибшей сестры, и ласково улыбнулась девочке. Потом бросила взгляд на Соню и испугалась.

Лицо Сонечки стало желто-серым, застывшим. Девочка легкой тенью прошла мимо нас и растворилась в толпе.

— Ты ее видела? — в изнеможении прошептала Соня.

— Кого, девочку? Да, конечно.

— В белом платье и веночке?

— Именно! Она только что стояла перед нами! Милое создание!

Соня плюхнулась прямо на траву.

— Значит, она существует, это не глюк!

— Ты о чем? — растерянно пробормотала я. — Не пойму.

Соня попыталась встать.

— Мне страшно, — прошептала она.

Я с тревогой посмотрела на Адашеву. Похоже, ей совсем не по себе, ужасно выглядит!

— Мама, — прозвучало за спиной, — тебе нехорошо? Говорила же, не следует по жаре таскаться!

Соня вздрогнула, моргнула, было похоже, что она очнулась от глубокого сна. Красивая черноволосая девочка, с виду лет четырнадцати, обняла Адашеву, а потом уставилась на меня громадными, бездонными глазищами.

— Кто вы? — резко спросила Катюша. — С какой стати напугали мою мамулю?

— Вовсе нет, я сама встревожилась, когда Соня на землю села. Мы с вашей мамой давние знакомые, работали когда-то вместе, — быстро ответила я.

На лице Катюши появилась тень улыбки.

— А-а... ясно. Что тут стряслось, пока я за водой бегала?

— Не пойму никак, — растерянно ответила я, — мы разговаривали, вдруг откуда ни возьмись появилась девочка ваших примерно лет, в веночке из полевых цветов. Соня увидела ее, помертвела...

— Девочка? — изумилась Катя. — Как ее зовут?

— Понятия не имею...

Внезапно Соня резко встала.

— Даша, — сердито сказала она, — не дури. При чем тут девочка? Просто у меня от жары голову схватило, вот ноги и подкосились!

— Ты не помнишь ребенка? — снова растерялась я.

— Это дочка одного из членов жюри, — устало ответила Соня, — вовсе я ее не испугалась! Наверное, сосудистый криз приключился, со мной такое бывает.

— Ну вот что, — решительно заявила Катя, отряхивая Соню, — ты, мама, сейчас дома ляжешь в кровать. А завтра вызовем врача, начнешь таблетки пить и мигом поправишься.

— Могу посоветовать отличного доктора, — сказала я, — свою подругу, Оксану, она хирург, очень компетентный специалист.

Соня кивнула.

— Спасибо. Обязательно позвоню тебе, нам необходимо поговорить.

Поддерживаемая приемной дочерью, Адашева медленно пошла в сторону парковки. Я смотрела ей вслед. Вдруг Соня обернулась, ее взгляд пересекся с моим. И тут она быстро приложила палец к губам, словно призывая молчать. Я кивнула, но меня охватила тревога. Значит, я не ошиблась. Соня до ужаса испугалась девочки в белом платье.

На следующий день, к вечеру, к нам были званы гости. Маня и Зайка решили широко отпраздновать победу Хучика. Катерина испекла торт, который, вот она, несправедливость жизни, не достался основному виновнику торжества. Хуча угостили сыром, впрочем, всех остальных собак, никак не отличившихся на ринге, тоже не оставили без лакомства.

Ради торжествнного случая Кеша достал бутылку дорогого коньяка, а потом, когда гости, плотно закусив, расселись в гостиной, их вниманию был предложен фильм, снятый полковником.

— А там что, кормами торговали? — спросил Дениска.

Оксана сказала:

— Ну да, так всегда делают.

— Ой, помолчите! — воскликнула Ольга. — Сейчас самое интересное начнется!

И тут у меня затрезвонил мобильный.

— Даша? — спросил незнакомый голос.

— Слушаю!

— Немедленно выйди, — зашипела Ольга, — о, гляньте, Хуча сажают на стол, вот оно, вот...

— Алло, Даша, — занервничала женщина на том конце провода, — ты меня не слышишь?

— Минуточку, — пробормотала я, выскакивая в холл, — извините, бога ради, у нас гости, вот я и не сумела сразу отозваться.

— Гости, — протянула дама, — значит, мне не повезло. А может, оно и к лучшему. Судьба, карма...

— Вы кто? — спросила я.

— Не узнаешь?

— Нет.

— Адашева тебя беспокоит.

— Сонечка! — воскликнула я. — У тебя что-то случилось?

Немудрено, что я ее не узнала, мы с Соней последний раз болтали по телефону много лет назад.

— И да и нет, — пробормотала Соня.

— Что ты имеешь в виду? — спросила я.

— Ну, в общем, так... Случилось, но не сегодня. Однако сейчас догоняет!

— Кто?

— Девочка.

— В белом платье?

— Да.

Я потрясла головой. Похоже, у Сони проблемы с психикой. Мы давно не общались, Адашева пережила невероятное потрясение, смерть семьи, от такого у кого угодно крыша поедет!

— Ты же ее видела! — вдруг резко выкрикнула Соня.

— Конечно, очень хорошо.

— Следовательно, она не фантом, не привидение?

— Нет, живой подросток из плоти и крови, — попыталась я успокоить Адашеву, — милое существо, вот только личико я не разглядела, его очки почти полностью скрывали.

Вдруг Соня бурно разрыдалась. Услышав отчаянные всхлипывания, я ощутила полнейшую беспомощность и принялась ее успокаивать:

— Сонюшка, успокойся. Хочешь, я приеду к тебе?

— Да, прямо сейчас! — выкрикнула Соня. — Мне страшно. Она, наверное, где-то здесь!

— Кто? — почти бегом направляясь к машине, поинтересовалась я.

— Девочка в веночке, — зашептала Соня, — бродит небось по саду.

— Говори скорей адрес, — велела я, заводя «Пежо».

— Поселок «Нива», — начала было Соня, — если едешь от Москвы по Новорижской трассе, то нужно повернуть...

— Можешь не продолжать, — перебила ее я, — знаю «Ниву». У нас там приятели жили, пока в Израиль не перебрались. Жди, лечу со скоростью ветра.

«Нива» — один из первых коттеджных поселков под Москвой, он имеет статус садового товарищества, и дома здесь возведены впритык друг к другу. На мой взгляд, очень неудобно, когда соседи спокойно заглядывают к вам в окна, а вся улица в курсе того, что сегодня у господина N на столе и какое белье носит его супруга. Но не всех такое положение вещей раздражает. Еще мне не нравится, что в «Ниве» на участках разные заборы. Поломанный штакетник соседствует с роскошными чугунными решетками, украшенными литьем. И дорога тут узкая, два автомобиля разъезжаются с трудом. Но больше всего поражает полное отсутствие стыдливости у обитателей поселка. Как правило, включив электрическое освещение, они не задергивают шторы, и вы, проезжая мимо очередного садово-огородного «замка», можете наблюдать, как хозяйка в полуголом виде шествует в баню, которая тут у многих располагается в подвале. В общем, лично мне никогда не захотелось бы жить в «Ниве» постоянно.

Дом Сони выстроен в самом удачном месте, он последний на улице. Похоже, что его хозяева сумели приобрести несколько участков, вокруг большого здания, обложенного синим кирпичом: простирались лужайки, засаженные кустарником и цветами, а сразу за забором начинался лес. На огромных окнах дома колыхались тяжелые драпировки.

Соня сама открыла дверь, провела меня сквозь просторный, выложенный плиткой холл и спросила:

— Может, на кухне посидим? Не люблю гостиную, большая слишком получилась, неуютная!

— Мне все равно, где беседовать, — нарочито весело воскликнула я, — если сваришь кофе по-восточному, могу и на лестнице устроиться. Помнится, в прежние годы ты его просто гениально готовила.

Соня улыбнулась, вынула допотопную кофемолку и назидательно произнесла:

— Кофе хорош, если зерна молоть вручную.

Мы стали самозабвенно обсуждать рецепты приготовления бодрящего напитка, и в какой-то момент я поняла, что обе стараемся отодвинуть начало серьезного разговора. Но вот чашечки опустели, в кухне повисло молчание. Я откашлялась и решительно спросила:

— Что случилось? Говори скорей!

Соня скомкала бумажную салфетку, схватила другую, превратила и ее в лохмотья и в конце концов решилась.

— Не буду просить тебя соблюдать тайну, насколько я помню, Даша Васильева никогда не сплетничала.

— Это не совсем верно, — возразила я, — я, как все, люблю перемыть кости знакомым. Но если человек меня предупреждает, то держу язык за зубами, никогда не выдаю чужих тайн.

Соня снова схватилась за салфетку.

— Тайна... да... давно это было...

— Объясни, в чем дело, — попросила я.

Сонечка набрала полные легкие воздуха и бросилась в повествование, как пловец с обрыва в море. Я сидела тихо, стараясь не прерывать своими комментариями ее рассказ.

— Господи, вот кошмар!

Соня давно имеет машину, водитель она дисциплинированный, никогда не мчится и пьяной за руль не садится. Но в тот ужасный, запомнившийся на всю жизнь вечер Соня побывала в гостях у приятелей, которые уговорили ее выпить кофе с ликером. Думая, что от двух капель сладкого, некрепкого спиртного ей плохо не станет, Соня сделала большой глоток и чуть не подавилась. Друзья ее обманули: в фарфоровой чашке пле-

скался один алкоголь, чуть-чуть разбавленный араби-
кой. Сердясь на приятелей, она не стала допивать «кок-
тейль» и вскоре уехала.

На землю опустились сумерки, шоссе вилось между
деревьями, вокруг ничего не было видно: ни машин, ни
прохожих. Да и откуда бы взяться последним на дороге,
которая вела только к поселку? Местные жители никогда не бродили по магистрали пешком, для тех, кто
не имел автомобиля, пустили маршрутное такси, кур-
сировавшее несколько раз в день четко по графику.
Поэтому Соня, съехав с основной трассы на дорогу
местного значения, перевела дух. Ее, хлебнувшую ликера, сотрудники ДПС не задержали. До дома пара минут езды, никаких неприятностей впереди не предви-
делось. На ужин можно пожарить курочку...

Не успела Соня перевести свои мысли на кулинарию, как из оврага метнулась белая тень. Адашева не
успела ничего предпринять — она ощутила легкий удар
и, полная ужаса, попыталась остановиться, но машину
по инерции протащило на несколько метров вперед.

На негнущихся ногах Соня вышла из салона и вцепилась в столб. В овраге лежала девочка, одетая в белое
платье, на голове у несчастной невесть каким образом
удержался венок из цветочков. То, что подросток мертв,
Соня отчего-то поняла мгновенно.

Соня, двигаясь как зомби, села в машину, добралась до дома и бросилась к отцу. Зелимхан Адашев был
человеком хладнокровным, никогда не теряющимся в
экстремальной ситуации.

— Надо вызвать милицию, — ломала руки Соня.

Отец втолкнул неразумную дочь в спальню и приказал:

— Сиди молча! Не вздумай пугать мать и сестру,
жди моего возвращения. Сам займусь этой проблемой.

Сонечка рухнула на кровать, отец запер ее снаружи на ключ и уехал.

Время шло томительно долго. В конце концов Соня, устав рыдать, заснула. Разбудил ее бодрый голос папы:

— Эй, смотри сюда!

Соня подняла всклокоченную голову и вскрикнула. Зелимхан держал в руках брезентовый тюк. Внутри него что-то лежало, наружу высовывался белый лоскут ткани.

— Не надо, — зашептала Соня, — папочка! Милый! Зачем ты ее сюда принес?

— Ты и впрямь дура, — рассердился отец, — лучше погляди внимательно.

Быстрым движением он распотрошил узел. Соня зажмурилась, но потом, услыхав смех Зелимхана, осторожно приоткрыла глаза.

На ковре лежало мастерски сделанное чучело, невероятно похожее на девочку. На голове у муляжа сидел парик с прибитым к нему венком. До Сони внезапно дошло: это же манекен! Такие стоят в витринах магазинов одежды. Бездушное создание было облачено в белое, местами запачканное платьице, ножки из папье-маше обуты в сандалии. Но больше всего Соню покоробило лицо, оно было столь искусно раскрашено и обрамлено, казалось, настоящими волосами, что издали в сумерках походило на лицо живого человека. И вообще, чучело выглядело, как настоящий подросток. Вот только шея у него была сломана, отчего создавалось жуткое впечатление.

— Господи, — простонала Соня, — как же так, а? Вот ужас!

Зелимхан покачал головой:

— Мерзавцы.

— Кто? — пробормотала Соня.

— Да парни, — сердито отозвался отец, — вот забаву придумали! Я, когда подъехал, сразу понял, что это манекен! Ну и пришлось задержаться, пока все выяснил.

Соня в изнеможении слушала отца. Оказывается, не так давно в расположенном неподалеку подмосковном городишке сгорел магазин женской одежды. Склад и торговый зал погибли в пламени, а манекены уцелели в не тронутой огнем витрине. Хозяин содрал с них одежду, а самих кукол бросил во дворе. Тут-то о них и пронюхали местные девятиклассники, решившие подшутить над дачниками из «Нивы». Сказано — сделано. Идиоты взяли «женщину», нацепили на нее белое платье и обувь сестры одного из участников забавы, а потом поставили куклу у шоссе, поджидая кого-нибудь из жителей «Нивы», которые будут возвращаться домой после очередной попойки в ресторане. Отчего-то население городка считало, что все, кто поселился в «Ниве», богаты до одури и посему им нет необходимости работать.

— Небось гуляют целыми днями, — исходили завистью сельские мужики, — а нам ботинок купить не на что.

Подростки приметили приближающуюся машину Сони и толкнули под колеса манекен. От удара кукла отлетела в близко расположенный овраг. Хулиганы затаились. Они увидели, как Соня в полном ужасе унеслась прочь.

— Вот от страха одурела! — захихикали ребята и разбежались по домам.

Куклу они бросили.

— Господи, — стонала Соня, — папа! Хулиганов надо сдать в милицию.

— Забудь, — отмахнулся Зелимхан, — глупые дети, у которых нет ничего: ни спортивных площадок, ни книг. Родители — пьяницы, школьные учителя — звери. Если подадим заявление, их сунут в специнтернат и окончательно сломают им судьбы. Я нашел безобразников и провел с ними работу. Давай не корежить им жизнь.

— Хорошо, — кивнула Соня, — и правда, жаль дурачков.

Зелимхан обнял дочь.

— Ты умница. Никому не надо рассказывать об этом происшествии: ни маме, ни сестре, ни знакомым. Дай честное слово, что никогда никому не проронишь ни слова.

— Почему? — тихо спросила Соня.

Зелимхан хмыкнул:

— Я погорячился. Дал одному из мальчишек в зубы. Сломал ему случайно челюсть, а второго поколотил так, что ему в больницу надо ехать. В милицию они, конечно, не пойдут. Но лучше нам молчать, сама знаешь, я человек на виду, ни к чему мне разговоры.

И Соня согласилась с отцом.

Глава 4

Наутро, придя в себя, она стала вспоминать о случившемся. Что-то ее цепляло, настораживало... Манекен Зелимхан увез, никаких следов от куклы в доме не осталось, но Софья нервничала и вздрагивала от каждого громкого звука.

Говорят, будто убийцу всегда тянет на место преступления. Уж не знаю, так ли это, но Соня, повинуясь непонятному чувству, села за руль и отправилась к оврагу. Встав на обочине, она посмотрела вниз. Сейчас на дне неглубокой канавки не было никакого тела, там валялась пара пустых бутылок, смятые пакеты, но перед Соней моментально возникла картина вчерашнего вечера. Сжав пальцы в кулаки, Адашева припомнила случившееся до мельчайших подробностей. Вот она на плохо слушающихся ногах доходит до столба, хватается за него и видит тело, облаченное в белое платье. Девочка неестественно вытянулась, белокурые волосы разметались по сухой глине, пара прядей зацепились за бутылки... И потом, эта просьба Зелимхана молчать о происшествии... Отец вроде боится, что узнают, кто сломал одному из мальчишек челюсть и побил другого. Странно.

Руки девушки снова, так же как вчера, схватились за бетонный столб. Белокурые волосы! Соня отлично запомнила их. А у манекена, которого принес Зелимхан, были каштановые. Соня спустилась на дно оврага и стала внимательно изучать то место, где видела сбитого, как ей показалось, человека. Никаких следов крови, обрывков одежды или потерянных мелочей она не обнаружила. От волнения у Сони началась мигрень. Схватившись руками за виски, Адашева попыталась сконцентрироваться.

Может, она ошиблась? Вдруг память подводит ее? Ну конечно, на дороге стоял манекен, в кустах, затаив дыхание, притаилась стайка школьников... Так и надо организатору забавы, пусть теперь пьет бульон через соломинку, а в милицию он пойти жаловаться побоится. Зря папа нервничает.

И тут Сонечка, на свое несчастье, словно повинуясь чьему-то приказу, наклонилась и внимательно посмотрела на пустую бутылку. Зеленое стекло показалось ей покрытым паутиной, но уже через секунду Соня поняла — это прядь тонких, длинных, очень светлых волос. Память ее не подвела, существо на дороге было блондинкой, каким же образом оно потом трансформировалось в шатенку, если, конечно, это был манекен?

Как снова оказалась дома, Соня не помнила. Она легла в кровать и, сообщив встревоженным домашним, что ее подкосил грипп, зарылась головой в подушку. Было лишь одно объяснение происходящему.

Зелимхан любил своих дочерей до беспамятства. Обычно мусульмане более радуются рождению сына, девочка на Востоке считается товаром третьего сорта. Но Адашев был счастлив, когда сначала родилась Зара, а потом Соня.

Ради жены и дочерей Зелимхан был готов на все. Для того чтобы Соня не жила дальше с огромной тяжестью на душе, отец придумал историю с манекеном. Раздобыл где-то куклу, нарядил ее, привез в дом.

Промаявшись сутки, Соня пошла к отцу и выложила ему свои соображения. Зелимхан даже не изменился в лице. Он обнял дочь и сказал:

— Я честный человек, более того, занимаю видное положение в обществе, мне никак нельзя шутить с законом. Сбей ты на самом деле ребенка, я сразу бы вызвал милицию. Более того, имей в виду, в том месте, где стоял манекен, никакого пешеходного перехода нет, дорога делает крутой поворот, видимость резко ограничена. Человек, перебегающий там трассу, сильно рискует. Подобное поведение запрещено правилами дорожного движения. В случае судебного разбирательства ты бы отделалась условным сроком или штрафом. Никто Соню Адашеву за решетку сажать бы не стал, нет причины, вина в данном случае лежит на пешеходе. Но в овраге валялась кукла!

— А как же белокурые волосы? — робко спросила Соня. — На бутылке?

— Деточка, — прищурился отец, — с чего ты взяла, что они принадлежат «девочке»? В канаве полно хлама, мало ли кто принес и бросил бутылку?

Соня повеселела, но решила прояснить ситуацию до конца.

— Я хорошо помню, как блестели в свете фонаря светлые волосы фигуры в белом.

Зелимхан кивнул:

— Верно. Дело именно в фонаре. В него вставлена неоновая лампа, она не похожа на обычный электроприбор, озаряет окрестности безжалостным «дневным» серо-голубым светом, искажая цвет окружающих вещей. Присмотрись как-нибудь к своим коллегам, если у вас в аудиториях используют для освещениия неоновые трубки, сразу поймешь, что на улице, в лучах солнца, волосы твоих знакомых приобретут другой цвет.

Соня ушла от отца совершенно успокоенная. Правда, некоторое время она вздрагивала, проезжая тот самый поворот, но затем, постепенно, из памяти дурацкое происшествие выветрилась.

Пролетели годы, Соня пережила смерть родных, стала умелой бизнесвумен, воспитывала Катю. Жила Сонечка уединенно, подруг не имела. Те, что были в свое время, исчезли в тот момент, когда Адашева превратилась в совладелицу сети супермаркетов.

— Богатство и успех — лакмусовые бумажки, — печально говорила мне сейчас Соня. — Абсолютное большинство людей готово сочувствовать вам в горе, а порадоваться чужому счастью умеют лишь единицы. Обретя полнейшее финансовое благополучие, я потеряла всех, кто называл себя моими друзьями. Впрочем, может, оно и к лучшему. Во всяком случае, я теперь знаю цену окружающим.

Жизнь Сони текла спокойно. Вернее, на работе постоянно случался форсмажор, но дома было тихо. Катюша отлично училась, называла Соню мамой, никаких проблем с девочкой не возникало. Может, кому-то это покажется странным, но, вспоминая о погибших родственниках, Соня перестала ощущать безнадежность. Не сочтите ее бездушной, но она начала улыбаться и радоваться жизни. Однако некоторое время тому назад случилось событие, сразу выбившее Адашеву из колеи.

В тот день, когда прошлое напомнило о себе, Соня ехала домой по хорошо знакомой дороге. Финансовое положение позволяет ей нанять шофера, но она очень любит управлять автомобилем, отдыхает за рулем, поэтому водителя у Адашевой нет.

Привычно повернув направо, Соня взглянула на дорогу и вскрикнула. На обочине стояла девочка-подросток в белом платье, с венком на голове. Оцепенев от ужаса, Адашева зажмурилась. Ровно через секунду ее роскошная машина влетела в столб. Хорошо, что Соня никогда не носится как угорелая, да и, поворачивая, она сбросила скорость. В результате автомобиль отделался помятым крылом, искореженным бампером и разбитой фарой.

Адашева, почти потеряв разум, боялась выйти на дорогу. Она сидела, уронив голову на руль. По счастью, спустя некоторое время после аварии по шоссе ехал один из соседей, который, увидав искореженный «шестисотый», начал активно действовать: вызвал ГАИ, врачей.

— Там девочка стояла, в белом платье, — бормотала Соня, — я ее сбила, снова! Боже!

Милиционеры, осматривавшие место аварии, с сочувствием слушали пострадавшую.

— Вам почудилось, — сказал один, — никого тут нет.

— Померещилось, — подхватил второй, — вон березка белеет, вы ее за ребенка и приняли.

Проведя неделю на успокоительных лекарствах, Соня наконец пришла в себя.

Спустя десять дней после происшествия Катя заболела гриппом. Соня осталась дома ухаживать за девочкой. У той поднялась высокая температура, и Катюша вдруг стала капризничать.

— Хочу батончик, шоколадный, с орехами, — заявила она.

— Вот, ангел мой, — засуетилась Соня, — выбирай любую конфетку из коробки.

— Нет, хочу батончик! — уперлась Катя.

— Зачем тебе низкосортная дрянь, — покачала головой Соня, — уж поверь мне, торговке продуктами, лучше российских конфет не найти.

— Батончик, — зарыдала Катя.

Поняв, что с ней спорить бесполезно, Соня крикнула домработнице:

— Сходи в магазин, ну тот, что при въезде в поселок стоит.

— Вот ты какая! — с невероятной обидой возвестила Катя. — Самой ради меня лень пробежаться, хороша мать!

Соня, великолепно понимая, что хамское поведение Кати вызвано болезнью, обняла девочку.

— Как хочешь, милая, сейчас сама пойду. Тебе какой купить?

— С фундуком, — ответила Катюша и опять разрыдалась.

Соня побежала к магазинчику. Когда она, купив

шоколадку, вышла на улицу, сбоку послышалось тихое покашливание.

Адашева невольно повернула голову и выронила батончик. У забора стояла девочка в белом платье и с веночком на голове. Лицо ее почти полностью было скрыто волосами. Вдруг она убрала правой рукой прядь, Соня остолбенела. На нее смотрел желто-серый череп.

— Зачем ты убила меня? — донеслось из дыры, где раньше был рот. — А еще не похоронила, не отпела в церкви, вот теперь маюсь на земле неприкаянной. Плохо мне, ой плохо...

Призрак лепетал еще что-то, но Соня уже ничего не слышала, потому что свалилась в обморок.

Когда Адашева пришла в себя, она решила, что сошла с ума. Соня попыталась рассуждать логически. Хорошо, допустим, она и впрямь тогда сбила девочку, но ведь привидений не существует, следовательно, у нее начинается шизофрения.

Соня вдруг замолчала и уставилась в стену, я вздрогнула, проследила за ее взглядом, не увидела ничего особенного и спросила:

— Ты уверена, что девочка та же самая?

— Да, — прошелестела Соня, — белая одежда, веночек, длинные светлые волосы.

— Платье легко купить, — постаралась я достучаться до ее разума, — и веночек недолго приобрести, их в любом магазине полно, на выбор, из искусственных или натуральных цветов. Кстати, одежду ты хорошо рассмотрела?

— Белое платьице, — монотонно твердила Соня. — С оборочками и кружевами. Я в тот день, на шоссе, фасон точно не разглядела, белое, с воланчиками... белое, с кружевами, белое...

Я встряхнула Соню.

— Эй, приди в себя! Включи мозги. Убитый человек не станет ходить по улицам!

— Если не проводили покойника как следует, он трансформируется в привидение, — бесстрастным голосом отозвалась Соня, — я спрашивала у одного экстрасенса!

— Глупости! Враки! Никакие ожившие мертвецы не существуют в действительности.

— Мир полон непознанного, — бубнила Соня.

— Бред, — разозлилась я.

— У тебя есть мобильный? — неожиданно спросила она.

— Да, — удивленно ответила я, — позвонить хочешь? Ты же мне звонила, на мобильник.

— Нет. Скажи, как он работает?

— Кто?

— Сотовый.

Я подавила вздох. Может, звякнуть Оксане? Она как раз сейчас находится недалеко, в Ложкине, смотрит фильм, снятый Дегтяревым на выставке. Конечно, подруга не психиатр, только она лучше меня разберется, чем можно помочь несчастной Соне, у которой, похоже, капитально съехала крыша.

— Ты забыла, как пользоваться аппаратом? — участливо поинтересовалась я. — Право, это совсем просто. Вот кнопочки, на них цифры...

Соня сердито оборвала меня:

— Не о том речь! Спрашиваю снова! Проводов нет. Каким образом в трубку голос попадает?

Я растерялась.

— Понятия не имею, я не сильна в технике, умею только нажимать клавиши на всяких приборах. Но вроде бы имеется радиоволна, которую улавливает телефон.

— Можно ее пощупать руками?

— Волну? Конечно, нет, она нематериальна, как мысль.

— Вот, — кивнула Соня, — об этом и речь. Узрей человек девятнадцатого века мобильник или компьютер, подключенный к Интернету, он бы назвал их «происками дьявола». Но наука развивается стремительно, мы пользуемся плодами научно-технического прогресса. Вдруг лет через сто ученые докажут и существование привидений!

— Чушь!

— Именно это слово выкрикнул бы Наполеон, услыхав о самонаводящихся на цель ракетах! Вокруг слишком много непознанного, неизученного, — настаивала на своем Соня.

— Вера в привидения — полнейший идиотизм! — взвилась я. — Ясное дело, человеку трудно осознать, что он умирает навсегда, отсюда и сказки про тот свет.

— Мы, верующие люди, считаем иначе.

— Давай останемся каждая при своем мнении, — попросила я и, решив перевести разговор в иное русло, поинтересовалась: — А ты кем себя считаешь: мусульманкой или православной?

Соня улыбнулась:

— Я хожу в церковь, у меня есть некоторые претензии к мусульманству. Хотя, если разбираться по сути, особых различий-то между религиями нет, заповеди совпадают, самоубийство запрещено. Именно поэтому я и не полезла в петлю, когда мои погибли, побоялась божьей кары. А насчет привидений... Ты же видела девочку в толпе?

— Да.

— Это была она.

— Соня, ты просто устала!

Адашева поежилась.

— Работаю не больше обычного, особого утомления не ощущаю. Я очень боюсь.

— Чего?

— Кого. Девочку. Она задумала меня убить.

Я окинула взглядом комнату.

— А где Катя?

— Наверное, у себя, сидит в Интернете.

— Бери дочку, и поехали к нам. Дом большой, устроитесь с комфортом, переночуешь у нас, придешь в себя.

— Нет, — покачала головой Соня, — чему быть, того не миновать. Девочка была здесь совсем недавно.

— В доме?

— Нет, постучала снаружи, в окно.

Я разинула рот, а Соня совершенно спокойно описала случившееся.

Пару часов назад она заглянула в гостиную. Хозяйке показалось, что из комнаты доносится странный шум. Домработница давно отправилась домой, Соня и Катя находились дома одни. Адашева никогда не испытывала страха в родных стенах. Поселок отлично охранялся, на его территорию пропускали лишь тех, кто проживал в «Ниве» постоянно, гостям полагалось выписывать пропуска.

Естественно, в огромном помещении все оказалось на своих местах. Соня пошла было в коридор и тут услышала легкий стук в окно. Решив, что от дерева отломилась ветка и теперь бьется о стекло, Адашева пошла на звук, приблизилась к подоконнику и отшатнулась. С той стороны, из сада, на нее смотрела мертвая девочка. Вместо лица — череп, на серо-желтом лбу трепыхалась светлая челка, придавленная веночком.

Адашева вскрикнула и отпрянула от стекла. Внезапно ребенок поднял руки и дал понять, что просит Соню открыть окно. Вместо того чтобы бежать куда глаза глядят, хозяйка повиновалась и слегка приоткрыла стеклопакет. В узкую щель сначала ворвался свежий аромат фиалок, а потом просочился голосок:

— Я за тобой пришла! Скоро заберу с собой! Ты меня убила, бросила, и тебе самой не жить.

Глава 5

— Ты сейчас же отправишься со мной, — велела я.

Соня покачала головой:

— Нет. Каким образом я объясню Кате необходимость ехать в гости ночью? Я не хочу ничего рассказывать дочери, она перепугается до смерти.

— Хорошо, тогда немедленно ложись спать, у тебя просто глюки.

— Может, ты и права.

— Дай честное слово, что сходишь к доктору.

— Ну... ладно, — покорно ответила Соня, — вообще-то я звала тебя лишь с одной целью. У Кати никаких родственников, кроме меня, нет. Наши все погибли. Если меня убьет девочка, Катюша останется совсем одна.

Я замахала руками:

— Ну и глупости лезут тебе в голову. Вот что, сейчас я поговорю с подругой, и через пару дней она пристроит тебя в лечебницу. Проведут обследование, ты сдашь анализы, пройдешь полную диспансеризацию и успокоишься. От души советую уехать из этого дома, похоже, он вызывает у тебя отрицательные эмоции. Кстати, в Ложкине выставлен на продажу особняк, вполне приличный, по размерам такой же, как твой. Мы могли бы стать близкими соседями. Катю на время твоего лечения я возьму к нам. Ну как? Идет?

Соня стала кусать губы.

— Пойми, — с жаром говорила я, — девочка тебе мерещится, ее нет. Если человек страдает галлюцинациями, это говорит либо о его переутомлении, либо о начинающейся болезни. И то и другое следует давить в зародыше.

Выслушав мою страстную речь, Адашева посидела пару мгновений без движения, а потом воскликнула:

— Но на выставке! Ты же ее видела?

— Верно, там было полно девочек в белом, лето на дворе, жара стоит. Ты перепутала, но тот ребенок никакого отношения к твоей истории не имеет. Кстати, ты сама сказала, что та девочка является родственницей кого-то из жюри...

— Нет, — вздохнула Соня, — я просто не хотела, чтобы Катя узнала правду. О том ужасном случае известно было лишь папе и мне. Маме и сестре мы ничего не сказали.

Вымолвив последнюю фразу, Соня внезапно заплакала.

— Я так испугалась, когда увидела фигуру за стеклом.

— Забудь, попьешь лекарства и станешь как новая. — Я обняла Соню. — С каждым может подобное приключиться. Знаешь, много лет назад умерла наша собака Милли. Ей было девятнадцать лет, более чем почтенный для болонки возраст. Последний год она ходила слепая, глухая, жила лишь на уколах. Так вот, не успели мы ее похоронить на даче в том месте, где Милли любила сидеть, как мне стала чудиться чертовщина.

Просыпаюсь ночью и вижу: Милли лежит у меня в ногах, как всегда. Или сижу дома одна, вдруг слышу со двора ее лай. Очень некомфортно себя чувствовала, но потом пошла в сад, села у могилки и сказала: «Милличка, дорогая, ты же осталась с нами, лежишь в саду, под любимой клумбой. Я тебя помню, моя радость, нет необходимости пугать маму. Понимаю, ты боишься оказаться забытой, но ведь такое невозможно. Ты лучшая собака, моя девочка, ты всегда будешь со мной, смерть нас не разлучила, ей не подвластно убить любовь». Потом я повесила у себя в комнате фотографию Милли, и глюки исчезли. Чистая психотерапия.

— И еще говоришь, будто не веришь в привидения, — глухо отозвалась Соня.

Тут я сообразила, что сморозила очередную глупость, привела совсем не подходящий пример, и прикусила язык.

— Хорошо, — вдруг согласилась Соня, — поеду к твоему врачу, на следующей неделе, в четверг.

— Лучше прямо завтра.

— Не могу, дел полно, потерплю до четверга, — отрезала Адашева, — у нас большие проблемы с поставщиками. Хочу только попросить: если со мной беда случится, забери Катю. Жизнь так сложилась, что никого из близких у меня нет, поручить девочку некому. Катя богата, она единственная наследница всего, что я имею. Не дай бог окажется в руках корыстного человека. Катюша, хоть ей и сравнялось шестнадцать, по сути, семилетняя малышка, наивная, верящая людям, никогда ни от кого не видевшая зла. Ты богата и порядочна, не польстишься на деньги сироты, да и, насколько помню, никогда не была подлой. Нет у меня подруг, довериться некому.

— А Роза Яковлева?

Соня пожала плечами.

— Отношения у нас давние и очень хорошие, без напряга, мы многое вместе пережили, и Роза проявила себя только с хорошей стороны. Но она безумно эгоистична, детей у нее никогда не было, поэтому Роза не знает жалости и не понимает того, что подросток очень раним. Сколько раз она говорила:

«Хватит Катьку баловать. На мой взгляд, лучшего воспитателя, чем ремень, просто нет. Врезать ей пару раз от души, мигом про закидоны забудет».

Да нет у Катюши никаких капризов. Просто мы как-то втроем пошли в магазин за обувью, я предложила девочке красивые, элегантные туфли, а Катюша захотела уродские бутсы на толстенной подошве. Мы поспорили, и я, поняв позицию ребенка, приобрела «вездеходы». Розку передернуло, ну она и рявкнула:

«Пока сама денег не зарабатываешь, обязана носить, что дают. Во фря! А ты, Соня, поощряешь ее выкрутасы. Спохватишься потом, да поздно будет, вырастет невесть что».

— Вот злюка! — возмутилась я.

— Нет, просто она с детьми дела не имела, — покачала головой Соня. Потом она заглянула мне в глаза и тихо попросила: — Пообещай, что не бросишь Катю!

Наверное, следовало настоять на немедленном визите к врачу или, смотавшись домой, притащить к Адашевой Оксану, но на меня внезапно налетела мигрень. В левый висок будто воткнулся железный прут и начал медленно-медленно поворачиваться. К горлу подобралась тошнота, уши заложило, перед глазами затряслась черная рябь.

— Даша, — донесся из темноты голос Сони, — скажи, могу я на тебя положиться?

— Абсолютно спокойно, — ответила я, пытаясь справиться с дурнотой, — я никогда не брошу Катю.

...Приехав домой, я с трудом добралась до кровати и упала на нее, не сняв с себя одежду. Тот из вас, кто знаком с мигренью не понаслышке, пожалеет меня. Отчего на некоторых людей наваливается эта напасть — непонятно. Известно лишь, что женщины страдают ею чаще, чем мужчины. Еще пугает полная непредсказуемость недуга, он может подстерегать вас в самый неподходящий момент. Меня настигает мигрень то в день отъезда за границу, то в час, когда все усаживаются за стол, чтобы весело встретить Новый год, или в то самое мгновение, когда я с огромной радостью думаю: «Ура! Домашние улетели на три дня, я свободна, как птица, вот уж отдохну, побегаю по магазинам».

Впрочем, в бочке дегтя есть и половник меда. Когда, скованная головной болью, я валяюсь в кровати, то никакая, даже самая вкусная еда в рот не лезет, поэтому преспокойно сбрасываю лишние килограммы. Думаю, именно благодаря мигрени мой вес никогда не зашкаливает на весах за отметку с цифрой пятьдесят. Согласитесь, за такое благо мигрень можно даже полюбить.

Но на этот раз болячка разбушевалась не на шутку, и я провалялась под одеялом несколько дней, потом, как всегда внезапно, обрела бодрость и воскресла. Рука тут же потянулась к телефону.

Соня не отвечала, ее мобильный механически предупреждал:

— Абонент находится вне действия сети.

Домашний номер я набирать не стала, маловероятно, что бизнесвумен сидит сейчас в любимом кресле у телика. Скорей всего, Соня находится на совещании, вот и выключила сотовый.

Я сбегала в душ, потом схватила с полки парочку детективов, завалилась на раскладушку в саду и стала перелистывать страницы. Ни один роман меня не захватил. Отбросив последний, я стала наблюдать, как Банди пытается поймать бабочку. Глупый питбуль носился по лужайке, круша лапами ландшафтный дизайн. Его тонкий длинный хвост торчал вверх, словно пика, крупная треугольная голова безостановочно щелкала челюстями. Но белая бабочка весело порхала с цветка на цветок, не даваясь Бандику. В конце концов капустница села на морду Снапа, мирно дремлющего возле раскладушки. Раздосадованный Бандюша одним прыжком наскочил на не подозревавшего ничего плохого Снапика и со всей дури цапнул того за ухо. Бабочка улетела, Снап заорал от неожиданности и вскочил, Банди свалился на землю, как раз туда, куда я поставила чашку с кофе и блюдце с печеньем. Ротвейлер рыкнул и бросился на пита.

— Эй, стойте! — заорала я, хватая бутылку минералки.

Моментально свинтила пробку и изо всей силы сжала пластиковые бока емкости. Прозрачная струя вырвалась наружу, благополучно миновала Банди и Снапа, выяснявших отношения, и врезалась в Ирку, копошившуюся на дорожке.

— А-а-а, — взвизгнула домработница, — поосторожней! Так и простудиться можно.

— На улице почти сорок, — напомнила я, тоже вскакивая на ноги.

— Все равно не следует водой обливаться, — занудила Ирка, но мне было не до нее.

Пит с ротвейлером перестали валять друг друга по траве, они нашли другую замечательную забаву: теперь псы ухватили мою подушку и начали тянуть ее в разные стороны.

— Прекратите! — рассердилась я.

Но Снапун и Бандюша, войдя в раж, не реагировали на хозяйские вопли. Я скрутила газету трубкой и шлепнула ротвейлера по круглым бокам. Снап с укором глянул на меня, но добычи не выпустил, наоборот, вцепился в нее еще сильней, потряс башкой... Наперник лопнул, белые перья взметнулись вверх, ветер понес их по саду. Бандюша залаял и бросился ловить невесомые, медленно кружащиеся клочки. Снап же, поняв, что натворил что-то нехорошее, быстро шмыгнул в дом.

— Ну и безобразие, — разнесся над лужайкой голос садовника Ивана, — мне теперь эту дрянь из травы пальцами выковыривать. Ну, Банди, погоди! Получишь на орехи.

Держа в руках метлу, Иван подкрался к питбулю и шлепнул того по мягкому месту. Бандюша обиженно подпрыгнул, отбежал подальше от Ивана и сел около моих ног.

— Да уж, дружок, — улыбнулась я, — жизнь несправедлива. Баловались вдвоем, а досталось тому, кто вовремя не сообразил унести ноги! В другой раз бери пример со Снапа, он улепетнул, следовательно, и тебе пора мазать пятки салом.

Бандюша обиженно засопел и полез под раскладушку. Я с тоской осмотрелась вокруг. Все заняты делом: Ирка развешивает на дворе ковер из прихожей. Хорошо, что Кеша уехал на работу. Сколько раз он налетал на Ирку, объясняя той:

— Вот, смотри, у нас есть моющий пылесос! А еще куча всяких средств: спреи, пены, при помощи которых напольное покрытие можно привести в первозданное состояние. Прекрати вывешивать пыльные ковры во дворе, да еще на ограде! Здесь же не деревня! Над нами соседи смеются!

Выслушав очередную отповедь, Ирка кивает головой, потом дожидается отъезда Аркашки и начинает методично украшать решетки паласами.

— Пылесос — это хорошо, — бормочет она, притаскивая очередной рулон, — но на свежем воздухе лучше проветрится.

Вот и сегодня, поняв, что Кеша вернется поздно, домработница занялась любимым делом.

Я зевнула и попыталась решить дилемму: лечь спать в саду или пойти в спальню? На улице хорошо, но, судя по нестерпимой духоте, скоро должен пойти дождь, и потом, под соснами летают всякие мошки, кое-какие из них больно кусаются. В доме же душно, в особняке нет кондиционеров, наша семья их не любит. Слишком много раз мы простужались в гостиницах, где они работают во всю мощь. А еще есть болезнь легионеров... Так где лучше покемарить?

В кармане зазвенел мобильный.

— Алло, — лениво ответила я.

— Даша?

— Да.

— У меня для тебя письмо.

— Какое? И, простите, я не поняла, с кем разговариваю?

— Это Роза Яковлева.

— Ой, Розочка, извини, я...

— Ты лучше подъезжай в Митино, — прервала меня давняя знакомая, — я буду тут небось до двух, а потом дальше отправимся. Докука, конечно, дел полно, надо бы удрать, да неудобно.

Плохо понимая, о чем идет речь, я попыталась остановить Розу:

— Извини, но с какой стати мне тащиться в Митино! Дикая жара стоит! И где там тебя искать? Какое письмо? От кого?

Роза шумно вздохнула:

— Ну ты как была занудой, такой и осталась! Настоящий педагог! Рулить надо на кладбище. Послание от Сони Адашевой. Надо было сразу тебе отдать, да я закрутилась тут с похоронами и поминками. Во, блин, вечно мне геморрой достается. Из-за доброты своей страдаю. Другая бы махнула рукой, дескать, не мое дело, а я давай крутиться, деньги тратить! Нашла себе приключение на голову! Вот что, или приезжай прямо сейчас, или лови меня потом где сумеешь!

— Зачем Соне мне письмо писать, да еще через тебя передавать? — воскликнула я. — Люди давно телефон придумали. Могла бы сама позвонить.

Роза хмыкнула:

— Похоже, ты не в материале!

— Что?

— Соня умерла.

Я на секунду лишилась дара речи, но потом кое-как створожилась и прошептала:

— Шутишь!

— Вот уж не предполагала, что я произвожу впечатление человека, способного отмочить подобную шутку! — обиделась Роза. — Сонька умерла, сегодня похороны, для тебя имеется цидулька. Ну и как?

— Еду, — пробормотала я, — уже за руль села.

Я на самом деле тут же влезла в машину и в мгновение ока докатила до Митина. Я успела к концу скорбной церемонии. Роскошный лаковый ящик ярко-рыжего цвета медленно, при помощи специальной машинки опускался на дно ямы. Вокруг колыхалась неисчислимая толпа, над притихшими людьми плыл душный аромат цветов, большинство присутствующих сочло, что лилии и розы лучший вариант для похорон. Я попыталась найти глазами Розу. Людское море заколыхалось, к свежему холмику начали приставлять венки и класть цветы.

— Всех сотрудников сети «Рай гурмана», пришедших почтить память Софьи Зелимхановны Адашевой, просят пройти к воротам, — прозвучал откуда-то с неба мужской голос, — там ждут автобусы для отправки к месту проведения поминок. Желающие добираться собственным ходом, получите у Клары Петровой листочки с адресом.

— Ну, явилась! — воскликнула Роза, выныривая из толпы. — На, держи. Помянуть поедешь? Эй, Кларка, дай нам бумажку. Вот, гляди, ресторан «Калитка».

— Поминки в ресторане, — протянула я.

— А что? — прищурилась Роза. — Их следовало в горах проводить?

— Нет, конечно, просто, как правило, после кладбища люди едут домой к покойному...

— Ну поучи меня, поучи, — мигом взвилась Роза, — спасибо за курс хороших манер! До сих пор я считала, что поминки организуют в метро. Ты обалдела, Васильева! Как такую толпу в доме разместить? Почти все сотрудники приперли! Во народ, лишь бы с работы удрать и нажраться на дармовщинку. Это Клара виновата! Я сразу приказала: вывесить в служебных помещениях магазинов плакат с фотографией Сони, внизу, после извещения, приписать: рядовым сотрудникам оставаться на рабочих местах, на похороны приглашаются только заведующие секциями. Ан нет, Петрова кипеж подняла! «Похороны не свадьба! Приходит любой, кто захочет». Ну и результат? В какую копеечку мне банкет влетел, а?

— Банкет? — изумилась я.

— Хватит к словам придираться, — разъярилась Розка. — Нашлась блюстительница нравов! На себя погляди! Явилась в голубых джинсах и красной футболке! Коли других за поминки в ресторане осуждаешь, могла бы хоть на голову черный платочек повязать.

Я вздохнула — некрасиво получилось. Но, с другой стороны, известие столь неожиданно настигло меня, что я понеслась к машине, не думая об одежде.

— В общем, поступай, как желаешь, — гаркнула Роза и ввинтилась в толпу.

Я осталась стоять, держа в руке две бумажки. Одна напоминала визитную карточку. Ресторан «Калитка» было написано на глянцевом прямоугольнике, «открыт до последнего клиента». Ниже шел адрес и давался план проезда. Вторая бумага была вложена в конверт. На нем отпечатано на принтере: «Даше Васильевой лично в руки. Просьба передать незамедлительно».

Глава 6

«Калитка» оказалась недалеко от кладбища. Я вошла в просторный зал и снова испытала удивление. Я, естественно, бывала на подобных мероприятиях, и все они, на мой взгляд, проходили по одному сценарию. За длинным столом сидят родственники и знакомые, выпивают, не чокаясь, потом закусывают, говорят о покойном, даже если он был противным, много хорошего. И так около часа. Затем кое-кто из присутствующих забывает о цели визита, пытается танцевать, требует веселых песен, караоке, но все начинается чинно, за столом.

В «Калитке» же стульев не было, на поминках организовали фуршет. Я стала медленно передвигаться между группами людей, пытаясь найти Катю. Девочка непременно здесь, она не могла не прийти на похороны женщины, заменившей ей мать. Но среди поминающих Катюши не оказалось.

Обойдя зал в третий раз, я прислонилась к колонне. В помещении царила духота, к тому же большинство присутствующих безостановочно курили.

— Классно, правда? — повернулась ко мне девушка в черном атласном платье.

Я пожала плечами.

— Вы о чем?

— Ну, шикарно проводили, — затараторила девица, — на кладбище оркестр играл, и в ресторане клево. Вкусно готовят, куриные рулетики пробовали? Они с черносливом!

Я не знала, как поступить. Поддержать из вежливости дурацкий разговор? Изобразить восторг от «шикарно организованных» поминок? Забыть о хорошем воспитании и молча отойти от девицы, решившей надеть на похороны супер-мини-платье с открытой грудью и полуобнаженной спиной? Правда, наряд девчонки черного цвета, но он больше смахивает на ночную сорочку, которыми торгуют в секс-шопах, чем на одежду для выхода в город. Уж лучше в джинсах, чем в таком «пеньюаре».

— В церковь, жаль, не повезли, — тарахтела девчонка, — а вы из какого магазина?

— Магазина?

— Ну в какой нашей точке торгуете? — поинтересовалась девушка, бодро жуя то ли пирожное, то ли булочку со взбитым кремом. — Тут только свои! Эх, в церкви красиво отпевают! Прямо плакать тянет! Но Соню-то нельзя! Самоубийц ваще положено за оградой хоронить!

Последняя фраза стукнула как молот по голове.

— Самоубийц!

— Ну да, — девица быстро проглотила очередной кусок булки, — а вы чё, не знали?

Я покачала головой.

— Ой, — всплеснула она руками, — небось вы одна такая остались! Третий день народ языком чешет. Давайте расскажу. Кстати, меня Лена зовут, а вас?

— Даша, — машинально ответила я и стала слушать сплетницу.

Соня ушла из жизни неожиданно для всех. Адашева ночью села в машину, отъехала недалеко от поселка, припарковала свою роскошную иномарку на обочине и выпила ликер, в котором содержался яд. Где-то около восьми утра некто Гуськов, один из соседей Адашевой, поехал на работу и наткнулся на ее машину. Мужчина вызвал милицию, и дело завертелось. Найденные возле тела письма не оставили сомнения: Софья Зелимхановна, удачливая бизнесвумен, богатая, не имевшая, по мнению многих людей, никаких материальных или моральных проблем, решила покончить с собой.

— Ну и дура, — воскликнула Лена, — мне бы ее деньги! Господи! Иметь миллионы и отравиться!

— Богатые тоже плачут, — ляпнула я.

— Только в кино, — отмахнулась Лена, — и то у них потом все пучком связывается, дети находятся, мужья любовниц бросают, наследство на башку обваливается.

Я схватила Лену за плечо:

— Не знаешь, Катя здесь?

— Которая?

— Дочка Сони.

— Незнакома с ней, — поморщилась девушка и тут же оживилась: — Смотри, там мороженое носят и взбитые сливки. Пойду раздобуду себе вазочку.

Чуть пошатываясь на высоких каблуках, она бросилась в центр зала. Я прислонилась к колонне. Самоубийство! Ну почему мне в голову не пришло подумать про то, что Соня наложила на себя руки? Письмо я прочитала, в нем содержалась всего одна фраза: «Даша, ты обещала взять Катю!» С какой стати я решила, что Соня погибла от инфаркта? Почему в моей голове жила невесть откуда взявшаяся уверенность, что бывшая коллега нацарапала послание в палате реанимации, лежала на капельнице, умирала, вот и хватило сил всего на одну строчку?

— Смотри, какая вкуснятина, — воскликнула Лена, выныривая из толпы, — мое любимое, с орешками. Попробуй.

Я покачала головой:

— Не хочу.

— А зачем тебе дочка Сони? — полюбопытствовала Лена.

— Ну... так.

Лена зачерпнула ложкой бело-желтую массу, сунула в рот, пару секунд помолчала, потом сообщила:

— Тут она! Мне Кларка Петрова сказала.

— Где?

— Клара? У окна стоит.

Пальчик Лены, украшенный дешевым серебряным колечком, показал в сторону. Я увидела чуть поодаль, возле широкого мраморного подоконника, худенькую девушку в темно-сером брючном костюме и, забыв попрощаться в Леной, рванула к Кларе.

— Катя? — настороженно осведомилась Петрова. — Зачем она вам понадобилась? Вы не из газеты случайно? Послушайте, я понимаю, что вы находитесь на работе, но пожалейте ребенка. Девочке не сказали, что

Соня покончила с собой, ей вообще никаких подробностей не сообщили.

— Я не имею отношения к желтой прессе. Давайте познакомимся, Даша Васильева, давняя знакомая Сони, еще по той, докапиталистической жизни. Она оставила письмо, читайте.

Клара осторожно взяла листок, ее лицо разгладилось, из глаз пропала настороженность.

— Вот ужас-то! — воскликнула она. — Катя сейчас спит в кабинете директора, устала очень, перенервничала, вот и уложили ее на диван покемарить.

— Наверное, лучше увезти ее отсюда.

— Думаю, да, — кивнула Клара, — только не забудьте: у Катюши нет никаких сомнений в том, что мама скончалась внезапно, от сердечного приступа. Вот ведь бедный ребенок! Такое горе не всякий взрослый перенесет! Вы уж поосторожней.

— Не волнуйтесь, — кивнула я, — ни слова не оброню. Только рано или поздно она все узнает. Газеты начнут всякую дрянь писать, и потом, всегда находятся «добрые» люди, желающие во что бы то ни стало сообщить ребенку совсем ненужную ему правду!

— Наверное, лучше увезти Катю на время, — предложила Клара, — за границу, на курорт.

Я кивнула:

— Дельная мысль. Но для начала я хочу забрать ее домой. Где кабинет директора?

— Войдите вон в ту дверь, потом по коридору налево, — объяснила мне дорогу Клара.

Я толкнула тяжелую, похоже, сделанную из цельного дуба дверь и оказалась в коридоре. Никаких деревянных панелей, ковров и бронзовых бра, украшавших зал ресторана, тут не было. Передо мной расстилалось офисное помещение. Серые стены, того же цвета двери из пластика и плитка на полу.

Я сделала пару шагов, и тут в том месте, где коридор разветвлялся, появилась фигура. На секунду меня обуял ужас. В неуютном свете галогеновых ламп я увидела девочку, одетую в белое платьице, на голове у нее высоко топорщился венок. Бросив на меня быстрый взгляд, она повернулась и быстрым шагом пошла прочь. Я потрясла головой и с криком: «Немедленно стой!» — ринулась следом.

Девочка оглянулась, заметила меня и полетела вперед. Ее ноги, обутые в удобные тапочки, быстро замелькали в воздухе. Я же, как назло, нацепила шлепки с длинными, сильно вырезанными носами. Держались они практически на больших пальцах, пятка не фиксировалась тонюсеньким ремешком, крохотный, толщиной со спичку, каблучок завершал картину. Не то что бегать, даже ходить в такой обуви крайне неудобно. Ни за что бы не купила себе подобные, предпочитаю летом мокасины или, на худой конец, полузакрытые босоножки. Но Зайка сегодня утром посмотрела на мои лапы и стала возмущаться:

— Безобразие! Ходишь, словно бомжиха, невесть в чем! На, немедленно надень мои и носи их всегда.

Спорить с Ольгой бесполезно, поэтому я побрела в сад в навязанной мне обновке. Потом, ошарашенная известием о смерти Сони, я кинулась к машине в чем была. И сейчас пыталась угнаться за проворным привидением. Но куда там!

Коридор снова разделился на две части. Девчонка свернула влево, я попыталась сделать тот же маневр, споткнулась, потеряла противные шлепанцы, понеслась дальше босиком и уперлась в дверь. Дорога закончилась. Девочка могла скрыться только за дверью.

Я ощутила полнейшую безысходность, но все же дернула за ручку. Скорей всего, сейчас увижу двор. «Призрак» отлично разбирается в служебных помещениях ресторана, он несся к черному выходу не раздумывая.

Нос уловил упоительный запах свежеиспеченных булочек. Я заморгала, за створкой скрывалась не улица, а огромная кухня, битком набитая людьми.

— Простите, — растерянно спросила я у тетки, вытаскивающей из духовки железный лист с пирожками, — девочку не видели?

— У нас здесь мальчиков нет, — весело ответила баба, повернув ко мне красное потное лицо, — сплошняком девчонки. Какую хочешь? Выбирай! Потолще, потоньше, с румяной корочкой или недопеченную? На любой вкус найдем.

— В белом платье и веночке! Видели такую?

Повариха поставила лист на доску и хмыкнула:

— Нас тут чертова тьма толчется, все в белом и в колпаках.

Я огляделась. Действительно. Служащие, деловито сновавшие по пищеблоку, носили довольно широкие балахоны на пуговицах. Кто-то перехватил талию поясом, другие предпочли «свободный» вариант. А на головах у женщин были странные сооружения из скрученной марли, нечто вроде беретов, но без дна. Издали подобную «шляпу» вполне можно принять за венок.

— Извините, — попятилась я в коридор, — перепутала случайно, я не сюда шла.

— Бывает, — легко согласилась повариха, потом покосилась на мои босые ноги и поинтересовалась: — Че, теперь мода такая, без босоножек ходить? Может, и хорошо, ступня не потеет, только грязно, грибок подцепить не боишься?

Я вышла в коридор, отыскала обувку и попыталась

утихомирить отчаянно стучавшее сердце. Любое мистическое событие имеет, как правило, вполне материалистическое объяснение. Небось навстречу мне попался поваришка, удравший из душной кухни с желанием покурить или попросту погулять. Небось ученица тайком ускользнула от мастера, хотела остаться незамеченной, выскочила в коридор, и тут на нее налетела я с воплем «Стой!». Девочка решила, что ее вычислило начальство ресторана, испугалась и кинулась назад.

Успокоившись, я нашла кабинет директора и увидела Катю, мирно смотревшую телевизор. Узнав меня, девочка щелкнула пультом и вежливо встала.

— Здравствуйте.

— Садись, Катюша, — сказала я, испытывая сильное смущение, — как дела?

— Плохо, — серьезно ответила девочка, — знаете же, мама умерла.

К моим щекам прилил жар. Надо же было задать бедному ребенку столь идиотский вопрос!

— Катенька, твоя мама просила меня в случае ее смерти позаботиться о тебе...

Девочка молчала, опустив глаза в пол.

— Конечно, Соню не вернуть, скорей всего, я не сумею полностью заменить тебе маму, но...

— Мне нельзя жить одной? — уточнила Катя.

— Нет.

— Почему?

— Понимаешь, по закону подросток твоего возраста, если он остался без родителей, отправляется в детский дом. В приют сирота не попадает только в одном случае: если находится опекун, готовый содержать и воспитывать его.

Катя поморщилась.

— У меня есть деньги. Вернее, они мамины, но теперь-то мои. Небось завещание она оставила.

— Думается, тебе лучше будет у нас, чем в интернате, — сказала я, — а вопрос о денежных средствах и всяких юридических формальностях решат адвокаты, в частности, мой сын, он хороший юрист.

Катя закусила нижнюю губу.

— Мы тебя не обидим, — уговаривала я девочку, — поверь, в нашем доме много детей. У Маши, моей дочери, полно подруг, ты с ними сможешь общаться, скучать тебе не придется.

Катя выпрямилась.

— Деньги...

Я не дала ей договорить:

— Твои личные средства нам не нужны. Мы достаточно обеспечены, чтобы прокормить еще одного ребенка и дать ему необходимое образование. Если мы подружимся, то будем спокойно жить вместе и дальше, если нет, то в день восемнадцатилетия ты уедешь от нас. Ни дом, ни квартиру, извини, не знаю, чем еще обладала Соня, я не трону. Движимое и недвижимое имущество, капитал, акции — все останется у тебя в целости и сохранности. Ни в коей мере я не претендую ни на одну копейку.

— Вы меня не так поняли, — протянула Катя. — Моя фамилия Адашева.

— Боишься, что мы заставим тебя поменять ее на Васильеву? Ну и бред! Кстати, мои дети Воронцовы и...

— Дайте договорить, — перебила меня Катя. — Опять не поняли. Адашевы из милости ни у кого не живут. Хорошо, я поеду с вами, раз мама так велела. И потом, в детском доме небось гадко, комната на двоих. Я привыкла одна в спальне быть.

Я улыбнулась. В интернате, как правило, вместе

ютятся одновременно четверо, шестеро, а то и большее количество ребят. Да детдомовцы мечтают очутиться в комнате всего с парой кроватей.

— Поеду с вами при одном условии, — решительно продолжала Катя. — Обещайте записывать все потраченные на меня средства каждый день. Ну, примерно так: десятое августа — обед, ужин, конфеты. Итого: на питание двести рублей. Стирка белья, покупка одежды, квартплата, электричество... Я люблю в Интернете сидеть, абонентская плата пойдет. Все-все, до копеечки пишите, я проверять стану, чтобы меньше не указали. А когда своими средствами распоряжаться смогу, то в тот же момент долг верну!

Я постаралась не измениться в лице. Хорошо хоть Катя предположила, что я буду преуменьшать, а не преувеличивать свои расходы.

— Идет? — спросила девочка. — Вы согласны?

Ну и как мне быть? Конечно, подросткам свойственны странные реакции, а Кате небось досталась от предков непомерная кавказская гордость. Насколько я знаю, Соня родилась в Москве, про отца ее, Зелимхана, я, правда, ничего не знаю, но он много лет жил в столице. Однако ведь генетику никто не отменял. Ох, тяжело нам придется с девочкой. Похоже, ей никто никогда не объяснял, что, кроме материальных забот, есть еще и моральные, а их как оценить? Мне что, писать в тетрадке: «Один поцелуй на ночь — десять рублей»? Или: «Разговор с учительницей математики — червонец»? Хотя нет, за поход в школу и тысячи мало.

— Ну? — поторопила меня Катя.

— Хорошо, — кивнула я, — завтра же куплю амбарную книгу.

— Тогда сначала поехали ко мне домой, — деловито сказала Катя. — Я вещи соберу.

Глава 7

Роскошный особняк смотрел на мир черными окнами. Катюша уверенно щелкнула пультом. На одном из столбиков забора заморгала красная лампочка. Ворота медленно отъехали в сторону.

— Вы припаркуйтесь у задней двери, — велела Катя, — и подождите пока в гостиной, я постараюсь не задерживаться.

— Я не спешу, — быстро сказала я, — собирайся сколько хочешь.

Катя кивнула.

— Кофе хотите?

— Нет, спасибо, я лучше так посижу.

— Вон пульт от телика.

— Хорошо, не волнуйся.

Катюша резко повернулась и пошла к лестнице, я осталась одна в огромной, более чем пятидесятиметровой комнате.

Сколько у них книг! Полки идут от пола до потолка, и, похоже, тут полно детективов. Вон книги Марининой, Поляковой, Устиновой... а еще Рекс Стаут, Дик Фрэнсис, Агата Кристи, Нейо Марш. Похоже, Соня страстная любительница криминальных романов. Надо же, она никогда не говорила раньше о том, что увлекается подобной литературой. Интересно, Кате нравятся такие книги?

Что бы ни говорили педагоги о воспитании, яблоко от яблони недалеко падает. Можно каждый день лупить ребенка, но если ваша мама и бабушка до глубокой старости не сумели выучить таблицу умножения, то, скорей всего, их внучка и правнучка окажутся круглыми двоечницами по математике и никакие педагогические меры не помогут. Дитя можно обтесать, научить его вставать при виде взрослых, не перебивать старших, мыться на ночь, чистить зубы, но если его предки за сотни лет выработали умение прятать глубоко внутри любые душевные переживания, то ребенок абсолютно невольно будет вести себя так же. Насколько я помню, Соня никогда не распространялась о каких-либо домашних делах. Она была приветлива со всеми на кафедре, не хамила людям, как Роза, не задирала нос, не кичилась редким для советских людей материальным благополучием. Улыбчивую, слегка апатичную, безукоризненно воспитанную, способную протянуть руку помощи, но, на мой взгляд, эмоционально холодную Соню Адашеву ничто не могло вывести из себя. А оказывается, она была иной — умело скрывала свои истинные чувства. Похоже, Катя из той же когорты. Девочка сегодня похоронила мать, во второй раз. С человеком такое несчастье случается единожды, а Катюшу бог наказал дважды. Не всякий взрослый справится в таком случае с эмоциями, большинство из нас свалится в истерическом припадке. А Катя гордо «держит лицо». Право, не знаю, хорошо это или плохо?

Я потянулась к сигаретам. Сделав пару затяжек, встала и распахнула окно. Из сада сладко запахло фиалками. Темное небо с крупными звездами нависало над поселком, несмотря на поздний час, на улице стояла духота. Ужасно, когда человек решает свести счеты с жизнью, еще страшней, если рядом не находится того, кто способен сказать: «Погоди, поживи еще недельку, глядишь, ситуация окажется не столь безнадежной».

Сколько людей, ночью пообещавших себе повеситься, дожив до утра, изменили свое решение? Ну почему я тогда уехала, оставив Соню одну?

Вдали, между елями, высаженными вдоль забора, мелькнуло что-то белое. Я вгляделась. Светлое пятно копошилось у забора. Кошка? Небось охотится на полевых мышей. Впрочем, нет. Собака! Боже мой! Девочка! В белом!

Я оперлась о подоконник и выскочила в сад.

— Эй, стой, — крикнула я, быстрым шагом двигаясь к изгороди, — погоди!

Белая тень нырнула в заросли, я ринулась за ней, продираясь сквозь кусты ежевики, вся исцарапалась, уперлась носом в забор и остановилась. Похоже, мне не догнать «гостью».

Плохо понимая, кто и зачем лазил по участку, я повернула голову влево и ахнула. На колючках покачивалась розовая сумочка на длинном ремешке, точь-в-точь такая, как у девчонки, напугавшей Соню на собачьей выставке.

Я схватила клеенчатый планшет, сунула его под свою футболку, потом вернулась в дом так же, как и покинула его, поднялась на второй этаж и постучалась в дверь к Кате:

— Можно, котик?

Нет ответа.

Очень осторожно я приоткрыла дверь и заглянула внутрь. Огромная комната с шикарной обстановкой, плазменным телевизором и суперnavороченным компьютером оказалась пуста. На кровати стоял полупустой чемодан, масса вещей валялась на ковре. Слева в спальне имелась еще одна дверь, похоже, она вела в ванную, потому что оттуда доносился плеск воды. Катя решила принять душ. Оценив обстановку, я поняла, что девочка прособирается еще как минимум два часа, и побежала к выходу.

Охранник, стоявший у шлагбаума при въезде в «Ниву», молча выслушал мою гневную речь, потом ответил:

— Мимо нас мышь не проскочит, посторонних не пускаем. Я всех торможу, на номер машины смотрю и разрешаю проезд согласно заказанному из коттеджа пропуску.

— Но в саду Адашевой кто-то разгуливал! Вот сумочка.

— Не знаю, — отбил мяч секьюрити, — за жильцами я не слежу, тут семьдесят девять домов. Мало ли кто чем занимается! Могут и по чужим участкам шастать.

Решив не сдаваться, я села в «Пежо» и медленно объехала поселок. Знаете, что я выяснила? Да, у официального въезда стоит будка с огромным амбалом, но со стороны леса нет никакой охраны. В одном месте забор разобран, и в глубь массива деревьев тянется достаточно широкая, хорошо утрамбованная дорога, по которой способен пройти не только пешеход, но и проехать мотоцикл и не слишком большой автомобиль. Мой «Пежо», имей он чуть более высокую посадку, элементарно покатит по «шоссе».

Выяснив это, я снова подъехала к секьюрити и сердито сказала:

— Со стороны леса можно беспрепятственно попасть в «Ниву». Неужели никто до сих пор не сообщил вам про сломанный забор?

Парень надулся:

— Мое дело маленькое, велено тут дежурить. Ежели кто чего нарушил, топайте к председателю. Задняя ограда не мой объект!

— Ладно, — кивнула я, — вы правы. С какой стати вам беспокоиться о том, что не записано в служебной инструкции? Скажите, о несчастье с Софьей Адашевой вы слышали?

Охранник кивнул:

— Милиция приезжала, ясное дело, народ гудит.

Плохо ей на дороге стало, прямо на шоссе померла. Во до чего деньги доводят. Нет уж, лучше маленькая зарплата, да сам живой!

— Знаете место, где Соня скончалась?

— А вам зачем? — подозрительно насупился юноша.

— Примерно час назад мы с Катей, дочерью Сони, — терпеливо объяснила я, — проехали мимо вас. Девочка высунулась в окно и сказала: «Еду домой». И вы открыли шлагбаум.

— Правильно поступил, — залопотал охранник. — Катю я хорошо знаю, она здесь постоянно проживает...

— Вы бдительный и хороший служащий, — улыбнулась я, — никаких претензий к вам у меня нет, просто хотела объяснить: я близкая родственница Кати, она теперь будет жить у нас, в Ложкине. А о месте, где случилось несчастье с Соней, я спрашиваю потому, что хочу повесить там на дереве венок. Знаете, традиция такая есть.

— А-а-а, — протянул парень, — тут близко, полкилометра не будет. Второй поворот, у оврага громадная береза стоит, там все и случилось.

Я доехала до места, постояла на дороге, спустилась в овраг, увидела тропинку и пошла по ней, светя перед собой фонарем, который на всякий пожарный случай всегда вожу в багажнике.

Извилистая дорожка бежала между деревьями, потом она резко свернула влево и уперлась в утрамбованный проселок. Я присела на пенек. Так. По правую руку виден задний забор «Нивы» и большой пролом в нем, то есть с основного шоссе легко можно попасть на задворки поселка, нужно лишь пройти по тропинке. Интересно, куда ведет проселочная дорога?

Я снова вернулась к охраннику.

— Ну, нашли? — спросил юноша, поднимая шлагбаум.

— Да, спасибо, береза очень приметная. Не знаете, если поехать по той дороге, ну, по уходящей к поломанному забору, то где окажешься?

Юноша хмыкнул:

— В деревне. Грызово ей имечко. Жители тут работают, не все, но многие, те, которые не пьют.

— Да?

— Ага. Кто траву на участках косит, кто заборы чинит, я сам оттуда, — разоткровенничался охранник. — Во повезло! Работы-то в Грызове не найти, народ в Москву катается. Пехом на электричку, потом на метро. Вон Райка в парикмахерской в столице ученицей стоит, в пять утра на работу из дому вылетает! Ваще, с ума сойти. С другой стороны, куда деваться? В Грызове-то делать не фига. Лишь огород и коровы. У нас тама мрак! Водопровода нет, туалет во дворе! Зимой в отхожее место бегать прям беда, пока взад-вперед смотаешься, задубеешь до смерти. А мне повезло, в охрану взяли. Двое суток тут, двое дома дрыхну. И деньги нормальные, и ехать никуда не надо. По дорожке пробежался и на месте. По шоссе-то никто не ходит, крюк большой.

Я усмехнулась. Естественно, парень знает про пролом в заборе и спокойно пользуется им!

Увидев мою ухмылку, охранник вновь надулся и пробубнил:

— Чего стоите? Проезжайте, не загораживайте вход.

Я прождала Катю еще часа полтора. Сидела в кресле, раздумывая над сложившейся ситуацией. В какой-то момент, вынырнув из мыслей, я подняла глаза и заорала. На меня от двери надвигался огромный дядька, настоящий монстр, чудовищная глыба с огромными, лопатообразными ладонями, без шеи и с маленькими глазками, похожими на два уголька.

— Здрасьти, — загудел он.

— Вы кто? — дрожащим голосом, пытаясь нашарить мобильный телефон, спросила я. — Как попали в запертый дом? Зачем?

— Дык, — начал размахивать ручищами дядька, — мы... того... выносить пришел... Колька я, здрассти, пожалуйста... извиняйте, конечно, вещички отдайте!

— Сейчас милицию вызову, — пообещала я.

— Зачем? — изумился великан. — Вещички отдавайте, и делу конец.

Боясь потерять сознание от страха, я рылась руками в сумке. Ну где же мобильный?

— Коля, — сердито заявила Катя, появляясь в гостиной. — Ты почему тут?

— Дык... вещички давайте!

— Они на втором этаже!

— Ты его знаешь? — в изумлении спросила я.

— Да, — кивнула Катя, — это Колька! Местный идиот! Я позвала его чемоданы таскать. Он тебя испугал?

Я отметила, что девочка перестала обращаться ко мне на «вы», и кивнула:

— Есть немного, он возник так внезапно.

— Кретин, — топнула ногой Катя, — на секунду оставить нельзя! Ведь велела дуболому: ступай по лестнице вверх! Нет, порулил в гостиную. Зла на тебя не хватает! А ну марш за баулами!

На лице Николая появилась виноватая улыбка.

— Дык... не сердитесь!

— Какой толк на тебя злиться!

— Уж простите!

— Ладно, ступай!

— Я хороший? — ныл мужик. — Да? Коля стара- тельный?

— Коля замечательный, — со вздохом вымолвила Катя, — умный, красивый, услужливый. А теперь вали за шмотками. Снеси кофры вниз и уложи в машину. Кстати, мне придется взять с собой Зифу!

— Конечно, — кивнула я, — шпиц поедет с нами. У меня и в мыслях не было оставить тут собаку одну.

— Коля, действуй, — велела девочка.

Гигант ломанулся в дверь.

— Беда с ним, — хмыкнула Катя, — тело борца су- мо, а мозг как у мухи.

Несмотря на недоразвитый ум, Коля ловко спра- вился с задачей. Мы с Катей сели в автомобиль, наби- тый багажом.

— У меня нет наличных денег, — вздохнула девочка.

Я вытащила сто рублей.

— Вот, дай ему.

— Никогда, — отрезала Катя, — с какой стати та- кую сумму отваливать? Десятки хватит!

— Понимаешь, у меня тоже отсутствует наличка, одна эта бумажка.

— Значит, ничего не дадим.

— Так нельзя! — возмутилась я.

— Можно, — отмахнулась Катя, — он дурак!

— Потому и нельзя, — окончательно разозлилась я, — обижать убогого грех! Эй, Коля, ты отлично спра- вился с делами.

Розовая бумажка перекочевала в ладонь гиганта. Я выехала со двора, Катя молчала до того момента, как машина вырулила на Новорижскую трассу. Потом она сказала:

— Колька нес мои вещи, верно?

— Да.

— Значит, мне и платить?

— В общем, правильно, — осторожно ответила я, уже сообразив, что любую ситуацию с деньгами Катя воспринимает не совсем адекватно.

— Я хотела дать дураку десятку, больше его услуги не стоят, — размышляла Катя, — но ты всучила ему стольник.

— И что?

— Думаю, будет справедливо, если запишешь на мой счет чирик, — решительно заявила Катя, — девяносто целковых ты потеряла!

Я не нашла, что ответить малолетней скупердяйке, и от растерянности изо всех сил нажала на газ. Обычно я езжу со скоростью примерно шестьдесят километров в час, меня пугает интенсивное движение, предпочитаю плюхать в правом ряду, выруливая в крайний левый только в редких случаях. Но сейчас я летела по трассе около разделительного отбойника, не глядя на спидометр. Дорога совершенно пуста, никаких неприятностей не предвидится. Стоило мне об этом подумать, как послышался резкий свист. Я притормозила. Вот оно, Дашуткино счастье, на обочине в столь поздний час притаился сотрудник ГИБДД.

Глава 8

— Что же вы, госпожа Васильева, гоняете, да еще с ребенком, — проговорил мент, листая документы.

— Случайно вышло, — пискнула я.

— Ладно, — пробасил дядька, — и как поступим? А? Делать что будем? Протокольчик составим? Кстати, надо номера по компу пробить, вдруг ваша машина в угоне!

— Вы же держите в руках техпаспорт!

— И чего? Вы могли приобрести краденую! Лады, ща поедем в отделение.

— Давайте я штраф заплачу, прямо тут! Сто рублей!

Гаишник вытянул губы трубочкой, цокнул языком и заявил:

— Нельзя. Только через сберкассу.

— Так все берут!

— А я нет! У нас проверки, оборотней ловят.

— Неужели в отделение потащите? — испугалась я. — С девочкой и вещами? Ночь на дворе. Возьмите стольник, и распрощаемся.

— Взятки не беру.

Я приуныла. Дашуткино счастье оказалось слишком полным. Интересно, сколько в Москве честных инспекторов? Надо же было мне нарваться на одного из них.

— Штраф не возьму, — гундосил дядька, — а пожертвование с дорогой душой. Слышала небось?

— О чем?

— Не знаешь? Сегодня день защиты спецсигнала, — на полном серьезе заявил мент. — Все моргалки и крякалки празднуют. Моя сирена может подарочек принять, как именинница. Для нее возьми, а штраф не приму.

Я полезла за кошельком. Спокойно, Дашута. Этот кабан такой же, как и все. Есть только одно отличие. Нормальный сотрудник ДПС примет мзду, улыбнется и отпустит тебя, а сей субъект шутник. День защиты спецсигнала!

Я открыла бумажник и увидела, что он пуст. О черт! Совсем забыла. Я ведь отдала последнюю купюру Коле!

— Ну, че копаешься? — поторопил меня мент.

— Простите, денег нет.

— Совсем?

— Вот, — продемонстрировала я портмоне, — уж извините.

— Значит, бедная такая!

— Нет, просто наличка кончилась.

— Не хочешь мою сирену порадовать, — покраснел шутник, — ладно, значица...

— Понимаете, — затараторила я, размахивая перед его носом кредиткой, — я не притворяюсь нищей.

— У тебя и не получится с такими серьгами, — рявкнул гаишник.

— Да, да. Просто я забыла снять наличку.

— Ага. Сирота с золотой кредиткой.

— Здесь есть где-нибудь банкомат? — воскликнула я.

— На шоссе? В поле?

— Ну... да, вы правы. Что же нам делать?

— В отделение ехать, — рявкнул гаишник.

— Ой, не надо! Вот! Я придумала! Может, у вас имеется в машине терминал?

— Терминал?

— Ну да, знаете небось, такая штука, в нее всовывают в магазинах карточки, а она чек выбивает...

— Чек?

— Ну да! Я не одна такая, с кредиткой. Ими пользуется сейчас много народа. Вы бы попросили начальство установить в ваших автомобилях такие кассы. Вот у нас приятели поехали в Эмираты, так там в пустыне даже у бедуина оказался ноутбук, и они заплатили карточкой за сувениры. И вам так надо сделать.

— Мне?!!

Внезапно идея с терминалом перестала казаться мне гениальной.

— Еще и издевается, — протянул гаишник. — Следуйте за мной.

— Непременно, — неожиданно сказала Катя, — именно так и сделаем. Но по дороге позвоним в вашу службу безопасности. Пусть они тоже подкатывают, думаю, им очень понравится идея про день защиты спецсигнала.

— Кто ж тебе поверит? — хрюкнул мент.

Катя вытащила из сумочки плоский, никелированный прямоугольник.

— Про диктофон слышал? Все классно записалось!

Гаишник напрягся, Катя хихикнула и сказала, направив аппарат к нему:

— Новорижское шоссе, ночь, сотрудник ДПС, бляха номер... Кстати, вы не представились. Имя, фамилия, звание! Вы нарушили должностную инструкцию.

— Уезжайте!

— Нет, — уперлась Катя, — назовите имя, фамилию и звание!

— Укатывай!

— Вы нарушаете закон. Обязаны представиться.

Я хотела завести мотор, но Катя ловко выдернула ключи из зажигания.

— Ненавижу вымогателей, — заявила она, — люди деньги зарабатывают, а эти их потом стригут.

— Вали отсюда!

— Ладно, — кивнула девочка, — только найти вас по номеру бляхи ничего не стоит.

— Слушай, — сбавил тон гаишник, — отдай диктофон, а я вас за это отпущу.

— И так уедем, — подмигнула девочка, — в отделение нас не потянешь, побоишься! Хочешь аппарат? Он денег стоит!

— Сколько?

— Триста баксов.

— Офигела?

— Нет. Свобода дороже. Завтра непременно отвезу
его в...

— Пятьдесят гринов, — быстро предложил мент.

— Не, триста.

— Сто.

— Три сотни.

— Сто пятьдесят.

— Две с половиной, — пошла на уступку девочка.

— Двести, — буркнул гаишник, — больше нет.

— Ну ладно, — смилостивилась Катя, — давай.

— Э, хитрая! Сначала аппарат.

— Нашел дуру! Гони башли.

Я с раскрытым ртом внимала разговору. Наконец
пара пришла к консенсусу. Гаишник вывалил Кате на
колени кучу мятых сторублевок. Девочка отдала ему
диктофон, аккуратно сложила бумажки и покачала головой:

— Денежки уважать надо, тогда они водиться станут. Скомкал купюры, грязнуля. Здесь стольника не
хватает. Мы же по курсу ЦБ рассчитываемся?

— У матери возьми, — рявкнул мент, — она мне
должна осталась!

Катя задумчиво посмотрела на меня.

— Поехали домой.

— Далеко пойдешь, девка, — ожил гаишник.

Катя усмехнулась:

— Дальше, чем ты думаешь!

На этой фразе с меня спало оцепенение, я нажала
на педаль, «Пежо» рванул вперед.

— Вот как с ними надо, — назидательно произнесла
Катерина, любовно пряча купюры в сумочку. — Привыкли шантажом заниматься, но не на такую напали,
обломалось! Неплохо я заработала.

— Но ты отдала хороший диктофон, — напомнила
я, — небось он дорого стоил. Не жалко?

Катя звонко рассмеялась:

— Ни на минутку. И потом, кто сказал тебе, что аппарат хороший? Он давно сломан, вообще не пашет. Надо было выбросить, да меня жаба душила, вот и прихватила его с собой. Уж не знаю зачем, из чистой жадности!

— Значит, никакой записи нет?

— Прикинь, во прикол! — веселилась девочка. — Сел этот урод в машину, тык, тык в кнопочки, а там ни фига! Купил почти за двести баксов дерьмо. Так ему и надо! Мерзавцев учат!

У меня не нашлось слов, чтобы прокомментировать ситуацию. Только въехав в Ложкино, я сумела выдавить из себя вопрос:

— А включи гаишник диктофон при нас? Ну догадайся он проверить правдивость твоих слов, тогда как?

Катя распахнула огромные карие глаза:

— Зачем думать о том, чего не случилось? Не парься по пустякам, не создавай проблем из ничего.

Пока Иван перетаскивал из машины чемоданы, я провела Катю в комнату для гостей, распахнула дверь и улыбнулась:

— Нравится? Если нет, рядом имеется еще одно пустующее помещение, но оно без эркера.

Катя поморщилась:

— Куда деваться! Здесь останусь.

— Понимаешь, — по непонятной причине принялась оправдываться я, — в нашем доме, хоть он по метражу и такой же, как ваш, больше комнат, поэтому огромных помещений, вроде твоей детской, нет. Людей здесь много живет. Вот гостиную пятьдесят метров мы сделали...

— Я переживу тесноту, — сказала Катя, осматривая двадцатиметровое пространство. — Но здесь нет компа.

— Завтра поставим.

— Ну и хорошо, — кивнула девочка, — горничная имеется?

— Да, ее Ира зовут.

— Пусть придет, разберет вещи.

— Уже поздно, она спит.

Катя села на кровать.

— Ты платишь ей помесячно или за день?

— Ира получает оклад, первого числа каждого месяца даю ей конверт.

— Глупо. Надо рассчитываться ежедневно, а то получается, что она спит за твои деньги. Давай научу, как положено прислуге платить, — оживилась Катя. — Прикидываешь, сколько часов в день она тебе нужна, и говоришь ей: «Люся...»

— Ира.

— Не важно! Хорошо: «Ира, будешь получать за работу ну... доллар в час». Уж поверь мне, она при таком раскладе про сон забудет, станет всех у двери после полуночи караулить.

— Но получится, что ей больше трехсот баксов в месяц не заработать.

— Вполне хватит.

— За уборку трехэтажного коттеджа? Стирку, глажку, мытье посуды...

Катя всплеснула руками.

— Ты ей больше даешь?

— Ну да.

— За что же?

— Уборка, стирка, глажка, — вновь принялась перечислять я.

— Ой, не смеши! — взъелась Катя. — Пылесос есть?

— Конечно, целых три. Маленький, большой и моющий.

— Стиральная машина?

— Естественно.

— Посудомойка?

— Да, на кухне стоит.

— Небось и гладильная доска суперская, с вентилятором и парогенератором.

— Точно, откуда ты знаешь?

— А, у нас такая же, — отмахнулась Катя. — Ни фига твоя Люся...

— Ира!

— ... не делает. Механизмы за нее работают. Она где живет?

— Тут, в доме.

— Сколько за житье вычитаешь?

— Ничего.

— А жрет где?

— Ну...

— Ясно, — резюмировала Катя. — Не ты ей, а она тебе платить должна! Устроилась на всем готовом, вкусного похавала, кофе попила и на боковую. Не умеешь ты хозяйство вести. Хочешь, я в свои руки его возьму? Поверь, ты удивишься, сколько денег сэкономить можно.

— Привет, — заглянула в дверь Манюня. — Я Маша! А ты Катя, верно?

Катерина моргнула и с достоинством ответила:

— Да. А ты всегда врываешься в чужую комнату без стука? Если так, то мне нужен замок, не люблю, когда без спроса лезут!

Машка заморгала, а я со словами «ну вы тут знакомьтесь» быстро улизнула в коридор. Похоже, жизнь в нашем доме приобретает новые, до сих пор неизвестные краски.

Ночью мне не спалось. Промаявшись в кровати, я встала и вышла в сад покурить. Дома даже не стоит пробовать зажигать сигарету. В нашей семье курю одна я, остальные ведут здоровый образ жизни, они любят жареное мясо, коньяк, взбитые сливки, пиво... Каждый раз, когда я пытаюсь затянуться, кто-нибудь из домочадцев влетает в мою спальню с воплем:

— Немедленно загаси сигарету, на весь дом воняет. Интересно, отчего мне никогда не приходила в голову идея нацепить с внутренней стороны крючок?

В кустах раздавался шорох, из искусственного ручейка, воду в котором гоняет моторчик, доносилось оглушительное кваканье. В свое время, когда мы делали на участке так называемый ландшафтный дизайн, я была против любой воды и попыталась объяснить детям свою позицию.

— В пруду непременно поселятся квакушки, и еще от него полетят комары.

Но мои слабые возражения были затоптаны. Правда, пруд рыть не стали, ограничились ручьем. Не прошло и месяца, как на его берегах поселились все лягушки Ложкина. Ведут они себя нагло. Днем беззастенчиво прыгают по саду, ночью поют хором. У остальных ложкинцев по лужайкам носятся собаки и зеленые, пучеглазые создания не рискуют соваться на территорию. У нас вроде тоже имеются псы. Но ротвейлер Снап не замечает земноводных. В качестве объекта еды он их не воспринимает, а все то, что нельзя съесть, Снапуна не волнует. Мопс Хуч слишком брезглив, чтобы нападать на нестерильных тварей. Впрочем, был в его жизни сезон охоты на полевых мышей, но об этом эпизоде я уже рассказывала и повторяться не буду. Вот пуделиха с удовольствием бы полакомилась лягушатиной, но Черри совсем старая, она плохо видит, еще хуже слышит, поэтому Кеша иногда просто покупает ей в супермаркете лягушачьи лапки, до которых наша старушонка большая охотница. Йоркшириха Жюли, как светские дамы девятнадцатого века, падает в обморок при виде любой опасности. По саду тоже ходит осторожно, на землю с дорожки не ступает, да и, честно говоря, лягушки-то покрупней этой, с позволения сказать, собаки будут. Скорей уж они на нее нападут, приняв за волосатого таракана.

Сев на скамеечку, я призадумалась. Итак, с чего начать? Соня не могла покончить жизнь самоубийством. Знаете, почему я пришла к такому выводу? Во время нашего последнего разговора Адашева рассказала о своей вере в бога. Более того, она откровенно призналась, что лишь религиозные чувства удержали ее от сведения счетов с жизнью в тот год, когда в авиакатастрофе погибла ее семья. Если уж тогда Соня не убила себя, то почему сделала это сейчас? Из-за девочки в белом? Мучилась совестью, вспоминая убитого ею подростка? Но ведь Зелимхан объяснил дочери, что на дороге был манекен! А вдруг он все придумал, чтобы избавить дочь от мук совести? На самом деле Соня сбила ребенка, и вот теперь, спустя много лет, он решил отомстить, прикинулся живым...

Я раздавила окурок, поковыряла носком тапки землю, сунула в крохотную ямку бычок, утрамбовала холмик и покачала головой. Ну и дурь пришла мне в голову! Привидений не существует. Но девочка-то была! Я сама видела ее сначала на выставке собак, а потом в саду у Адашевой. Розовая сумочка из клеенки лежит в моей спальне. И о чем это свидетельствует? Соня не собиралась добровольно уходить на тот свет, кто-то методично сводил ее с ума. Переоделся подростком, нацепил белое платье, венок и начал пугать Адашеву.

В конце концов потерявшая всякий разум Соня выпила яд. Это самое настоящее убийство. И зачем уничтожать ее? Ответ прост: тогда на дороге был не манекен, а живая девочка. Очевидно, Зелимхан, человек богатый, дал родителям погибшей большую сумму, вот они и молчали. Но сейчас решили отомстить, причем не только Соне. Она ведь уже мертва, а девочка рылась в саду Адашевых. Следовательно, следующий объект мести — Катя.

Я просто обязана найти того, кто задумал черное дело, иначе над Катюшей будет висеть страшная опасность.

А сейчас нечего больше курить — пора спать. С гудящей головой я пришла в спальню, залезла под одеяло и, тяжело вздыхая, попыталась найти в кровати уютное местечко. Повертевшись пару минут с боку на бок, я горько пожалела о том, что мою постель теперь украшает замечательно ровный матрас, настоящий праздник для позвоночника. Конечно, спине от него только польза, но заснуть на нем бывает просто невозможно. Вот на старой продавленной софе, где я, будучи малооплачиваемой преподавательницей, долгие годы спала, имелась очень уютная выемка. Если ко мне начинала подбираться бессонница, я забивалась в ямку и мгновенно отбывала в страну Морфея. Теперь же, став богатой дамой, я начисто лишена такой возможности и сейчас переползаю из угла в угол двухметрового «аэродрома», надеясь обнаружить на нем нечто похожее на ту замечательную впадину.

И тут в спальню ворвалась Маня и зашмыгала носом.

— Муся! Это полная катастрофа!

Я испугалась, быстро села и спросила:

— Что на этот раз?

Маруська обладает редким даром влипать во всякие неприятности. Когда мы несколько лет тому назад поехали в Тунис, Манюня, выбежав в первый раз к бассейну, поскользнулась и сильно рассекла ногу, шрам виден у нее на ступне до сих пор. В Италии она отравилась морепродуктами, на Кипре ухитрилась подцепить непонятную инфекцию, мучившую ее весь отдых и загадочно исчезнувшую в Москве. В Лондоне девочка опрокинула на себя чашку с очень горячим какао, от сильного ожога Машку спасли джинсы. Но, поняв, что с ней случилась очередная незадача, Маня никогда не расстраивается, относится к казусам философски. Но сейчас она плачет, нос распух, глаза красные.

— Что случилось? — принялась я расспрашивать девочку.

— Не знаю, — простонала Маруська, — мне плохо! Кашель напал, насморк, чихаю все время.

— Ты заболела!

— Нет, только не это!

— Не стоит расстраиваться, — улыбнулась я, — посидишь три дня дома и выздоровеешь.

— Муся, — заломила руки Маня, — ты забыла, да? У Сашки Хейфец завтра день рождения! Я же не могу не пойти!

С этими словами Машка принялась отчаянно чихать, кашлять и тереть слезящиеся глаза. Я тяжело вздохнула. У Маши одна самая лучшая подруга — Саша Хейфец и один лучший друг — Кирилл Когтев. Познакомились они в детском саду и с тех пор не расстаются. День рождения Сашки для Мани важнее собственного, поэтому приготовления к празднику шли давно, и вот теперь такая незадача!

— Пойдем, уложу тебя в кровать, — велела я.

Мы перебрались в Манюнину спальню.

— Ужасно, — всхлипывала Машка. — Приготовили с Кирюхой спектакль-розыгрыш, хотели Саньку удивить, а теперь все, да? Скажи, я к завтрашнему утру поправлюсь, а?

— Маловероятно, — осторожно ответила я.

Маня зарыдала, я подошла к ней и увидела, что розовый халат девочки и воротник покрывают пятна.

— Что ты ела? — насторожилась я.

— Торт из черники, — всхлипнула Маня. — Вон тарелка!

Я взяла стоящее на столике блюдечко.

— Это явно не черника!

Маня перестала рыдать.

— Черника. Вон одна ягодка осталась, ими кусок сверху был посыпан.

Я сунула черненький комочек в рот, ощутила характерный вкус и воскликнула:

— Это смородина!

— Черника. Я в кафе попросила: дайте с собой тортик с черникой.

— Они перепутали.

— У меня же аллергия на смородину, — подскочила Маня. — Что же делать?

Я быстро сбегала вниз и притащила таблетки.

— На, выпей кларитин, классное средство, действует очень быстро.

— Да? — с сомнением поинтересовалась Машка, глотая лекарство. — Думаешь, поможет?

— Стопроцентно, — заверила я, — и как ты только не поняла, что ешь смородину, у нее же совсем иной вкус, чем у черники!

Маня ткнула пальцем в телевизор.

— Триллер смотрела, дико страшный, прямо тряслась вся, и не почувствовала разницу.

— В другой раз следует быть аккуратней, — менторским тоном заявила я и ушла к себе.

С мыслями о том, что меня снова сейчас начнет терзать бессонница, я легла на свой жутко неудобный матрас, но сон отчего-то пришел сразу. Не успела я натянуть одеяло на голову, как веки закрылись, тело расслабилось, и наступила темнота.

— Муся! — заорал кто-то над ухом.

От неожиданности я вскочила на ноги, тут же упала назад на кровать и закричала:

— Что случилось? Что? Кому плохо?

— Мусик, — зашептала стоящая возле моей постели Машка, — ты чего орешь? Разбудишь всех! Ты спала?

— Ну да, — растерянно ответила я, — что же еще делать в два часа ночи?

— Извини, — слегка обиженно протянула Машка, — я предполагала, ты волнуешься о здоровье больного ребенка. Места себе не находишь, вот и прибежала тебе сообщить: кларитин — волшебное средство! Помог сразу — ни насморка, ни кашля, и чихать я перестала! Просто таблетка от всего! Теперь буду принимать только его! Ура! Я пойду к Сашке на день рождения! Господи, как просто, съела кларитин — и кайф! Ура кларитину! Ура! Ура! Ура!

Глава 9

Утро в нашей семье началось стандартно. Сначала Зайка поругалась с Кешей. Повод для ссоры остался мне неизвестен, но, услыхав вопль Ольги: «Ага, вот ты какой!», я предпочла не высовываться из спальни. Потом забубнил Дегтярев:

— Маня, хватит жвачиться! Сколько можно собираться, я вот за пять минут оделся.

— Если б я согласилась выглядеть как ты, то мне и трех мгновений хватило б, — мигом взвилась Манюня. — Посмотри в зеркало! Рубашка мятая, брюки в пятнах...

— Так жарко, — попытался оправдаться полковник.

— И при чем тут измазанные брюки?

— Я мороженое ел!

Я хихикнула, услышала, что заскрипели дверные петли, и быстро притворилась спящей.

— Мусик, — прошептала Машка, — храпишь?

Я старательно засопела. Маня подошла к моему шкафу, пошуршала чем-то и убежала. Я же внезапно заснула по-настоящему и очнулась лишь тогда, когда Ирка влезла в комнату с пылесосом и заорала:

— Вы не заболели? Обед уже!

— Дома есть кто? — потрясла я гудящей головой.

— Нет.

— А Катя куда подевалась?

— Эта? — скривилась Ира. — Ее Маня с собой увезла! Ну и цаца, доложу я вам! Маленькая, да такая противная. Прикиньте, что мне заявила: «Вы не подогрели тарелки, и омлет из-за этого опал». Во как! Ну и ну! А собачка симпатичная, Зифа эта, по дому бегает, с нашими подружилась!

Бурча себе под нос, Ирка стала шуровать железной трубкой под столом, я быстро побежала в ванную. Не сочтите меня занудой, но в данном конкретном случае Катя совершенно права. Омлет следует раскладывать на горячую посуду, тогда он сохранит свою пышность. Но Ирка не обращает внимания на подобные мелочи, поэтому мы частенько едим нечто, больше похожее на блины, чем на омлет.

Покосившись на мрачную Ирку, я стала пятиться к двери и в тот же момент услышала деликатное попискивание мобильного. С тех пор, как все вокруг оснастили свои трубки невероятными мелодиями, я включила самый простой звонок. Я поднесла аппарат к уху и застонала. О нет, только не это!

— Дашута, — затарахтела моя давнишняя приятельница Светка, — такой рецептик нашла! Записывай...

— Угу, — покорно отозвалась я, даже не собираясь брать бумагу с ручкой, — вся внимание...

У многих женщин бывают хобби. Оксана, например, страстная кулинарка, она готова стоять у плиты часами, делая фаршированную щуку. Лена Мордвинова вяжет, Оля Рябинина шьет, Нелли Суслова разводит цветы, но Светка отличается от всех. Знаете, как она обожает проводить свободное время? Светунчик делает домашнюю косметику. Впрочем, очень многие женщины не пользуются покупными средствами. Я сама в советские времена смешивала в чашке один желток, ложечку подсолнечного масла, пару капель лимона и накладывала получившуюся маску на лицо. Насколько помню, от веснушек хорошо помогал очень кислый кефир, от отеков — пюре из сырой картошки, а из огурцов и водки получался великолепный лосьон. Но, повторюсь, я увлекалась приготовлением масок и кремов в прежние годы, когда в магазинах ничего подобного было не сыскать. Но сейчас-то! Зачем мучиться, если можно пойти и купить все, что нужно! Правда, стоит качественная косметика хороших денег, но ведь для себя, любимой, ничего не жалко.

Но у Светки иное мнение. Средства для ухода за лицом и телом она делает сама. Вот, допустим, маска из клубники. Вроде она отбеливает, освежает, тонизирует... Ну и как я поступала раньше? Брала пару ягодок, разминала вилкой и намазывала лицо и шею. Процесс подготовки занимал две минуты. Но Светка не такая! Пару недель назад она приехала ко мне в гости, имея при себе чудодейственный рецепт. Клубничка, сметана и сливки. Сметану следовало подогреть на паровой бане. Ягодки протереть сквозь сито, при этом удалив из них все зернышки. Кто хоть один раз видел эту вкусную и полезную ягоду, поймет глобальность задачи. Сливки предстояло взбить, причем не миксером, а специальным венчиком... В общем, Светка трудилась около часа, а потом, всучив мне в руки мисочку, велела:

— Иди в ванную, налей воду, температура должна быть тридцать шесть градусов.

— Не больше и не меньше? — хихикнула я, но Светка юмора не поняла.

— Ага, — кивнула она, — именно так! Наложишь маску на лицо, сядешь в ванну, включишь музыку...

— Какую? — решила уточнить я.

Светка задумалась.

— Любую, чтоб расслабиться. Ты от чего успокаиваешься?

— От сигареты, — честно призналась я, — и шоколадки, а еще детективчик хорошо почитать...

— Ни в коем случае, — взвизгнула подруга, — все вышеперечисленное — яд для кожи!

— И книга?

— Да!!! На глаза следует положить ватные компрессики, пропитанные чаем!

— Укажи сорт листа! Цейлонский, индийский, китайский... Потом зеленый или черный?

— Это без разницы, — отрезала Светка, — ступай.

Держа в руках мисочку, я покорно пошла в свою ванную комнату, посмотрела на смесь сметаны, клубники и сливок, понюхала ее, лизнула, а потом, не сумев удержаться, слопала всю без остатка.

Светке я, естественно, ничего не сказала, и подруга затем долго восхищалась моим цветущим видом.

Остановить Свету в момент рассказа о новом потряса-а-ающем рецепте невозможно, поэтому сейчас мне пришлось слушать ее звонкий голос и изредка выдавливать из себя:

— Угу! Поняла! Вытащить из килограмма огурцов все семечки...

Ясное дело, что избавилась я от Светки не скоро.

В Грызово я заявилась в самую жару. Часы показывали ровно два, солнце немилосердно палило. Погода брала реванш за пронзительно холодный май и бессовестно дождливый июнь.

Я остановилась около небольшого магазинчика и вошла внутрь. Ох, сдается мне, корни произошедших событий зарыты в Грызове. Никакого манекена не было, Соня случайно убила девочку, местную, из грызовских. Другие никак не могли оказаться поздно вечером на дороге. Ребенок не жил в «Ниве», тогда бы от его родителей попросту откупиться не удалось. Следовательно, надо порасспрашивать пейзан. Обязательно найдется тот, кто знает правду, на то она и деревня. В маленьком поселке практически невозможно сохранить тайну, как ни старайся, а истина выплывет. И еще обычно лучше всех о местных происшествиях знают три человека: медсестра, глава администрации и... продавщица сельпо. Именно к последней стекаются все сплетни. Соберутся бабы у прилавка и начнут судачить, перемывать кости соседям.

После яркого солнечного дня внутри магазина мне сначала показалось темно. Потом глаза привыкли, и я увидела полки, заставленные всякой ерундой. Вот уж не думала, что в Подмосковье сохранились лавки, где вперемешку на стеллажах громоздятся рыбные консервы, тушенка китайского производства, мыло, веревки, помидоры, спички, электроплитки, ведра, сметана, творог и колбаса сомнительного происхождения.

Продавщица, необъятная тетка весом под тонну, отложила газету и с тяжелым вздохом осведомилась:

— Чево хотите?

— Водички попить, — приветливо улыбнулась я, изо всех сил пытаясь расположить к себе бабу.

— Какую тебе?

— Минералку, если можно.

— Не держу такое в магазине.

— Почему?

— Кто ж ее тут покупать станет? Вода в колодце есть забесплатно! Если очень пить хочешь, возьми-ка кружку да ступай во двор, зачерпни из ведра, — разрешила бабища.

Я последовала ее совету. Несмотря на жару, вода оказалась ледяной, и у меня заломило зубы.

Вернувшись назад, я спросила:

— Кружечку помыть?

— Так поставь.

— Неудобно, потом чаю захотите, а посуда грязная.

— Ха! Дала бы я тебе свою чашку! Это общая, из нее все пьют.

У меня мгновенно возникло желание схватить зубную щетку, но осуществить задуманное было нереально, оставалось лишь злиться на себя за то, что не взяла одноразовую посуду.

— Ты просто так мимо ехала? — продолжала расспросы торговка.

Ответить я не успела. В лавчонку ввалился мужик и заорал:

— Зинк! Хлеб есть?

— Не привезли.

— Почему?

— По кочану.

— Понял, — кивнул дядька, — после шести, значит.

Оглушительно топая, он ушел, Зина оперлась о прилавок.

— Дело у вас какое? Или просто гуляете?

Я округлила глаза.

— Ну... в общем, в двух словах и не рассказать.

На лице Зинаиды появилось выражение детского восторга.

— Я никуда не тороплюсь, — заверила меня она, — времени до усрачки.

— Скажите, вы давно в Грызове живете?

— Родилась тут.

— Всех, наверное, знаете.

— А как же, — подбоченилась Зина.

— Может, вспомните, не пропадали ли у кого дети? Девочка-подросток?

Зина усмехнулась:

— А тебе зачем?

— Надо.

— Ишь какая! Я рассказывай, а она рот на замок! Сначала сама говори!

Я навалилась на доску, разделявшую нас с Зиной, и, понизив голос, спросила:

— Тайны хранить умеешь? Никому не разболтаешь?

Зинаида постучала большим кулаком по подушкообразной груди:

— Могила!

И тут в магазинчик ввалилась баба, черноволосая, тощая, похожая на потрепанную ворону. Мы мгновенно замолчали.

Блестя глазами, бабенка прогундосила:

— Зинк! Хлеб есть?

— Неа, приходи, Таньк, в ужин.

— Ага, понятно, — кивнула Таня, но не ушла.

Она принялась медленно ходить вдоль прилавков, вздыхать, одергивать застиранный ситцевый халат и чесать голову. Затем вытащила из кармана потертый кошелек и стала перебирать монетки.

— Шла бы ты домой, — не вытерпела Зина, — булки после шести привезут.

— Ага.

— Ступай.

— Уж и постоять нельзя. Да вы болтайте себе, — разрешила Таня, — я не слушаю совсем.

Зина подмигнула мне и сказала:

— Тушенку покупать не стану. Ишь, заломила по сорок рублей за банку. Сама за такие деньги жри!

Я тут же включилась в игру.

— Ну ты жадная! На складе по тридцать девять беру! Мне заработать тоже надо!

Таня помаялась еще несколько секунд, а потом выскочила за дверь.

— Во дрянь! — воскликнула Зина. — Прямо чует, когда о важном толкуют! Мигом прибежит и уши греет! А ты сообразительная! Другая и закудахтать могла: «Какая тушенка?!»

— Ты тоже не промах, — похвалила я собеседницу.

Зина расплылась в довольной улыбке.

— Ага, и дети мои так считают! У других сволочи повырастали, хоть и при отцах. А я своих одна в зубах тянула, выучила, в город отправила, теперь людьми стали. Один врач, другая учительница. Приезжают с подарками, отдыхают и говорят: «Кабы не ты, мамка, капец нам. Все умеешь, все можешь, чистое золото».

Таньку набок скосорыливает, когда такое слышит, мы соседи. Только у ней сын алкоголик горький. Так что у тебя за дело?

Я вздохнула:

— Много лет назад в Грызове должна была исчезнуть девочка-подросток. Причем внезапно. Вечером гуляла, а утром испарилась. Родители шума не поднимали. Вполне вероятно, что они пьяницы или многодетные бедняки. Спустя некоторое время эти люди должны были сделать какое-то приобретение, большое, ценное... Понимаете, Зиночка, я на самом деле частный детектив, и мне поручено расследовать убийство той девочки.

— Чистая Санта-Барбара, — воскликнула Зина, — во, блин! Ща подумаю. У Роговцевых ребенок помер, от дифтерита, они его похоронили.

— Нет, не годится.

— У Аньки Соломатиной сын в Москву учиться уехал, она всем хвасталась, как он там устроился, башли косой режет. Потом менты явились, и выяснилась правда: в тюряге Ленька.

— Опять не то.

— Так многие уезжали, — растерянно сказала Зинаида, — бегут отсюдова. Ленка Переверзева парикмахер в столице, здеся только ночует, Алка Шнырева шмутярой на рынке торгует, Пашка Венкин женился на москвичке...

— Не о них речь! Подросток пропал бесследно и внезапно!

Зина покусала нижнюю губу, потом стукнула кулаком по прилавку.

— Во! Таньку видела? Ну ту, что сейчас здесь крутилась, подслушать, о чем балакаем, хотела?

— Конечно.

— У ней сестра есть, старшая, Фимка.

— Как?

— Серафима. Только наши ее Фимкой кликали. Танька замуж вышла за Мишку-пьяницу и мыкалась с ним, пока мужик под электричку не попал. А Фимка детей так нарожала! С ней лишь ленивый не спал. Никому не отказывала! Сколько ребят настрогала, не помню, то ли восемь, то ли девять, я в них путалась. Отцы разные, а малыши одинаковые: беленькие, глазастенькие, живчики такие. И, что интересно, все мальчишки, кроме первой. Та девка, Анжелика...

Я внимательно слушала Зину. Увы, рассказанная ею история не казалась мне необычной. Сколько живет в российских деревнях баб, бездумно производящих на свет потомство? Какое количество оборванных, грязных ребятишек с замиранием сердца ждет лета, когда на огороде наконец полезут из земли морковка, кабачки, картошка... Стайки голодных детей ночью шуруют по чужим огородам, своего-то нет, вот и пытаются своровать немного еды.

Анжелика была именно из таких. До октября девочка бегала босиком, а потом влезала в валенки. На фоне далеко не богатых грызовцев ее мать, Фимка, казалась абсолютной нищетой. Зимой в избе не топили, не было дров. Анжелика шастала в ближайший лес за хворостом, но какой толк от прутьев? Вмиг сгорев, они не давали никакого тепла, и хлипкий дом снова покрывался изнутри инеем.

Фимка же не обращала внимания на стужу. Ей, вечно пьяной, мороз был по барабану и даже в некоторой степени радовал. Очередной произведенный на свет младенец, как правило, в январе-феврале благополучно умирал от стужи, и мать облегченно вздыхала: одной обузой становилось меньше.

Зина жалела Лику. Иногда зазывала девочку к себе и кормила горячим супом, а порой отдавала ей старые вещи своей дочери. Однажды летом Зина позвала Анжелику. Девочка мигом принеслась на зов и спросила:

— Воды вам натаскать? Мухой обернусь.

Благодарная Лика старалась услужить доброй соседке. Зина погладила девочку по растрепанным белокурым волосам.

— Сама управлюсь. Смотри, чего я нашла, разбирала на чердаке сундук и наткнулась, померяй, должно подойти!

— Какая красота! — в полном восторге зашептала Лика. — Вам не жалко? Ведь продать можно!

Зина пожала плечами.

— Платье-то не новое, дочке на выпускной вечер шили, белое совсем, маркое. Она его надела, пятно поставила и запихнула в сундук. Носи на здоровье, чего зря-то пропадает.

— Ой, спасибочки, — затряслась Лика, — мне плевать на пятно!

Схватив обновку в охапку, девочка кинулась к себе домой. Зина, качая головой, смотрела ей вслед. Вот несчастное дитя! Угораздило его родиться у Фимки!

Спустя час Анжелика постучала в окно. Зина выглянула наружу.

— Ну как? — спросила девочка.

Продавщица улыбнулась. Лика натянула платье. Оно оказалось ей чуть широковато в талии и боках, но впечатления вещи с чужого плеча не производило. На голове у девочки был венок из полевых цветов.

— Здорово! — одобрила Зина.

— Пойду в Ивановку, — радостно сообщила Лика, — там танцы, мне надеть нечего было, а теперь вот платье новое, ребята смеяться не будут, а то они меня оборванкой зовут!

— Ивановка? Она ж далеко! Двадцать километров, — удивилась Зина.

— Это по дороге, а я побегу лесом, мимо «Нивы», по полю, до водокачки долечу, а там рукой подать!

— И верно, — вздохнула Зина, — так в пять раз короче. Только поздно не возвращайся, ночью одной страшно.

— Кому я нужна, — заявила Анжелика, — да и нет у нас тут плохих людей, только свои пьяницы, а от местных я отобьюсь! Спасибочки, тетя Зина! Вы завтра за водой не ходите, на двор утречком гляньте. Прибегу с танцев и приволоку вам полнехонькую баклажку.

Выпалив это, Анжелика унеслась. Зина пошла в избу.

Утром баклажка оказалась пустой. Слегка обидевшись на обманувшую ее Анжелику, Зина сходила к колодцу, а потом занялась извечными домашними делами: огород, корова, магазин, ужин... Через неделю до продавщицы дошло: она давно не видела Анжелику. Обычно девочка забегала к соседке раз в день, но тут не показывалась на глаза семь суток.

Почувствовав некоторое беспокойство, Зинаида подошла к ограде и крикнула:

— Эй, Лика!

Но никто не отозвался.

— Фимка!

Снова тишина.

— Танька! Ау! Вы где? — надрывалась Зина.

Лишь сейчас она сообразила, что со двора соседей уже давно не доносились пьяные визги, плач детей, мат и вопли Таньки, пытавшейся выжить в окружавшем ее бардаке.

Сняв фартук, Зина вышла из своего двора, подошла к избе сестер, постучалась, потом осторожно открыла дверь.

В нос пахнуло сыростью и протухшей капустой. Под ноги с отчаянным мяуканьем бросилась кошка, Зина обошла помещение, полюбовалась на деревянные нары со скомканными ватными вонючими одеялами, лишний раз подивилась, в какой грязи живут некоторые люди, и поняла: соседи уехали невесть куда. Таня и Фима испарились, очень тихо, не объяснив никому причину бегства. Вместе с ними уехали и дети.

Глава 10

Зина разнесла новость по деревне. Бабы поахали, мужики почесали в затылках. Потом кто-то снял у избы дверь и уволок бочку, стоявшую во дворе. Больше ничего достойного у Таньки с Фимой не нашлось.

Прошло полгода, на дворе стоял лютый февраль, мороз ломал дорогу. Зинаида, проснувшись, как всегда, в шесть, отправилась в туалет и услышала звонкую ругань, доносившуюся с соседнего двора.

Продавщица глянула через забор и обомлела. У избы стояла Танька, одетая в новую цигейковую шубу, такую же шапку и крепкие сапоги.

— Ну уроды, — орала она, — избу оставить нельзя, вмиг разгромят! Дверь у меня приметная! Ща по домам побегу, найду, кто с...л, и убью гада!

Пока Зина хлопала глазами, Танька рванулась к соседу с другой стороны и завизжала, как циркулярная пила:

— А, сукин сын! Чтоб тебе сдохнуть, паралич подцепить! Вот где дверь! И бочка! Неси взад, скот!

— Ты че, — попытался оправдаться сосед, — моя филенка! Висит сто лет на сараюшке!

— А не бреши-ка! — завизжала Танька, потом послышался треск, вопль...

Зина ушла к себе, но домашние дела никак не хотели двигаться. Бабу мучило любопытство. В конце концов продавщица не выдержала, накинула тулуп и ринулась к соседке.

— Привет, Тань, — сказала она, входя в ледяную избу.

— Здорово, коли не шутишь, — мрачно ответила та, — видала, какие пройды? Отъехать нельзя, мигом хозяйство разнесут!

Услышь Зина эту фразу летом, она бы не преминула с ехидством заметить:

— Какое хозяйство? У тебя миски мятой нет.

Но продавщице очень хотелось узнать, куда подевались сестры, поэтому она не стала вредничать, а предложила:

— Пойдем ко мне, погреешься!

Таня поплелась за Зиной, села у стола, накушалась вволю чаю с кашей и, разомлев от еды и тепла, рассказала невероятную историю.

Оказывается, Фима познакомилась с мужиком, нашла его в прямом смысле этого слова на улице. Стояла на шоссе, а он ехал мимо. Надо же было случиться такому везению, что он спросил у Фимки дорогу... В общем, дальше получилась сказка. Мужик оказался страшно богатым и одиноким. Он только что купил квартиру, отремонтировал ее и теперь искал себе домработницу. Совершенно незнакомая Фима показалась ему самой подходящей фигурой на роль горничной, и мужик позвал ее с собой. Фима мигом согласилась на переезд, Таню она временно прихватила с собой — отмывать апартаменты после покраски стен и потолков дело хлопотное. Сейчас Фима работает у того мужика, а Таня вернулась домой. Шуба, шапка и сапоги — подарок от хозяина.

— Странная история, — протянула я, — если честно, то не очень правдоподобная. Нормальный человек не станет приглашать в свой дом незнакомку, стоявшую на дороге. Потом бригада, делавшая ремонт, как правило, за отдельную плату сама убирает за собой... Похоже, Фима наврала.

— Уж не такая я дура, чтоб ей поверить! — в сердцах воскликнула Зина. — Ясное дело, набрехала с три короба! Только Фимка тут больше не появлялась, дети ее тоже сгинули, от Анжелики ни слуху ни духу...

— Платье, которое вы подарили девочке, было белым?

— Ага, — кивнула Зина, — дочкино, выпускное. Народ-то умный. Люди цветное покупают или костюм брючный, чтобы потом носить. А мы по дури одноразовую вещичку приобрели. Надела ее Ниночка на ночь, измазала да в сундук пихнула.

— И в последний раз вы видели Анжелику в подаренном одеянии с веночком на голове?

— Точно. Другие девочки в сережках щеголяли, а Лике откуда побрякушки взять было? Вот она и решила венком приукраситься. И знаешь чего?

Я вопросительно посмотрела на Зину, она пошевелила толстыми пальцами, унизанными чудовищными перстнями с ярко-красными булыжниками, поправила пергидрольные волосы и заявила:

— Танька с тех пор нигде не работает. Говорит, больная. Ну вроде язвой желудка мается! Во! Ленивая просто! А еще она всем вкручивает, что с огорода живет. Только мы с ней через забор тоскуем, и я хорошо знаю: у ней на грядках ни фига нет! Одна лебеда торчит. По весне Юрка, сынок алкашки, в землю лопатой потыкает, и все, ни картошки они не сеют, ни кабачки, ни зелень. Две яблони, правда, цветут, но какой от них толк?

— И что из того?

— Сама рассуди. Она на печке лежит, парень квасит в темную голову, а деньги есть!

— Откуда?

— Во! Вопрос!

— Может, ты ошибаешься?

— Не! Жрут ведь! Не померли без продуктов.

— Наверное, и правда огород кормит.

— Пустой?

— Небось ночью ходят и воруют с чужих посадок.

— Не, у нас с этим строго, бабы вмиг прибьют.

— В город ездит, там еду ворует.

Зина помотала головой.

— Насчет Москвы верно. Каждый месяц катается, как по часам! Видела, она сейчас тут мелочью трясла?

— Да.

— То-то и оно. Хотела молока купить, и не хватило.

— Думаешь?

— Точно знаю. Всегда так выходит. Ну а теперь прикинь: сейчас башлей нет, она в избе валяется, сын пьяный по деревне шарахается, зарплату им получить негде... А завтра Танька в город скатается и ко мне прибежит. Наберет всего, даже конфет купит, шоколадных. Вот и удивляюсь, ну где она рублики раз в тридцать дней достает? Кто ей их дает? И за что?

Во двор к Тане я попала без особого труда, хозяйка, справедливо полагая, что у нее украсть нечего, не запирала калитку. По заросшим бурьяном грядкам не бродила никакая живность. Коровы у нее тоже явно не было, полуразрушенный сарай смотрел на мир выбитыми стеклами, и из него не доносилось сытое мычание. Поднявшись по покосившимся ступенькам, я постучала в ободранную дверь.

— Чего колотишься, — прогудело изнутри, — отперто.

Толкнув плечом хлипкую створку, я вошла в избу и очутилась в довольно просторной комнате.

Те, кто хорошо знаком со мной, знают, что в достатке мы живем не так уж давно. Большая половина моей жизни прошла если не в бедности, то в крайне стесненных материальных обстоятельствах. Завести собственную дачу мне было не по карману, но на руках имелся Аркашка. Оставлять мальчика на лето в душной Москве не хотелось, я пыталась несколько раз отправить его за город сначала с детским садом, а потом в пионерский лагерь, но Кеша начинал писать письма с ужасающими ошибками. «Зобири меня атсуда, умаляюю!» Сами понимаете, что, получив подобное послание, я рысью неслась к мальчику и привозила его в город. Впрочем, двух раз хватило, потом я стала снимать дачу, вернее, сарай, курятник, свинарник, будку... Что удавалось найти за маленькие деньги. Воды, газа, а порой и электричества в халупах не имелось, жизнь на даче напоминала игру в рулетку. Если летом стояла хорошая погода, считай, ты сорвал банк. Ребенок весь день носился по участку. Если зарядил дождь — пиши пропало. Мальчик изведется от скуки в крошечном пространстве, помыть его негде, телевизора нет. А еще в грозу в Подмосковье массово отключают свет. Иногда в такие моменты мне казалось, что свежий воздух не такое уж и большое счастье, слишком много нервов потрачено на то, чтобы дышать кислородом. Да еще хозяева попадались разные. Большинство из них не слишком заботились о чистоте, мытье рук они считали глупой затеей и удивлялись, глядя, как я, кряхтя от напряжения, таскаю полные ведра в летний душ. К бытовым заботам добавлялась еще одна: следовало приглядывать за тем, чтобы добрая бабушка не сунула Кеше только что вытащенную из земли грязную морковку или не угостила его недозрелым крыжовником.

В общем, я насмотрелась на разные дома. Но такой грязи, как у Тани, не встречала нигде. Даже у полуслепой, глухой, передвигавшейся с помощью двух палок бабы Нюры было чище, на окнах у старухи колыхались белые занавески, а у Тани их прикрывают пожелтевшие, местами рваные газеты.

— Надо чего? — весьма нелюбезно поинтересовалась баба, ложась на кровать.

Таня была облачена в тот самый застиранный ситцевый халат, в котором она приходила в магазин. А еще она лежала на койке в тапках, серых от пыли.

— Здравствуйте! — бодро воскликнула я.

— И че? — хмуро спросила Таня. — За фигом приперлась?

— Вам привет от Зелимхана, — я сразу решила хватать быка за рога.

— Это кто ж такой? — совершенно искренне воскликнула Татьяна.

— Зелимхан Адашев, неужто забыли?

— И не знала его никогда, — зевнула Таня.

— Разве? Вспомните, он Фиме деньги присылает! За Анжелику!

В глазах Татьяны мелькнул страх.

— Чего? — растерянно протянула она. — Фима давно в городе живет! Замуж хорошо вышла.

— А я слышала, что она в домработницах служит!

Глаза Тани, маленькие, рано выцветшие, забегали из стороны в сторону.

— Ну... да... сначала она работала, а потом хозяин на ей женился!

— Повезло вашей сестре, — улыбнулась я.

— Ага.

— С таким количеством детей трудно личную жизнь устроить!

— У ей нет никого!

— Что вы говорите! Надо же! А Зелимхан говорил, будто у Фимы мал мала меньше по лавкам сидят, то ли шестеро, то ли семеро!

— Чегой ты мне этим ханом в нос тычешь, — рассердилась Таня. — Слыхом про такое имя не слыхивала! В Грызове одни русские живут!

— Так Адашев из «Нивы», из коттеджного поселка. Неужели не знаете? Это в двух шагах от вас. Грызовские там работают.

Таня встала.

— Ступай себе.

— Дело у меня к вам.

— С посторонними не подписываюсь!

— Я деньги привезла.

Хозяйка замерла. Я обрадовалась, полезла в кошелек и увидала... пустое отделение и золотую карточку. Я забыла заехать в банкомат.

— Какие такие деньги? — ожила Таня. — Я ничего не жду.

— Понимаете, — затараторила я, — Зелимхан решил вам лично теперь сумму переводить, через меня. Сейчас привезу. Сколько вам Фима дает? Он забыл!

Внезапно Таня схватила изогнутую железку и двинулась в мою сторону. Лицо хозяйки стало таким свирепым, что я мигом вылетела за дверь и понеслась к припаркованному у магазина «Пежо». Впрочем, я ожидала от Тани подобной реакции и не очень огорчилась. Словоохотливая Зина на прощанье мне сообщила:

— Завтра Танька в город подастся! На автобусе до станции попрет, а потом в Москву. На рейсовый всегда садится, он отсюда в девять десять утра отходит. Хитрая зараза, на том, что в семь тринадцать идет, не ездит. В ем народу полно, на службу чапают.

Значит, завтра в девять утра я притаюсь на платформе за кассами, дождусь прихода автобуса, потом сяду в один вагон с Татьяной и прослежу за ушлой бабой! Отчего-то я твердо уверена: старшая дочь Фимы, бедная Анжелика, и есть тот ребенок, которого Соня сбила на шоссе. Адашевой казалось, что о случившемся знали только она и отец. Но, как правило, человек, считающий, будто ему удалось сохранить в тайне не слишком приятное событие, глубоко ошибается. Очень часто за ним, роющим могилу и прячущим туда труп, подглядывают чужие глаза. Наверное, Фима, согласившаяся за деньги молчать о смерти дочери, решила отомстить Соне и стала пугать несчастную.

Домой я принеслась красная от жары. В «Пежо» есть кондиционер, но мне отчего-то было невыносимо жарко, несмотря на то, что холодный воздух бил прямо в лицо. В доме тоже было душно. Я пошла по коридору к лестнице на второй этаж. Из кухни внезапно послышался тихий писк, потом возбужденный лай собак и сердитый голос Ивана:

— Дура ты, Ирка! И чего теперь с ними делать?

— Не знаю! — заорала домработница. — Мое дело поймать, твое дальше действовать.

— Здорово, — крякнул Иван, — ловко...

Я заглянула в кухню.

— Чем вы тут занимаетесь?

Ирка быстро наступила садовнику на ногу и с нарочито невинным видом затараторила:

— Ерундой всякой, по хозяйству. Вот, надумала занавески постирать из гостиной.

— А я того... — забасил Иван, — траву стригу, машинкой!

— В кухне? — ухмыльнулась я. — Ловко вы устроились! Одна забыла, что стиральная машина у нас на втором этаже, в гладильной стоит. Другой собрался в здании газон стричь. Живо говорите, что произошло? Кто у вас за спиной пищит?

— Это мыши.

— Кто?

Домработница отошла в сторону. Я уставилась на стол, до сих пор скрытый за ее спиной, и разинула рот. На бело-красной клеенке сидело несколько мышей, самых обычных, серых домовых грызунов. Зверушки сбились в кучу и отчаянно пищали, разевая рты с мелкими зубами.

— Почему они тут оказались? — наконец-то выдавила я из себя.

— Потому что Ирка дура! — заявил Иван. — Герасим, долбаный блин!

— А вот и нет, — кинулась на садовника домработница. — Зачем обидное говоришь? Герасим всех поутопил, мне такое не проделать! Квазимода!

— Кто Квазимода? — набычился Иван. — Ага! Ладно! Сама с мышами делай чо хошь! Квазимода! Где ты у меня горб увидела?

В ушах зазвенело, закружилась голова. Ирка и Иван, красные от злости, самозабвенно говорили друг другу гадости. Мыши на столе верещали как безумные, собаки тихонечко подвывали, кошки, сидевшие рядком на СВЧ-печке, сердито фыркали...

— Хватит ругаться! — прошипела я. — Немедленно объясните, что происходит в нашем доме! Ира! Ты решила откармливать грызунов на зиму? У нас на рождественский стол подадут жаркое из мышатины?

— Язык у вас, Дарь Ванна, — заявила Ирка, — острый, прям шило. Тык, тык им в человека! Ясное дело, мышей на мясо не разводят. Только курочек. Оно неплохо бы своих иметь, да Иван...

— Опять я, — вызверился садовник и с досады топнул ногой, обутой в грязный сапог. — Вечно Ванька виноватый. Промежду прочим, я знаю, отчего ты злобишься! Зря мне глазки корчила! Другая нравится!

— Анька! Горничная Рыбалкиных! — уперла руки в боки Ирина. — Во, красота! С ней все Ложкино перепихнулось, ты последний остался! Ежели Аньку хоть пальцем тронешь, сюда более не являйся! У нас дети! Заразу принесешь!

У меня снова отпала челюсть. Обитатели Ложкина, соблюдая все видимые правила приличия, отнюдь не горят желанием общаться друг с другом. При встрече жители поселка непременно здороваются и произносят пару дежурных слов о погоде, но это все. В гости в соседние коттеджи никто не ходит. Слабое подобие неких более близких отношений связывает нас с Сыромятниковыми, а еще тут жили Роман и Неля Кутеповы. Но мне об этой истории совершенно не хочется вспоминать.

До сей минуты я наивно полагала, что Ирка и Иван тоже не вступают в контакт со своими коллегами, и вот выясняется: в Ложкине кипят страсти. Имеется некая Анька, местная гетера. Нет, просто с ума сойти. Я подскочила к Ирке, встряхнула ее за плечи и сурово сказала:

— Ей-богу, мне все равно, чем занимается Иван в свободное время. Сейчас меня больше волнуют иные вопросы: откуда взялись мыши? С какой стати сидят на столе и визжат? Отчего не убегают? Они больны?

Ирка толкнула садовника.

— Ну, Вань, говори!

— Я Квазимода? — не растерялся Иван. — Вот сама и рассказывай, так справедливо будет. Кто придумал, тому и петь.

Ирка чихнула и под неумолчный мышиный писк поведала следующую историю.

Глава 11

Неделю назад домработница обнаружила в доме непрошеных гостей. Сначала Ирка легкомысленно решила: само рассосется. Но мыши стали наглеть, они лазили по кладовке, запускали лапы в припасы, рвали пакеты с крупой, воровали конфеты и портили печенье. В конце концов терпение Ирины лопнуло, и она решила расправиться с противными тварями. Охваченная справедливым гневом, Ирка прирулила в большой хозяйственный магазин и спросила:

— Чем мышей извести?

Ей тут же предложили разнообразные отравы в виде спреев, порошков, таблеток, гелей...

— У нас собаки и кошки, — пояснила Ирка, — еще налижутся!

— Тогда остается мышеловка, — сказал продавец.

— Это негуманно! — возмутилась Ира. — И как мне трупы из них вынимать? Неужели ничего лучше не придумали?

— Вот, — оживился парень за прилавком. — Липкий плед.

— Что? — не сразу поняла Ирка.

Юноша притащил рулон и объяснил принцип действия ловушки. «Плед» на самом деле представляет собой лист материала неизвестного происхождения. Он толстый, но при этом легко скручивается. Дома вы расстилаете ловушку в выбранном месте и осторожно отдираете защитную пленку, под ней спрятано очень липкое покрытие. Теперь остается только положить в центр прямоугольника кусок вкусного сыра или ароматной колбасы и уйти спать. Мыши, привлеченные запахом еды, побегут к угощенью и прилипнут к ткани.

Ирке идея показалась великолепной: и мыши пойманы, и продукты на полках целы! Домработница пристроила ловушку в кладовке и отправилась на боковую. Утром, покормив всех завтраком, Ирка стала убирать дом, про мышей она напрочь забыла, но примерно час назад Ирке понадобился стиральный порошок. Она пошла туда, где у нас хранятся запасы продуктов вкупе с хозяйственными мелочами, и обомлела.

Лист был усеян шевелящимися серыми комочками. При виде Ирки грызуны подняли такой визг, что несчастная опрометью кинулась за Иваном. Только сейчас ей в голову пришел простой вопрос: а что же делать с обездвиженными вредителями? Продавец ни слова не проронил на эту тему. И вот теперь возникла практически неразрешимая проблема.

— Молоточком их потюкай, — предложил Иван, — бац, бац по башочкам.

— Нет, — заорала Ирка, — сам тюкай!

— Я? — шарахнулся Иван. — Не смогу. Ты уж как-нибудь без меня.

Ирка отбежала к двери.

— Никогда! Не смогу живую тварь убить!

— Так мертвую уж и не надо, — справедливо заметил Иван.

— Может, вы, Дарь Ванна? — с надеждой посмотрела на меня Ирка.

— Ни в коем случае, — испугалась я. — Вот бедняги! Чего они так кричат? И почему на столе оказались?

— Вы бы на ловушку налипли, — пробубнила Ира, — тоже орать начали бы! На стол их Ванька поставил, когда из кладовки припер! И что делать? Ума не приложу!

— В сад вынести, — предложил Иван, — у забора разместить. Сами от голода помрут, безболезненно.

Я вздохнула. Если выбирать между медленной кончиной от недоедания и смертью от удара, я выбрала бы последнее. И потом, мне кусок в горло не полезет, буду думать, что в зарослях маются несчастные мыши.

— Что же делать! — заламывала руки Ирка.

И тут раздался звонок домофона, пришел Семен, один из охранников поселка, стоящий у въездных ворот в поселок.

— Дарь Ивановна, я принес вам новые брелки от ворот, — начал было он и удивился: — Ой! Сколько мышей! Зачем их собираете?

Я отвернулась к окну, а Ирка с Иваном мигом ввели Семена в курс дела.

— Странные вы люди, однако, — усмехнулся секьюрити, — ладно, я помогу, давайте!

С этими словами он очень осторожно, чтобы не задеть липкую сторону, подсунул под «плед» руку, поднял его вместе с орущими мышами и понес к выходу.

— И чего ты с ними сделаешь? — заинтересовался Иван.

— У КПП пруд есть, — не оборачиваясь, сообщил Семен, — швырну в воду, и делу конец.

Входная дверь хлопнула. Мы уставились друг на друга. В установившейся тишине было отлично слышно, как тикают часы в столовой.

— Чаю хотите? — тихо спросила Ирка.

— Нет, — шепотом ответила я, — аппетит пропал.

— Небось уж утопли, бедолаги, — шмыгнул носом Иван.

Мы переглянулись, постояли еще пару секунд в молчании и неожиданно разом, словно сговорившись, рванули из дома.

Впереди несся Иван, за ним Ирка, последней ковыляла я, проклиная Зайку и неудобные мюли.

За будкой охранников есть небольшое озерцо. В нем, естественно, никто не купается и не удит рыбу. Водоем служит исключительно для красоты, хотя, на мой взгляд, ничего необычного в нем нет, самая простая, слегка облагороженная лужа.

Четверо секьюрити, вся дневная смена, маячили на берегу, вглядываясь в воду.

— Эй, стой, — завопил Иван, — Сенька, верни мышек!

Парни в черной форменной одежде обернулись.

— Ну и блин, — растерянно протянул Сеня.

— Ты их убил, — затопала ногами Ирка, — чудовище! Как с тобой жена живет!

— Да не расписан я! — растерянно сообщил охранник.

— И правильно, — кивнула Ирка, — кто ж с убийцей связываться захочет!

— Вон они, — ткнул в сторону озерца другой секьюрити, по имени Павел. — Ваще прикол, кому сказать, не поверят!

Я посмотрела на водную гладь. На зеркальной поверхности, аккурат посередине водоема покачивался «плед» с верещащими мышами.

— Бросил эту хреновину в воду, — чесал затылок Сеня, — думал, жидкостью пропитается и потонет. А она поплыла, чисто крейсер. Из чего же, интересно, ее сделали?

— Вон как разрываются, — покачал головой Павел, — аж сердце заболело. Может, пристрелить, чтоб не мучились?

Внезапно Семен покраснел.

— У тебя, Пашка, вчера голова болела, ныл весь день, мы ж не стали стрелять, хоть ты и надоел нам очень. Жалко мышек.

— Ваще сдурел, — изумился Павел, — сам же их в озеро швырнул!

— Тогда не жаль было, а сейчас сердце от писка разрывается, — признался Сеня.

— Кончайте базарить! — взвилась Ирка. — Тяните мышей назад!

— Как? — хором спросили все.

— Идиоты, — вскипела домработница, — штаны скидавайте и лезьте в озеро.

— Я плавать не умею, — живо отреагировал Павел.

— Там же воробью по колено, — успокоил его Иван.

— Вот сам и лезь!

Парни начали спорить. У меня просто плавились мозги. Солнце нещадно палит, пятачок, на котором мы сейчас стоим, совершенно голый, ни деревца, ни кустика. Охранники кричат, Ирка топает ногами, от писка сердце щемит.

— Послушайте, — прервала я жаркие дебаты, — Сеня, сделайте одолжение, достаньте мышей, я заплачу вам. Помните, вы говорили на днях, будто собираетесь в отпуск, и сокрушались, что разбили фотоаппарат? Прямо сейчас поеду в Москву и куплю вам новый цифровик. Только верните мышек.

Сеня вздохнул и начал снимать брюки. Он расстегнул ремень, «молнию», дернул вниз штанины. Окружающие легли от хохота. Я постаралась сохранить спокойствие. На Семене были семейные трусы ярко-красного цвета, украшенные изображениями мышей в самых раскованных позах.

— Да ладно вам, — насупился Сеня и вошел в воду. — Девчонка моя купила, прикольно ей показалось!

— Рисуночки-то в тему, — простонал Павел.

— Ты лучше на пост ступай, — обозлилась Ирка, — не мешай, гогочешь только, людей от дела отвлекаешь.

Спустя несколько минут «плед» с мышами оказался на земле. Грызуны перестали орать, они притихли, похоже, стали привыкать к нам. Мы же снова начали дискутировать, как отодрать несчастных от липучки.

— Да просто дернуть, — предложил Иван.

— Укусят, — поморщился Сеня.

— За спину схватить, вот так.

— Ой, погоди! — заорала Ирка и убежала.

— Классная, однако, вещь, — с задумчивым видом пробасил Павлик, — надо у Иры разузнать, где она липучку взяла?

— Зачем тебе? — удивился Сеня.

— У входной двери расстелю, с внешней стороны, — размечтался Павел, — перед приходом дорогой тещи. Явится Анна Ивановна в очередной раз, встанет на коврик, я дверку открою и скажу: «Здрассти, мама, входите». Она брык, брык, а ножки-то не идут. Шикарно получится! Я вроде и не виноват, от души тещеньку звал, сама войти не сумела!

— Любишь ты женушкину маму, — хмыкнул Сеня.

— Не передать словами, — улыбнулся Павел, — хоть на что поменяю, только никто ее не возьмет, чучундру!

— Во, — произнесла запыхавшаяся Ирка, — в кастрюлю мышей сложим!

— Варить потом станешь? — заинтересовался Павлик.

Ирка бросила на шутника сердитый взгляд и повернулась ко мне:

— Дарь Иванна, в город поедете?

— Ну, в общем, да, — осторожно ответила я.

— Клеточку мышкам купите, мы их сначала чуток успокоим, подкормим, а потом выпустим, — сказала домработница, — ну нельзя же прямо так, сразу, в нору отправить! Они стресс пережили, пусть отдохнут! А пока в кастрюльке посидят.

— Слышь, Ирк, — захихикал Павел, — я тоже вчера понервничал! Теща, блин, довела. Возьми меня на дополнительное питание. Я лучше мышей, пищать не буду!

— Надо их отодрать, — протянул Семен, осматривая совершенно успокоившихся грызунов. — Вон того, Германа, я себе заберу.

— Кого? — не поняла я.

Охранник ткнул пальцем в самую большую толстую мышь, восседавшую в центре «пледа».

— Во! Он у них точно президент. Такой жирный, гладкий. У меня племянница есть, Леночка. Возьму этого Германа...

— Кого? — опять спросила я.

— Ну звать его так, Герман, — ответил Сеня.

— Откуда ты знаешь? — разинул рот Иван.

Семен улыбнулся:

— Сам обозвал. Герман и Герман, имя по вкусу

пришлось! Посажу его в баночку и Ленке подарю. Пусть ухаживает за парнем!

— Может, он девочка, — решил поспорить Иван.

— Нет, — твердо заявил Семен, — парень, Герман.

— Еще чего! — завопила Ирка, натягивая на руки принесенные вместе с кастрюлей толстые кухонные варежки. — Какой хитрый! На наше имущество губы раскатал! Германа ему отдай! Может, еще Аркадия Константиновича с собой заберешь?

— Не, — серьезно ответил Семен, — он небось состояние на бензин тратит, туда-сюда на джипе мотается. А вот Герман...

— Никто тебе никого из семьи не отдаст, — рявкнула Ирка, — даже не мечтай!

Потом домработница осторожно схватила Германа за толстую спинку и рванула вверх. Самое интересное, что мышь, словно поняв, что ей не хотят навредить, вела себя совершенно спокойно. Спустя мгновение Герман был помещен в кастрюлю.

— Теперь Люсю, — сказал Иван, — вон ту мышку, мелкую, с ободранным хвостом.

— Люсю? — переспросила я.

— Ага, — мечтательно заявил Иван. — Была у меня когда-то... в общем, очень она на Люсю похожа.

— Тогда уж вон ту Анной Ивановной обзовите, — предложил Павлик, — больно морда у ней противная.

— Неладно получается, — встрял Семен, — мужик у вас один на всех. Ирка, хватай того с краю, Филарета.

— Ну и имечко, — заржал Иван, — ваще! Тебя, Сенька, тащит в разные стороны — то Герман, то Филарет.

— Читаю много, — вздохнул Сеня, — вот и всплывает в голове всякое.

— Дарь Ванна, — повернулась ко мне Ирка, — во, последняя осталась, вы ее сами назовите.

— Агата, — неожиданно для себя ляпнула я.

— Вот и ладненько, — согласилась Ирка, — теперь в Москву поезжайте в зоомагазин.

Мы отошли в сторону и услышали командный голос:

— Что тут происходит? Отчего смена не на посту?

Я обернулась. От черной, безукоризненно вымытой машины шагал Олег Степанович Волков, начальник охраны. Семен, Павел и остальные секьюрити шмыгнули в разные стороны.

— Кто разрешил находиться на КПП посторонним? — гремел дядька.

— Мы жильцы, — пискнула Ирка.

— Так у себя жить положено, на огороженных, лично вам принадлежащих сотках, — рявкнул майор, — здесь подведомственная мне территория, военная часть, а не хаханьки! Пост для въезда и выезда согласно выписанному пропуску на лицо хозяина!

Я вздохнула. Ну отчего многие военные говорят совершенно кондовым канцелярским языком! Даже Дегтярева иногда переклинивает, и он выдает пассажи типа: «Преждевременная смерть трупа» или «При осмотре места происшествия совершенного преступления неустановленным лицом посредством колюще-режущего предмета в область нахождения задней шеи было обнаружено орудие данного действия, представляющее из себя ряд железных крючков, приваренных к длинной перекладине с деревянной ручкой, предположительно грабли»[1].

---

[1] Подлинная цитата из протокола.

— Немедленно освободите площадку, подведомственную распоряжению охраны! — гаркнул Волков.

Я уже собралась возмутиться и решила объяснить противному мужику, что он не имеет никакого права прогонять жителей Ложкина, как случилось нечто непонятное.

Продолжая ругаться, Олег Степанович сделал шаг, потом второй. Затем он странно дернулся, взмахнул руками, изогнулся и с воплем:

— Твою!.. — рухнул оземь.

— Господи! — вскрикнула Ирка. — Ну и грохот! Чего вы, Олег Степанович, так орете! Германа с семьей перепугаете! Вон Люся, бедняжка, чуть в обморок не упала! Поосторожней надо, коли господь глоткой верблюда наградил!

Но Волков, обычно нервно реагирующий на любые направленные в его адрес замечания, сегодня не обратил никакого внимания на «выступления» Ирки. Он попытался встать, потерпел неудачу и испуганно спросил:

— Что это, а? Ноги не идут!

— Эй, парни, — завопил Иван, — зовите врача, вашего генерала от злости парализовало!

Олег Степанович побледнел.

— Ну это ты зря, — попытался он остановить Ивана, — от паралича язык немеет!

— Верно, — кивнул садовник, — ща от ног и до него доберется! Паралич по организму медленно ползет!

Охранники с испугом уставились на майора.

— За фигом вылупились? — почти ласково поинтересовался Волков. — Помогайте!

Секьюрити объединенными усилиями поставили начальство в вертикальное положение.

Олег Степанович дернулся, ситуация повторилась с

точностью до идиотизма. С воплем: «Твою!..» — майор рухнул на прежнее место.

— Может, все же «Скорую» кликнуть? — нервно предложил Павел.

— Вы, Олег Степанович, полежите пока, — засуетился милосердный Сеня, — если жестко, можем матрасик принести.

— Вот бедняга, — покачал головой Паша, — хоть и воет зверем постоянно, да жаль его! Не приведи господь так помереть!

— Дубье! — засмеялась Ирка. — Жив-здоров ваш дядька Черномор, он на коврик липкий наступил, вот ноги и не идут!

Олег Степанович с надеждой воззрился на домработницу.

— Ты чего болтаешь?

Ирка подошла к майору и сунула ему под нос кастрюлю, внутри которой тихо жались друг к другу мыши.

— Во, гляньте! Ща расскажу!

Через пару мгновений Волков, уяснив ситуацию, заорал так, что Ирка, вздрогнув, отшатнулась в сторону.

— Не волнуйтесь, — забегали вспугнутыми тараканами вокруг начальства подчиненные, — сейчас отдерем, отскребем, оторвем вас.

Мы с домработницей и садовником предпочли за благо ретироваться. Отойдя в сторону, я оглянулась. Перед глазами развернулась замечательная картина. На траве лежит отчаянно матерящийся мужик. Семен пытается освободить подошвы его ботинок от «пледа». Но, очевидно, чем тяжелее груз, поставленный на коврик, тем сильнее сцепление. Может, подсказать секьюрити простое решение: парни, снимите с майора штиблеты, пусть босиком идет в будку и там, в привычной обстановке, сидя у телика, ждет, пока обувка освободится из плена. Но потом мой взор вновь упал на злобного Волкова. Я развернулась, пошагала к коттеджу. Нет уж, сей грубиян должен получить по заслугам. Пусть валяется на лужайке, пока его подчиненных не осенит, как освободить своего любимого начальника.

Глава 12

Утром я прикатила на нужную станцию, припарковала «Пежо» на вокзальной площади и осмотрелась вокруг. Глаза приметили оборванца, сидевшего на ступеньках.

— Хочешь заработать? — спросила я.

Тот кивнул.

— Делать чего?

— Посторожи машину, долго, почти весь день, когда вернусь — отблагодарю.

— Йес, — воскликнул парнишка, — не сомневайтесь, мне все равно делать нечего.

Обрадовавшись, что верный коняжка не будет разбит или поцарапан, я притаилась за кассой и принялась внимательно наблюдать за теми, кто хотел уехать в столицу. Продавщица Зина не обманула. Точно в указанный ею срок на площади остановился одышливо фыркающий автобус. Мне было великолепно видно, как из открытых дверей помятого, облезлого короба высыпалась толпа потных людей. Таня вылезла последней. Ради поездки в Москву она приоделась. Сегодня на ней красовался не ситцевый, застиранный халат, а белое платье в красный горошек, вполне приличное, похоже, новое. В руке Таня держала сумку пронзительно синего цвета, совершенно не подходившую ни к одеянию, ни к кроссовкам, которые она нацепила.

Надвинув на лицо козырек бейсболки, я последовала за бабой. А та, не ожидая слежки, вела себя абсолютно спокойно.

Когда по проходу потащилась, задевая всех сумкой, тетка, торгующая мороженым, Таня вытащила кошелек, глянула внутрь, потом со вздохом закрыла его и уставилась в окно. Мне стало понятно, что денег у нее нет. Совсем. Кстати, она ехала зайцем. Билет Таня приобретать не стала.

Впрочем, в метро ей таки пришлось раскошелиться, в подземку трудно пройти без проездного документа, зато в автобусе, куда Таня влезла, приехав на конечную станцию, она вновь не взяла билет.

Автобус порулил по улицам. Я, отвыкшая от городского транспорта, чувствовала себя гаже некуда: от стоявшего справа мужчины несло луком, а маячившая слева девица вылила на себя ведро духов. По моему мнению, подобных личностей не следует пускать ни в метро, ни в маршрутные такси, ни в трамваи. Неужели не понятно: в городе жара! Ну с какой стати нажираться издающими «амбре» продуктами и душиться до, простите за идиотский каламбур, удушья?

Слава богу, что вскоре Таня сошла с автобуса, пересекла шумную улицу и юркнула в подъезд самой обычной многоэтажной блочной башни. Я нырнула за ней, притормозила в дверях и увидела, как она села в лифт. Двери сомкнулись, послышался шорох, в стеклянных окошечках замигали цифры «8», «10», «11». Подъемник добрался до последнего этажа и замер.

Я обрадовалась. Хорошо знаю дома этой серии, в бытность репетитором частенько посещала подобные здания. На лестничной клетке тут четыре квартиры, но даже если их там шесть, то все равно выяснить, к кому приехала Танечка, плевое дело! Осталось лишь дождаться, пока лифт спустится вниз. Впрочем, надо самой вызвать его на первый этаж. Я потыкала пальцем в кнопку, но ничего не изменилось. Над одними плотно закрытыми дверями горело в окошечке «11», над вторыми не вспыхнуло ничего.

Я предприняла еще одну попытку.

— Просто безобразие, — раздался за спиной приятный голос.

Затем послышался шорох, и в поле зрения появилась женщина лет сорока с четырьмя туго набитыми пакетами.

— Грузовой на ремонте стоит, — объяснила она. — Уже давно, целый месяц. А пассажирский постоянно занят. Людей-то в доме полно, вечно вниз-вверх ездят. Ну и чего они его там держат?

Я глянула на ее скрюченные, посиневшие от тяжести пальцы и предложила:

— Давайте подержу два пакета!

— Надо бы отказаться, да сил нет, — улыбнулась женщина, — на пол не поставишь, там у меня продукты. Во накупила! Лень часто ходить, ну и надумала на месяц запастись.

Я взяла сумки и вздохнула. Правда, тяжело.

Лифт продолжал стоять под крышей.

— Сломался! — ужаснулась дама. — Во кошмар! Мне на самый верх, а вам куда?

— Туда же! — кивнула я. — Придется пешком лезть.

— Ой, не доберемся.

— Глаза боятся, а ноги топают, — приободрила я незнакомку. — Пошли, авось до завтра вскарабкаемся.

Она засмеялась.

— Еще подождем.

Прошло минут пять, я решительно сказала:

— Хватит.

Но тут в окошечке появилось «10».

— Ура! — воскликнула женщина. — Работает.

Радость, однако, оказалась преждевременной. Кабина добралась до шестого этажа и вновь замерла.

— Вот паразиты! — с чувством произнесла тетка.

— Кто? — спросила я.

— Да Никитины! Их детки балуются.

Лифт быстро поехал вниз, двери раскрылись, вывалилась стайка школьников.

— Безобразники, — беззлобно сказала женщина.

— Простите, тетя Мила, — хором ответили ребята, — наша Даша лифта боится.

— Уж знаю, — скривилась Мила.

Одна из приехавших девочек стала дергать за поводок, на другом конце которого моталась клочкастая старая болонка.

— Эй, Дашка, — кричал малыш, — двигай лапами! Шевелись! Дарья, отлепи зад от пола!

Я засмеялась.

— Что-то мне не весело, — мрачно отреагировала Мила, — эта Даша просто исчадие ада. Сначала в кабину не идет, потом из нее не вылезает. Такая дура!

— Даша умная, — обиделась девочка, — просто она боится.

Объединенными усилиями ребятня вытолкала собачонку на лестницу.

— Даше надо хоть изредка мыться, — отметила Мила, — после нее в лифт не зайти! Вон как воняет!

— Даша чистая, — хором ответили дети, — это в кабине дрянью несет!

Я, продолжая улыбаться, вошла внутрь тесного пространства и не утерпела:

— Болонку звать как меня! Мы с ней тезки.

Мила хихикнула:

— Ты, похоже, помоложе будешь и почище! Хотя... скажи честно, боишься в лифт входить?

Переглянувшись, мы рассмеялись, и я поняла: у Милы легкий характер, ворчит она совершенно беззлобно, на ребят не сердится, и ситуация с собакой кажется ей забавной, а не раздражающей.

Кабина дернулась, лифт остановился, двери разъехались. Мила шагнула было вперед, потом попятилась.

— Ну вот, — продолжала веселиться я, — кто из нас Даша? Это мне положено сейчас сесть на пол и заскулить. Ты исполняешь чужую роль.

Но Мила никак не отреагировала на шутку, она уронила один из пакетов и, не обращая внимания на выпавшие оттуда кульки, прошептала:

— Там... а... там!!!

Я выглянула из-за ее плеча, из горла вырвался вопль. На лестничной клетке головой к окну лежала Таня. Белое платье в красный горошек было задрано, торчащие из-под него ноги казались бесконечными. Руки, вывернутые в локтях, наоборот, выглядели кукольно короткими.

— Что с ней? — прошептала Мила.

Я вытолкнула ее наружу. Лифт мгновенно уехал вниз, увозя с собой разбросанные свертки.

— Что это с ней? — бубнила Мила. — Что? Что? Что?

Преодолевая ужас, я наклонилась над Таней и откинула волосы с лица. Широко раскрытые глаза, отвисшая нижняя челюсть... Прогнав страх, я попыталась найти пульс на шее несчастной. Кожа Тани оказалась противно липкой на ощупь, биения пульса пальцы не ощутили. Следов крови и ужасных ран не было видно.

— Что? — бестолково повторяла Мила. — Ой, я ее знаю!

— Давай зайдем к тебе в квартиру, — попросила я, — надо позвонить домоуправу, пусть он вызовет милицию!

— Лучше Фиме сообщить, — дрожащим голоском посоветовала Мила.

— Кому? — спросила я.

— Там, у лифта, баба эта мертвая, — пояснила Мила. — Сестра моего несчастья.

— Твоего несчастья?

— Сейчас ты все поймешь, — отмахнулась Мила и ткнула пальцем в пупочку, торчащую возле двери с обгоревшей обивкой.

Створка распахнулась, на пороге появился шатающийся, потерявший всякий человеческий вид индивидуум. То ли мужчина, то ли женщина, половую принадлежность особи определить не представлялось возможным. Грязные джинсы и широкая футболка болтались на фигуре, скрывая ее очертания, на голове топорщились перепутанные космы, лицо покрывала корка грязи.

— Чаво колотишься? — поинтересовалось небесное создание и икнуло.

Меня отшатнуло к противоположной стене.

— Фиму позови, — велела Мила.

— Э... спит она.

— Разбуди.

— Зачем?

— Надо.

— Ну... не... пускай дрыхнет.

— Там, у лифта, — перебила ее я, — лежит сестра Фимы, Таня, похоже, мертвая. Немедленно разбудите Серафиму.

Существо заморгало, вновь икнуло.

— Мертвая? — повторило оно.

— Да.

— Совсем?

— Буди Фиму, — нервно воскликнула Мила, — или вы совсем в нелюдей превратились?

То, что открыло нам дверь, секунду стояло молча, потом одним прыжком кинулось к лестнице. Не успели мы охнуть, как мигом протрезвевший маргинал уже несся вниз, приговаривая:

— А меня тута и не было!

— Скотина! — рявкнула Мила, роняя второй пакет. — Делать нечего, придется нам Фиму в чувства приводить. Давай так поступим, зайдем в квартиру и попытаемся алкоголичку растрясти. Ну уж если не получится, придется самим вызывать милицию. Все равно мы свидетели, и потом, нехорошо, что она там так лежит, у лифта.

Квартира оказалась огромной, трехкомнатной. Многие москвичи запрыгали бы от счастья, получив такую от мэрии. Но Фиме было наплевать на жилплощадь. Грязь тут стояла феноменальная, пожалуй, здесь было хуже, чем в избе у Тани. Пол походил на асфальт, занавесок и в помине нет, из мебели лишь три матраса, во всяком случае, такой «пейзаж» наблюдался в спальне, куда мы заглянули сначала.

Под рваными ватными одеялами угадывались два тела. Третье ложе оказалось пустым. На некогда красивом бежевом линолеуме валялись свечки и стояла пустая бутылка из-под дешевой водки.

— Кто из них Фима? — растерянно спросила Мила.

— Давай ты левое тело трясешь, а я правое!

— Угу, — кивнула Мила.

Мы принялись за дело. Первой успеха добилась

Мила. Одеяло зашевелилось, из-под него высунулась баба.

— Хто тут? — обалдело спросила она.

— Это не Фима, — констатировала Мила.

— Не, я Зойка, — вполне нормально ответила тетка. — Фимка там, уж которые сутки спит.

— Давно с ней не разговаривали? — спросила я.

— И не упомнить, — почесалась Зоя, — могет, с понедельника. Во как ее забрало! Мы с этим... ну... да... не помню... В общем, сын Фимкин так и не пришел, который богатый, Ленька. Вроде так! Ага, Ленька! Потом кто-то заявился, не помню. И ваще, не знаю, сын Ленька или нет! Фимка его ждала, а того все нет... или был? Ну и в общем... спит она. Я уж в третий раз просыпаюсь! А она не! И не храпит! Воняет только. Небось взопрела под одеялом!

Мила взвизгнула и опрометью бросилась к выходу. Лишь тут до меня дошло: в квартире пахнет не стухшими консервами, не гниющим в ведре мусором, не перегаром, а чем-то тошнотворно сладким, отвратительным. Значит, Фима, лежащая под одеялом...

Чуть не упав на повороте, я выскочила на лестничную площадку. Дверь в соседнюю квартиру оказалась открытой, из ванной неслись кашляющие звуки. Миле стало плохо. Понимая, что сама сейчас могу упасть в обморок, я добежала до кухни, открутила кран и сунула голову под холодную струю. Мне стало легче, и я начала соображать. Значит, и Фима, и Таня умерли. Почему? Ладно, первая была алкоголичкой, нахлебалась некачественной водки и ушла на тот свет! Увы, это частая ситуация. Но Таня! Зина-продавщица, знающая о грызовцах всю подноготную, говорила, что ее соседка не употребляет горячительных напитков. Она не была пьянчужкой, просто лентяйка, не желающая работать.

— Держи полотенце, — сказала Мила.

Я вытерла голову и велела ей:

— Звони в милицию.

— Почему я? — спросила Мила.

— Ладно, сама вызову бригаду, — сдалась я, — скажи, знаешь что-нибудь про Фиму? И Таню?

Внезапно Мила рухнула на стул.

— Ты кто? К кому шла?

Я заморгала. Отвечать правду не хотелось.

— В сто двадцатую, — бойко соврал язык. — К твоим соседям слева.

Мила испуганно качала головой.

— Нет, неправда.

— Почему?

— Там Рябинкины прописаны, они за границей живут, квартира на охране.

— Извини, я оговорилась, в сто двадцать первую.

— Не, она тоже рябинкинская, — бубнила Мила, — у них тут две жилплощади, вернее, даже три. Одна в первом подъезде, на нашей лестничной площадке последний год живем только я и Фима. Так ты к кому шла?

— Э...

— Тебя Дашей зовут?

— Хочешь, паспорт покажу? — я обрадовалась возможности доказать правдивость своих слов.

— Скажи, Даша, — монотонно вела свою партию Мила, — откуда ты знаешь, что сестру Фимы зовут Таня? Лично я ее имени никогда не слышала, видела только, она сюда раз в месяц являлась, а вот как зовут ее, не в курсе. Так откуда ты с ней знакома, а?

Я в растерянности шагнула к Миле, та попятилась и прошептала:

— Ой, пожалей, не убивай, у меня дети!

— Дура! — обозлилась я. — Садись и слушай спокойно!

Мила рухнула на полукруглый диванчик.

Прошло около получаса, когда она, сообразив наконец, что к чему, облегченно воскликнула:

— Фу, слава богу! Я подумала со страху, что ты, может, бандитка какая!

— Неужели я похожа на криминальную личность?

— Нет, — вздохнула Мила.

— Сделай одолжение, выслушай меня до конца, а потом расскажи все, что знаешь о Фиме, — попросила я, — понимаешь, тут такая история. Мне нужна твоя помощь.

— Ладно, — кивнула Мила, — мне ведь не трудно правду сказать, никаких тайн я тебе не открою.

Глава 13

Мила была старшеклассницей, когда ее родители получили новую квартиру. Кооператив построил один из столичных заводов для своих сотрудников. Милочка очень хорошо помнила, как папа и мама просиживали на коммунальной кухне, без конца обсуждая проблему: получат они собственное, просторное жилье или нет? Вроде они маются с соседями, но, с другой стороны, метров-то у них на человека достаточно!

Еще Милочка долго не могла забыть тот день, когда ее папа, положительный, хозяйственный, рукастый, никогда не опаздывавший и не прогуливавший службу, совершенно не пьющий, явился домой на бровях. Ошарашенная мама всю ночь пыталась привести супруга в чувство, а утром он, чуть не плача, сообщил, по какой причине вчера налился водкой. Он был на собрании и узнал замечательную новость: часть квартир в построенном доме забирает Моссовет. Обычная практика в те годы. В так называемых ведомственных кооперативах частенько поселялись люди, не имеющие никакого отношения к организации, которая возводила здание. Это были так называемые нужники, элита советского общества: директора промтоварных и продовольственных магазинов, стоматологи, гинекологи, парикмахеры и чиновники средней руки. Отец Милы, поняв, что его квартира достанется кому-то из посторонних, просто слетел с катушек.

— Накрывается наш последний шанс вылезти из коммуналки, — устало объяснял он жене, — завод больше ничего строить не станет, государство нам жилплощадь не даст. Получается, мы пролетаем мимо. А я двадцать лет на одном месте оттрубил!

Миле было очень жаль папу, и она сказала:

— Подумаешь, зато мы в центре живем!

И тут зарыдала мама. Папа кинулся утешать ее, а девочка осталась в недоумении: ну что плохого она сделала?

Но потом все же они получили право на покупку квартиры, двухкомнатной. Родители рассчитывали на большую площадь. Дело в том, что с ними в коммуналке были прописаны бабушка и ее сестра. Старушки постоянно жили в деревне, в город не собирались, но по документам-то Тихоновых в коммуналке проживало пятеро!

Когда папа принес смотровой ордер, мама разочарованно сказала:

— Двушка.

— Надо радоваться тому, что дали, — сурово отрезал отец. — Трешек в доме всего ничего, они лишь для многодетных.

Но мама продолжала сокрушаться. Как-то раз, уже

после переезда, они с Милой, приехав на свой этаж, вытащили из лифта только что купленный торшер. Пока девочка открывала замок, мать вдруг сказала, ткнув пальцем в сторону соседней двери:

— Там трешка, она могла стать нашей, и у нас тогда была бы гостиная.

— В двушке уютней, — быстро парировала Мила, но с тех пор, выходя из лифта, она всегда думала: «Кому же повезло больше, чем нам?»

Счастливчиков-соседей она так и не увидела. В отличной трехкомнатной квартире никто не поселился. Почти все жильцы, въехав в новые квартиры, затеяли ремонт: меняли обои, сантехнику. С утра до ночи в подъезде раздавались самые разнообразные звуки: визжали дрели, стучали молотки... Но в трешке царила тишина. Сначала Мила подумала, что неизвестные соседи просто переедут в хоромы, может, их все устраивает: серые обои в черную клетку, допотопный умывальник и плохо поворачивающиеся краны. Вероятно, у них нету денег, чтобы поменять желтый линолеум на дубовый паркет. Потом в здание потянулись грузовики с мебелью, и опять за стеной царило молчание. Лишь через пару лет хозяева обили входную дверь темно-коричневым дерматином. Мила так и не узнала, кто же их таинственные соседи. Почтовый ящик у них всегда был пустым. Впрочем, в списке должников, который каждый месяц домовый комитет вывешивал на первом этаже, никогда не появлялись цифры «119», следовательно, кто-то исправно вносил плату за коммунальные услуги. Личность таинственного владельца квартиры волновала не только Милу. Один раз, на собрании кооператива, пенсионер Михаил Загоскин неожиданно задал вопрос:

— С какой стати в нашем доме пустует площадь?

По закону, если хозяева не въезжают в течение года, их метры надо отдать другим, нуждающимся!

Председатель укоризненно покачал головой:

— Не пори чушь! Во-первых, люди без задержек вносят квартплату, а во-вторых, они дипломаты, сейчас работают в Африке, вот вернутся и въедут.

Все сразу стало на свои места. Больше Мила о соседях не задумывалась. Впрочем, они так и не появились, даже тогда, когда в нашей стране организовался легальный рынок жилья и в доме началось бойкое передвижение: одни продавали свои квартиры, другие покупали. Но на одиннадцатом этаже царила тишина, там вообще осталась только Мила, чьи родители к тому времени ушли в мир иной. Соседи с другой стороны, Рябинкины, сначала завладели второй квартирой на площадке, а потом уехали за рубеж.

Иногда, стоя у подъезда, Мила выслушивала жалобы старых жильцов. Тех, кто когда-то въезжал вместе с ее родителями, теперь можно было пересчитать по пальцам, и они недовольно бурчали:

— Жизни нет! Слева ремонт, справа квартиру сдали, там невесть кто поселился, явно не православные. Напротив «новый русский» обосновался, еще подложат ему под дверь гранату, все на хрен взлетим!

Мила сочувственно кивала, вздыхала, охала, потом поднималась на свой этаж и понимала, как ей повезло. Рябинкиных нет, их квартиры на охране, над дверями мигают тревожным огнем лампочки, а других соседей никогда и не было. Мила настолько привыкла считать лестничную клетку личной собственностью, что принялась обставлять ее. В стеклянные двери, прикрывающие вход в холл, куда выходили двери квартир, она врезала замок, а в небольшом пространстве между ними поставила гардероб, калошницу, повесила зеркало. Шкаф, правда, загородил дверь соседней квартиры. Но ведь в ней все равно никто не жил.

Представьте теперь искреннее изумление женщины, когда однажды, придя домой с работы, она нашла стеклянную створку разбитой, замок выломанным, а шкаф сдвинутым к своей двери.

Потоптавшись возле гардероба, Мила, так и не сумев открыть створку, услышала из рядом расположенной, вечно пустующей квартиры крики.

Потрясенная Мила позвонила к соседям. Дверь открыла тетка неопределенных лет с характерно опухшим лицом алкоголички.

— Тебе че надо? — рявкнула она.

Мила растерялась. Она до сих пор полагала, что хозяева трешки проживают за границей. Но эта баба не похожа на жену или дочь дипломата.

— Вот шкаф, — растерянно попыталась объяснить Мила, — и замок...

— Не фига на чужую дверь мебель надвигать, — заорала бабенка, — какого хрена запиралку врезала? Не твоя лестница, общая, убирай имущество, ишь, расставилась!

В полном шоке Мила пошла в домоуправление, где и узнала, что прежние хозяева, так ни разу и не появившись в доме, квартиру продали. Жить тут теперь будет некая Серафима, нигде не работающая одинокая многодетная мать, инвалид второй группы.

И началось! Казалось, судьба хочет взять реванш за все те годы, что Мила провела в полнейшем комфорте. Правда, ремонт Фима делать не стала, мебель она тоже не привезла, зато гулять принялась без оглядки на окружающих. Мила потеряла сон. И в два, и в три, и в пять утра соседи орали песни, потом раздавались крики, следом грохот. За стеной постоянно скандалили, дрались...

Несчастная Мила сначала жаловалась домоуправу, тот, правда, обещал помочь, но потом сказал:

— Квартира в собственности. Прежние времена закончились, жильцы что хотят, то и делают.

— Но они ночью колобродят, — возмутилась Мила, — после двадцати трех шуметь нельзя.

— Ступайте в милицию, — посоветовал домоуправ.

Милочка побежала в отделение, но там ей объяснили: дел полно, организованная преступность не дремлет, неорганизованная тоже распоясалась, с пьяницами возиться некогда.

Мила вернулась домой, устроила себе спальню в другой комнате и смирилась с обстоятельствами. Бороться с Фимой было бесполезно, объяснять ее детям правила поведения тоже. Кстати, Мила никак не могла понять, сколько их, и где живут ребята, и вообще, они родные отпрыски соседки или нет? Мальчишки исписали все стены, пожгли все кнопки в лифте, забросали грязью холл и... вдруг исчезли, словно их и не было. Фима внезапно стала бездетной, но гулять не перестала. К ней таскались бомжи и странные женщины, по виду старухи, одетые летом в пуховики и валенки. Затем внезапно наступило затишье. Пару месяцев за стеной царила блаженная тишина. Мила даже сбегала в церковь и поставила свечку, она надеялась, что господь услышал-таки ее молитвы.

Потом Фима пришла к Миле и попросила:

— Дай рублишек.

— Нет, — сурово отрезала Мила.

— На хлеб для сынков.

— Что-то их не видно, — засомневалась Мила.

— В интернате живут, — пояснила Фима, — я ж инвалид, тяжело без мужика ораву поднимать. На выходные навестить их надо, а у меня голяк. Дай чуток, с пенсии верну.

— На водку тебе хватает, — не сдержалась Мила, — а на еду ребятам нет.

Фима пригорюнилась.

— Было дело. Наследство я получила. Эх, доченька моя несчастная, ненаглядный ангел, кровиночка! Покинула меня...

По щекам Фимы потекли слезы, Мила растерянно глядела на пьянчужку, она никогда не общалась с алкоголиками и не знала, как сейчас поступить.

— Ты послушай, — размазывала слезы по опухшим щекам Фима, — про жизнь мою горькую.

Пришлось Миле внимать соседке. А та рассказала ужасную историю. Была у нее девочка Анжелика, умница, красавица, отличница, собственный дом, муж-хозяин, корова, коза, утки, индюки, гуси-лебеди, ковер-самолет, семь сундуков золота. Но потом несчастье случилось горькое! Вспыхнула изба ночью, и все сгорело — и скарб, и корова, и коза, и утки, и индюки, и гуси-лебеди. Муж хотел спасти добро, да упала на него балка, зашибла насмерть. Доченька Анжелика, кровиночка-красавица, заболела раком, переживаний не вынесла и померла в мучениях. Не успела земля на ее могилке просохнуть, как объявился отец Анжелики, богатый человек. Узнал он про смерть любимой дочурки, побежал на речку и утопился с горя. Состояние же его — квартира, деньги — досталось Фиме, единственной законной жене. Серафима от горя схватила бутылку и пила до тех пор, пока наследство не иссякло. Только теперь в себя пришла. Дай на хлеб!

Мила потрясла головой. Следовало спросить: сколько же отцов было у Анжелики и кто сгорел в пожаре?

Но врожденная интеллигентность не позволила загнать Фиму в угол. Мила вручила ей двадцать рублей и захлопнула дверь.

Естественно, долг соседка не вернула. Через пару недель пришла снова и, забыв, что уже один раз поведала свою семейную историю, сообщила новую версию. Теперь оказалось, что доченька Анжелика повесилась в лесу, не вынесла издевательств одноклассников. Девочка была инвалидом, ездила в коляске. Фима не снесла горя, продала избу с участком и запила...

Так они и жили. Правда, часто Фима к Миле не приходила, заявлялась раз в месяц, выдавала очередную порцию душещипательных рассказов и брала подаяние. Мила протягивала Серафиме червонец и считала, что откупилась от пьяницы. Вскоре она подметила некоторую цикличность событий. В середине месяца шум за стеной утихал. Потом два-три дня стояла могильная тишина. Затем Фима являлась к Миле и шептала:

— Дай чуток, в долг, пенсию получу и отдам. Жизнь моя горькая, вот послушай, что расскажу...

Получив целковые, Фима испарялась, а через сутки за стеной снова начинался шум, гам, крик, вопли. В это же время к Серафиме всегда приезжала женщина, трезвая, бедно, но чисто одетая. Долго она не задерживалась, входила в квартиру и быстро покидала ее.

— Сестра моя, — пояснила один раз Фима, когда Мила, выйдя на лестничную клетку с помойным ведром, наткнулась на женщин, стоявших перед лифтом, — навестить приезжает, в деревне живет, ухаживает за могилкой моей Анжелики. Эх, ты только послушай! Стояла моя доченька на шоссе, красавица, умница, отличница, в белом платье, на голове полевые цветочки. Вдруг откуда ни возьмись — машина! Сшибла она мою кровинушку насмерть...

На глазах Фимы заблестели слезы, но Миле было недосуг выслушивать очередные бредни.

— Ведро пахнет, — сказала она и пошла к мусоропроводу.

Мила стала вытряхивать помойку и услышала звонкий голос сестры Фимы:

— Ваще сдурела, идиотка! Болтаешь невесть чего! Договоришься, что он узнает! Ступай домой, кретинка.

Хлопнула дверь, Мила взяла пустое ведро, вернулась в холл и увидела родственницу Фимы.

— Уж извините, — сказала та, — небось вы поняли давно, что моя сестра алкоголичка.

Мила кивнула:

— Это сразу видно.

Сестра Фимы вздохнула:

— Горе горькое. Никакой девочки Анжелики не было, уж и не знаю, с чего она ее придумала!

— Пьяницам часто нужен повод, чтобы приложиться к бутылке, — пожала плечами Мила.

— Мальчишки-то у нее есть, — говорила женщина, — она их без счета нарожала. Старшие от мамки сами ушли, а тех, что помоложе, государство отняло. Лишили Фиму родительских прав.

— Может, оно и правильно, — кивнула Мила, — таким детям, как это ни ужасно звучит, лучше в интернате.

— Да уж, — покачала головой собеседница, — мы раньше вместе жили, только мой муж не вытерпел, ему от родственников эта квартира досталась, ну он Фиму и отселил. Конечно, могли сдать комнаты, только с Серафимой рядом не просуществовать, теперь я наезжаю каждый месяц, проверяю, что и как. Вот докука, послал господь сестру.

— Вам не позавидуешь, — посочувствовала Мила и ушла.

С тех пор она еще пару раз сталкивалась с Фиминой сестрой, но больше с ней не беседовала. К соседке ходил еще один постоянный гость. Мужчина неопределенных лет, приезжал он на машине и нагло парковал ее прямо у подъезда. Личность незнакомца Мила установила случайно. Прибежала с работы и обозлилась: прямо перед ступеньками, ведущими в башню, стоит иномарка, в подъезд можно протиснуться только боком между грязным автомобилем и железным ограждением.

Мила попыталась просочиться в щель и порвала чулок. Полная здорового негодования, она в сердцах воскликнула:

— Ну какой урод так ставит тачки!

Сидевшие на лавочке невдалеке старушки мигом выдали ей полную информацию. Колеса принадлежали Леониду Варькину, сыну пьяницы Фимы. Парень прикатывает к матери, как поезд, по расписанию. Каждый месяц заявляется, долго не сидит, проведет в квартире минут десять и убегает.

— Небось поджидает, пока мамашка окочурится, а ему комнаты достанутся, — предположила одна бабка.

— Не, любит, наверное, мать, — отозвалась вторая.

— За что такую обожать? — влезла третья. — Просто он порядочный. Одет хорошо, одеколоном пахнет, сколько ему лет, не понять, усы, борода, волосы такие кучерявые лоб закрывают. Приезжает матери денег дать, она ж тунеядка.

Не дослушав старух, Мила вошла в лифт, поднялась наверх, увидела мужчину на лестничной клетке и сердито выговорила ему, даже не постеснялась показать «дорожку» на колготках.

Незнакомец мило улыбнулся и слегка надтреснутым, сиплым голосом произнес:

— Простите, я не прав. Разрешите компенсирую урон? Двести рублей хватит?

Мила неожиданно почувствовала к Леониду расположение.

— Я вполне способна самостоятельно приобрести себе новые, — мирно сказала она, — просто не ставьте больше впритык к подъезду машину, ладно?

Глава 14

В глубоком разочаровании я стала ловить бомбиста, но машины одна за другой проносились мимо. Никто не желал подвезти меня. Может, шоферов смущала моя щуплая фигура, а также тинейджеровские джинсы и маечка с нарисованным Микки Маусом? Издали я выгляжу школьницей, домчишь такую до места, а она заявит:

— Дяденька, денег нету, простите!

Может, снять бейсболку, козырек которой прикрывает пол-лица, а заодно и большие темные очки? Пока я раздумывала, с тротуара сошла потная толстуха со связкой фирменных пакетов в руках. Мигом около бегемотихи притормозила иномарка, и еще одна встала сзади. Второй шофер надеялся, что первому не повезет и выгодная клиентка достанется ему. Нет, все-таки у московских таксистов есть некие восточные черты, ну почему они полагают, что если личность весит более ста килограммов, то она богата и сановита. Ведь бывают и стройные обеспеченные люди. И потом, водители явно клюнули на охапку кульков, украшенных всемирно известными логотипами, а я бы как раз не стала связываться с такой клиенткой, вдруг она истратила все денежки до копеечки?

Сопя от напряжения, «бомбовоз» запихнул покупки на заднее сиденье, а потом, кряхтя, устроился спереди. Иномарка резко стартовала, вторая тоже взревела мотором, я бросилась вперед.

— Подвезите меня, деньги есть!

Шофер, парень одних лет с Аркашкой, лениво сказал:

— Покажи.

Увидев купюры, он повеселел:

— Садись, куда катить?

Узнав, что путь лежит в Подмосковье, водитель решительно заявил:

— Плати в оба конца, полторы тысячи.

— Ну ты и нахал! — воскликнула я. — Думаешь, не знаю, сколько дорога стоит?

— Деточка, — процедил юноша, — не спорь с дядей или уматывай.

Я сняла сначала бейсболку, потом очки.

— Вау! — воскликнул дурачок. — Да вы старая!

— Надеюсь, осознав сей печальный для меня факт, вы назовете приемлемую цену, — ухмыльнулась я.

— Договоримся, — вздохнул парень.

— Только сначала в зоомагазин на Ленинградском проспекте, — велела я.

Я очень люблю этот магазин. Там всегда есть все. Домик для грызунов мне подобрали мгновенно, а еще к нему в придачу поилку, кормушку, замок-мостик и кучу всяких прибамбасов, которые, по мнению изготовителей, должны сделать жизнь грызунов счастливой.

Обзаведясь «хатой», я переместилась в отдел кормов и изучила предлагаемый ассортимент.

— Хотите еду или лакомство? — спросила продавщица.

— Давайте все, — попросила я и в результате получила три пакета, набитых коробочками, тубами и кульками. Среди привычных лакомств были креветочные чипсы.

— Вы уверены, что мыши употребляют морепродукты? — осторожно осведомилась я.

По логике вещей, грызуны должны с недоверием смотреть на обитателей водной стихии. Мыши плавать не умеют, где бы им познакомиться с креветками?

— Они их обожают! — всплеснула руками девушка. — Весь мир давно кормит своих любимцев каракатицами, осьминогами и кальмарами, сформировалось новое поколение, не мыслящее себя без морепродуктов!

— Ну мои-то выходцы из простого народа, — вздохнула я. — Благородных кровей лабораторных животных не имеют. Им бы чего попроще!

— Корзиночки из печенья с орехами, миндальные палочки, прянички с изюмом, кексы с отрубями, конфеты с лецитином — непритязательная, но очень вкусная и полезная еда, — сообщила продавщица, — витаминки не забудьте. Можно по отдельности: для зубов, шерсти, глаз, ушей, но лучше взять мультитаблетки, отличный состав, сбалансированное сочетание микроэлементов.

Да уж, хорошо быть мышью в богатом доме!

Еле дотащив покупки до машины, я плюхнулась на сиденье и вытерла пот со лба.

— Теперь куда? — спросил водитель.

Я откинулась на спинку.

— Вперед по шоссе, покажу дорогу.

...«Пежо» поджидал свою хозяйку в целости и сохранности. Парень, караул
вший машину, робко сказал:

— Я ее помыл, вы, конечно, не просили, но мне чего-то жалко стало, стоит грязная.

Я вынула деньги, расплатилась со сторожем и спросила:

— Любишь машины?

— Ага, — ответил парень.

— Иди на водителя учиться.

— Кто ж меня возьмет? — вздохнул юноша. — Вступительные экзамены сдавать надо! Аттестат потребуют, а его нет.

— Кто тебе такие глупости сказал — про экзамены? — удивилась я. — Просто приходишь в автошколу...

— Там деньги платить надо, а где их взять?

— Родители дать не могут?

Юноша хрипло рассмеялся.

— Отца я не знаю, мать лишили родительских прав.

— Один живешь?

— Да, в магазине.

— Где? — удивилась я.

Парень ткнул пальцем в сторону палаток, маячивших на площади.

— Во, хозяин туда пускает ночевать, днем на улице кантуюсь, продавцам помогаю, ящики таскаю, мостовую мету. Меня за это кормят.

Он замолчал, затем неожиданно добавил:

— Вчера кокосовый орех попробовал, не понравилось, может, обезьянам и по вкусу, но я лучше картошечки с маслом пожую.

Мне стало жаль беднягу.

— А зимой как?

— Да так же, холодно только.

— Не может быть, чтобы у человека не было жилья, — сказала я.

Юноша окинул меня оценивающим взглядом.

— Вы богатая, — резюмировал он, — жизни не знаете, таких, как я, полно. Девкам еще везет, могут мужа найти или любовника, а парням куда податься, если до пятнадцати лет дорос никому не нужный. У матери квартира есть, большая, в Москве, но она меня знать не желает, приехал зимой, попросился Христа ради декабрь пересидеть, очень уж люто на улице было. Не пустила!

— Родного сына?

— Не узнала меня, пьяная была, но я не обижаюсь, вот на тетку зло затаил. Она тут, в Грызове живет, в большой избе. Я к ней подался, давай клянчить:

«Тетя Таня, в дом уж не прошусь, в сарае оставь, все теплее, чем на вокзале. Палатки-то на зиму снимают. Где мне погреться?»

Нет, не пустила, взашей вытолкала, наорала:

«Много вас всяких ходит, каждый племянником назваться норовит, не прокормить всех оборвышей. Иди работать!»

Я и рад бы, но куда устроиться?

Я уставилась на юношу. Тетка по имени Таня, живущая в Грызове, мать, лишенная родительских прав, имеет квартиру в Москве, большую...

— Эй, Варькин! — понеслось над площадью.

Юноша обернулся:

— Чего?

— Давай дуй на склад, пиво закончилось.

Парень шагнул влево.

— Ленька! Варькин! — полетело из другого конца. — Ящики передвинь!

Я ахнула.

— Эй, погоди!

Юноша оглянулся.

— Ты Леонид Варькин?

— Да.

— Маму зовут Серафима?

— Точно. Откуда вы знаете?

Я пошарила глазами по сторонам, увидела кособокую вывеску «Ресторан» и сказала:

— Пошли, пообедаем и поболтаем.

Меню в забегаловке не отличалось разнообразием, оно сильно напоминало выбор блюд, подававшихся почти во всех «едальнях» моей юности... «Азу по-татарски», «Люля-кебаб», «Гуляш из свинины». В качестве гарнира предлагался жареный картофель и рис. Зато винная карта поражала: чего в ней только не было, одних коктейлей штук сорок. А еще в кожаной папочке, которую положила на стол официантка, белел листок, названный «спецпредложение». Я улыбнулась, текст выглядел забавно.

«Дорогие посетители, для гурманов мы предлагаем блюда по спецзаказу, их делает фирменный повар. Просим учесть, что еда из этого списка подается не сразу, задержка связана со сложностью приготовления. Яичница по-домашнему, сосиски под майонезом, омлет с сыром».

Но, несмотря на убогий интерьер и такое же меню, готовили тут хорошо. Во всяком случае, и борщ, и мясо с картошкой, и пирожок с вареньем, которые заказал Леонид, выглядели вполне приемлемо, и от тарелок шел приятный аромат. Я отважилась только на чай и была приятно удивлена. Излишне накрашенная официантка принесла не чашку с пакетиком, а заварочный чайник с безукоризненно приготовленным напитком.

— С какой стати вам меня кормить? — поинтересовался Варькин, в момент слопав угощение.

— Вкусно? — спросила я.

— До жути, — по-детски ответил он. — Чуть язык не проглотил.

— У меня для тебя известие, откровенно говоря, печальное, но, думаю, ты не очень расстроишься.

— А, — отмахнулся Леня, — я ко всему привык.

— Твоя мама, Серафима, умерла.

— Вау! — подскочил юноша. — Квартира теперь моя!

— Вопрос сложный, я очень плохо разбираюсь в юридических тонкостях и не знаю, что положено сыну в случае лишения его матери родительских прав. Могу, впрочем, написать тебе координаты адвоката, который бесплатно дает консультации. Есть еще одна новость из разряда печальных. Сестра Фимы, Таня, тоже умерла.

— У нее свой сын есть, — деловито заявил Леня, — пьет он, правда, вижу его иногда, по площади шляется, меня не признает. Изба ему, Ваньке, достанется. А вы кто?

— Долго объяснять, лучше ответь на пару вопросов.

— Об чем?

— У тебя имелась сестра Анжелика?

— Ага, — кивнул Леня, — была такая.

— Где она сейчас?

Варькин пожал плечами.

— Нас семеро. Сначала Лика, затем я, потом Федька, за нами Степка, Мишка, Колька и Андрюха. Маленькие померли. Их в один интернат определили, в Зюзино, а там зимой пожар случился, ночью полыхнуло, вот мелочь и не успела выскочить. Федька укатил куда глаза глядят, на поезд сел и свалил, я тут остался.

— А Лика?

— Ей больше всех повезло.

— Так считаешь?

— Угу. Сестру богатые удочерили.

— Уверен?

— Точняк. Хотите, расскажу?

— Начинай, — велела я, прихлебывая вкусный чаек.

— Когда дело случилось, не скажу, — говорил Варькин, — год не помню. Мы еще все вместе в избе жили, в Грызове. Вот то, что лето было, — это точно, в доме духота стояла, я в сараюшке лег и заснул мгновенно.

Разбудил Леню громкий разговор. Мальчик высунулся во двор и увидел мать, на удивление трезвую, тетю Таню и незнакомого высокого стройного мужчину. Он явно был не из грызовцев, хорошо причесанный, отлично одетый, в дорогих ботинках, а на запястье у него сверкали шикарные часы. На дворе стояла летняя ночь, но над хатой низко нависла яркая, полная луна, и ее света вполне хватило Лене, чтобы великолепно все разглядеть.

— Значит, договорились, — сказал мужчина.

— Ты бабки неси! — воскликнула Фима.

— Сами там уберите, — вклинилась тетя Таня.

— Не волнуйтесь, — кивнул дядька, — проблем не будет, Юра уже работает, часть суммы получите завтра, остальное — раз в месяц доставлять станут. Уезжаете сразу, молча, вещи оставьте, там все есть.

— Может, мы еще подумаем, — заявила Фима, — кстати, во! Ищо давай машину! Большую, с шофером и...

Мужчина коротко расхохотался.

— Закатай губы. Сильно наглеть будешь, долго не проживешь. Условия шикарные: трешка и пожизненное содержание. Мало покажется, шантажировать станешь или языком трепать — пристрелю. Я человек верующий, греха на душу брать не хочу. Сбил и пришел договориться, но, если борзеть начнешь, мне тебя легче удавить, дешевле обойдется, усекла? Мой Юра все сделает!

Фима раскрыла было рот, но Таня быстро дернула сестру за рукав и запричитала:

— Вы не беспокойтесь, мы честные, уговор дороже денег. Детей подхватим — и на новую квартиру.

Мужик кивнул и ушел, мать и тетка скрылись в избе, Леня, так и не поняв, что к чему, опять заснул.

Утром его огорошили известием. Анжелике невероятно повезло. Девчонку случайно увидел богатый человек, у которого недавно скончалась дочь. Лика показалась несчастному отцу очень похожей на покойницу, вот он и заявился к Фиме с предложением отдать ему девочку. Вернее, богатей решил купить ее у матери. Взамен он давал отличную квартиру в Москве и пенсию, которой должно было хватить на питание. Благодетель ставил лишь одно условие: Фиме надлежит мгновенно покинуть Грызово, не рассказывая никому о привалившей удаче. Ясное дело, он не хотел никаких разговоров на деликатную тему.

— И вы уехали? — спросила я.

— А чего нам, — равнодушно пожал плечами Леня. — Собраться — только подпоясаться. Укатили прочь поздно ночью, чтоб соседи не видели. Квартира и впрямь хорошая, там даже мебель была, немного совсем, но кровати стояли, гардероб, кухня. Только мать сразу пить начала. Тетя Таня немного с ней пожила и удрапала, она-то с бутылкой не дружила.

— Анжелику ты больше не видел?

— Неа. Последний раз с ней разговаривал, когда она на танцы собралась. Вот уж кому повезло, небось живет шикарно! Падла она.

— Кто?

— Да Лика. Неужели про брата никогда не вспоминает? Хоть бы денег прислала. Одно время я думал сам ее разыскать, только как? Небось у нее теперь имя и фамилия другие, — хмыкнул Леонид и занялся шоколадным тортом.

Проглотив кусок, он с сожалением посмотрел на пустую тарелочку и заговорил:

— Тетя Таня снова в Грызово уехала, наверно, поругалась с матерью, вот все, чего я знаю. А зачем вы про Анжелику спрашиваете? Она что, тоже померла и деньжат оставила? Во прикол, так не каждому повезет! То ничего не было, а теперь полно обвалилось!

Глава 15

В Ложкино я добралась ближе к ужину, отдала Ирке клетку и прочее приданое для мышей, а потом, безуспешно поискав по дому Катю, заглянула к Мане.

— Не знаешь, куда наша гостья подевалась?

Маруська оторвалась от компьютера.

— Извини, мусик, я больше с ней дел иметь не хочу.

— Почему? — удивилась я.

— Ну просто позор, — вздохнула Манюня, — я ее пожалела, думала, несчастье такое случилось, может, она слегка повеселеет, если по магазинам проедем. Мне надо было кроссовки купить. Ну я и попросила Кешу нас до города добросить!

Аркадий высадил девочек в центре и спросил у сестры:

— Долго гулять собрались?

Машка сказала:

— Ну уж не один час. Обувь купим, потом еще побродим. Хорошо, Кать?

Гостья нехотя кивнула.

— Ну тогда сами в Ложкино добирайтесь, — велел Кеша.

— Без проблем, — заверила его Маня, — не первый раз, такси возьмем.

Несколько часов потом Машка, волоча за собой мрачно насупленную Катерину, бродила по лавкам. Вообще-то Манюня не любит походы за покупками и старается побыстрей приобрести необходимое. Нет, никаких заморочек у девочки нет, она не падка на дорогие шмотки с ярлыками известных фирм. Машка не обращает внимания на подобные мелочи, она оценивает вещи по иным критериям: например, удобна ли обувь, к лицу ли губная помада. И сегодня подходящие кроссовки попались ей сразу, в первом же спортивном отделе. Можно было купить их и уйти, но наивная Машка решила развлечь Катю, оттого и бродила между прилавками, бодро восклицая:

— Катюша, тебе такое платье нравится?

Или:

— Не хочешь джинсы померить?

Но та лишь мотала головой, отнекиваясь коротким:

— Нет.

Через некоторое время до Маши дошло: ее спутница не испытывает никакого удовольствия, поход по бутикам доставляет Кате лишь неудобства. Выйдя из очередного магазина, Машка прямо спросила у спутницы:

— Хочешь еще побродить?

— Нет.

— Я так устала, может, в кино пойдем?

— Нет.

— Или в музей?

— Не хочу.

— Тут неподалеку выставка кукол!

— Нет.

— Тогда в зоопарк?

— Нет.

Доступная Машке программа развлечений иссякла, но она решила не сдаваться.

— Может, поесть хочешь?

— Да, — неожиданно согласилась Катя.

— Вот здорово, — обрадовалась Манюня, — побежали, такси возьмем!

— Лучше на метро, — обронила Катя.

Маша кивнула:

— Ладно, как тебе удобней.

Оказавшись за столиком, Маша принялась с энтузиазмом обсуждать меню. Девочка, уже порядком уставшая от надутой, мрачной Кати, хотела показать новой знакомой, что она в восторге от проведенного дня, но Катерина разговор не поддержала, только коротко велела официантке:

— Чай без сахара и греческий салат, маслом его не поливайте.

— А мне, — воодушевленно зачастила основательно проголодавшаяся Маня, — микст из морепродуктов, томатный суп с сухариками, форель по-кипрски, кусок макового торта, сок и... ну, может, потом еще и тирамису закажу.

— Ты все это съешь? — неожиданно спросила Катя.

— Ага, — кивнула Маня, — у меня прямо живот от голода подвело.

— Нельзя столько жрать, — заявила Катя, — придется вам в доме дверные проемы расширять. Ты и так не Дюймовочка, а станешь совсем жуткой коровой.

Машка заморгала. Дело в том, что она отнюдь не худышка, но и пончиком Манюню никак нельзя назвать. Просто она не похожа на глупых девочек, которые, даже став похожими на магазинные вешалки, морят себя голодом и в результате к пятнадцати годам весят тридцать кило, издали похожи на металлоконструкции, имеют язву желудка, крошащиеся зубы, выпадающие волосы, запах изо рта и малокровие. Кстати, подобные особы постоянно собой недовольны и изводят домашних тупым нытьем.

— А-а-а, я все равно не похожа на красавиц из журналов! Вон у них какие бюсты, а у меня на месте груди впадина.

Нет бы сообразить глупышке, что швабра соблазнительными выпуклостями не обладает и что, скорей всего, очаровашка из журнала наполовину состоит из силикона.

Маруська, слава богу, уродилась совершенно нормальной, она носит сорок шестой размер и считает, что красота девушки не заключена в рамки девяносто-шестьдесят-девяносто.

Катя, очевидно, была из другой стаи, поэтому она смотрела на Манюню с плохо скрытым презрением. Окажись на месте Катерины любая другая девочка, Маня бы моментально встала и ушла, но с ней в кафе сидела сирота, только что потерявшая мать. Поэтому Машка сделала вид, будто не заметила ее хамства, и как ни в чем не бывало воскликнула:

— Я тут порой обедаю. Попробуй маковый торт! Феерически вкусно.

— Один миг в зубах, всю жизнь на заднице, — сухо парировала Катя, — я себе подобное позволить не могу, в отличие от некоторых слежу за своим весом.

И снова Машка сдержалась. В ожидании заказа она

принялась болтать о всякой ерунде, Катя беседы не поддержала, хмуро глядела в окно. В конце концов Машка сдалась и молча занялась едой. Для себя она решила, что более никогда никуда не пойдет с Катей, в конце концов, кто сказал, что две девочки, оказавшиеся волею судьбы под одной крышей, обязаны дружить? У Маши полно приятелей: Денис Глод, Саша Хейфец, Кирюша Когтев, Ксюша, Тамара, Ната. Новых друзей ей совсем не надо.

Кульминация настала в момент расплаты за обед. Бросив беглый взгляд на счет, Маня положила на столик купюру и весело воскликнула:

— Пошли!

— А сдача? — напомнила Катя.

— Она мне не нужна.

— Да?

— Там остается совсем немного, на чай официантке.

— Дай посмотрю, — Катя схватила листочек. — Ну и ну! Они нас обсчитали!

— Где? — удивилась Машка.

— Вот, смотри, — сразу оживилась Катя. — Я пила чай без сахара, он стоит по меню тридцать рублей, а с нас взяли на пять целковых больше. Эй, девушка!

Не успела хлопающая глазами Машка сориентироваться в ситуации, как тихая, казавшаяся апатичной Катя развила бурную деятельность. Сначала она отчитала официантку.

Та робко отбивалась.

— Простите, но у нас в ассортименте нет несладкого чая. За тридцать рублей подают напиток из пакетика, вы же пили из чайника, он стоит на пятерку дороже. Сахар мы приносим всегда.

Но Катя не остановилась. Она потребовала администратора. Маня не нашла ничего лучше, как удрать в туалет. Когда она, надеясь, что скандал завершился, вернулась назад, Катя аккуратно отсчитывала рубли.

— Вот, — протянула она Мане горсть мелочи, — забирай и уходим. Раз обсчитывают, незачем им чаевые оставлять. Еще неизвестно, как тут с порциями химичат! Написано: суп, двести граммов. Что-то мне кажется, в тарелку не столько налили. Конечно, тебе лучше меньше есть, но, с другой стороны, ведь деньги заплачены!

Вот тут бесконечное Машкино терпение лопнуло.

— Ты ведешь себя неприлично! — воскликнула она. — В кафе принято оставлять чаевые.

— Сюда глянь, — не сдалась Катя и ткнула пальцем в меню. — Читать умеешь? Вот! «Вознаграждение официанту не обязательно, но оно приветствуется»! Не обязательно! Пошли! Не фига им платить.

И тут Машка потеряла остатки воспитания.

— Сама ступай, куда хочешь! — заорала она. — Я тут останусь!

— Недоела? — прищурилась Катя. — Или вновь проголодалась?

Маня схватила чайник с остатками заварки, Катерина ужом скользнула к двери, официантка удержала постоянную клиентку за плечо.

— Не надо, Машенька, с такими людьми лучше не связываться, — посоветовала она.

Катерина исчезла, а обслуживающий персонал кафе принялся утешать Маню, отчего ей стало совсем худо.

— Извини, мусик, — сказала она сейчас, — больше с ней никуда не пойду и общаться не желаю!

— Кате некуда деваться, — тихо ответила я, — у девочки лишь два варианта: жить у нас или отправиться в интернат. Пойми, милая, если здесь, в Ложкине, начнется война...

— Я же не гадина, — перебила меня Маня, — пусть остается, никто с Катериной лаяться не станет. Понимаю, что в интернате плохо. Особняк большой, комнаты наши на разных этажах. Я согласна вежливо с ней здороваться и все такое, но дружить не хочу.

Я кивнула.

— Хорошо. Только учти, на фоне стресса некоторые люди совершают глупые поступки. Вполне вероятно, что Катя абсолютно нормальная девочка, просто на нее самым ужасным образом подействовала смерть Сони. Сначала у Кати погибает в авиакатастрофе вся семья, потом умирает тетя, заменившая ей мать. Слишком много несчастий свалилось на бедного ребенка, тут и у взрослого крыша поедет.

В глазах Машки мелькнула жалость.

— Ладно, — пробормотала она, — может, ты и права. Хотя мне больше в любимое кафе нечего соваться, очень стыдно.

— Погоди! — дошло до меня с опозданием. — Так Катя осталась в городе? Надо ей срочно позвонить!

— Здесь она, — вздохнула Маша. — Сразу после меня приехала.

Я спустилась на первый этаж, пошла в спальню, распахнула дверь и услышала характерный звук, что-то типа «ку-ку». У Кати работала «аська»[1].

Услышав мои шаги, Катя моментально выключила компьютер и мрачно спросила:

— Что случилось?

---

[1] Программа Ай-си-кью, позволяющая пользователям Интернета общаться друг с другом, посылая напечатанные сообщения.

— Ничего, мой дружочек! Просто я хотела узнать, как твои дела?

— Нормально.

— Не устала?

— Нет.

— По телику сериал идет, — суетилась я, — пойдем в гостиную?

— Нет.

— У тебя голова болит?

— Нет.

Я окончательно растерялась.

— Может, ты чего-то хочешь?

— Да.

— Говори скорей, я все сделаю!

— Оставьте меня в покое.

Я попятилась.

— Извини, не поняла...

— Чего особенного? — прищурилась Катя. — У вас в семье люди друг к другу постоянно пристают. В комнаты без стука вваливаются, орут, по кафе таскаются, чаем без конца наливаются...

— Да нет, — я попыталась почему-то оправдаться, — все работают, наверное, поэтому очень любят в редкие минуты отдыха пообщаться.

— Меня колбасит от этого слова, — скривилась Катя. — Пообщаться! Фу! Я предпочитаю посидеть в одиночестве, почитать, поиграть в комп.

— Но...

— Учебный год я закончила на одни пятерки, имею право отдохнуть!

— Мы...

— Вас бесит мое неучастие в посиделках? Я обязана торчать по вечерам в гостиной и лыбиться?

— Нет, конечно. Просто мы хотели развлечь тебя.

— Не надо. Я не маленькая, — отрубила Катя и повернулась ко мне спиной.

Я топталась у двери, не зная, как поступить. Внезапно Катя крутанулась на кресле.

— Большое спасибо, что взяли меня к себе. В интернате я бы умерла!

— Ерунда, — улыбнулась я, — наш дом большой, а ешь ты как птичка.

Катя мрачно кивнула.

— Угу. От меня никаких хлопот. Учусь на «отлично», не курю, не колюсь. Главное, не приставайте, и я вас не обременю. А потом, в восемнадцать лет, рассчитаюсь, и мы простимся.

— Ладно, — снова растерялась я, — скажу своим, чтобы тебя не трогали.

— Буду очень благодарна, — кивнула Катя.

— Если захочешь в город, то...

— Спасибо, нет нужды.

— Будешь все лето сидеть в комнате?

— И что? Мне так хочется, — с вызовом выпалила Катя.

— Ладно, ладно, — согласилась я, — кстати, можно задать тебе один вопрос?

Катя закатила глаза.

— Только не надо сейчас читать мне наставления.

— Я вовсе не собиралась. Скажи, у твоего дедушки была охрана?

— Нет.

— Он сам водил машину?

— Нет.

— Имел шофера?

— Да.

Манера Кати односложно отвечать, сдвигая брови и недовольно кривя губы, стала меня раздражать. Огромным усилием воли я взяла себя в руки и продолжила допрос.

— Помнишь, как его звали?

— Кого?

— Водителя.

— Нет.

— Может, Юра?

— Нет.

— А как?

— Ну... не помню.

— У вас в доме жил мужчина по имени Юрий?

— Нет.

— Может, так звали садовника?

— Нет.

— Или дворника?

— Нет.

— То есть ты ни про какого Юру не слышала?

— Нет.

Я уставилась на Катю. Не ребенок, а партизан на допросе в гестапо. Ну и характер. Интересно, каким образом мягкая, интеллигентная, никогда ни с кем не ссорившаяся Соня управлялась с Катей? Или она стала такой после гибели Адашевой? Я видела Катю на выставке собак, и тогда она произвела на меня впечатление самой обычной девочки.

— Если это все, то я хотела бы наконец заняться компом, — буркнула Катя.

Я кивнула.

— Конечно. Только скажи, где работал Зелимхан?

— Не знаю.

— Как?

— Просто.

— Дедушка не рассказывал про службу?

— Нет.

— Ну... ладно.

— До свидания, — подвела черту Катя, — спокойной ночи.

— Ужинать не придешь?

— Нет.

— Хочешь, Ира принесет еду в комнату?

— Нет.

— У нас сегодня замечательное лакомство, — оживилась я. — Творожная запеканка с цукатами и сметанным соусом. А еще я привезла пирожные.

— Не хочу.

— Не соблазнишься?

— Нет. Я не ем после шести.

— Бережешь фигуру? — я отчаянно пыталась наладить контакт с девочкой. — Тебе нечего беспокоиться!

— Если сейчас разожрусь, — презрительно вымолвила Катя, — то стану такой, как ваша Маша!

Гнев ударил мне в голову.

— Вот что, Катя, я обещала Соне Адашевой приглядеть за тобой. Я всегда держу слово, поэтому создам для тебя нормальные условия проживания. Выучу и дам путевку в жизнь, — высокопарно заявила я.

— Я все оплачу, — сбила мой пафос Катя.

— Ладно. Живи, как пожелаешь, никто к тебе в душу не полезет, в комнату не войдет и к общению принуждать не станет. У меня есть лишь одно условие. Ты следишь за своей речью и не оскорбляешь домочадцев, в частности, не обзываешь Машу толстой.

— Это констатация факта, — парировала Катя, — если жабу величать жабой, оскорблений нет, она такая и есть. Маша весит в два раза больше меня.

— Значит, — еле сдерживая желание заорать, ответила я, — ты не занимаешься констатацией фактов. В нашем доме члены семьи любят друг друга независимо от веса, наличия лысины, оттопыренных ушей и кривых ног. Ясно?

— Угу, — кивнула Катя, — не хотите правду о себе знать!

— Нет! — рявкнула я и вышла в коридор, чувствуя себя как деревенский кузнец, который от полной дури решил подковать вместо смирной тягловой лошадки главного племенного быка стада.

Дверь хлопнула, в замочной скважине повернулся ключ. Катя, не желавшая видеть в своей комнате незваных гостей, предпочла как следует запереться.

Глава 16

Я поднялась в свою спальню и, невзирая на усталость, схватилась за телефон.

— Алло, — бодро отозвалась Яковлева.

— Это Даша. Хочу сказать, что Катя устроилась нормально, сейчас сидит в Интернете.

— Ну и хорошо, — равнодушно обронила Роза, — попомни мои слова, она тебе еще покажет небо в алмазах. Та еще штучка! Сплошные капризы! Кстати, я так понимаю, что ты будешь оформлять опекунство над девкой, значит, у нас возникнут тесные рабочие контакты. Соньке полдела принадлежало. Послушай, ты же ничего в нашем бизнесе не понимаешь...

— Никогда не стану встревать в торговлю продуктами, — быстро успокоила я Розу, — свои привилегии как опекуна я не знаю, деньги Сони мне не нужны, нам собственных средств вполне хватает. Уж извини за прямоту, но я взяла в дом Катю не из-за какой-либо материальной выгоды, имею только одну причину для того, чтобы довести ее до восемнадцатилетия, — хочу отплатить Соне добром за добро. Вырастет девочка и уйдет. Финансовыми вопросами сейчас займется адвокат.

— Это хорошо, — повеселела Роза, — честно говоря, я испугалась. Ты кретинка, в торговле ни бельмеса не смыслишь. Одного не пойму: какое такое добро тебе Сонька сделала? Вы же даже не дружили! Адашева всем улыбалась, но в душу не пускала, даже меня на некотором расстоянии держала, хотя наши отцы лучшими друзьями были!

В моей голове внезапно возникло воспоминание.

Ледяной декабрь сковал Москву, до Нового года остается всего ничего. В институте все кашляют, чихают, кое-кто из преподавателей приползает на работу с температурой, в столице бушует грипп. Конечно, нужно бы, увидав, как столбик термометра убегает вверх от отметки «37», остаться в постели, пить чай с малиной и спать, спать, спать. Но у студентов сессия, и наш ректор, отец Розы, в самом начале декабря собрал коллектив и предупредил:

— Те преподаватели, которые возьмут бюллетени в дни экзаменов и зачетов, не могут рассчитывать на мое хорошее отношение к ним.

Вот почему абсолютное большинство профессуры, еле-еле удерживаясь в креслах, слушают студентов и потом расписываются в зачетках.

Тридцатого числа я приволоклась на кафедру и, сев за стол, стала просматривать письменные работы. Мне повезло больше, чем другим, инфекция по непонятной причине пока обошла меня стороной.

Глаза бегали по строчкам, руки машинально исправляли ошибки, но в голове крутились не имевшие никакого отношения к службе мысли. Где взять денег? Финансовая яма, в которую я попала, была настолько глубокой, что рублей не нашлось даже на праздничный продуктовый заказ, и я отдала свой талончик Лесе Кононовой. Слава богу, хоть подарки для своих припасла заранее, но, похоже, на столе у нас не будет ничего вкусного.

Я безуспешно пыталась придумать выход из ситуации, и тут зазвонил телефон. Секретарша ректора, Елена Борисовна, каменным тоном заявила:

— Васильева, зайдите немедленно к Михаилу Николаевичу.

Я перепугалась до отключки сознания. Ректор никогда не обращал на меня своего княжеского внимания, чему скромная преподавательница французского языка была очень рада. «Минуй нас пуще всех печалей и барский гнев, и барская любовь». Я всегда была согласна с этим заявлением классика, и вдруг вызов к САМОМУ?

Михаил Николаевич, увидев, что я вхожу в кабинет, встал из-за стола, чем поверг меня в еще больший шок.

— Рад видеть вас, Дарья Ивановна, в добром здравии, — прогудел ректор, указывая мне на кресло, — похоже, инфекция вас не затронула.

— Да, — осторожно кивнула я.

— Как работается? — ректор проявил отеческую заботу.

— Спасибо, великолепно, — заблеяла я, совершенно не понимая, что происходит. Единственное, что пришло мне в голову: начальство перенесло грипп, получило осложнение на мозг и решило, что Дашутка дочь нужного влиятельного человека.

— Как дети? — лучился улыбкой Михаил Николаевич.

— Спасибо, в полном порядке.

— А мама?

— Великолепно! — бодро воскликнула я. Ну не объ-

яснять же ему, что матушку свою я не помню, она
скончалась, когда дочь еще не научилась ходить, воспитывала меня бабушка, практически никогда ничего
не рассказывавшая о моих родителях. Я знаю только,
что отец и мать у меня когда-то были.

— Супруг, надеюсь, в добром здравии? — задал следующий вопрос Михаил Николаевич.

— Работает, очень занят, — лихо соврала я, давно
пережившая развод с очередным мужем.

— Ну, прекрасно, — закивал ректор, — видите ли,
Дашенька...

Я вцепилась пальцами в сиденье стула. Дашенька!
Матерь Божья! Михаил Николаевич явно не в себе!

— ...хочу попросить вас о небольшой дружеской ус-
луге. Елена Борисовна... знаете ее?

— Да, — шепнула я, — ваша секретарша.

— Именно так! Елена Борисовна говорит, что това-
рищ Васильева скромный, неболтливый, интеллигент-
ный человек. Просьба моя не имеет отношения к работе, она очень личная... частная. Конечно, вы можете
отказаться.

— Постараюсь сделать для вас все! — воскликнула я.

— Замечательно. Понимаете, я заказал для жены
подарок, браслет из ее любимого жемчуга. Сегодня
нужно забрать изделие, ювелир уезжает через пару часов в Подмосковье, в санаторий. И вот незадача! Мой
водитель слег с температурой. Елена Борисовна пожилая дама, ей на метро трудно ехать... Так вот... э... она
сказала, вы... порядочный человек... сделайте одолжение, съездите за сувенирчиком, не в службу, а в дружбу.
Вот адрес и конвертик с деньгами.

У меня отлегло от сердца. Бог мой, какая ерунда!

Начальство всего лишь решило использовать преподавательницу в качестве курьера.

— Елена Борисовна пообещала, что вы не станете распространять по институту сплетни о наших хороших отношениях, — пел Михаил Николаевич.

Я схватила листок бумаги и конверт.

— Уже еду!

— Спасибо, поверьте, я буду очень вам благодарен. Да, кстати, мне надо в министерство; если, вернувшись назад, вы обнаружите кабинет пустым, не отдавайте сверточек Елене Борисовне. Между нами говоря, она сплетница. Хорошо, душенька? Вручите его мне лично в руки.

Я кивнула и пошла одеваться. Путь предстоял неблизкий, в другой конец Москвы, на дворе стоял лютый холод, колкий, острый ветер больно бил по лицу.

На обратной дороге мне досталось в вагоне метро место. Я села и не утерпела, открыла красную бархатную коробочку. Внутри оказался браслет из жемчуга, красивое, совершенно недоступное большинству советских женщин украшение. Полюбовавшись на роскошь, я положила коробочку в сумку и закрыла глаза. Вагон покачивался, от пассажиров пахло мандаринами и шампанским. Кое-кто уже начал праздновать Новый год.

Прибежав на кафедру, я обнаружила ее пустой, все сотрудники разошлись по домам, лишь у окна сидела Соня Адашева, она готовила билеты к завтрашнему экзамену для второкурсников.

— Ты еще тут? — удивилась она.

Я кивнула, сняла куртку, повесила ее в шкаф, потом раскрыла сумочку и... не нашла там коробки.

То, что я пережила в следующие пять минут, не пожелаю испытать даже злейшему врагу. Сначала я вытряхнула содержимое сумки на стол, потом прощупала подкладку, хотя ежу было ясно: коробочка туда не провалится!

— Что случилось? — спросила Соня, наблюдавшая за мной во все глаза.

И тут я, рухнув на стул, зарыдала. Адашева вскочила и бросилась ко мне.

— Тише, — сказала она, — любое горе поправимо.

Я, обезумев, закричала:

— Хорошо тебе говорить! А меня выгонят с работы, поставят клеймо воровки... браслет... жемчуг... ректор...

Соня, разобравшись в произошедшем, воскликнула:

— Фу, какая ерунда! Погоди секундочку!

С робкой надеждой я наблюдала, как Соня подошла к телефону, набрала номер и сказала:

— Юрий, пройди в мою спальню, открой комод, в верхнем ящике лежит зеленая шкатулка... Да, да, она. Немедленно привези ее сюда.

Потом она повернулась ко мне.

— Иди умойся, напудри нос, выкури сигаретку. Да не дрейфь. Михаила Николаевича нет, хорошо, если он к девяти явится, времени у нас навалом.

Спустя час в моих руках оказалось украшение.

— Похоже? — улыбнулась Соня.

— Как две капли воды, — прошептала я, разглядывая чудо.

Соня засмеялась.

— Это мой папа Михаилу Николаевичу ювелира порекомендовал. Неси коробку в кабинет.

— С ума сошла!

— Давай тащи, — подтолкнула меня в спину Соня.

— Но что ты скажешь отцу?

— Он и не спросит, — отмахнулась Адашева, —

браслет дарил год назад, небось давно про него забыл! Проявит любопытство, скажу: «Потеряла».

— Я не сумею вернуть тебе деньги...

— Я их и не прошу, — хмыкнула Соня, — жизнь длинная, на том свете угольками сочтемся.

Михаил Николаевич взял коробочку и рассыпался в благодарности. За услугу преподавательница Васильева была вознаграждена по-царски. Елена Борисовна вручила мне картонную коробку, в которой оказался продуктовый заказ, не наш, месткомовский, а тот, что получал ректор: колбаса из спеццеха, икра черная и красная, шпроты, импортная курица, шоколадные конфеты и многое другое, страшно вкусное, практически недоступное. В особенности поразило Кешу невиданное лакомство: мармелад «Бананы в шоколаде». Еще я получила в бухгалтерии премию, тринадцатую зарплату, и была совершенно счастлива.

После этого случая Михаил Николаевич преподавательницу Васильеву более из толпы не выделял, чай к себе в кабинет пить не звал и по службе не продвигал, а Соня никогда не напоминала мне о браслете, скорей всего, она попросту забыла о том случае, у Адашевой и впрямь было много ювелирных украшений. Но я помнила о той истории, и вот теперь представился случай отблагодарить коллегу. А еще я уверена, что к людям потом все возвращается назад. Эхо поступков, хороших или дурных, непременно до вас докатится.

Наверное, нужно было сейчас рассказать Розе о ситуации с браслетом, но мне отчего-то совсем не хотелось откровенничать с Яковлевой.

— Скажи, — быстро спросила я, — ты ведь хорошо знала Зелимхана, отца Сони?

Яковлева хмыкнула:

— Ну, виделась с ним, естественно, Зелимхан дружил с моим отцом.

— Понимаю, что задаю глупый вопрос, но попробуй ответить. Не припоминаешь случайно, у Адашева имелся шофер или секретарь по имени Юра?

— Полкан?

— Кто?

Роза засмеялась.

— У Зелимхана работал некий Юрий. Мастер на все руки: машину водил, поломки чинил, а еще он трубку у них дома брал и тому, кто звонил, настоящий допрос устраивал: кто, зачем, чего надо... Папа всегда злился и говорил потом: «У Зелимхана снова Полкан секретарствует. Ведь великолепно знает, кто звонит, но «интервьюирует». Кстати, фамилия у этого Юры в тему была! Собакин! Вот ведь класс! А зачем он тебе?

— Понимаешь, — принялась фантазировать я, — Катя очень тоскует, она замкнулась в себе, не желает с нами общаться, видно, что девочка не в своей тарелке. Вот я и хотела пообщаться с кем-то, кто знал ее родителей, дедушку, бабушку. Родных у Кати не осталось, но, может, хоть прислуга что-то подскажет! Знаешь, если человек постоянно крутится в семье...

— Сомневаюсь, что Полкан тебе окажет содействие, — буркнула Роза, — он, когда Зелимхан погиб, уволился.

— И все же я хочу попробовать его отыскать!

— Делать тебе нечего, — протянула Роза. — Развела психологию на пустом месте. Дай Катьке пару затрещин, вмиг улыбаться начнет. Представляю, как она тебя своим надутым видом злит. Она такая! Губы подожмет и молчком в комнату. Ужасный характер!

— Отчества Собакина не знаешь?

— Нет.

— Жалко.

— Зачем оно тебе?

— Думала, через Мосгорсправку его найти, а там требуют паспортные данные.

— Могу дать его координаты, — вдруг предложила Роза, — впрочем, не знаю, там ли он по-прежнему живет.

— Классно! — закричала я. — Вот уж не ожидала, что ты имеешь адрес Юрия.

Роза откашлялась.

— Да уж, некоторые люди наглые, как трамваи.

— Ты о ком?

— О Полкане. Прикинь, столько лет его не видела, да и в прежние годы мы не слишком-то общались, какая у меня дружба с ним могла быть. А тут несколько лет назад звонок раздается. Я прямо офигела, когда сообразила, кто меня беспокоит! Собакин! Знаешь зачем?

— Откуда же?

— Дочь у него в институт поступать надумала, так Полкан вспомнил про Михаила Николаевича, вот ведь какая память, отыскал мой телефон и попросил: «Помогите девочке, отличница, умница, только без блата в вуз сегодня на бесплатное отделение не попасть, а у меня, увы, средств для оплаты курса нет».

— И что ты сделала?

— Объяснила идиоту: отец давно покойник, я сама никаких связей не имею. Прикинь, что дальше произошло!

— Даже и предположить не могу!

— Во! И мне бы в голову не пришло! Думала, он отстанет. Ни фига! Он домой ко мне заявился, вперся в прихожую, давай гудеть: «Уж помогите, девочка отличница, умница, а денег нет». Я ему спокойно втолковываю: торгую продуктами и максимум на что способна:

продать ему харчи без наценки, по оптовой цене. Но он просто врос лапами в плитку и трещит свое: «Девочка отличница, умница...»

Тщетно Роза пыталась объяснить просителю, что все связи с учебными заведениями похоронены вместе с папой. Юра не сдавался.

— Вы телефонную книжечку поглядите, — настаивал он, — вдруг чего придумаете.

Роза решила избавиться от докучливого мужика.

— Отстаньте от меня! Уходите! Вас сюда никто не звал! — рявкнула она.

Но Полкан сделал вид, что не замечает откровенного хамства.

— Уж помогите мне, — ныл он, — неужели забыли, как я вас на руках качал!

Первый раз в жизни Роза встретила подобную личность: гонишь ее в дверь, а она лезет в окно. А если надо — просочится в замочную скважину.

Поняв, что от Собакина просто так не избавиться, Роза сдалась.

— Давайте ваши координаты, если узнаю нужные сведения, позвоню.

Полкан протянул ей бумажку с номером. Яковлева сразу после ухода назойливого Собакина занесла его номер в черный список и успокоилась. Хорошо жить в эру научно-технического прогресса. Теперь и домашний, и мобильный аппараты, «распознав» цифры, мигом «отсекут» звонящего. Бумажку Роза сунула в специальную коробочку, куда складывает визитки. Отчего Яковлева не отправила ее в помойку? Она опытный бизнесмен и очень хорошо знает: в жизни может пригодиться любая, даже самая незначительная информация, пусть бумажонка лежит, есть она не просит.

Глава 17

Получив телефонный номер и адрес Собакина, я оперлась о подоконник, вытащила сигареты и с наслаждением затянулась. Значит, девочка Анжелика существовала. Соня сбила ее на шоссе, а Зелимхан решил избавить любимую дочь от тягостных угрызений совести и быстро замял дело. Фима получила квартиру в Москве и ежемесячное содержание, а Соне папа показал манекен и рассказал выдуманную историю про гадких мальчиков-подростков, решивших подшутить над богатеями из «Нивы».

Ладно, до этого момента все более или менее понятно, но дальше начинается темный, непролазный лес.

Зелимхан погибает вместе со всей семьей в авиакатастрофе, Соня чудом остается жива, вот уж к кому в полной мере относится поговорка: «Не было бы счастья, да несчастье помогло!» Адашева забирает к себе племянницу... Кстати! А почему Катя не полетела вместе с матерью в том самолете? Может, тоже занедужила и поэтому осталась? Ладно, не этот вопрос сейчас главный!

Соня успешно занимается бизнесом, она становится богатой женщиной, впрочем, ее и раньше никак нельзя было назвать бедной, но сейчас Адашева сама зарабатывает на хлеб с икрой, все у нее ладится хорошо, бизнес стабилен, в партнерах старая знакомая, почти подруга, Катя растет... И вдруг Адашеву начинает преследовать девочка в белом платье.

Знаете, я не верю в привидения. Кто-то попросту решил свести Соню с ума либо подтолкнуть ее к самоубийству. Но у Адашевой оказалась крепкая психика, она, правда, пугается «призрака», но рассудка не теряет. Соня верующий человек, для нее самоубийство неприемлемо, и кроме того, она не может оставить Катю. Похоже, Соня начала о чем-то догадываться, она опасалась за свою жизнь, иначе с какой стати попросила меня приглядеть за Катей?

Итак, кто автор затеи? Напрашивается простой ответ: человек, знавший о происшествии на дороге. Круг этих людей узок: Зелимхан и его верный полкан Юрий. Помните рассказ Леонида Варькина? Мальчик, сидя в сарае, услышал фразу, брошенную Зелимханом: «Юра уже занимается делом».

То есть Собакин, пока хозяин договаривался с родственницами несчастной Лики, увез тело и закопал его. Кто еще знал о наезде? Сама Соня, Фима, Таня — и, пожалуй, все. Кому из них понадобилось устраивать спектакль? Зелимхану? Он давно мертв. Соне? Совсем смешно. Фиме и Тане? Женщины получали «пенсию», им ежемесячно привозили мзду. Минуточку! А кто это делал? Как на самом деле звали «Леонида Варькина», прикатывавшего на иномарке к Фиме? Настоящий-то сын Серафимы бомжует на вокзальной площади. Есть еще одна странность: Зелимхан умер, а деньги продолжали капать! Кто и зачем платил их? Почему убили Фиму и Таню?

Я захлопнула окно и легла на кровать, забыв раздеться. В голову не приходило ничего достойного, кроме одного, более чем банального соображения: некто задумал прибрать к рукам имущество Адашевой. Вот почему он убил Соню, а сейчас начнет охоту на Катю. Слава богу, что девочка не собирается гулять по Москве. Очень хорошо, что Катя решила провести время у компьютера. В Ложкино трудно проникнуть незнакомому человеку, но опасность все равно висит над головой ребенка. Лето всего лишь передышка. Осенью Катя пойдет в школу, я не сумею уследить за ней. Может, приставить к Кате охрану? Нет, глупо. Секьюрити способны отсечь толпу фанатов от кумира, задержать нагло лезущих к девушке мужиков, скрутить грабителя. Но с хитрым существом, разработавшим сначала план убийства Сони, а потом устранение Фимы и Тани, им не справиться. Почему же были убиты сестры? Ну кому они мешали? Что знали? Связана ли их кончина с трагической историей гибели Анжелики?

Голова закружилась. Нужно встать, раздеться, умыться, расстелить постель, но сил не было. Я медленно погружалась в сон. Надо непременно отыскать Юру Собакина, вяло шевельнулось в мозгу, похоже, он может много рассказать о той загадочной истории.

Утро началось с гневного восклицания Дегтярева:

— Где мой чемодан?

Я открыла глаза и увидела полковника, который гневно повторил:

— Чемодан куда пропал?

— Чей? — Я спросонок не поняла, о чем он толкует.

— Баул на колесах, зеленый! Я сложил его, оставил в холле, и он исчез!

— У Иры спроси.

— Она велела у тебя поискать.

— Зачем мне твой чемодан?

Александр Михайлович выскочил в коридор.

— Безобразие, — донеслось оттуда, — в командировку собраться нельзя! Отдайте кофр!

— Вот он, — отозвалась Машка, — стоит прямо посреди прихожей.

— Его тут не было!

— С утра стоит!

— Нет!!! Я не идиот! Сто раз ходил мимо! Ничего не видел!

Повисло молчание. Затем начался новый раунд разборок.

— Где кроссовки?! Маша, ты их не брала?

— Послушай, — терпеливо ответила Маня, — у меня сорок второй размер ноги, а у тебя тридцать девятый.

Я хихикнула. Все правильно. При довольно объемистом теле полковник чем-то напоминает Золушку, у него очень маленькая для мужчины ступня.

— Кроссовки, — метался полковник, — это ужасно! Я опоздаю на самолет! Кто их спрятал? Ну народ.

— Вон они стоят, — спокойно сообщила Ирка, — в галошнице, на второй полке.

— Отвратительно, — рычал Дегтярев, — в доме нет никакого порядка! Паспорт! О-о-о! Все ищите паспорт! Живо! Бегом! Без документа мне никак нельзя!

— Он у тебя в барсетке, — успокоила его Маня, — вон, между кошельком и «склерозником».

— Ага, ладно, — сбавил тон Александр Михайлович, но уже через секунду вновь заорал: — Такси пришло?

— Вы его вызывали? — спросила Ирка.

— Да!

— Чего не на своей машине?

— Куда ж я ее потом дену? На площади брошу?

— Охота деньги тратить, — укорила его Ирка, — Аркадий Константинович мог вас подбросить!

— Он в тюрьме!

— Олю бы попросили!

— Она в психушке!

Я усмехнулась. Услышь этот диалог нормальный человек, мигом убежал бы прочь, подумав: ну и семейка! Один в тюрьме, вторая в сумасшедшем доме. И ведь верно. Кеша юрист, поэтому часто посещает следственные изоляторы, а Ольга решила уйти из спортивной программы. Она теперь делает передачу о медицине, и сегодня у группы первые съемки в психиатрической лечебнице.

— Дарья Ивановна дома, — не успокаивалась домработница, — попросите ее, отвезет!

— Ну уж нет! — отрезал Дегтярев. — Мне моя жизнь дорога! Дарья право с лево путает. И еще она еле тащится, меня от ее езды тошнит. Кстати, Ира, скажи Даше, чтобы перестала обливаться духами. Купила себе новые, вонючие, сил нет их нюхать!

Я возмутилась. Полковник ничего не понимает в элитной парфюмерии, а туда же! Да у меня духи одной из лучших фирм!

За воротами раздалась серия коротких гудков. Я выглянула в окно и увидела дивную картину.

Маленький, толстый, лысый, красный от раздражения и натуги Дегтярев тащит по мощеной дорожке чемодан на колесах. Идет полковник, слегка покачиваясь, он нетвердо держится на ногах, что, в общем-то, не странно, если учесть одну деталь. Александр Михайлович напялил мои кроссовки. Они такого же цвета, как и его, черные с белыми шнурками, на спортивной обуви ведь не написаны буквы «М» и «Ж», она, так сказать, «унисекс». Да и мне наплевать, что приятель перепутал кроссовки. Сейчас в моде кроссовки на каблуке, кеды на танкетке или шпильке — это последний всхлип фэшн-бизнеса. Я не утерпела и приобрела себе гибрид тапочек для бега с вечерними туфлями. И сейчас Дегтярев еле-еле ковыляет вперед. Каблук, правда, невелик, сантиметров пять, не больше, но у полковника-то нет опыта хождения на «гвоздиках»!

— Эй, — крикнула я, — погоди!

— Некогда! — не оборачиваясь, рявкнул Дегтярев.

— Стой!

— Я опаздываю.

— Посмотри на...

— Уехать не дадут! — завопил полковник и исчез за калиткой.

— Понасыпали камней, — донеслось из-за забора, — иду, спотыкаюсь! Некому дорогу подмести! Одни лентяи кругом!

Я схватила мобильный.

— Дегтярев слушает, — петардой взорвался в голове голос.

— Ты...

— Сейчас я не могу говорить!

— Эй, посмотри на свои...

Ту-ту-ту-ту...

Я покачала головой. Ну как общаться с этим типом? Влез в мою обувь на каблучках и отправился в командировку. Полковнику предстоит лететь на самолете в город Арск, дорога в это неведомое мне место занимает около четырех часов, причем самолет навострит свои крылья не на Запад, а совсем даже в другом направлении. Вроде этот Арск находится за Уралом. Говорят, жители его суровы и малоразговорчивы, холодный климат не располагает к демонстрации эмоций. Представляю, как они отреагируют, увидав московское начальство в обуви на шпильках! В столице-то на полковника никто не станет указывать пальцем, москвичей не смутит ни ярко-красный ирокез на голове, ни серьга в носу, ни татуировка на щеке, но, думается, в провинции к подобной экстремалке непривычны. И как мне поступить? Мчаться за противным Дегтяревым в Домодедово?

Я опять схватилась за трубку.

— Дегтярев у телефона.

— Послушай...

— Я занят!

— Александр Михайлович...

— О господи! — в сердцах воскликнул полковник. — Чертовы бабы! Сто раз сказал ей: не могу сейчас болтать о глупостях! Отчет читаю! Важные бумаги просматриваю! Ну что у тебя за проблема? Детективы закончились? Или, на мое счастье, склянка с вонючими духами разбилась?

На этот раз трубку швырнула я. Ничего не стану рассказывать противному толстяку, пусть будет посмешищем! Почему он считает, что у меня тоже не может быть важных дел?

Выкурив сигаретку и слегка успокоившись, я снова набрала номер, на этот раз Юрия Собакина.

— Алло, — прозвучал в трубке приятный мужской баритон.

— Можно Юрия? — обрадовалась я.

— Не туда попали.

— Извините, — вздохнула я и повторила попытку.

— Алло, — ответил тот же голос.

— Ой, простите!

— Ничего, бывает, — мирно отозвался задерганный мною незнакомый собеседник.

Я решила попытать удачи в третий раз.

— Алло!

— Опять к вам попала! Не понимаю почему!

— Какой номер вы набираете? — без тени злости поинтересовался мужчина.

Услышав цифры, он недоуменно воскликнул:

— Это мой мобильный!

— Так я звоню на сотовый?

— Да.

— А вы его давно приобрели?

— Ну... не помню, часто меняю номера.

— Спасибо, — разочарованно ответила я.

Все понятно. Собакин тоже решил по какой-то причине поменять номер, некоторые люди проделывают сию операцию регулярно. Лично мне это кажется неудобным, но другим нравится. Телефонная компания отдает ваш номер другому человеку. Вот одной моей подруге достался телефон, ранее принадлежавший известному эстрадному певцу. Представляете, какая у нее началась жизнь? Аппарат трезвонил день и ночь. Путем неимоверных усилий Галка раздобыла новые координаты певца, связалась с ним, даже подружилась, теперь бегает на его концерты. Но это совсем другая история, расскажу ее как-нибудь потом.

Тяжело вздыхая, я попыталась вспомнить, куда бросила вчера ключи от «Пежо». Надо ехать к Собакину домой. Надеюсь, он не поменял квартиру.

Жил Полкан в добротном кирпичном доме недалеко от станции метро «Белорусская». С одной стороны, очень удобно, центр. С другой — нечем дышать, шумно и собачек негде прогуливать. Впрочем, с чего это я решила, что у Собакина есть собака? Собака Собакина! Хихикая, я вошла в подъезд и постаралась не дышать. Однако здешние жильцы настоящие экстремалы! Здание стоит в паре шагов от шумного вокзала, а они не запирают дверь, ведущую на улицу. Ясное дело, что большинство приезжих использует темное пространство около лестницы в качестве бесплатного сортира.

Натужно скрипя, лифт поволокся вверх, я испугалась. Подъемник странно дергался, трясся, дребезжал, только что не стонал от старости.

Пережив ужас подъема, я очутилась перед вожделенной дверью и, не ожидая ничего хорошего, ткнула пальцем в звонок. Скорей всего, Полкана нет. Он, вероятно, пенсионер и сейчас, пользуясь жаркой летней погодой, сидит на даче, нянчит внуков, поливает огурцы, собирает смородину...

Неожиданно дверь распахнулась, на пороге появилась девушка, маленькая, худенькая, одетая в футболку и брюки.

На лестничной клетке было очень светло, яркий солнечный свет падал на площадку из большого окна. Меня было великолепно видно, но в прихожей у Собакиных стояла темень, и я не могла различить черты лица хозяйки.

— Ой! — неожиданно вскрикнула девушка. — Вы?

Затем она сделала шаг назад и прижала к щекам ладони.

— Ой, — вновь вырвалось у нее. — Ой!

— Простите, если напугала вас, — быстро сказала я. — Ищу Юрия Собакина. Он тут живет?

— Нет, — пролепетала девушка, — уже нет.

— Он уехал?

— Нет. То есть да. Вернее, нет. А вы кто?

Я улыбнулась.

— Не бойтесь! Поверьте, я не криминальная личность. Меня зовут Даша Васильева, я давняя знакомая Сони Адашевой, у отца которой работал Юрий. Мне очень, просто очень необходимо поговорить с Собакиным. Если он переехал, не могли бы вы дать мне его новый адрес?

Девушка тяжело вздохнула:

— Входите.

Я очутилась в темной прихожей. Хозяйка схватила с вешалки платок, закуталась в него и тихо сказала:

— Идемте на кухню.

Маленькое пятиметровое пространство было заставлено мебелью.

— Садитесь за стол, — робко предложила хозяйка, — уж извините, чаю нет, кофе тоже.

— Спасибо, — быстро сказала я, — ей-богу, не стоит беспокоиться. Я ведь не в гости заявилась. Мне бы адресок Юры или его телефон.

— Папа умер, — грустно сказала девушка и затеребила платок. — Я дочь Юрия, Марина.

Глава 18

У меня опустились руки.

— Как умер?

— От инфаркта, — грустно ответила Марина.

— Внезапно?

— Нет. Папа давно болел, ему по-хорошему следовало сделать аорто-коронарное шунтирование, — дрогнувшим голосом продолжала девушка, — только отец боялся умереть на столе. Все повторял: зарежут меня, а так, может, еще поживу, внуков увижу...

По щекам Марины потекли слезы.

— Извините, — прошептала она.

— Это вы меня простите, — пролепетала я, — не знала ничего о Юрии.

— А зачем вам папа? — спросила Марина.

Я заколебалась, не зная, стоит ли рассказывать ей обо всем. Марина встала, подошла к раковине, поплескала на лицо водой, вытерла его посудным полотенцем и вновь села на стул и внимательно посмотрела на меня. Тут только я поняла: она редкостная красавица. Нежно-розовый цвет лица, черные брови и ресницы, алые губы, на ней нет ни грамма косметики, после умывания личико Марины стало только краше. А еще у нее удивительные глаза, огромные, голубые, чистые, словно горное озеро, только наивные, по-детски распахнутые, и густые волосы.

— Понимаешь, — неожиданно я обратилась к ней на «ты», — твой папа был, похоже, единственным человеком, способным пролить свет на одну старую историю...

— Что-то холодно мне, — вдруг прошептала Марина и потуже завернулась в платок.

— Ты больна? — спросила я. — На улице пекло, в квартире духота невыносимая, мне в тоненькой маечке жарко.

— Нет, — пролепетала Марина, — я зябну не понятно отчего, прямо как старушка, руки-ноги холодные... Меня одна мама воспитывала, они с папой давно в разводе были. Мамочка мне ничего про отца не рассказывала. Если я спрашивала, шуткой отделывалась, ну, типа, в капусте тебя нашла, аист принес, в магазине купила. Но перед смертью адрес дала и велела: «Иди к папе, он должен помочь, иначе тебя в интернат заберут. А при живом отце не тронут».

Марина похоронила маму, поплакала некоторое время, а потом все же решилась разыскать родителя. Девочка ожидала от него самой негативной реакции на свое появление, типа: «Вали отсюда, никакой дочери у меня нет», — либо: «Это еще доказать надо, что ты моя спиногрызка». Потом, у отца в доме могла оказаться жена, которая не захочет иметь дело со свалившимся с неба ребенком супруга.

Но, к счастью, все вышло по-другому. Юрий был одинок, и он страшно обрадовался девочке. От него Марина узнала и правду о маме. Оказывается, много лет назад она изменила Юре. Собакин собрался с хозяином в другой город, поцеловал супругу и отбыл. Дальше события напоминали дурной анекдот. Поездку отложили, Юра решил вернуться домой и застал жену в постели с другим. Разразился сначала скандал, потом развод. Жена взяла дочь и исчезла из жизни Собакина. Юра пытался встретиться с девочкой, но бывшая супруга была категорически против этого. Она затаила обиду на Собакина и теперь мстила ему, запрещая общаться с любимым ребенком. Сначала Юра переживал, а потом решил: значит, так надо. В загс он больше ни с кем не ходил, одного печального опыта хватило на всю оставшуюся жизнь.

Жили отец и дочь Собакины уединенно, друзей не имели, Юра работал с утра до ночи, Марина училась. Потом хозяин Юрия, Зелимхан, погиб. Юра попытался было устроиться на другую работу, потыкался в разные места, но ничего достойного найти не сумел. Он всю жизнь прослужил у Адашева, был его личным шофером, почти секретарем и домработницей в одном флаконе. Юра великолепно водил машину, умел держать язык за зубами, но времена сильно изменились. Теперь те, кто мог позволить себе иметь персонального «извозчика», хотели видеть за баранкой крепко сбитого, чемпиона по карате, молодого, здорового, прилично одетого...

Юра, уже немолодой, ничего не мог найти на рынке труда. Правда, вначале ему повезло, он пристроился к одному бизнесмену, но не успел Собакин проработать неделю, как у него случился сердечный приступ, и хозяин моментально избавился от водителя. Кому понравится, что шофер может потерять сознание на дороге?

В результате Юра пошел курьером в некую организацию. Они с Мариной быстро прожили отложенные деньги и затянули пояса. Когда отец попал в больницу, девочка стала продавать ценные вещи, коих в доме было совсем немного. Похороны отца окончательно лишили ее средств к существованию. Марина так и не сумела поступить в институт, да и некогда было заниматься учебой, отец болел. Ну а потом во всей красе возникла проблема добычи средств на жизнь. Сейчас Марина перебивается случайными заработками, человеку без профессии трудно устроиться в современном мире, на данном этапе у нее нет никакой службы.

Закончив повествование, Марина затряслась, потом пробормотала:

— Простите, очень голова кружится!

— Ты когда ела в последний раз? — спросила я.

Девушка заколебалась.

— Ну... в понедельник, нет, в воскресенье!

— Ужасно! — подскочила я. — У тебя попросту от голода сил нет, поэтому и озноб бьет.

— Вы полагаете?

— Без сомнения. Пошли.

— Куда?

— Давай, — велела я, — можешь встать?

— Да, — прошептала Марина, поднялась и покачнулась.

Я подошла к девушке, обняла ее за талию, ощутила под рукой тоненькие, обтянутые кожей кости и почувствовала острый укол жалости.

Неподалеку от дома Марины была пиццерия. Я не очень доверяю первым попавшимся на пути харчевням, но Марина выглядела такой слабой, что я просто побоялась везти ее в хорошо знакомый ресторан.

Искренне надеясь, что повар тут имеет санитарную

книжку, а официантки хоть изредка моют руки, я предложила Марине:

— Сначала выпей чаю, сладкого, крепкого, затем съешь немного пиццы с сыром. Наедаться до отвала тебе нельзя!

Марина кивнула и привалилась к спинке стула. Она так и не сняла платка, лицо ее стало пунцово-красным, на лбу выступила испарина. Испугавшись, что бедная девушка рухнет в обморок, я, не дожидаясь неторопливых официанток, сама понеслась на кухню делать заказ.

В Ложкино мы приехали через два часа.

— Ой, Дарь Ванна, — зачастила Ирка, — тут такое! Вау! У вас телефон почему выключен?

Я вытащила из сумки мобильный. Надо же! Батарейка разрядилась! Вечно забываю сунуть аппарат на подзарядку!

— Вы только послушайте! — размахивала руками Ирка.

— Сначала устрой Марину в комнате для гостей, — перебила я ее.

— Угу, — кивнула Ирка, — а где багаж?

— Нету.

— Она без вещей?

— Да!

— Ага, хорошо, ща, — засуетилась домработница, — там чисто, может спокойно идти.

— Постели ей, Марине надо поспать. Кстати, как Катя?

— Она не выходила.

— Целый день?!

— Да.

— Сидит в комнате?

— Ага!

— Ничего не ела?

— Нет.

— Ты бы к ней постучалась.

— Попробовала, — вздохнула Ирка, — около обеда толкнулась, а мне в ответ тишина. Уж я и так и эдак, но она отвечать не хочет, а замок заперт!

Пока мы с Иркой вели диалог, Марина сидела на диванчике в холле. Было видно, что девушке элементарно хочется спать.

— Сейчас Ира приготовит тебе постель! — воскликнула я.

— Не стоит беспокоиться, — тихо ответила Марина. — Я сама справлюсь, уж извините, конечно...

Голос ее замер.

— Давай отведу тебя в спальню, — Ира подхватила гостью под локоть, — вставай осторожно.

Я пошла на кухню, сделала себе кофе и уставилась на Хуча, который мирно спал на банкетке. Ну и что делать дальше? Похоже, со стороны Собакина информация не могла никуда утечь. Юрий не имел жены и друзей. Дочери он, естественно, ничего говорить не стал. Думаю, шофер умел хранить тайны своего хозяина, да и не работал бы он столько лет с Адашевым, если бы не держал язык за зубами.

Значит, того, кто придумал месть, следует искать в другом месте. Где?

— А чего с ней такое? — поинтересовалась Ирка, вваливаясь в кухню. — Упала на кровать, прямо в джинсах, и заснула. Я хотела помочь ей раздеться, гляжу, уже сопит. Больная, да?

— У Марины недавно умер отец, — пояснила я, — средств к существованию у нее нет, она голодала почти неделю, в прямом смысле слова, ни крошки не съела.

— Вот ужас! — всплеснула руками Ирка. — Бедолага! Ладно, значит, она не заразная, а то вы невесть кого притащить способны! Ой, послушайте, чего расскажу! Полковник-то...

Ирка, хихикая, стала вываливать новости. Чем больше я узнавала, тем смешнее мне делалось. Вкратце история выглядела так.

Дегтярев добрался в аэропорт, дотащил чемодан до стойки регистрации, перевел дух и предъявил билет.

— Паспорт, — потребовала сотрудница Аэрофлота.

Полковник шлепнул перед ней бордовую книжечку. Женщина раскрыла документ, внимательно изучила его, потом спросила:

— Ваши имя, фамилия, отчество.

— Дегтярев Александр Михайлович, — ответил толстяк.

— Не могу зарегистрировать вас.

— С какой стати? — взвился полковник. — Билет есть, паспорт в порядке. Или вы посчитали меня террористом? Имейте в виду, я являюсь...

— Проездной документ не вызывает сомнений, а вот удостоверение личности...

— А с ним что?

— Посмотрите сами.

Разъяренный Дегтярев схватил книжечку и обомлел. С фотографии на него смотрела я. Торопясь уехать, Александр Михайлович впопыхах прихватил мой паспорт. Лучше не слышать слов, которые понеслись в адрес Дашутки. Хотя, если вдуматься, ну в чем я виновата? Полковник сам, лично, собирал сумку. И документы тоже перепутал сам. Но ни один мужчина не может признать свои ошибки, еще в меньшей мере он способен стукнуть себя ладонью по лбу и завопить:

— Ну я и кретин!

Естественно, Дегтярев не мог о себе так сказать. Сначала он вспомнил всех родственников госпожи Васильевой, затем начал совать представительнице авиакомпании в лицо свое служебное удостоверение и орать:

— Немедленно регистрируйте билет, я лечу в командировку!

Но дама за стойкой не дрогнула, она требовала паспорт, Дегтярев разъярился окончательно, очередь за его спиной стала нервничать, да еще, как назло, по радио сообщили:

— Заканчивается регистрация билетов на рейс Москва — Арск.

Толпа поднажала, пытаясь оттеснить Дегтярева. Александр Михайлович вцепился в стойку, тогда пара мужчин решила оттащить полковника в сторону, вспыхнула драка, прибежал патруль.

В результате самолет улетел без толстяка, а сам он оказался в отделении милиции. Там, увидав хмурого капитана, полковник потерял всяческое самообладание, затопал ногами и решил вытащить удостоверение.

И тут-то до него дошло! Ни чемодана, ни барсетки с ним нет. Багаж и сумочка с документами остались в здании аэропорта.

Капитан, вяло зевая, велел подчиненным:

— Проверьте там.

Один из сержантов рысью смотался туда-сюда и бойко доложил:

— А ни фига нет. Сперли небось! Долго ли!

— Развели ворье! — заорал полковник. — Дайте позвонить!

— Сунь его в обезьянник до выяснения, — приказал капитан.

— Обалдел! Я полковник! — затопал ногами Александр Михайлович.

Капитан машинально посмотрел вниз, потом ткнул пальцем в кроссовки Дегтярева.

— Хорош врать, педерас! У нас такие, на каблуках, не служат. В милиции позорных элементов нет.

Александр Михайлович сначала замер с раскрытым ртом, очень удивило его причисление к лицам нетрадиционной сексуальной ориентации. Следует отметить, полковник абсолютно лоялен ко всем, кроме преступников. Он считает, что двое взрослых, совершеннолетних мужчин могут по обоюдному согласию делать в тиши спальни все, что им заблагорассудится. Лишь бы не совращали малолетних и не нарушали закон. Но сам он большой любитель женского пола.

В изумлении полковник взглянул туда, куда указывал не слишком чистый перст капитана, и воскликнул:

— Не пойму, о чем речь ведешь!

— Хорош прикидываться, — скривился мент, — ну ты, голубой вагон, и как только на каблуках держишься!

Полковник внимательно изучил кроссовки и разразился отнюдь не парламентской речью, и, конечно, в мой адрес.

В конце концов Александру Михайловичу разрешили сделать один звонок. Он немедленно созвонился с Костей Лыковым, своим заместителем.

Костик кинулся выручать начальника. Капитан, поняв, что имеет дело со своим, мигом притащил кофе и бутерброды. При этом, бросая взгляды на кроссовки Дегтярева, тихонечко хмыкал, чем доводил полковника до бешенства.

Лыков мгновенно разрулил ситуацию. По дороге в аэропорт он купил начальнику кеды. Багаж Дегтярева не нашли, барсетку тоже. Его вещи, билет и мой паспорт исчезли безвозвратно. Отвезя задыхающегося от злости полковника на службу, Костик соединился с

Иркой. Хохоча во весь голос, он в подробностях живописал ей ситуацию и предупредил:

— Теперь мой вам совет: когда Дегтярев явится домой, спрячьтесь получше, желательно в саду. В Ложкине начнется ураган, как бы дом не снесло.

— С какой стати ему злиться на домашних? — пожала я плечами. — Сам во всем виноват!

— Оно так, — кивнула Ирка, — только лично я давно хотела в гараже порядок навести, вот и займусь этим сегодня. Думаю, я там целей буду.

Я хмыкнула и пошла в коридор. Надо проведать Катю и попытаться накормить ее.

— Кто там? — крикнула девочка, услыхав мой робкий стук.

— Это я, Даша.

— Ну и что?

— Пусти, пожалуйста.

— Зачем?

— Поговорить надо!

— На какую тему?

— Ужинать будешь?

— Не хочу.

— Не сейчас, чуть позже.

— Не хочу есть.

— Но ты ничего не ела.

— И что?

— Это нехорошо.

— Почему?

— Желудок заболит.

— Нет.

— Катюша, открой.

— С какой стати?

— У тебя все в порядке?

— Да.

— Давай прогуляемся по саду.

— Не желаю.

— Нельзя без свежего воздуха.

— Терпеть его не могу.

— Хочешь, в кино съездим?

— Нет.

— Новый фильм вышел, классный.

— Отвяжись.

Я потопталась в коридоре.

— А у нас гостья.

— Мне плевать.

— Хорошая девушка, Марина.

Внезапно дверь распахнулась, на пороге возникла Катя.

— Ты обещала, — рявкнула она, — что меня никто не станет беспокоить.

— Да... но...

— Что?!

— Поесть надо...

— Я ем лишь тогда, когда захочу! Не лезьте ко мне!

Дверь с треском захлопнулась. Я побрела к себе.

Катино поведение просто ужасно, но лично я могу это объяснить. Девочка пережила большой стресс и сейчас совершенно неадекватна. Одно плохо, если она таким образом нагавкает на Зайку или Маню, последствия могут стать необратимыми. Наши девушки не станут терпеть хамства. Вот Кеша, например, просто отойдет от двери и более никогда не заговорит с Катей, а Ольга и Машка сломают створку и наподдают нахальной гостье как следует. Впрочем, конечно, я слегка преувеличила размер негодования девиц, дом крушить они не станут, но категорически заявят: либо мы, либо Катя! И никакие мои рассказы о бедной сироте их не разжалобят. Ольга и Машка еще очень юные, они пока не успели выработать в себе лояльность по отношению к тем, у кого в силу негативных переживаний срывает крышу. Значит, остается одно: не надо трогать Катю, пусть живет как хочет. Проголодается, выйдет. В доме, где четыре холодильника до отказа забиты едой, скончаться от голода невозможно. Наверное, через пару недель Катя одумается, извинится передо мной, и все наладится.

Я вошла к себе в спальню и тут же услышала трель телефона.

— Дарья Ивановна Васильева? — послышался официально-вежливый голос.

— Да.

— Извините за звонок в неурочный час, но мы сегодня безуспешно пытались весь день с вами связаться.

— Слушаю.

— Беспокоят из кооператива «Нива», главный бухгалтер. Забирая Катю, вы оставили в конторе номера своих телефонов на всякий случай.

У меня по спине побежали мурашки.

— Что случилось? Пожар? Дом сгорел?

— Упаси бог! С чего вам это в голову взбрело! — воскликнула бухгалтер. — Надо за электричество заплатить! И коммунальные услуги! Если не трудно, заезжайте завтра с утра!

— Конечно, извините.

— Ну вы-то тут при чем, — вздохнула тетка. — Адашева умерла и не успела платежи внести. Когда приедете, Шестакову Нину спросите, это я. Долго вас не задержу.

Глава 19

Шестакова оказалась приятной дамой лет пятидесяти.

— Вот беда-то, — причитала она, выписывая кви-

танцию, — теперь намаетесь, пока все бумажки офор-
мите. Вон на Вишневой улице тоже несчастье случилось, родители погибли, а мальчик остался. Бабушка
его к себе забрала. Так она прямо заболела, по инстанциям бегая.

У нас ведь как: родила ребенка и бросила в больнице. Долго не мучилась, отказную бумажку подписала —
и в путь, для шалав все условия созданы. А если вы ребеночка под опеку взять решили, даже близкого родственника, уж тут вас по полной программе поимеют, по-
издеваются от души, заставят сто четыре справки собрать. Не дай бог, когда у сироты, как у Кати, и дом
есть, и деньги, теперь все языками замелют, гадостей
наговорят! Вмиг вас в корысти обвинят! Дескать, потому они девчонку приняли, что на имущество рот разы-
нули. Ой, жалко мне вас! Я бы таких мигом отбрила:
«А чего сами сироту не приголубили? Вам бы тугрики
достались. Ан нет. Никому возиться неохота! Только б
чужие деньги считать!»

Я молча слушала стрекотание Нины, вставить хоть
словечко в ее болтовню не представлялось возможным.
Шестакова трещала, как обезумевшая сорока. Наконец
она перевела дух и воскликнула:

— Показания счетчика давайте.

— У меня их нет, — растерялась я.

— Как же электричество рассчитать?

— Сейчас съезжу в дом и запишу цифры.

— Ага, — кивнула Нина, — давайте.

— Уже бегу.

— Да не торопитесь, — милостиво разрешила Нина, — я до шести тут сижу, идите спокойно.

Я пошла к двери.

— Даша, — окликнула меня бухгалтер, — хочу вам
совет дать. У Софьи Зелимхановны небось много чего

было. Всякие украшения, деньги опять же имела. Вы бы их того, увезли с собой. Поселок у нас на охране, посторонних не пускаем, но люди тут разные есть, поймут, что никто не живет, и залезут, обчистят.

— Боюсь, я не имею права на это, — вздохнула я, — и потом, Катя вступит в права наследства только через полгода. Вдруг объявятся еще какие-нибудь родственники? Меня могут обвинить в воровстве!

— Да какие там родичи! — отмахнулась Нина. — Про их трагедию слышали?

Я кивнула.

— Вот! Одни они с Соней жили, — вновь затарахтела Нина. — Никого у них не было, лучше заберите добро. Подальше спрячешь — поближе возьмешь.

Я кивнула.

— Вы, наверное, правы. Возьму на днях Катю и...

— Не глупите, — покачала головой бухгалтер, — прямо сейчас действуйте. Вон у Кокошкиных вчера фонтанчик из сада унесли. Во люди! У всех особняки, а безделушку утырили. И на кого подумать? Явно свои поработали. Идите в дом, заодно мне и показания со счетчика снимете.

Подталкиваемая звуком ее голоса, я, оставив машину у конторы, дошла до дома Адашевой и принялась отпирать дверь.

Не знаю, как вам, а мне всегда некомфортно, если приходится входить в чужую квартиру в отсутствие хозяина. Несколько раз уехавшие отдыхать подруги оставляли мне ключи и просили поливать, пока их нет, цветы или кормить кошку, я, естественно, не отказывала близким людям в подобной ерунде, но, открывая дверь в чужой дом, всегда чувствовала себя не в своей тарелке.

Огромная прихожая встретила меня мрачным молчанием. В большой напольной вазе умирал букет роз. Я прошла сначала в столовую, затем на кухню. Нет, я поступила неправильно. Схватила Катю, забрала вещи, которые собрала девочка, и забыла о доме. Особняк-то надо законсервировать, вынуть продукты из шкафов и холодильника, убрать из ванных косметику, скатать ковры. В полной растерянности я добралась до спальни Сони и, преодолевая неловкость, выдвинула один из ящиков комода.

Там лежали бархатные коробочки. Я машинально открыла самую маленькую. Кольцо, похоже, из платины, с большим бриллиантом. В следующей шкатулке лежало ожерелье из сапфиров. Да уж, бухгалтер права. Оставлять столь дорогие вещи без присмотра не стоит. И как поступить? Сложить «золотой запас» в сумочку, привезти домой, показать Кате и убрать в наш сейф? Может, лучше доставить сюда девочку, в ее присутствии составить опись и потом положить драгоценности в банковскую ячейку? Кстати, неужели у Адашевой не было дома сейфа?

Подумав пару секунд, я подошла к прикроватной тумбочке, выдвинула верхний ящик и усмехнулась. К дну был скотчем приклеен листочек бумаги, на нем виднелась строчка: «Три х 10, два х 50, 1 х 60, по часовой стрелке». Чуть поодаль лежал ключ. Нет, все-таки женщины очень похожи. Ну и что из того, что я когда-то преподавала французский, а теперь занимаюсь расследованием, а Соня, забросив основную специальность, превратилась в успешную бизнесвумен? Она так же, как и я, небось пару раз забывала код сейфа, и в голову ей пришла та же мысль, что и мне: написать его на бумажке и приклеить к тумбочке. Только я все же более разумна, мои ключи лежат в стакане, откуда торчат ручки. Голову на отсечение даю, что сам сейф находится вон за той картиной с изображением водопада!

Я быстро подошла к полотну и отодвинула его. Так и есть! Потайной шкафчик именно там, где и у нас, более того, он той же модификации, и, имея ключ вкупе с кодом, открыть его очень легко.

На железных полках я обнаружила новые бархатные коробочки и тугую пачку денег. Нет, надо срочно привезти сюда Катю! И еще, прямо сейчас заберу документы на дом и всякие нужные бумаги. Мало ли что может случиться.

Я прикрыла сейф и стала выдвигать ящики письменного стола. Во втором нашлась папка, где были аккуратно сложены документы. Я положила ее в пакет и пошла на поиски счетчика, предположив, что он в подвале, там же, где и распределительный щиток.

В чужом доме не сразу сориентируешься, потому я сначала попала в кладовку, затем в тренажерный зал, следом в баню. Поплутав по лабиринту коридоров, наткнулась на бильярдную, прачечную и совершенно случайно уперлась в счетчик.

Примерно через полчаса, потушив во всех подвальных помещениях свет, я поднялась на первый этаж и ощутила резкий запах ландышей. Очевидно, кроме букета роз, тут еще где-то находилась вазочка с этими цветами, хотя откуда они в июле! Наверное, какая-то отдушка с таким запахом.

Приняв твердое решение завтра доставить сюда человека, который тщательно уберет дом, я собралась уйти, но тут в голове внезапно мелькнула мысль: а закрыла ли я сейф? Железную дверь точно захлопывала, картину на место подвинула, а вот заперла ли замок? Ключ-то я вытащила и положила в тумбочку, но повернула ли его предварительно в скважине? Сколько раз у себя дома я забывала проделать сие нехитрое действие!

Решив проверить себя, я вновь отправилась наверх, переместила пейзаж, всунула в дырочку ключ, машинально покрутила его, открыла зачем-то дверцу и ахнула. Коробочки по-прежнему были на месте, толстая пачка денег исчезла.

Не веря своим глазам, я пощупала железную полку. Ничего. Деньги испарились. Пару секунд я хлопала глазами. Может, я сошла с ума? Или у меня изъян зрения: отлично вижу окружающий мир, а купюры не замечаю?

Когда я обрела способность нормально соображать, то бросилась к входной двери. Она оказалась запертой, пришлось бежать за забытой на втором этаже сумкой.

Сами понимаете, что, когда я сумела наконец выскочить во двор, он был абсолютно пуст. Но, с другой стороны, на что я рассчитывала? Надеялась увидеть на скамеечке вора, который решил в тенечке пересчитать добытые нечестным путем денежки?

Я вернулась в прихожую и почувствовала, что в помещении что-то изменилось. В голову полезли разные мысли. Запирала ли я входную дверь, когда вошла в особняк в первый раз? Вполне могла машинально повернуть ключ и, сунув его в сумочку, двинуться в спальню Сони. Правда, дома я задвигаю засов или, что случается чаще, вообще забываю закрыться. Откуда вор знал, где лежит ключ от сейфа? Хотя я же сразу догадалась, где его следует искать! Сколько обеспеченных женщин держат бумажки с цифрами кода в тумбочке у кровати? Какая часть из них кладет рядом ключи? Кто, в конце концов, был в курсе местонахождения сейфа и знал, что в нем лежит немалая сумма?

Вдруг я вспомнила одну историю. Вот сижу я в кафе со своей подругой Сюзеттой, приехавшей из Парижа. Только-только мы принялись за пирожные, как затрезвонил мой мобильный, и домработница Ирка завопила в трубке:

— Ветеринар Лена приехала, прививки собралась делать.

— Ну и прекрасно, семь футов ей под килем, пусть действует!

— Так готово, ширнули уже животных.

— Замечательно, напои ее чаем, там есть изумительные конфеты.

— Ага, уже хомякает.

— И зачем ты мне звонишь? — изумилась я. — Если решила сообщить, что Лена обожает конфеты, то я об этом очень хорошо знаю и без тебя.

— Ей заплатить надо за визит.

— Вот и отдай Лене гонорар.

— А деньги вы оставили?

— Возьми из хозяйственных.

— Они закончились, я еще вчера вам сказала.

Я вздохнула. Верно, я забыла про Лену и про деньги на покупки.

— Ира, послушай, в моей спальне, в первом ящике комода, под упаковкой колготок лежит кошелек.

— Ага, — завопила домработница, — поняла!

Вечером Ирка встретила меня с хитрой усмешкой.

— Дарь Иванна, а под колготками кошелька-то нет!

— Куда же он подевался? — удивилась я.

— А вы его в пивную кружку засунули, ну, ту, которая в виде мопса сделана!

— Точно! Совсем забыла, — воскликнула я, — господи, Иришка, и как ты только догадалась там посмотреть. Было бы очень неудобно перед Леной!

— Можно подумать, я ваших захоронок не знаю, — захихикала Ирка, — во, тайны великие! Вы мелкие купюры то в комод, то в кружку, то под радиоприемник пихаете, Зайка вечно денежки в носки кладет, Манюня, та по столу разбрасывает, Аркадий Константинович грязные вещи прямо с тугриками в бачок сует, никогда карманы не посмотрит. Один Дегтярев молодец, у него все четко! Бумажки в портмоне и под матрас! Прямо уржаться!

Поколебавшись некоторое время, я выгребла из сейфа все содержимое, очистила первый ящик комода и, держа в руке объемистый пакет, вернулась к зданию офиса, чтобы заплатить за свет. Надеюсь, Катя правильно поймет мои действия и не заподозрит в желании прикарманить чужую собственность. Еще хорошо, что вор прихватил лишь купюры, все бархатные коробочки вроде нетронуты. Хотя, очень странно, ну отчего она не сцапала и драгоценности, среди которых, вероятно, имеются эксклюзивные украшения? Вас удивило местоимение «она», употребленное сейчас мною? Дело в том, что, припомнив свой разговор с Иркой, я мигом сообразила, кто шарил в сейфе! У Адашевой была домработница, она, скорей всего, имела ключи от входной двери, знала о том, куда хозяйка складывает ценности, и не утерпела. Дело за малым, надо немедленно найти мерзавку и отнять у нее похищенное. Кстати, мне давно следовало поговорить с бабой, она может рассказать интересные сведения.

Приехав домой, я постучалась к Кате, ожидая услышать «чего надо?». Но дверь неожиданно распахнулась.

— Здрасти, — довольно приветливо сказала девочка.

Я растерялась, на этот раз от ее вежливости.

— Извини, Катюша, тут такое дело...

Выслушав мой рассказ о драгоценностях, Катюша равнодушно пожала плечами.

— Забрали — и правильно сделали. Я такое не ношу.

— Давай сделаем опись, заверим ее у нотариуса.

— Зачем? — поморщилась девочка.

— Для порядка.

Катя хмыкнула:

— Хотели бы вы у меня брюлики спереть, так и приделали бы к ним ноги. Как бы я доказала, что вы их свистнули? Были в доме одна, да я и не знаю точно, что у мамы имелось, не интересовалась никогда. Поэтому опись не нужна. Ладно, мне уроки пора делать.

— Домашнее задание? Но сейчас лето, школа не работает!

— Нам велели дневник вести каждый день.

Поняв, что она сейчас снова закроется в спальне, я быстро попросила:

— Скажи, у вас ведь была домработница?

— А что, вы полагаете, что мама сама дом убирала?

— Нет, конечно.

— Следовательно, ваш вопрос из разряда дурацких. Для черной работы Люся у нас была.

— А как ей позвонить?

— Вам зачем? — нахмурилась Катя.

— Дом надо убрать, комнаты запереть, окна помыть, — быстро соврала я. — Лучше, если это сделает уже знакомый человек, чем неизвестно кто. Соня, наверное, проверила Люсю перед тем, как ее к себе на работу брать.

Катя покусала нижнюю губу, потом вытащила из кармана мобильный.

— Пишите.

Глава 20

Домработница взяла трубку моментально.

— Кто там? — по-детски спросила она.

— Вы Люся? — на всякий случай поинтересовалась я.

— Ага, здрассти.

— Меня зовут Даша.

— Угу.

— Я хорошая знакомая Сони Адашевой.

— Ой!

— В свое время Соня рассказывала мне, какая вы отличная горничная.

— Хи-хи.

— Вы нашли новое место службы?

— Неа.

— Не хотите больше убирать у чужих людей?

— Так я с радостью!

— Могу вам предложить поработать у нас.

— Вау! Куда ехать надо?

— Давайте сначала встретимся на нейтральной территории и побеседуем. Кафе «Апельсинка» подойдет?

— Это где?

— В самом центре, пишите адрес. За два часа доберетесь?

— Мухой долечу, — пообещала Люся. — Уже ботинки нацепила.

В «Апельсинке» редко толчется народ. Похоже, что о наличии во дворе вполне симпатичного заведения знают лишь постоянные посетители, остальные бегут мимо, и не подозревая о том, что чуть поодаль от шумного проспекта имеется уютное местечко, тихое, с хорошей кухней.

Устроившись у окна, я заказала кофе и стала ждать Люсю. Небось просижу тут целый час, пока она найдет «Апельсинку».

Дверь хлопнула, на пороге появилась полненькая, похожая на румяное наливное яблочко девушка. Легкие светлые волосы обрамляли круглощекое личико, полная фигура была облачена в слишком короткую юбку и обтягивающую майку, пухлые руки сжимали слегка облупившуюся белую лаковую сумочку. Из черных босоножек высовывались пальцы без признаков педикюра.

Оказавшись в «Апельсинке», девушка замерла и принялась судорожно оглядываться по сторонам.

— Люся, — помахала я рукой.

— Вы Даша? — спросила девушка, приближаясь к столику.

Я улыбнулась. Похоже, бывшая домработница Сони туго соображает. В кафе в данный момент я одна.

— Садитесь, Люся, хотите кофе? — предложила я.

— Ага, — радостно кивнула она, — я очень люблю сладкое.

Я снова не сумела сдержать улыбку. Про пирожные я не заикалась.

Пока Люся самозабвенно изучала меню, я разглядывала ее, а потом спросила:

— Сколько вам лет?

— Двадцать три.

— У Адашевой долго работали?

— Шестой год пошел.

— Как же вы к ней попали? Насколько я знаю, агентства не связываются с несовершеннолетними.

Люся захихикала.

— Приличную работу через агентство не отыскать, в такое место отправят, что рада не будешь! Хозяйка истеричка, а сам вечно под юбку к горничной лезет. Нормальные люди по знакомым ищут, только с хорошего места никто не уйдет. Мы с Софьей Зелимхановной душа в душу жили. Ой, мне ее дико жалко! А Катюшу еще больше! Она небось целыми днями плачет. Уж как она свою вторую маму любила! А ваша хозяйка хорошая? Не вредная?

— Моя хозяйка? — удивилась я.

— Ну да! Вы же экономка или старшая горничная, — наивно щебетала Люся. — Сами-то хозяева нанимать никого не ходят.

Я сделала вид, что занята эклером. Богатство свалилось на меня внезапно, усвоить кодекс поведения обеспеченной женщины мне никак не удается. Люся-то права. Наймом прислуги занимается кто угодно, но не сама хозяйка, и уж, конечно, ей не придет в голову сказать будущей горничной: «Меня зовут Даша». Естественно, она назовет свои имя и отчество. Вечно я попадаю впросак! Впрочем, может, оно и лучше, что Люся приняла меня за экономку. На мне простые голубые джинсы, белая маечка и скромные мокасины. Колец и серег я не ношу, а дорогой мобильный, почти раритетный аппарат, выпущенный партией всего в сто экземпляров, лежит в сумочке. Да и не поймет девушка, сколько стоит «раскладушка», подаренная мне Кешей на день рождения. Люся посчитала меня за ровню и, надеюсь, будет со мной откровенна.

— Люся, — начала я.

— Аюшки, — отозвалась девушка и улыбнулась.

— Как вы попали к Адашевой?

— Так я с детства в ихнем доме.

— Не поняла.

Люся проглотила остаток пирожного.

— Мама моя у Адашевых служила. Всю жизнь проработала, а уж потом я ее заменила. Родители у Софьи Зелимхановны замечательные были, Зара, ее сестра, просто чудо. Ой, как их жалко! Мама, правда, у них давно умерла, а вот отец, Зара и остальные в самолете рухнули. Ужас! Я думала, Софья Зелимхановна ума лишится! Во страх-то! А моя мама совсем обезумела. В больницу попала, еле выжила, такой стресс. Она ж с Адашевыми всю жизнь, ну просто всю! Они ее с собой привезли, когда Зелимхан Хасанович в Москву приехал.

— Адашевы не коренные жители столицы?

— Неа.

— Откуда они приехали?

— Ну... не знаю.

— Вам мама не рассказывала?

— Не, случайно обронила, что Адашевы из... ой, и не вспомню откуда. Да мне и без надобности. Зара такая красавица была! Глаз не оторвать. А Анечка, дочка Сони! Просто улет! Она запросто могла фотомоделью стать! И все погибли!

Чем больше тараторила Люся, тем сильней в моей душе крепла появившаяся внезапно уверенность: девушка не могла украсть деньги, она совсем не похожа на воровку.

— Ой, — частила тем временем Люся, — так я по Софье Зелимхановне убиваюсь, не поверите, каждую ночь она мне снится, вся в белом и головой качает. Я уж и в церковь сбегала, и свечку поставила, но не помогло, мает душу. Только не подумайте, что я хозяйку из-за дома любила.

— Какого? — я окончательно потеряла нить повествования.

— А нам с мамой домик купили, — объяснила Люся, — неподалеку от «Нивы». В свое время Зелимхан

Хасанович маме квартиру выбил. Ой, у него такие связи были, все мог, абсолютно, чего хотите в прежние времена доставал. Он мамуле «трешку» устроил и мебель купил, да какую! «Стенку» югославскую, диван с креслами, да еще и кухню, финскую! Вау! Унитаз у нас розовый стоял! Прикиньте! Я, правда, не помню, родилась уже, когда квартира была давно обжита, но мамуся рассказывала, как к ней в первое время соседи бегали на обстановку любоваться. Потом, когда мама заболела, хозяева нас переселили. Квартиру продали, денег добавили, и дом нам достался хороший, да все зря! Маме уже не помочь!

— Ваша матушка скончалась?

— Не, жива пока, — с тяжелым вздохом сообщила Люся, — только, по мне, лучше умереть, чем так мучиться. Кстати, если вы меня на работу возьмете, то я лишь через неделю смогу выйти, маму одну на целый день оставить нельзя, я сиделку нанять должна, чтоб вечером, если задержусь, она ее накормила.

— У мамы инсульт был?

— Неа, болезнь такая дикая, сама дышать не может, у нее под креслом аппарат есть, электрический. Спасибо, Софья Зелимхановна купила. Он так шипит, и мама дышит. Если сломается, ей конец придет. Ну, может, минут десять-пятнадцать протянет. Все же кое-как, еле-еле она сама вздохнуть способна, но потом конец. Знаете, как я боюсь! Вдруг мышь провод перегрызет!

— И где именно вы обитаете?

— А в деревне Грызово, — сообщила свой адрес Люся.

— Грызово?

— Ну да, чего странного? Дом восемнадцать, прямо у леса стоит. Там хорошо, воздух чистый.

— Как зовут матушку?

— Варвара Сергеевна. А сколько ваша хозяйка платить собирается?

Я проигнорировала ее вопрос и задала свой:

— Значит, особняк Адашевой вы хорошо знаете?

— Как свой.

— Моя хозяйка сейчас берет опеку над Катей.

— Ой, классно! Прямо сердце за Катюху изболелось. Ну неужели ей в интернате париться!

— Дом Адашевой следует убрать и законсервировать.

— Ага.

— Не знаете, много там ценностей?

— Полно, — замахала руками Люся. — Ща перечислю. Ну для начала всякие колечки с сережками. Их у Софьи Зелимхановны море: и свои, и от мамы с сестрой оставшиеся. Затем посуда. Несколько сервизов по спецзаказу, один антикварный, его даже трогать не разрешали, в буфете стоит. Картины в комнатах настоящие, столового серебра прорва. Есть два сейфа. В кабинете Зелимхана Хасановича большой, он сейчас пустой, второй у хозяйки в спальне. В нем документы, драгоценности и пятнадцать тысяч долларов, я их в день похорон пересчитала. Еще на тумбочке у Софьи Зелимхановны стоит лампа, нога у нее в виде полочки с книгами сделана, такая прикольная штучка. Если на подставку нажать, томики разъедутся, внутри ящик, в нем денежки на хозяйство схованы. Немного, рублями. Уж зачем она их там прятала, понятия не имею. В тумбочке бумажка приклеена с кодом и ключ валяется. Лучше унести все добро, неладно его в доме оставлять!

Я посмотрела в наивное розовощекое личико Люси и твердо поняла: деньги украла не она. В противном случае девушка никогда бы не стала рассказывать о больших суммах, хранящихся в разных местах. Воровка бы заявила:

— Какие тысячи? Ничего не знаю! Мое дело убрать помещение, а чего там у хозяйки есть, понятия не имею.

А Люся словоохотливо сообщила мне о купюрах.

Хлопнула дверь, в кафе появилась новая посетительница, женщина лет сорока с яркой зеленой сумкой, она прошла мимо нашего столика. За дамой шлейфом тянулся аромат духов.

— Ой, — вздохнула Люся, пальцем подбирая с тарелочки крошки, — ландыши. Где ж она эти цветы взяла в такую пору? Хотя сейчас любые купить можно.

Дама села в противоположном конце зальчика, оставленный ею аромат стал еле ощутимым.

— Это духи, — ответила я, — одна французская фирма выбросила недавно на рынок новинку: парфюм с естественными запахами. Есть аромат свежескошенной травы, грейпфрута, мяты, лимона. Хотя новое — это хорошо забытое старое. В свое время москвички обожали духи «Белый ландыш». Не слышали про такие?

— Неа, — улыбнулась Люся. — Мне раньше Софья Зелимхановна чем подушиться отдавала. Подарят ей флакончик, он не по вкусу ей придется и мне достанется. Но «Ландыша» никогда не было.

Я вытащила из сумочки пудреницу. Нет, доллары утащила не Люся. В холле дома Сони ощущался сильный запах ландышей. Я-то наивно решила, что где-то в вазочке стоял букет милых цветов, но, очевидно, через прихожую тогда прошла женщина, с ног до головы облитая дорогим парфюмом. Люсе такой не по карману. Потом, я очень хорошо знаю: французские духи стойки, пользуешься ими утром, до вечера запах не исчезнет. Люся бы сейчас благоухала ландышами. Следовательно, это точно была не она... Но кто?

— Вы не сомневайтесь, — внезапно воскликнула Люся, — я все умею: и стирать, и убирать, и гладить, вот только готовлю плохо.

Я вынула кошелек, поманила официантку и сказала:

— Люся, мне необходимо поговорить с вашей мамой.

— Зачем? — удивилась собеседница.

— Хозяйка велела узнать о вас все. Где живете, какая семья.

— Ага, ясно. Ладно. Только дом наш в Грызове...

— Знаю, где находится эта деревня, поехали, — велела я.

Всю дорогу до деревни Люся повторяла:

— Вы не бойтесь, мамочка не заразная, просто вид у нее такой, из-за болезни.

Я кивала, в голове крутились разные мысли. В частности, каким образом построить разговор с незнакомой женщиной, чтобы та прониклась ко мне доверием и откровенно ответила на мои вопросы.

— Так не пугайтесь, — в сотый раз повторила Люся, распахивая дверь в дом, — инфекции нет.

— Не волнуйся, — успокоила я Люсю, — я не принадлежу к категории людей, убегающих прочь при виде прыщей.

— У мамы нет прыщей! — воскликнула Люся и провела меня в большую комнату.

Я невольно вздрогнула. На кровати лежало худенькое, почти незаметное в одеялах создание. Крохотное личико обтянуто кожей, глаза провалились. Два окна открыты настежь, но мой слишком чувствительный нос уловил тяжелый запах, который всегда появляется в помещении, где лежит тяжелый больной. Из-под пледов тянулись какие-то провода, они исчезали в железном ящике, мерно гудевшем около тумбочки.

— Как дела, мамочка? — воскликнула Люся.

Больная тихо ответила:

— Замечательно.

— Мамочка моя просто супер, — подхватила Люся, — никогда не жалуется.

Варвара Сергеевна улыбнулась.

— А какой смысл стонать? Ничегошеньки от этого не изменится. И потом, Люсенька, вот умру я, станешь вспоминать меня веселой, а не брюзгой противной.

— Тебе рано о смерти думать, — бодро перебила ее дочь, — молодая еще! Вон, посмотри на бабушку Майорову! Сто лет справила, и ничего, скрипит себе.

Варвара Сергеевна не сдержала тяжелого вздоха, а я подивилась глупости Люси. Обещать парализованной больной долгую жизнь жестоко, хотя умирать никому не хочется, даже тому, кто влачит жалкое существование.

— Мамуля, — зачирикала Люся, — знакомься, это Даша. Она экономка у очень богатой хозяйки, близкой знакомой Сони Адашевой. Хочет меня горничной взять, вот и пришла познакомиться.

Варвара Сергеевна медленно окинула взглядом мою фигуру, потом спокойно сказала:

— Люся, человек в дом пришел, где чай?

— Ой!

— Да сходи в магазин, возьми конфет.

— Хорошо.

— Спасибо, — быстро сказала я, — не стоит беспокоиться.

— Ступай, Люся, — приказала мать.

Девушка кивнула и унеслась.

— Значит, вы Даша, — протянула больная, — садитесь, пожалуйста.

Я опустилась на стул, прикрытый ковровой накидкой.

— А фамилия ваша, если не секрет, какая?

— Самая простая, — улыбнулась я, — Васильева.

— Понятно, — кивнула Варвара Сергеевна, — а мы с Люсей Ивановы. Тоже отнюдь не редкая фамилия. Вот я слышала, будто Смиты в Америке — это вроде Ивановых, а Джон по-нашему Иван.

Я кивнула.

— Верно, хотя имена на иностранный язык и не переводятся, но всем известно, что француз Базиль в Москве может откликаться на Василия.

— Никак вы французский знаете? — прищурилась Варвара Сергеевна.

— В общем, да, когда-то преподавала в вузе.

— Сделайте одолжение, переведите аннотацию, — оживилась больная, — лекарство мне посоветовали, да только инструкция на всех языках, кроме нашего.

Я взяла со столика баночку, повертела ее и сообщила:

— Боюсь вас разочаровать, но тут всего лишь витамины, указан состав, на мой взгляд, неплохой, и рекомендуется принимать после еды, капсулу не разжевывать.

— Ну спасибо, — повеселела больная, — приму обязательно. А ваша хозяйка щедрая, платит хорошо?

— Не жалуюсь, — я решила пока не выходить из роли экономки, но все же не удержалась и поинтересовалась: — Почему вы спросили о щедрости?

— Сумочка у вас как у Сонечки, — улыбнулась Варвара Сергеевна, — знаю, сколько она стоит.

— Это подделка, — быстро сказала я.

— Да ну? Прям как настоящая, — протянула больная, — и еще часики в бриллиантиках. Или они тоже фальшивые?

— Простые стразы.

— А как горят!

— Хорошее качество огранки стекла! Сваровски!

— Сваровски тоже немалых денег стоит, — не сдалась Варвара Сергеевна. — Вы, Даша, сделайте мне еще одно одолжение.

— Какое?

— Подойдите к шкафу.

Я покорно выполнила просьбу.

— Откройте его, на полке, под бельишком, фотография лежит, гляньте на нее.

Испытывая некоторое неудобство, я поворошила кучку бюстгальтеров, увидела глянцевый снимок, вытащила его на свет божий и уставилась на изображение.

— Узнаете? — спросила Варвара Сергеевна.

Я, оторопев от неожиданности, молча смотрела на снимок. У меня такой же лежит в альбоме. Даже знаю дату, когда было сделано фото: девятое июня. Наш институт праздновал юбилей, сорок лет со дня основания, и по кафедрам ходил фотограф, заглянул он и к нам. Сейчас я любуюсь на своих коллег. Около заведующей сидят Роза Яковлева и Соня Адашева, а я стою в третьем ряду, мое место последнее у батареи, фигуры не видно, но лицо отлично различимо.

— Узнали? — ласково повторила Варвара Сергеевна. — Вы совсем не изменились. Идите сюда, нам есть о чем потолковать.

Глава 21

— Откуда у вас фотография? — воскликнула я, опускаясь на стул.

— Сонечка принесла, — пояснила Варвара Сергеевна, — она последнее время отчего-то мучилась, говорила: «Не дай бог умру, что с Катей станется?» Прямо извелась вся... Вот и прибежала ко мне. Конечно, я в прислугах служила, полы мыла да туалеты драила, только в их доме с незапамятных времен работала. Мы вместе из Стефановска бежали. Меня Хасан, отец Зелимхана, вместе с сыном отправил. За верность Сергея отблагодарил.

У меня закружилась голова, ну ничего не понимаю. А Варвара Сергеевна как ни в чем не бывало продолжала:

— Мать-то у девочек рано умерла, да оно и понятно. Всю жизнь дергалась, от любого звонка в дверь в истерику впадала. Слегка успокоилась, лишь когда в «Ниву» переехали, поселок с хрущевских времен стоит, там раньше были дачи для мелких правительственных чиновников.

Понимая, что Варвару Сергеевну сейчас унесет неведомо куда, я пробормотала:

— Извините, что-то я пока мало понимаю, о чем речь.

Больная на секунду замолчала, а потом воскликнула:

— Ну да, действительно! Попробую по порядку. Значит, слушай: род Адашевых очень древний, он корнями бог весть в какие времена уходит...

Я старательно впитывала информацию. Ей-богу, жизнь иногда бывает намного причудливей любого романа.

Адашевы жили в небольшом местечке под названием Стефановск. Деревней поселение назвать нельзя, оно слишком большое, городом тоже — скорее городком. События, о которых пойдет речь, разворачивались давно, еще в советские времена. Сейчас многие ругают годы, когда у власти находились коммунисты, но было тогда и хорошее, в частности, интернационализм населения. В Стефановске мирно уживались русские и те, кого сейчас принято называть лицами кавказской национальности. Особых распрей между жителями Стефановска не наблюдалось. Тут было много смешанных пар и детей, легко болтающих на нескольких языках. Но Кавказ есть Кавказ, и у его обитателей имеются определенные привычки, свой уклад жизни, свое понятие о чести и достоинстве.

Много лет советская власть пыталась причесать многочисленных кавказцев под одну гребенку. Им запрещалось справлять свадьбы по своим вековым традициям, отмечать национальные праздники, даже говорить коренному населению вменялось на русском языке. Но задушить народ трудно, да и те, кто призван был следить за исполнением инструкций, сами частенько нарушали их и покрывали своих. Если в каком-то селе жених похищал невесту, то инструктор райкома партии, получивший сигнал об этом происшествии, прятал донос в стол. Он великолепно понимал: у жениха есть отец или дед, в общем, старик, для которого бракосочетание без умыкания молодой жены нонсенс. Конечно, иногда устраивались публичные наказания провинившихся, но делалось это редко и лишь для того, чтобы продемонстрировать центру: район не спит, там идет активная работа. Но и свадьбы с похищениями, и вечера с распеваниями национальных песен, и дети, говорившие на языке империи с невероятным акцентом, были сущей ерундой по сравнению с другими пережитками. На Кавказе издавна существует кровная месть, и вот с этим явлением шла непримиримая борьба, но как запретить людям отстаивать свою честь? И в Стефановске разыгралась трагедия, достойная Шекспира.

Адашевы жили на Коммунистической улице, чуть

поодаль, на Ленинской, обитали Ицхаковы. Отчего семьи враждовали, не помнили они сами. Вроде некто из клана Адашевых отбил жену у пращура Ицхаковых, а может, дело обстояло наоборот. В свое время эти большие семьи почти уничтожили друг друга, перестреляли всех мужчин. Затем, когда за оружие схватились женщины и дети, односельчане попытались примирить воюющие стороны, и, надо сказать, им это удалось. Между родами установилось мрачное перемирие. С тех пор прошло много лет, Стефановск разросся почти до города, но по сю пору в доме у Адашевых вспоминали, как с ними воевали Ицхаковы, а пожилые рассказывали детям о вероломстве кровников. Если в семье Ицхаковых играли свадьбу, то сбегался весь поселок, кроме Адашевых. Когда у последних умирал родственник, на похоронах рыдал опять же весь Стефановск, за исключением Ицхаковых. Но стрельбы не было, просто при встрече на улице они не здоровались, делали вид, что незнакомы, а в школе учителя распределяли детей из враждующих фамилий по разным классам. Дело доходило до нелепости. Один из братьев Зелимхана отказался от операции аппендицита, потому что хирургом был человек из клана Ицхаковых. Парня повезли в районный центр и опоздали, доставили в больницу уже труп. Сами понимаете: любви это между семьями не прибавило.

И надо же было так случиться, чтобы Зелимхан Адашев полюбил Асият Ицхакову, а девушка, вместо того чтобы с презрением отвергнуть кавалера, ответила ему взаимностью. Как молодым людям удавалось ходить на свидания и почему жители Стефановска ничего не знали о вспыхнувшем романе — отдельная история. Влюбленные шифровались, словно агенты национальной безопасности, но в конце концов случилось неизбежное: Асият забеременела.

Те, кто хоть немного знаком с обычаями народов Кавказа, поймут, какой ужас обуял девушку. Речи об аборте быть не могло. В Стефановске имелась одна больница, а при ней родильный дом, но записаться к гинекологу Асият никак не могла. Мигом по поселку разнесется весть: Ицхакова нагуляла ребеночка. У девушки дома был полный комплект родственников: дед, бабка, отец, мать, братья, сестры. Если семья Асият покроется позором, плохо придется всем. Сестрам будет трудно найти женихов. Родственники будущих мужей станут шипеть в уши парням:

— Зачем тебе Ицхакова? Дурная кровь! Асият шлюха, и остальные девки из ее семьи небось такие же!

Желая избежать позора, мужская часть семьи, скорее всего, убьет девушку, чтобы слух о ее беременности не пошел гулять по улицам Стефановска.

Оставалось два выхода: либо немедленно выйти замуж за Зелимхана, либо прыгать с обрыва в пропасть. Первое было предпочтительней. Конечно, старухи, увидев слишком быстро округлившийся живот молодой жены, начнут судачить, но пусть сколько угодно цокают языками, позор будет покрыт свидетельством о браке. Но согласятся ли Адашевы породниться с Ицхаковыми? Испуганный Зелимхан набрался смелости и пошел к матери, та, всплеснув руками, бросилась к мужу. Хасан как раз обедал, он стукнул кулаком по тарелке с такой силой, что разбил ее и проломил дубовую столешницу.

— Не бывать этому! — заорал он.

— Отец, — начал умолять Зелимхан, — Асият беременна.

— Нам не нужна невестка-шлюха, — еще больше взбеленился Хасан.

— Это мой ребенок, — пытался уломать старика сын.

— Сучка не захочет, кобель не вскочит, — ответил Хасан, — твоя жена будет чистой девушкой. После брачной ночи старики пойдут на простыни смотреть!

— Асият братья пристрелят.

— И правильно, — кивнул отец, — ты бы то же самое сделал, хотя твои сестры не проститутки. Они в белом платье на своей свадьбе будут, а этой твари Асият какое надевать? Красное? Позор! Ищи другую невесту. Впрочем, нет, я сам этим займусь.

Узнав о реакции Хасана, Асият испугалась до потери речи.

— Не плачь, — попытался успокоить ее Зелимхан, — нам никак не могут помешать. Не старые времена, поехали в район, в райком партии, там нам помогут.

Очевидно, Зелимхан сильно любил Асият, раз решился на такое.

Молоденький инструктор, услыхав о ситуации, в которую попали парень с девушкой, возмутился и стал действовать. Партиец лишь на днях закончил институт, а главное, он родился не на Кавказе, был прислан сюда недавно из средней полосы России и искренне считал кровную месть отрыжкой прошлого.

Не обращая внимания на слабое сопротивление пары, инструктор вызвал к себе заведующую отделом загса и потребовал расписать местных Ромео и Джульетту.

Та попыталась вразумить партийное начальство, но у паренька, бывшего комсомольского работника, от собственного карьерного успеха слегка перекосило крышу, и он настоял на своем.

Зелимхан и Асият вернулись в Стефановск законными супругами. Домой они идти побоялись, отправились к местному старейшине, деду Мадрузину. Тот только вздохнул:

— Эх, молодо, горячо! Ну и наломали вы дров. Ладно, ложитесь спать в разных спальнях. А я пока подумаю, как поступить.

Но, как ни старался дед Мадрузин, разрулить ситуацию не сумел. Разгорелась война. Зелимхан и Асият затаились в доме у старика, а в Стефановске бушевали страсти. Сначала мать Зелимхана, встретив на улице родительницу Асият, плюнула в ее сторону. Зарима вцепилась в волосы обидчице, дочери той поспешили на подмогу матери.

Вечером несколько посторонних парней, не из Стефановска, подстерегли на улице одну из сестер Асият, изнасиловали девушку и убежали. Обесчещенная красавица умерла. Ее братья поклялись отомстить и подожгли дом Хасана. В огне погибло шесть человек. Хасан, недолго думая, взял оружие и застрелил сразу троих мужчин Ицхаковых.

Зелимхан и Асият в ужасе наблюдали, как из-за их любви родственники методично уничтожают друг друга.

Убив Ицхаковых, Хасан вернулся к себе на пепелище, ночью его попытались застрелись. От смерти Адашева спас Сергей, его верный работник, мастер на все руки, давно прислуживавший семье. Он ночевал вместе с хозяином в сарае, который после поджога дома стал жилищем для оставшихся членов семьи, услышал странный звук и успел прикрыть собой Хасана. Пуля вошла в голову Сергея, Хасан поклялся отомстить за него, хоть тот и не принадлежал к роду Адашевых.

Дед Мадрузин пытался, как мог, примирить враждующие стороны, но его, старика, пользовавшегося в Стефановске громадным авторитетом, не послушались.

— Уйди от греха, — заявил один из оставшихся Ицхаковых аксакалу, — пригрел змей, как бы тебя самого к ответу не призвали!

Старик заперся в своем жилище, а глубокой ночью к Мадрузину пришли две женщины, одетые в национальные наряды — в черные бесформенные платья. Лица их прикрывали платки. Шали они сняли только в спальне Мадрузина, и Зелимхан попятился: перед ним, переодетый горянкой, стоял Хасан, около него тенью маячила дочь покойного Сергея Варвара.

— Уезжать надо, — сказал отец, глядя на сына, — завтра тебя убивать придут. Ложись на пол, в ковер закатаем, из Стефановска вывезем. Вот документы и деньги.

— Прости, отец, — зарыдал Зелимхан.

— Не могу, — покачал головой Хасан, — из-за тебя род гибнет. Лишь по одной причине спасаю, двое нас, Адашевых, осталось из мужчин. Навряд ли от меня дети родятся, на тебя расчет, делай сыновей. В Москву поедешь, к дальнему родственнику, он там большой человек, поможет всем, своих наследников он не имеет, тебя сыном возьмет, жену подыщет. Не дай роду пропасть.

— Отец, — зашептал Зелимхан, — а Асият?

— Это кто такая?

— Жена моя.

— Ты холост.

— С ней что будет?

— С кем?

— С Асият?

— Незнаком с такой, да и дела мне до чужих баб нет, собирайся.

Зелимхан вцепился в подоконник.

— Нет, мы умрем вместе. Отец, она беременна, ты наследников хочешь, неужели позволишь внука убить?

Хасан изо всей силы отвесил сыну пощечину. Несмотря на возраст, старик был крепок. Зелимхан не удержался на ногах, упал.

— Вставай, — зашипел Хасан, — иначе сам тебя пристрелю.

Мадрузин схватил Хасана за плечи и велел:

— Зелимхан, выйди.

О чем толковали аксакалы, парень не слышал. Мадрузин вернулся один и сказал:

— Тебя с Асият увезут. Сумка со всем необходимым у Варвары, она с вами отправится. Это верный человек, дочь Сергея, лучшей прислуги вам не найти.

Молодую пару закатали в ковры, Мадрузин с Варварой, кряхтя от натуги, взвалили «тюки» на телегу, девушка взяла вожжи.

— Ну, прощайте, — сказал Мадрузин. — Эх, заварили вы кашу.

Больше Зелимхан родных не видел. Они с Асият благополучно прибыли в столицу, отыскали там своего богатого и чиновного родственника. Началась другая жизнь. Зелимхан выучился в институте, устроился на отличную работу, быстро сделал карьеру. Асият, в отличие от мужа, в столице адаптировалась с трудом. Она родила дочь, Зару, потом еще одну, Соню, и вела жизнь домашней хозяйки. До самой смерти Асият боялась выходить на улицу одна, ей повсюду чудились убийцы.

Спустя некоторое время после переезда в Москву Зелимхана посетил мрачный, плохо разговаривающий по-русски мужчина. Он сообщил, что Хасан и его жена убиты, у Зелимхана на этом свете более нет родственников. Мать Асият на смертном одре прокляла дочь, сказав:

— Подохнуть всем Адашевым до седьмого колена.

Зелимхан жену тревожить не стал, материнских прощальных слов ей не передал, но расстарался приобрести дом в тщательно охраняемом дачном месте. Мрачный мужчина вместе с информацией о родных передал ему и объемистую сумку, набитую ценностями, — наследство Зелимхана.

— Хасан велел вручить тебе его в этом году, — сказал посланец, — надеялся, ты возмужаешь и поумнеешь.

Внутри баула оказалось целое состояние: золото, камни, ювелирные изделия и записка с короткой фразой: «Роду Адашевых не прерваться!» Ни обращения по имени, ни ласкового «Здравствуй, сын!», ни слов прощания, лишь сухое указание на долг перед предками.

Оказавшись в дачном поселке, Асият слегка пришла в себя, она даже могла одна дойти до местного магазина, но за ворота «Нивы» не ступала, в город выбиралась только в сопровождении мужа или Юрия Собакина, верного шофера Зелимхана. Варвара служила домработницей. У нее жизнь складывалась вполне счастливо. Зелимхан приобрел ей квартиру в Москве, Асият не захотела жить вместе с Варварой под одной крышей, она недолюбливала ее, не забыв, что та пришла в их семью от Хасана. Зелимхан, без памяти любивший жену, не стал спорить с супругой, и Варя поздно ночью уходила к себе. Она вышла замуж, потом развелась и воспитывала Люсю одна.

Варваре было запрещено рассказывать детям семейную историю. Впрочем, Зара и Соня не слишком-то интересовались, как жили папа и мама до их рождения.

У девочек были свои интересы, школа, институт. Зелимхан обожал дочерей и не чинил им ни в чем никаких препятствий. То ли помнил о том, что пришлось пережить самому, то ли искренне желал счастья детям.

После кончины Асият Зелимхан больше не женился, хотя его, совсем еще, по московским меркам, нестарого, богатого вдовца, вовсю пытались окрутить бабы всех мастей. Но, очевидно, Зелимхан был однолюбом. Случается такое и с представителями сильного пола. Ради жизни с Асият он вытерпел много страданий, дорогой ценой заплатил за счастье, а потеряв любимую жену, остался ей верен.

Шло время, казалось, что Зелимхан забыл о прошлом, после перестройки он начал заниматься бизнесом, преуспел — из хорошо обеспеченного человека превратился в очень богатого хозяина. О Стефановске он никогда не упоминал.

Глава 22

Варвара остановилась, потом тихонько добавила:

— Надеюсь, бог есть на свете и они встретились на небесах. Все вместе, и Соня тоже. Как она была напугана, да и он тоже лицом потемнел.

— Кто?

— Зелимхан Хасанович, — пояснила Варвара, — я недоговорила до конца. Ты послушай дальше. Меня болезнь скрутила, уж не знаю, за какие грехи напасть навалилась. Плохо, правда, не сразу стало, а постепенно. Сначала руки затряслись, потом ноги отказывать стали, я Люсю к делу приставила, она у Адашевых убирала. Так вот, накануне отлета на отдых хозяин приехал ко мне домой.

Варвара страшно удивилась, увидев Зелимхана. Тогда она еще могла ходить, как-то передвигаться, поэтому схватила костыли и захлопотала:

— Ой, Зелимхан Хасанович! Уж простите за беспорядок! Какой гость у меня! Чаю сейчас подам!

— Не суетись, — сурово велел хозяин, — сядь и слушай.

Варвара плюхнулась на стул, она всю жизнь подчинялась Зелимхану, ей и в голову не могло прийти сказать: «Я у себя дома, что хочу, то и делаю».

— Мы завтра улетаем, — устало сказал хозяин, — сердце мое неспокойно, не хочется на море, не тянет на Багамы, но мои покупаться хотят. Значит, так! Ты на время нашего отсутствия переедешь в дом. Двери посторонним не открывай, вообще никого не пускай...

Недоговорив фразы, замолчал, было видно, что он колеблется.

— Ладно, — решился он наконец, — ты свой человек, много чего вместе пережили. Сколько тебе исполнилось, когда мы из Стефановска бежали?

— Четырнадцать, — тихо сказала Варя.

— Да уж, — покачал головой Зелимхан, — совсем ребенком была, а тогда мне взрослой казалась. Досталось нам по полной программе, но ты никогда меня не подвела, доверять тебе можно, язык за зубами держишь. Раздобыл я документы, важные. Много неприятностей случится, если они в руки посторонних попадут. Никто из домашних о бумагах не знает, они спрятаны надежно, их Полкан стережет. Охранять охраняет, но что там, в папке, понятия не имеет, она запечатана. Я всегда уезжал спокойно, знал, в надежном месте бумаги, но сейчас мне плохо отчего-то.

У меня тут дела с одним мерзавцем. Кто он и что нас связывает, я тебе рассказывать не хочу. Но поверь, на редкость подлый человек он... Да ладно! Может, потом как-нибудь решусь и введу тебя в курс дела, но не сейчас. На данном этапе хочу лишь сказать...

Зелимхан замолчал, потом вдруг протянул:

— Или все же рассказать? Мне от родителей досталось редкое чутье. Вижу, когда человек врет, вернее, чувствую, ну не спрашивай, как это получается, только всегда знаю: искренен мой собеседник или нет. Вот ты, например, мне родней сестры, никогда ничего дурного в голове не держала...

— Верно, — кивнула Варвара, — может, и нагло это с моей стороны, но чувствую себя у вас своей!

Зелимхан снова притих, прошло несколько томительных минут, прежде чем он продолжил беседу.

— А вот один мерзавец... Скребло меня, царапало в душе, что-то, думаю, не так. Начал копать. Вроде идеальный человек... да, идеальный! Но потом! Спасибо Яне Валерьевне Темкиной...

— Это кто? — удивилась Варвара.

— Старший научный сотрудник НИИ имени Рожского, она-то и откопала правду, — машинально ответил Зелимхан и тут же воскликнул: — Нет, сейчас не время для этого разговора. Длинный он, тяжелый — нет!

Варвара только хлопала глазами, слушая Зелимхана.

— Если со мной что случится, — поучал ее Зелимхан, — ты папочку возьми, открой и на первой странице телефон найди, позвони по нему и скажи мужику: документы в надежном месте, ходу им нет, пока он моих дочерей не обижает. Ну а если у Сони с Зарой неприятности начнутся, тогда неси папочку прямиком в редакцию самой желтой газеты и на телевидение. Уж они-то сумеют скандал раздуть, мало не покажется. Поняла? И еще: никогда, ни при каких обстоятельствах, даже если я умру, не рассказывай девочкам о документах.

— Хорошо, — кивнула Варвара, — усекла. Только ничего с вами не произойдет, вы, словно дуб, крепкий.

Зелимхан улыбнулся.

— Ну спасибо, сравнение с дубом особенно лестно. Будем надеяться, что я вернусь целым и невредимым.

— Куда ж вы денетесь, — всплеснула руками Варвара. — На отдых собрались, не на войну.

— Всяко бывает, — серьезно ответил Зелимхан, потом внезапно шагнул вперед, обнял Варвару и прижал ее к себе.

Горничная обомлела. Никогда прежде хозяин не позволял себе по отношению к ней подобных вольностей. Варю в доме, в особенности после смерти Асият, считали родственницей, ей дарили подарки на праздники, и никто из Адашевых не повышал на нее голос. Но за стол с хозяевами Варя обедать не садилась, и поцелуями с нею никто не обменивался.

От Зелимхана пахло сигаретами и одеколоном, прислуга стояла, боясь пошевелиться, ее ухо уловило гулкое биение сердца хозяина, наверное, у него была легкая аритмия, удары звучали беспорядочно.

— Вот так жизнь повернулась, что ты мой единственный друг, — внезапно вымолвил Зелимхан и оттолкнул от себя женщину, — поклянись, что не бросишь девочек.

Варя, естественно, сказала нужные слова. На следующий день Зелимхан с семьей улетел в смерть, а Варвара слегла, она не выдержала стресса. В доме, где остались лишь Соня и Катя, стала убирать Люся.

Много раз потом Варвара прокручивала в голове свою последнюю беседу с хозяином. Чем чаще она вспоминала тот разговор, тем сильнее расстраивалась. Зелимхан велел в случае надвигающейся на дочерей опасности открыть папку, позвонить по телефону и, если неведомый враг не оставит их в покое, идти в желтые газеты и на телевидение. Варя сама лишена возможности передвигаться, но у нее есть вполне здоровая дочь Люся, которая передаст документы. Одна беда, Зелимхан не сказал, в каком месте спрятана папка. Варя, всю жизнь прослужившая в доме, великолепно знала о наличии сейфов и умела их открывать. Но в железных ящиках компромата нет, отец не стал бы держать бумаги там, где их могут случайно увидеть дочери. Зелимхан тщательно оберегал покой девочек. В начале беседы он обронил фразу, что папку стережет Полкан, и Варя голову ломала, пытаясь сообразить, о какой собаке идет речь. Животных у Адашева не было. Первое время после гибели хозяина Варя не могла спать, но потом успокоилась. Шли месяцы, Соню никто не трогал. Она, до несчастья помогавшая отцу, теперь подхватила вожжи бизнеса и рулила делами крепкой рукой.

— Зелимхан торговал продуктами? — спросила я.

— И ими тоже, — подтвердила Варвара, — у него много чего было, в частности, сеть автосервисов. Соня с отцом работала, и подружка ее, Роза, тоже участвовала.

— А Зара чем занималась?

— Мужней женой была, — пояснила Варвара, — девочки-то разные получились. Зара в Асият пошла, тихая, незаметная, за неделю двух слов не скажет, а Соня в Зелимхана удалась, цепкая, хваткая, бескомпромиссная, собой владела мастерски. Ни в жизни не догадаться, о чем на самом деле думает. Стоит, улыбается, а потом щелкнет зубами, и нет конкурента. Ее боялись. Соне следовало мужчиной родиться.

Зелимхан обеих дочерей без памяти любил, но Соню еще и уважал. Она очень принципиальная была, что решила — то и сделает. С самого детства так повелось. Асият до трясучки доводила. Скажет мать:

— Холодно на улице, шапки наденьте.

Зара молча головной убор нацепит, а Соня возражает:

— Тепло!

— Простудишься, — настаивала Асият.

— Нет.

— Немедленно прикрой голову! — вскипала родительница.

— Мне жарко, — стояла на своем Соня.

Асият бесило поведение дочери. В ее понимании ребенок не имел права спорить со старшими никогда. Но у Сони по каждому поводу имелось свое мнение, отличное от представления матери. Асият не могла понять дочь, она краснела и кричала:

— Негодяйка! Я никогда не спорила с мамой.

Варвара, услыхав это заявление, всегда быстро уходила на кухню. Соня была ее любимицей. Сколько раз горничной хотелось сказать:

— Точно! С матерью не спорила, просто удрала с Зелимханом, никогда бы Ицхаковы согласия на брак с Адашевым не дали. И вообще, весь ужас из-за тебя случился. Должна была отказать Землихану, а не в кровать с ним ложиться.

Но, естественно, Варвара молчала. Зелимхан пытался втолковать жене:

— Ты жила, считай, в деревне. Времена были иные,

место провинциальное. А Соня в Москве выросла, тут другие нравы.

Но Асият стояла на своем: девочка обязана почитать отца, никогда не начинать первой разговора с ним, слушаться во всем мать, носить купленную ею одежду и вообще помалкивать. Вот Зара идеальная дочь, а Соня строптивица, ее следует ремнем пороть, пока дурь не выбьют. Заканчивались скандалы всегда стандартно, Соня с усмешкой выполняла указания матери и уходила. Однажды Варя, после того как на младшую девочку была натянута шапка, побежала за сестрами. Ей захотелось утешить Соню. Варвара решила дать школьницам мелочь на мороженое. Она выскочила со двора и увидела сестер Адашевых, шагавших по проспекту. Зара покорно топала в шапке, а Сонины волосы развевал ветер. Упрямая девочка сделала вид, что согласилась с Асият, но, едва покинув квартиру, поступила по-своему. И так во всем.

— Катя в нее пошла, — вздыхала Варвара Сергеевна, — с пеленок строптивица. Сунешь ей соску — выплюнет, опять впихнешь — снова-здоро́во. И все молчком. Другой ребенок обозлится, заорет, а эта улыбнется и на своем настоит. И ведь в конечном итоге строптивость ей жизнь спасла. Когда Сонечка сломала ногу, она велела всем на отдых лететь, а Катя уперлась: не полечу, и дело с концом. Не оставлю Соню, хоть режьте. Зелимхан тогда даже разозлился, а что вышло?

— Погодите, — вскинулась я, — Катя ведь ребенок Зары. Дочь Сони погибла в авиакатастрофе.

Варвара вздохнула:

— Теперь уж все равно, люди умерли. Соня в свое время роман закрутила, ну с совсем непорядочным парнем. Зелимхан про него много чего плохого узнал: и картежник, и бабник, и пьяница. Лишь о деньгах думал, Соня ему ни к чему была. Хотел зятем в богатый дом попасть.

Отец, учитывая характер дочери, не стал ее отговаривать от замужества, просто дал ей бумаги и сказал:

— Прочитай, а уж потом неси заявление в загс.

На следующий день Соня прогнала альфонса, а через месяц огорошила отца:

— Я беременна и аборт делать не стану.

Асият пришла в ужас. Ребенок вне брака! Позор! Да Соню больше никто замуж не возьмет. И как потом жить незаконнорожденному человеку, у которого в метрике в графе «отец» поставят прочерк? Соня лишь фыркала, слушая мать, а Асият рыдала, билась в истерике и в конце концов попала в больницу. Чтобы успокоить жену, муж попытался все устроить.

Зелимхан сумел убедить дочь, что ребенок должен по документам иметь полную семью. Зара к тому времени была замужем, Катю зарегистрировали как ее дочь. Затем Зара разошлась с первым супругом, вышла замуж во второй раз и произвела на свет сына. Соня тоже расписалась с другим мужчиной, и у нее родилась еще одна девочка. Зара, хоть и считалась матерью Кати, особенно девочкой не занималась, всю свою любовь она отдавала сыну.

Но Катя не чувствовала себя обделенной, у нее была Соня, которая фактически ее воспитала. Девочка звала и Зару и Соню «мама».

— Ей не сказали правду? — поинтересовалась я.

— Пока была жива Зара, нет, — ответила Варвара, — ну а потом я не знаю. И Соня, и Катя очень скрытные, у них все внутри кипело, снаружи чистая, тихая вода, полный штиль, а в душе вулкан. Уж дослушайте меня до конца. Соню-то убили. Небось и за Катей теперь охоту начнут.

— Отчего вы так думаете? — осторожно спросила я.

Варвара закрыла на секунду глаза.

— Пришла Соня ко мне за пару недель до кончины, села у кровати и говорит: «Убить меня хотят».

Горничная всполошилась, стала задавать вопросы, но Соня подробности объяснять не стала, произнесла лишь одну фразу:

— Прошлое догнало, теперь ответ держать надо, уж не знаю, кто меня со свету сжить решил, только о Кате беспокоюсь. Надо опекуна найти, честного, такого, который на деньги не позарится.

— Подруга у тебя есть, — напомнила Варвара. — Роза Яковлева, с ней поговори, если дурь в голову пришла. Ну с какой стати тебе о смерти думать в расцвете лет?

— Грех к земле гнет, — неожиданно ответила Соня. — Роза никак не подойдет.

— Считаешь ее нечистой на руку? — спросила Варвара.

— Да нет, — дернула плечиком Соня, — в финансовом отношении Яковлева безупречна, у нас общий бизнес и никаких трений, но вот в душевном плане... Детей у нее нет, их ей собака заменила. Катя Розе не нравится, она считает мою дочку капризной. Вечно повторяет: «Портишь девку, не позволяй никакого баловства! Наподдавай ей посильнее — и в угол. Страх рождает уважение. Меня так воспитывали, и замечательно получилось». Нет, Кате с ней плохо будет. Ну-ка посмотри сюда.

Перед лицом Варвары оказалась фотография. Горничная удивилась:

— Это кто?

— Коллеги по институту, помнишь, я на кафедре работала?

— Ну, вроде было. А при чем тут снимок?

— Посмотри на последний ряд, видишь, блондиночка стоит, как она тебе?

— Ну, — протянула Варвара, — ничего, личико
простенькое, не стерва.

— Точно, — кивнула Соня, — мне твое мнение важно, ты человек опытный, людей чувствуешь.

— Вовсе нет, — попыталась поправить хозяйку Варя, но Соня, как всегда, гнула свою линию, не слушая
собеседницу.

— Ты мне вместо матери, — сказала она, — я тебя
родней всех считала.

У Варвары защипало в носу.

— Деточка, — прошептала она, — правда это, мне
что родная дочь, что ты — всегда едино было. Хоть и не
общая у нас кровь, зато...

— Родственниками не рождаются, — проронила
Соня, — ими становятся, маме Асият мое заявление не
понравилось бы. Только это — правда. Кстати, отчего
она тебя невзлюбила?

Варвара проглотила ворочавшийся в горле комок.
И Зелимхан, и Асият умерли, не ей, прислуге, разбал-
тывать их тайны, пусть информация уйдет на тот свет
вместе с хозяевами.

— Отец мой, Сергей, прислуживал Хасану, твоему
деду, — сказала она. — Вот Асият и не по душе было,
что я вроде как из дома Адашевых, а не от ее родных
пришла.

Соня моргнула раз, другой, потом усмехнулась:

— Не хочешь говорить правду, не надо, сейчас меня
другая проблема беспокоит. Женщину на фото зовут
Дашей Васильевой, мы с ней вроде как дружили, нра-
вилась она мне, иногда я забегала к ней, но домой ее к
себе не приглашала. Знаешь, ведь папа всегда против

посторонних был. А тут я стала шкаф в порядок приводить, наткнулась на альбом, перелистала и вспомнила про Дашу. Дай, думаю, справки о ней наведу.

— И что?

— Она не замужем, детей имеет, внуков. Сейчас очень богата. Ну чем не опекун для Кати? Своих денег не сосчитать, на сиротские не позарится, — задумчиво протянула Соня.

— Разное случается, — предостерегла ее Варвара, — у иного мешки с золотом, а за крошкой потянется.

— Не похожа она на такую, во всяком случае, раньше единственным нормальным человеком в гадючьем институте была.

— Ну-ка расскажи о ней поподробней, — велела Варвара.

Я молча слушала женщину. Вот почему больная, увидев меня, спросила про имя и фамилию, вот по какой причине подсунула мне упаковку с витаминами и попросила перевести аннотацию. Варвара устроила мне проверку.

— Береги Катю как зеницу ока, — сказала домработница, — гляди за ней, одну никуда не отпускай. Когда Соня погибла, я сразу смекнула — убили ее. Не могла она с собой покончить, причины не было. И оставить дочь она тоже не могла. Теперь Катюша следующая.

— Но из-за чего их убивать?

— А папка с документами? — напомнила мне Варвара. — Наверное, Зелимхан что-то страшное хранил! Вот враг его и решил себя обезопасить. Небось попытался у Сони документы выкупить, а та удивилась, она про бумаги слыхом не слыхивала. Убийца ей не поверил, решил, что Адашева цену сейчас до небес взвинтит, и убил ее, да так хитро все обставил! И не подкопаться! Милицию вокруг пальца обвел, но не меня. Я Сонечку из роддома принесла, знала ее великолепно. Следующая на очереди Катя, ее тоже устранить захотят, для порядка. Оно ясно, что никто ребенку правду о таких делах сообщать не станет, но вдруг девочка о чем-то слышала.

Я в изумлении смотрела на Варвару. Из ее рассказа мне стало понятно, что она попала в услужение к Зелимхану подростком, школу не закончила, и неясно, училась ли она там вообще. Всю жизнь Варя провела с тряпкой и веником в руках, возле корыта с грязным бельем. Но рассуждает она совсем не как дурочка, мне в голову пришли те же мысли. Более того, я очень хорошо понимаю, что для безопасности Кати следует отыскать...

— Я очень хорошо понимаю, что для безопасности Кати следует отыскать папку и отдать ее тому, на кого собран материал, — ровным голосом проговорила Варвара, — пусть успокоится и пообещает не трогать девочку. Одно плохо: не знаю я, где она спрятана! Ну что за Полкан такой?

Глава 23

Я приехала домой расстроенная, вошла в столовую и попыталась изобразить на лице необычайную радость. Понятно, спокойного вечера не получится, за длинным столом собрались почти все домашние — большая редкость в будний день. Но что еще более странно, они сосредоточенно молчат. В центре столешницы стоит овальное блюдо с остатками запеканки. Остальные куски у домочадцев на тарелках. Судя по всему, ужин удался.

— Муся, — встрепенулась Маня, — садись скорей! Ты только попробуй!

Я подцепила вилкой кусочек запеканки, сунула его в рот и застонала от восторга.

— Из чего это сделано?

— Вкусно? — робко спросила Марина, сидевшая напротив меня.

— Невероятно. Вроде суфле... нет, крем, нет... Что это?

— Угадай, — пробурчала с набитым ртом Зайка, — лично я не сумела.

— Я предположил, что это сыр, — усмехнулся Кеша, — но не попал.

— Творог, — воскликнула я, жадно поглядывая на тарелку Мани, где лежал еще один, пока не тронутый ломтик неземного лакомства.

— Нет, — тихо ответила Марина.

— Манка?

— Снова пальцем в небо, — захихикала Машка.

— Ну, сдаюсь.

— Рис, — сообщила Зайка.

— Не может быть!

— Правда, — кивнула Марина. — Я еще умею из него пирожные печь.

— Это ты сделала?

Девушка кивнула.

— Понимаете, я увлекаюсь кулинарией, собираю рецепты, у меня их несколько тысяч. Вот недавно научилась делать торт из абрикосов, там верх из желе. Может, хотите попробовать?

— Да! — заорали все.

— Нехорошо получается, — я решила образумить домочадцев, — пригласили Марину в гости и теперь делаем из нее повара.

— Так когда еще мы подобную вкуснятину поедим, — проявила детский эгоизм Маня, — кстати, Марина, думается, тебе у нас надо подольше пожить, дом большой, и мы гостей любим.

Марина рассмеялась:

— Вот здорово! Я как раз работу ищу! Возьмите меня к себе поваром.

— Кухарка у нас есть, — быстро сказала я, — хоть она и не умеет так вкусно готовить, расставаться с ней мы не намерены. Кстати, может, тебе пойти учиться на повара?

— Скорей уж ей надо идти в кулинарный техникум профессором, — усмехнулся Кеша.

Неожиданно сбоку донесся писк. Я повернула голову и увидела клетку с мышами. Самая толстая особь, нареченная по непонятной для меня причине Германом, нервничала, глядя на стол сквозь прутья. Около вожака сидела вся семейка: меланхоличная Анна Ивановна, вертлявая Люся, элегичная Агата и бодрый Филарет.

— Вроде они чем-то недовольны, — пробормотала я.

Маня кивнула.

— Точно, еду ждут. Такие умные, сразу поняли, где миска стоит.

В тот же миг я углядела на краю обеденного стола круглую плошечку с серо-желтыми зернышками и мелко нарубленными кусочками сыра.

— Вы у них стоицизм воспитываете? — удивилась я. — Положили корм и не даете?

— В жизни мышей должны быть страдания, — бодро отозвался Кеша, — личность, постоянно живущая в покое, быстро умирает. А вот если без конца дергать ее, тогда она протянет три срока.

Я взглянула на Аркашку. Понятно, мне предстоит прокуковать до трехсот лет. Вот почему домочадцы постоянно кричат: «Мама!» Я-то считала, что они просто хотят свалить на меня все заботы, а на самом деле и Маня, и Кеша, и Зайка хлопочут о долголетии Дашутки.

— Не говори глупостей, — закричала Машка, — я дала им таблетки от кишечных паразитов, а после приема таких средств должно пройти полчаса, лишь потом можно харчиться.

Кеша тяжело вздохнул, а Зайка скорчила недовольную гримасу.

— Можно за ужином без рассказа о глистах?

— Так я не о них речь вела, — оживилась Манюня, — в кишечнике грызуна...

— О-о-о... — застонала Ольга. — Маня, заткнись, меня тошнит!

— Я совершенно не... — начала было Машка, но тут дверь распахнулась, и появился Дегтярев, мрачный, словно муж, которому молодая жена во время свадьбы изменила с шафером.

Полковник обвел всех взглядом и плюхнулся за стол.

— Хорошего ужина, конечно, нет, — сердито буркнул он.

— Чайку хочешь? — ласково спросил Кеша.

— Вода не еда, — объявил полковник.

Ольга переглянулась с мужем.

— Возьми сыру, — предложила она Александру Михайловичу.

— Не хочу!

— Тогда салат!

— Трава! Я не кролик! С какой стати вы меня за грызуна держите?! — взвыл полковник.

— Что случилось, — поинтересовался Кеша, — какая муха тебя укусила?

— Укус мухи цеце смертелен, — не к месту сообщила Маня, — но она в нашем климате не водится.

— Тут почище цеце кое-что нашлось, — процедил Дегтярев, потом схватил мисочку с мышиным кормом и начал быстро есть сырно-зерновую смесь. — Все она, Дарья!

— Я?

— Ты!

— Что же я сделала?

— Сначала ты сунула свои кроссовки туда, где всегда стоят мои! Естественно, я перепутал обувь! Потом подбросила в мою барсетку свой паспорт!

— Я?

— А кто еще?

— Ты сам перепутал документы!

Дегтярев оторвался от мисочки. Сначала он картинно вскинул голову, а потом торжественно заявил:

— Я никогда ничего не путаю! Всегда необыкновенно внимателен, даже педантичен, профессия налагает отпечаток.

Маня закашлялась.

— В чем дело? — нахмурился полковник.

— Не-не, все отлично, — затрясла белокурыми локонами девочка, — я хлебом подавилась, кха, кха.

— Кто это визжит? — рассердился Дегтярев.

— Герман и его семья, — пояснила я, — мыши. Видишь, вон они, в клетке сидят.

— Значит, теперь еще и Шушарами обзавелись, — вновь обозлился Александр Михайлович.

Похоже, сегодня у полковника на редкость отвратительное настроение.

— Шушара была крысой, — напомнила Зайка.

— Один черт.

— А вот и нет, — Машка решила продемонстрировать свои глубокие знания по данному вопросу, — основное отличие пасюка...

— С какой стати им так вопить? — не стал слушать девочку полковник.

— Ну, — Маня не решилась сказать правду, — так!

Я посмотрела на толстяка и сообщила:

— Герман, Анна Ивановна, Люся, Агата и Филарет хотят есть.

— Так покормите их!

— Увы, не можем.

— Почему? — искренне удивился Дегтярев.

Потом он поднял мисочку и высыпал в рот последние зернышки.

— Почему? — повторила я. — Потому что ты только что на глазах у несчастных, голодных мышей схомякал предназначенный им ужин.

Маня прыснула, Кеша сделал вид, что страшно заинтересован орнаментом стоявшей перед ним пустой тарелки, Зайка принялась усердно жевать отпитую из бокала минералку, и только Марина с детской непосредственностью воскликнула:

— Неужели вам понравилось?

— Я думал, это мюсли, — неожиданно спокойно ответил Дегтярев, потом порозовел, покраснел, побагровел, посинел, стал похож на слегка подгнивший баклажан и заорал так, что робкая Агата свалилась в обморок: — Я?! Я?! Я?! Съел их жратву?

— Именно так.

— Но почему вы меня не остановили?

— Не успели, — засмеялась я, — ты очень быстро ее схрумкал.

Александр Михайлович моргнул.

— Что теперь со мной станет?

— Ничего, — попыталась успокоить его Маша, — это всего лишь зерна с сыром, даже полезно!

Кеша покачал головой, а потом с самой серьезной миной заявил:

— Там же специальные витамины!

— Да? — растерялся Дегтярев.

— Ага, — кивнул Аркадий, — теперь у тебя шерстистость повысится! Покроешься ровным слоем серых волос. Прикольно! Зимой дубленка не понадобится. Вот летом худо придется.

— Не беда, — встряла Зайка, — эпиляцию сделает!

— Он столько не зарабатывает, — хихикнул Кеша, — зарплаты Дегтярева на одну ногу не хватит.

Полковник в легкой растерянности слушал не к месту развеселившихся супругов.

— А еще хвост расти начнет, — сообщил Аркашка.

— И зубы-резцы, — подхватила Зайка.

— Врете! — подскочил полковник.

— Святая правда, — хором ответили противные дети.

— Прикинь, как подследственные пугаться будут, — заключил Кеша, — входят в кабинет, а там сидит мышь, лысая, в костюме...

Александр Михайлович резко встал, повернулся и сшиб локтем клетку. Проволочный домик упал, мыши завизжали совсем отчаянно, дверка распахнулась...

— Герман, — воскликнула Машка, ловко хватая тучного самца, — стой!

Грызун мигом забился девочке под футболку. Меланхоличная Анна Ивановна осталась сидеть около поверженного на ковер дворца, Люся вообще не высунулась из клетки, она юркнула в тряпочки, служащие семье постелью. А вот Агата проявила прыть.

Нервно попискивая, она выкатилась из «квартиры», заметалась по столовой и налетела на Банди. Не ожидавший ничего плохого, пит мирно дремал возле столика на колесиках, где стояла батарея бутылок.

Агата взгромоздилась на нос питбуля и отчаянно взвизгнула. Бандюша поднял веки, попытался сфокусировать глаза на источнике звука, скосил зрачки, потом рывком подскочил вверх. Наш храбрый бойцовский пес боится всего, что умеет ходить, ползать, прыгать и летать. Бандюша лишний раз не высунется во двор, потому что там на зеленой лужайке может повстречаться одна из многочисленных кошек, обитательниц Ложкина. Впрочем, киски предпочитают разгуливать по ночам, но и днем Бандюше нет счастья. На ветках сидят птички, а питбуль очень хорошо помнит, как он в раннем детстве попытался схватить за хвост ворону. От разъяренной стаи Банди тогда спас Аркадий, отбивший щенка при помощи ведра воды, выплеснув ее на птиц. Даже вымокнув до последнего пера, мерзкие каркуши пытались долбануть наивного щенка крепкими клювами, у Бандюши до сих пор между ушами виден шрам. Поэтому он любит выглядывать во двор после пяти вечера, но опять ему не везет. В это время возле ручейка активизируются лягушки. Наглые твари совершенно не боятся пита. Увидав его, они выпучивают глаза, раздуваются и издают утробное квакание. Глупый Банди не догадывается, что по вкусу лягушка напоминает обожаемую им курицу, поэтому, поджав длинный тонкий хвост, предпочитает удрать. Более или менее спокойно погулять ему удается лишь в компании йоркширтерьерихи. Вот уж кто не испугается даже слона и вцепится в его колонноподобную ногу острыми мелкими зубками, так это наша крошка Жюли, существо весом не более килограмма. Вид у терьерихи ангельский, но менталитет крокодила.

Подскочив сейчас от ужаса, Бандюша задел столик. Деревянная конструкция зашаталась и сложилась пополам, бутылки посыпались на пол. Естественно, они упали не на толстый ковер, а на плитку. Раздалось оглушительное «дзынь», и по керамограниту заструились разноцветные реки из ликера, коньяка, вина и бальзама.

Банди в ужасе шарахнулся на диван. Уж не знаю, по какой причине многокилограммовый пес считает себя божьей коровкой, но Бандюша совершенно не способен оценить собственные габариты, он постоянно пытается забиться в щель шириной в пару сантиметров и улечься на пятачке диаметром с рублевую монетку. Банди управляет своим телом, как я автомобилем, мне тоже порой не удается аккуратно запарковать «Пежо», в лучшем случае машина лишается бокового зеркала, в худшем... Ладно, не будем о грустном.

Взлетев на мягкие подушки, Банди решил ввинтиться между ними, сунул голову под плед и окороками задел торшер, мирно стоявший возле дивана. Он рухнул с оглушительным звоном.

В столовой поднялся крик. В общей суматохе не принимала участия только пуделиха. Черри стала совсем глухой и сейчас мирно спала, занавесив ничего не слышащими ушами плохо видящие глаза.

Агата метнулась к пуделихе и зарылась той в живот. Черри вздохнула, может, ей показалось, что это щенок или котенок. Черри интеллигентна и лояльно относится ко всем, за долгую жизнь она никогда ни на кого не зарычала и воспитала много детей, не деля их на своих или чужих.

— Ира! — орал Дегтярев. — Сюда! Неси тряпку.

— Стекла, — причитала Маша, — стая лапы порежет!

— Фигурка! — кинулась к разбитой керамической собачке Зайка.

Я схватила ковылявшего к луже ликера Хуча. Спокойствие не потеряли только двое: Аркадий и Марина. Первый мирно доедал запеканку, а девушка схватила плед с кресла и бросила его на осколки.

Спустя полчаса в столовой был восстановлен порядок. Ирка с Мариной замели пол и вымыли плитку, Машка сбегала в бельевую и принесла чистую накидку, я вытащила из шерсти пуделихи мелко трясущуюся Агату и спрятала ее в клетку, Зайка привела сервировочный столик в первозданный вид, Кеша сходил в кладовую и выставил в столовой новую батарею бутылок.

Все снова сели за стол.

— Хорошо бы чаю, — вздохнула я.

Ирка, вносившая в этот момент поднос с чашками, кивнула:

— Уже заварила, берите посуду.

Я взяла свою кружку с собачками и со стола мисочку с зерно-сырной смесью. Герман, Анна Ивановна, Люся, Агата и Филарет наконец-то смогут получить ужин.

Но не успела я протянуть руку к кормушке, как Дегтярев с недовольным возгласом: «Мне осточертели мюсли!» схватил плошку и высыпал ее содержимое в рот. Дальнейшие события напомнили дурацкую кинокомедию голливудских режиссеров.

— Почему они визжат? — полковник снова ткнул пальцем в сторону беснующихся мышей.

— Ты опять слопал их ужин, — пояснил Кеша, — теперь твоя шерсть станет намного гуще.

Дегтярев встал, задел клетку, та упала. Агата вновь выскочила наружу, уселась на нос Банди. Тот подскочил вверх, столик сложился, бутылки обрушились на плитку, липкие разноцветные потоки потекли к окну. Снап завыл, Хуч затрясся, Жюли залаяла, Черри мирно спала, она даже не вздрогнула, когда Агата опять залезла ей под живот. Банди взлетел на диван...

Ситуация повторилась до мельчайших деталей. Было лишь одно отличие, на этот раз Бандюша уронил не торшер, а свалил стопку журналов.

— Ирка, тряпку! — заорал полковник.

Потратив еще сорок минут на уборку, мы вновь уселись за стол.

— Чай пить будем? — рявкнула Ирка.

— Дегтярев, — заорал хор голосов, — ничего не трогай!

Полковник обозлился:

— При чем тут я? Очень есть хочется!

— Ты разве мышиным кормом не насытился? — захихикала Зайка.

Александр Михайлович уничтожил ее взглядом, но ничего не сказал.

— Ладно вам, — заворчала Ирка, — со всеми случиться может, чего налетели. Вот, Александр Михайлович, кушайте, повкусней зернышек будет.

Высказавшись, Ирка поставила перед толстяком бульонную чашку, от которой поднимался пар.

— Осторожно, — предостерегла она его, — горячо!

— Хватит поучать, — вышел из себя полковник, — взяли моду! Дурака из меня делают! Сам великолепно вижу!

Он схватил емкость и сделал огромный глоток. В ту

же секунду лицо Дегтярева стало багроветь. Я сочувственно вздохнула. Огненный бульон способен причинить сильную боль.

— Скорей выплюни, — заорала Маня, — а то потом месяц ничего съесть не сможешь!

Александр Михайлович встал, задел локтем клетку, Агата выскочила наружу... Можно я не стану описывать последующие события? Скажу лишь одно: когда в столовой в очередной раз навели порядок, я предпочла ретироваться в свою спальню, меня душил хохот, а смеяться в присутствии Дегтярева сейчас опасно.

Не успела я выползти в коридор, как раздался звонок в дверь. С экранчика домофона на меня радостно смотрела Светка!

— Входи, — сказала я, распахивая дверь.

— Привет, — заверещала подруга, — надеюсь, ты мне поможешь.

— С удовольствием, — осторожно ответила я, с тревогой глядя на большую сумку, стоящую у ее ног.

Если Светка приехала на пару дней, то придется ей жить в квартирке над гаражом — все гостевые комнаты у нас заняты.

— Где все? — деловито осведомилась Светка.

— Пытаются поужинать, — улыбнулась я.

— Пошли, — велела Света и, волоча за собой торбу, двинулась по коридору.

В комнате, как ни странно, царил порядок. Мрачный Дегтярев молча смотрел телевизор, остальные сидели за столом.

— Вот, — воскликнула Светка, — смотрите!

— Это что? — изумилась Зайка, глядя, как подруга вытаскивает из сумки баночки, тюбики и бутылочки.

— Серия косметики «Сто секретов красоты», — затараторила Светка, — тут чего только нет! Полный набор! Кремы для лица, очищающее молочко, скраб, гель, шампунь, бальзам — и все разделено по типам кожи.

— Ты где это раздобыла? — протянула Зайка.

Светка плюхнулась в кресло и начала рассказ. В одном из женских журналов ей попался материал о косметической серии «Сто секретов красоты». В статье говорилось, что средства эти разработаны на основе натуральных, простых, действенных компонентов, тех, которые женщины используют издавна. Там же предлагалось прислать на конкурс свои домашние рецепты. Наиболее активным участницам обещали вручить подарки, а самые интересные предложения воплотить в серийной продукции.

Светка загорелась участием в конкурсе. Тетрадок с рецептами у нее скопилось с десяток.

Короче говоря, Светусик отобрала наиболее, на ее взгляд, интересное и отправила на конкурс, мало надеясь на удачу. Всем ведь известно, что победа достается лишь родственникам членов жюри.

Представьте теперь ее изумление, когда раздался звонок, и милый женский голос сообщил, что Света победила. Ее рецепт скраба «Овсяные хлопья» в скором времени будет запущен в серию. Свете надо приехать в офис для получения награды. Подруга сломя голову кинулась на зов.

— И что тебе дали? — подпрыгнула Маня.

— Много всего. Но главное — предложили работу! Отлично оплачиваемую. Посмотрели мои тетрадки и пришли в восторг! Прикиньте, они и впрямь все из натурального сырья делают. Очень заинтересовались моими наработками. Вот, к примеру, крем от пигментных пятен на основе касторки! Они о таком и не слышали!

— И ты согласилась? — прищурилась Зайка.

— Да, — закричала Светка, — с радостью! Я наконец-то нашла свое место в жизни! Я так счастлива! Это просто мечта! Любимое дело! И потом... Ну-ка, говори, Дашка, сколько ты за баночку своего крема платишь?

— Можно я не буду отвечать? — улыбнулась я. — Тебе станет плохо!

— Вот! — подняла вверх палец Света. — То-то и оно! А «Сто секретов красоты» очень недорогие средства, доступные любой женщине, которая хочет хорошо выглядеть. Знаете, качественную косметику можно купить и по разумной цене! А потом, наша компания использует народные домашние рецепты. Мои мама и бабушка мазали лицо медом. И вот, пожалуйста! Смотрите, баночка с кремом «Мед и молоко». Ингредиенты все те же, просто теперь ими удобно пользоваться, не надо самой мучиться, на паровой бане нагревать.

— «Наша компания», — засмеялась Машка, — похоже, ты стала патриотом «Ста рецептов красоты».

Светка примолкла, тряхнула кудрями и заявила:

— Да! Кстати, тут в сумке полный ассортимент. Взяла для вас. Пошли.

— Куда?

— В вашу замечательную сауну, — решительно воскликнула Света.

— Зачем? — осторожно осведомилась Машка.

— Полагаете, я сама стану пользоваться потрясающей, недорогой, действенной косметикой, а вам разрешу употреблять разную импортную дрянь? — возмутилась Светка. — Ну уж нет! Значит, так! У Ольги от вечного грима раздражение на лице, ей «Сок алоэ», он устраняет шелушение. Машке маску «Клубника и белая глина», а Дашке скраб, шампунь, бальзам и... в общем, вперед и с песней.

— Вообще говоря, — протянула Зайка, — можно попробовать — хуже не будет.

— Нет ли у тебя там чудодейственного средства против облысения? — неожиданно влез в дамскую беседу Дегтярев.

Светка критически оглядела полковника.

— Знаешь, «Сто секретов красоты» покупателей не обманывает, волосы мы тебе не вернем. А вот лосьон «Огуречный сок» предложить можем.

— Да? — удивился Дегтярев. — И какой от него толк?

— «Огуречный сок» регулирует жирность кожи, макушка на солнышке бликовать не будет, — на полном серьезе заявила Светка.

Глава 24

Около полуночи я тихо поскреблась к Марине. Она мигом распахнула дверь.

— Чего стучитесь, открыто.

— Ну мало ли что...

— Зачем же среди своих запираться!

— Не разбудила тебя?

— Не-а, телик смотрела.

— Дегтяреву удалось поесть?

Марина захихикала:

— Ну прикол! Когда вы ушли в сауну, он заявил: «Все Дарья виновата, сначала кроссовки, потом паспорт, ясное дело, я перенервничал, вот и стал невнимательным».

— Александр Михайлович всегда на меня бочку катит!

— А, — откликнулась Марина, — многие мужчины такие! Наваляют ерунды и ищут виноватого, ни в жизни на себя критически не взглянут. Ой, ничего, что я тебя на «ты» зову?

— Очень хорошо; если ко мне обращаются на «вы», сразу ощущаю себя бабушкой, — кивнула я.

— Ну на старушку ты совсем не похожа, — быстро сказала Марина, — молодая и красивая, лет через двадцать в средний возраст войдешь.

Странно, у меня достаточно ума, чтобы понять, что я уже не юная девушка и отнюдь не супермодель, но почему-то от Марининых слов мне стало приятно. Понятно, девушка, в отличие от Кати, охотно говорит окружающим комплименты. Я сама такая же, никогда не упущу случая, чтобы сказать знакомой: «Ты изумительно выглядишь», или: «Надо же, как ты похудела».

Ей-богу, мне это ничего не стоит, а человеку приятно. Может, кто-нибудь уличит меня во вранье, но такая ложь невинна, порой не стоит говорить правду, лучше слегка покривить душой.

— Скажи, Марина, ты дружила с папой? — я приступила к делу.

— Ну... в каком смысле?

— Он был с тобой откровенен?

— Не слишком.

— О работе рассказывал?

— Неа.

— Почему?

Марина пожала плечами.

— Ну а что у него там интересного было? Возил хозяина туда-сюда. Скукотища. А еще ему всякие дела поручали, ну, типа в прачечную смотаться, на рынок. Уставал он очень, с утра до поздней ночи крутился, выходных почти не имел, в отпуск мог уйти, только если хозяин уезжал. Всю жизнь отец на Адашева пропахал!

— Ну, вряд ли всю.

Марина вздохнула.

— Последние двадцать лет точно, а чем раньше занимался, папа не говорил. Отвратительная работа.

— Наверное, твой отец считал иначе, если служил у Зелимхана, — возразила я, — мог ведь и уйти!

— Куда?

— Ну, в другое место, в такси, например!

Марина засмеялась:

— Разве там столько получишь! Деньги отцу хозяин хорошие платил, но он им соответствовал, мог за хозяина жизнь отдать. Когда Адашев погиб, я думала, что папе достанется хоть какое-нибудь наследство. Ан нет, его даже не упомянули в завещании. Хотя с какой стати Зелимхану Хасановичу о шофере думать? Лично мне всего хватало, за папу обидно было, он шефа просто богом считал.

— Папа умер внезапно?

— Болел некоторое время, — вздохнула Марина, — сердце плохо работало.

— Скажи, он перед смертью ни о чем тебя не просил?

Марина стала крутить в руках край пушистого пледа, которым была застелена ее кровать.

— Нет, а почему ты спрашиваешь?

— Он не отдал тебе на хранение какие-нибудь бумаги?

— Бумагу? — не поняла Марина. — Писчую?

— Документы, папку или пакет.

— Да нет, — растерянно ответила она, — у нас их особенно и не было. Ну паспорта, книжки по оплате коммунальных услуг, какие-то еще листочки. А, папино свидетельство о разводе, в загсе мне потом еще и листок выдали о его смерти, без него не хоронят. Если хочешь посмотреть, поезжай, вон ключи лежат, на столике. Только зачем они тебе?

— Сейфа у вас в квартире не было?

Марина поморгала, потом рассмеялась.

— Что туда класть! Нет, конечно.

— Деньги Юра где хранил?

— На кухне в ящике стола хозяйственные лежали, те, что на черный день приберегли, папа в доллары переводил и в шкаф складывал. Только я все истратила, ни копеечки не осталось.

— А книг у вас дома много? — я цеплялась за малейшую возможность найти папку.

Некоторые люди делают тайники на полках, между томами.

Марина покачала головой:

— Не. Папе читать было некогда, он иногда газеты просматривал, а я больше кино люблю. Мне на день рождения отец видик купил, самый простой, незаписывающий. Я вместо книг кассеты покупаю. А чего, здорово! Сел и посмотрел, с книжкой не так интересно! Кстати, можно мне у вас в гостиной диски поперебирать? Я никому не помешаю, возьму их в свою комнату, потом включу.

— Конечно! — воскликнула я. — Бери, какой понравится, они там для этого и хранятся.

— Суперкласс, — подскочила Марина, — прямо сейчас побегу, люблю на ночь посмеяться, комедию охотно посмотрю.

— У меня к тебе просьба, — тихо сказала я.

— Говори, любую выполню, — откликнулась Марина.

— В Москве завтра проездом будет одна из моих подруг, — лихо начала я врать, — Рита Заварзина. С деньгами у нее туго, наскребла на отдых с трудом и летит с двумя детьми в Крым. Но, понимаешь, она живет в Перми, в столицу приедет по железной дороге утром, а самолет ночью через сутки, Ритке надо с ребятами где-то перекантоваться.

— Пусть у меня поселится, — Марина сразу догадалась о сути просьбы, — без проблем. Ясное дело, гостиницы в Москве дорогущие.

— Верно, — кивнула я и, чтобы рассеять у нее малейшие подозрения, добавила: — К нам ее нельзя привезти, у Ритиных детей аллергия на шерсть. Конечно, я могу снять им номер в любом отеле, но Заварзина жутко щепетильна, ни за что не согласится на мои траты! А вот если предложить ей квартиру...

— Да не объясняй так долго, — отмахнулась Марина, — мне не жалко! Только... ты уж извини, не убрано там и с постельным бельем напряг. Если честно, его всего два комплекта, и один в бачке валяется. Не обидится твоя подруга за такую дыру?

— Конечно, нет! Еще и спасибо скажет!

— На, — Марина протянула мне связку ключей, — длинный открывает нижний замок, короткий — верхний, а остальные гостье не понадобятся. Там на колечке еще ключики от почтового ящика и кладовки. У нас в подвале у каждого жильца крошечная каморка есть.

Чувствуя себя гадкой манипуляторшей, я взяла то, ради чего и затеяла разговор о «гостье». Очень неприятно, что приходится обманывать милую, простодушную, по-детски доверчивую Марину. За короткий срок, проведенный в нашем доме, она успела понравиться всем, каждому сказала ласковое слово, сделала вкусную запеканку, а я нагло пользуюсь простодушием девушки. Слабым оправданием мне служит тот факт, что я хочу избавить Катю от нависшей опасности.

— Кстати, — воскликнула я, пряча ключи в карман, — ты с Катей знакома?

— Неа.

— Папа тебе не представил внучку хозяина?

— С какой стати? — пожала плечами Марина. — Он

же с ними не дружил, просто работал на Зелимхана. Сильно сомневаюсь, что Адашевы были в курсе папиных семейных дел. Отец таким немногословным был, никого никогда не грузил. Да и какому хозяину понравится, если его шофер будет трепаться о своей семье?

Я вздохнула, действительно, Марина права.

— Зато сейчас у тебя есть возможность подружиться с Катей.

Марина подперла щеку рукой.

— А она из своей комнаты не выходит, сидит там сиднем, носа не кажет.

Я встала.

— Ну не буду тебя больше отвлекать, иди выбирай себе фильм.

— Не, — заулыбалась Марина, — Маша завтра обещала меня в город свозить, в какую-то галерею «Икс», сказала, мне понравится. Ты не знаешь, что там показывают? Неохота перед Машкой в грязь лицом ударить, в художниках я совсем не разбираюсь.

— Машка решила сделать тебе сюрприз, — ответила я и пошла к двери, — приедешь — увидишь.

Галерея «Икс» — это огромный торговый комплекс, набитый под завязку шмотками. Маруська хочет приодеть Маринку, не стоит портить ей праздник. Пусть наша гостья ахнет от восторга, увидав кофточки и туфли. А мне сейчас надо попытаться поговорить с Катей.

Я спустилась на первый этаж, дошла было до комнаты девочки, постояла пару секунд у двери, но потом раздумала стучать. Скорей всего, сейчас услышу недовольное «Чего надо?» или «Кого там черт принес?».

Катя хочет, чтобы ее оставили в покое, так пусть получит этот покой.

Утром я спустилась вниз, когда все остальные давно разъехались по делам. Позавтракала, пошла к гаражу и вдруг поняла: чьи-то глаза уставились мне в спину. Я обернулась: в раскрытом окне гостевой комнаты виднелась фигурка Кати.

— Привет! — крикнула я и помахала рукой.

Девочка исчезла с такой скоростью, словно ее языком слизали.

— Во ей сейчас раздолье будет, — хмыкнула догнавшая меня Ирка, — я за продуктами подалась, в доме никого, можно по всем комнатам шляться. Жаль, у нас замков на дверях нет!

— Не говори глупости, — рассердилась я, — если бедный ребенок наконец-то выйдет поесть, это к лучшему.

— Ну насчет бедного вы, пожалуй, ошибаетесь, — прищурилась Ирка, — хитрая она, спасу нет. Я ее тоже сначала жалела, а потом перестала.

— Почему? — удивилась я.

Ирка хмыкнула.

— Около двух дня я подошла к ее комнате и говорю: «Катюша, не побоишься одна остаться? Мне в химчистку съездить надо». Два раза вопрос повторила, а ответа не дождалась.

Но Ирка не привыкла отступать. Из-за створки доносились звуки громкой музыки. Думая, что девочка просто не услышала ее, домработница заорала:

— Мне ехать пора!

Внезапно дверь распахнулась и на пороге возникла Катя.

— Незачем так визжать, — гневно заявила она, — с какой радости ты сюда лезешь? Ты поломойка, и знай свое место. Кстати, когда я вселилась в эту комнату, в ней стояла отвратительная грязь. Будешь сюда шляться, скажу Даше, чтобы у тебя из зарплаты вычла за отвратительную уборку.

Ирка растерялась, она искренне считает себя полновластной хозяйкой в особняке, а нас неразумными, неряшливыми, вечно оставляющими после себя беспорядок детьми. Никто в нашем доме никогда не разговаривал с ней в таком тоне. Нет, замечаний Ирка от нас получает в избытке. То на нее налетит Машка с требованием:

— Брось все и погладь срочно блузку!

То Зайка принимается тыкать пальцем в зеркало и приговаривать:

— Ну и грязь! Лица не видно!

А еще есть Дегтярев, никогда не знающий, где у него лежат вещи, и каждое утро у нас начинается с громкого вопля полковника:

— Ира! Куда подевались брюки (рубашка, ремень, носки, пиджак, галстук, портфель, зубная щетка, одеколон, ботинки, ключи от машины, права с техталоном, брелок от ворот...)?

Следует отметить, что Ирка особенно не расстраивается, выслушивая претензии домашних. Она быстренько тяп-ляп гладит блузку и, если Машка возмущенно вопит: «Но у нее все рукава смяты», — бодро отвечает:

— Так в них утюг не просунешь! Надевай, и так сойдет.

Зеркало в ванной домработница обмахивает тряпкой с самым недовольным видом, бурча себе под нос:

— Ну и какой смысл его мыть? Что за каприз? Вечером опять пастой заляпают.

А на Дегтярева она и вовсе не обращает внимания. Услышав завывания полковника, Ирка выйдет в холл первого этажа и гаркнет во всю мощь своих хорошо развитых легких:

— В шкафу гляньте, там все, в вашей спальне!

— И зубная щетка с туалетной бумагой? И уличные ботинки? — кричит в неистовстве Александр Михайлович.

— Ага, — меланхолично отвечает Ирка и отправляется по своим делам.

Единственный человек в нашем доме, получающий все сразу, по первому требованию и в наилучшем виде, — это Аркашка, с остальными Ирка не церемонится. Мы давно перестали считать ее прислугой, и, хотя ежемесячно банк переводит на счет домработницы определенную сумму, Ирка нам как родственница. Порой у нас начинаются выяснения отношений, но... никто и никогда не разговаривал с Иркой злобно, не указывал ей на место и не пугал отставкой. Нам это просто не придет в голову, разве можно уволить из дома троюродную тетушку? Хоть она и раздражает порой до зубного скрежета, так ведь своя, родная.

Поэтому, услышав заявление Кати, Ирка почувствовала себя оскорбленной до глубины души. И сейчас зудела, садясь в свою машину:

— Ага, вот дура! Прогнать меня хочет. Вот зараза! Откуда только такие берутся!

— Успокойся, — попыталась я усмирить вулкан страстей. — Катя просто в состоянии тяжелого стресса. Очень некрасиво говорить за спиной у человека гадости!

— Я и в лицо ей сказать могу!

— Не надо!

— Наивная вы, — вздохнула Ирка, — пригрели «сиротку». Думаете, она белая и пушистая, да? Ан нет! Хитрая! По шкафам лазает!

— Ира!

— Что?

— Перестань нести чушь!

— Так правда! Вернулась я домой вчера часа через два. Мама родная! Все в кухонных шкафчиках переставлено. Где банка с мукой была, теперь бутылка подсолнечного масла! Чай с кофе местами поменялись, лимон не в корзинке, орехи рассыпаны.

— Как тебе не стыдно, — возмутилась я, — Катя, наверное, есть захотела. И слава богу.

— Не. Понесла я Манюшины вещи поглаженные в шкаф положить, глядь, а у ней на полках все перекручено. Чего там Катька искала?

— У Машки в гардеробе всегда черт ногу сломит.

— Нет. Утром я все разобрала! И у Зайки в ванной ваша сиротинушка порядок нарушила, флакончики, баночки вперемешку стояли! Это она по дому шерудит. Только мы за порог, а Катька по спальням променад делать. Дарь Иванна, что ценное — в сейфик сложите, хотя такая пройда любой замок вскроет!

Высказавшись, Ирка нажала на газ и унеслась в магазин. Я осталась возле «Пежо». Похоже, Катя не понравилась никому в нашем доме. Редкий случай! Обычно гости не вызывают у домашних таких негативных эмоций. Спору нет, посторонние люди надоедают, но Катя, проведя с нами всего-ничего и упорно не показываясь никому на глаза, ухитрилась восстановить против себя почти всех, даже Машку. Хотя, если подумать, Катя ни в чем не виновата, Ирка возводит на нее напраслину. Ну пошла она, воспользовавшись одиночеством, на кухню, попереставляла пакеты, небось искала заварку. К Машке она не ходила и к Зайке тоже. Маня постоянно устраивает кавардак в гардеробе. Ирка разложит футболочки по полкам, а Маруська в одномоментье их разметает. И потом, ну с какой стати домработница решила, что у Зайки баночки в ванной комнате стоят, как солдаты на параде? Сколько раз я засовывала нос в санузел к Ольге, всегда натыкалась на дивную картину под названием «Пожар в курятнике».

Глава 25

В квартире у Марины оказалось очень душно, никаких кондиционеров тут не было, поэтому я быстро распахнула окно и через десять минут уже пожалела об этом. В открытую створку втягивался смог, и воздух в комнате стал еще гаже.

Я провозилась в чужом жилище довольно долго, пока не поняла: в небольшой квартире тайников нет. Я очень люблю детективные романы и не раз читала описание того, куда люди прячут некие предметы, о существовании которых лучше не знать посторонним. Сливной бачок унитаза, морозильник, ножки столов и стульев, пространство под подоконником, дыра под паркетом, спинки кроватей, диванные подушки... Я выдвинула все ящики, простучала полки, заглянула на крохотный балкон, подняла матрасы на кроватях, сунула нос под клеенку на кухне, изучила до сантиметра ванную и туалет, но ничего похожего на документы не нашлось.

В конце концов, устав, я села у стола, вытащила сигареты, повертела в руках пачку и, решив не дымить в квартире, вышла на балкончик.

Легкий дымок поплыл вверх. Значит, Собакин не держал дома бумаги. И куда он их дел? Поместил в банк? А может, Юрий и слыхом не слыхивал ни о каких папках? Вдруг, произнося слово «Полкан», Зелимхан имел в виду кого-то другого?

— Квартирку купили? — раздался откуда-то голос.

От неожиданности я вздрогнула и уронила сигарету. На соседнем балконе, почти впритык прилегающем к тому, где я курила, улыбалась миловидная бабуля.

— Испугала вас? — спросила она, наклоняя голову. — Извините, не хотела.

— Ерунда, — ответила я, — просто не ожидала никого услышать, вроде одна тут — и вдруг голос.

— Ох и дура же я! — всплеснула руками бабуся, — Давайте познакомимся. Звать меня проще некуда, Елена Ивановна. А вас как величать прикажете?

— Даша.

— Очень приятно. Ремонт когда делать думаете? Небось прямо сейчас, летом, и начнете. Уж предупредите о начале работ, чтобы я к дочери поехала, шума боюсь! Вон Пуловы стены ломали, так у меня давление подскочило. Только не подумайте, бога ради, что я склочница! Очень хорошо понимаю: коли человек жилье приобрел, ему нужно порядок навести. Да и Юра-покойник, царствие ему небесное, не слишком о стенах заботился, о красоте не думал. Может, после кого и можно въехать, а после Собакиных нет, придется вам даже паркет менять! Насколько я помню, он у них чернее асфальта. Да и что хотеть от одинокого мужчины? Правда, Марина подросла, но ей, поди, в родном гнезде уютно было. Небось не видела девочка хорошо отделанных квартир!

— Елена Ивановна, — попыталась я вклиниться в текущую, словно полноводная река, речь старушки, — боюсь, вы что-то путаете. Я не собираюсь делать в этой квартире ремонт.

Блеклые глаза бабули пробежались по моему лицу.

— Так жить станете? — с легкой укоризной спросила она. — Конечно, у всякого барина свои повадки, только обои переклеить надо. И плита ужас! Страх божий.

— Если Марина сочтет нужным, она обновит интерьер.

— Вы не купили у нее квартиру?

— Нет.

— А-а, — разочарованно протянула Елена Ивановна.

— Марина собиралась продавать жилье?

— Ну... вроде да. Столкнулись мы в марте, и Марина сообщила: «Две комнаты мне ни к чему, одной выше макушки хватит. Лучше приобрету однушку в Подмосковье, там подешевле купить можно, а на разницу жить стану. У вас никого желающих тут поселиться нет?»

— Насколько я понимаю, квартира пока не продана.

— А вы ей кто? — продолжала допрос Елена Ивановна.

— Дальняя родственница.

— И с какой стороны?

Раз начав врать, нельзя остановиться.

— Прихожусь троюродной сестрой Юре.

— Не встречала вас никогда.

— Так я и не ходила сюда.

— А сейчас, значит, явились?

— Да, — кивнула я, пятясь к двери.

Разговор начал меня тяготить, пора его заканчивать, папки тут нет, но расстраиваться я не стану. Есть у меня паутинная ниточка, ведущая к документам. Варвара Сергеевна упоминала о некой Яне Валерьевне Темкиной, сотруднице НИИ имени Рожского. Пойду-ка я в это заведение.

— Хитро придумано! — воскликнула Елена Ивановна. — Значит, при жизни не общались, а после смерти Юры родной стали! На наследство рассчитываете? Квартирку поделить желаете? Не выйдет. Я свидетель! На любом суде правду расскажу, никто мне рот не заткнет. Юра жил один, троюродных сестер я не видывала. Ну ты и нахалка!

— У Собакина есть дочь, квартира принадлежит ей, — попыталась я вразумить разгневанную бабулю.

Но куда там! Впавшая в раж Елена Ивановна повернулась и почти побежала в свою квартиру.

— Вот сейчас в милицию позвоню, — раздался из балконной двери ее бодрый голос, — пусть приедут и проверят: какая такая ты родственница? Может, воровка!

Я пошла в кухню. Вот на таких бдительных бабулях и держится порядок, ничего не пропустят, комар без регистрации мимо не пролетит. Меня подобные экземпляры радуют, время сейчас сложное, мало ли кто что задумает, а у Елены Ивановны не забалуешь.

Но все же нужно спешно уходить. Я вытащила из замочной скважины ключи, вышла на площадку, заперла дверь, сунула связку в правый карман джинсов, вытащила из левого брелок со значком «Пежо» и поспешила во двор.

Местонахождение Института имени Рожского мне очень хорошо знакомо. Примерно год назад приятель Костя Павловский позвал нас на свой юбилей. Дата была круглой, и я стала в тупик: ну что можно подарить мужчине, у которого есть все, включая личный вертолет? Сотую пишущую ручку? Тысячную зажигалку? Очередной набор для письменного стола? Знаете, такие мраморные монстры? Карандашница, пресс-папье, подставка для ручек, часы. Все из цельного камня, жутко дорогое, тяжелое и уродливое. Маня зовет эти изделия коротко: надгробие. Впрочем, можно было пойти по пути приколов и приобрести Костику огромный рулон туалетной бумаги с изображением долларов, пластиковый полуметровый карандаш, статуэтку писающего мальчика. Но ничего оригинального я в магазинах не нашла.

Ломая голову, я неожиданно наткнулась в одной из газет на объявление: «Сотрудники **НИИ** имени Рожского за умеренную плату составят вам герб». Полная воодушевления, я бросилась по указанному адресу и выяснила много для себя полезного. Большинство людей даже и не подозревают о том, что, заплатив энную сумму, могут получить родословную. Ученые из **НИИ** Рожского, устав от безденежья, решили хоть как-то заработать себе на сухарики к чаю. Причем действовать можно двумя путями. Первый довольно долог, трудоемок и накладен в финансовом плане. Вы сообщаете сотруднику минимально известные о своих родственниках сведения. Как правило, большинство людей не может назвать никого дальше бабушек и дедушек. Ну-ка, спросите себя, как звали маму вашей бабули, где она работала, в каком городе родилась? Редкий человек сразу ответит на сей незамысловатый вопрос.

Получив исходные сведения, историки начинали действовать. Как это ни странно, но, умерев, мы не исчезаем бесследно, остаются документы, и, в идеале, они должны храниться вечно. Есть церковные книги, государственные бумаги, много всякой информации. Если захотеть, вполне можно узнать историю своей семьи. Но, повторяю, путь этот длинен, есть более короткий. Вам попросту нарисуют герб, вы вешаете изображение на стену и начинаете лихо врать знакомым:

— Вот, принадлежу к старинной фамилии. Видите, герб. Он передавался в нашей семье из поколения в поколение...

Ну и так далее. Лично мне такое поведение кажется смешным, но кое-кому нравится слыть дворянином.

Я заказала для Кости герб, Павловский пришел в полнейший восторг и начал демонстрировать гостям сувенир. Мигом образовалась толпа из желающих получить подобную феньку. Народ косяком потянулся ко мне, я же не стала скрывать место производства сувениров, охотно поделилась адресом. Спустя пару недель в Ложкино позвонила задыхающаяся от радости Анастасия Кулькова, та самая сотрудница, которая вычерчивала по моей просьбе герб для Павловского, и застрекотала:

— Даша! Огромное, нет, огромнейшее спасибо! Я обеспечена работой на год вперед. Если захотите еще кому герб заказать, вам сделаю бесплатно, в благодарность за рекламу.

Я засмеялась, и мы с Настей стали изредка встречаться, она милая девушка, совсем молодая, по непонятной для меня причине избравшая для себя не слишком востребованную в наше время профессию историка. Поэтому я просто приеду в НИИ, вызову Кулькову и быстро узнаю, кто такая Темкина Яна Валерьевна.

— Привет, Дашута, — заорала Настя, услыхав мой голос, — уже бегу.

— Куда? — насторожилась я.

— В бюро пропусков, ведь ты там стоишь!

— И как только ты догадалась? — пораженная, воскликнула я. — Может, зря над бумагами чахнешь? Ступай в экстрасенсы.

Настя звонко рассмеялась.

— Думаешь, трудно вычислить твое местонахождение? Трезвонишь по местному телефону. Поскольку я сомневаюсь, что ты сидишь сейчас в соседнем кабинете, то логично предположить, что ты на вахте. Паспорт с собой? А то охрана не пропустит! Жди, лечу!

Я осторожно приладила трубку на висящий возле входа аппарат. Действительно, глупо вышло!

Долго ждать не пришлось. На лестнице показалось яркое пятно, и Настя, одетая в вызывающе красный сарафан, бросилась мне на шею.

— Вот сюрприз! Зачем пришла? Заказ оформить? Денег не возьму! Давай топай.

Ухватив за руку, она потащила меня к длинной лестнице с высоченными ступеньками. Помня, что Настин кабинет находится на пятом этаже, я попыталась притормозить.

— Лучше на лифте.

— Ах, он давно сломан, — радостно сообщила девушка, — институт разваливается на составные части.

— Похоже, скорая гибель родного заведения тебя не слишком пугает, — пробормотала я, карабкаясь за быстроногой Настеной.

— Нет, — подтвердила та, — я замуж выхожу, последнюю неделю отрабатываю — и ау, прощайте обшарпанные стены, милые, вечно злобные коллеги и недовольное начальство.

— Кто же счастливец? — я остановилась перевести дух.

— Принц.

— Это понятно, а если поподробней?

— Говорю же — принц.

— В каком смысле?

Настя согнулась пополам от смеха.

— Ты реагируешь точь-в-точь как моя мама. Она так же все спрашивала про смысл. В прямом. Принц, сын короля, наследник престола, правда, не существующего.

— Это как?

Настя вновь пошагала вверх, я поплелась за ней.

Истории хватило до дверей кабинета Кульковой. Зимой к Настене явился очередной клиент, возжелавший потратить время и деньги на уточнение своей родословной. Смуглый, стройный Толя понравился Насте, между молодыми людьми вспыхнул роман. Настя человек обязательный. Несмотря на любовь-морковь, она занялась семейной историей жениха и живо выяснила, что его предок был привезен богатым купцом из Африки. Анатолий — прямой потомок некоего африканского царька, чем и объясняется редкая для российского парня смуглость.

— В общем, мы можем поехать на его историческую родину и попытаться восстановить там монархию, — веселилась Настя, — ну, уржаться! Вот как родится у меня негритенок!

— Ничего страшного, — утешила я ее, — вполне вероятно, что у тебя появится Пушкин. Помнишь, кем его дедушка был?

Настя снова расхохоталась, втиснулась за стол и тихо спросила:

— Чего ты хочешь?

— Темкину знаешь?

— Яну Валерьевну?

— Да.

— Лучше бы мне ее никогда не видеть.

— Почему?

— Она начальница нашего отдела.

— Злая?

— Улет! Никому спуску не дает. Жадная! Вообще! Прикинь, приходит клиент, мой, личный, я сама его нашла, собственноручно приволокла сюда и договорилась. Более того, институту его законную десятину отстегнула, бумажку из бухгалтерии получила. Могу со спокойной душой работку делать, гонорар брать, деньжата тратить, верно?

— Думаю, да.

— А вот Яна другое мнение на сей счет имеет. Полагает, я ей половину вознаграждения отдать должна.

— Это официально оговорено?

— Нет, конечно, чистой воды разбой. По решению директора института мы платим двадцать процентов от полученных денег в общую кассу, и все! Яна нас просто грабит.

— Не давайте.

— Невозможно.

— Почему?

— Леся Новикова попыталась рыпнуться и не поделилась, так Янка ей небо в алмазах устроила. Прессовала ее, прессовала, до смешного доходило, стояла с часами у дверей и проверяла, когда Леська на службу приходит и в какой час смывается. Ну и выжила бедную. Потом она может командировку не выписать, много чего придумывает, стерва. При этом, учти, сама тем же занимается, с клиентами работает и частенько даже в институтскую кассу не платит!

— Пожалуйтесь директору.

Настя вытянула вперёд тонкую нежную руку, сжала кулачок:

— Он у нее вот где сидит. Темкина вертит мужиком, как хочет.

— Почему?

Настена пожала плечами.

— Фиг его знает. Вот Оля Макашина тут всю жизнь работает, она один раз обмолвилась, будто Янка в молодости с нашим Тихонычем спала и до сих пор на него влияние имеет. Как представлю этих двух гиппопотамов в постели! Смех разбирает! А зачем тебе Янка?

— Очень надо с ней переговорить, более того, Темкина должна проникнуться ко мне теплыми чувствами.

Настя поправила растрепанные волосы.

— Попробую. Подожди тут тихонечко. Телефон зазвонит — не трогай.

Глава 26

Время тянулось томительно, я извелась, пытаясь поудобней устроиться на жестком стуле. Наконец Настя вихрем влетела в комнату.

— Готово! Слушай, я Янке наврала, что ты дико богата...

— Это правда!

— И глупа, как кирпич, — продолжила фразу Кулькова.

Я примолкла, а Настена, не замечая моей реакции, неслась дальше.

— Мол, взбрендило тебе в голову родословную получить, охота столбовой дворянкой сделаться. Ну, денег, конечно, ты не считаешь. Ясно?

— Угу, — кивнула я.

— Тогда ступай к Темкиной, — ухмыльнулась Настя, — комната номер сто два. Только, когда увидишь красу ненаглядную, постарайся от крика удержаться.

— Она такая страшная?

— Просто царевна-лягушка, — захихикала Настя, — иди, не тяни время, поджидают тебя, кошелек уже приготовили и ручки потирают.

Я пошла было к двери, но притормозила на пороге.

— Как ты объяснила Яне, отчего отправляешь к ней столь выгодную клиентку, почему сама не займешься богачкой?

Кулькова хихикнула.

— Я замуж выхожу и увольняюсь, не сумею заказ выполнить. А по какой причине Темкиной выгодный заказ отдаю? Обожаю Яну и хочу отблагодарить ее за все хорошее, что она для меня сделала! Красиво?

— Невероятно, — улыбнулась я и вышла в коридор.

Хорошо, что ехидная Настя предупредила о том, что ожидает меня в сто второй комнате, иначе я бы, вероятнее всего, не сумела удержаться от восклицания: «О боги!»

Отворив дверь, я увидела женщину огромных размеров. Боюсь, у меня не хватит слов, дабы описать внешность дамы. Трудно подобрать сравнения. Яна Валерьевна никак не походила на слона или бегемота. Нельзя было назвать ее и доменной печью или машиной для перевозки мусора. Темкина выглядела больше всех животных и механизмов. Она могла бы стать достойной парой для Гаргантюа или исполнять главные роли в фильмах ужасов. Теперь понятно, почему директор института боится сотрудницу. Такая поднимет руку и прихлопнет его, как назойливого жужжащего комара.

Круглое, сковородкообразное лицо с одутловатыми, раздутыми щеками повернулось в мою сторону. На лбу лежала густая челка, сразу под ней кустились брови. Вот глаз у нее не имелось. Вернее, они, конечно, существовали — узенькие щелочки, подпертые кусками нарумяненного жира, но цвет их остался мне непонятен. На груди у монстра красовалась неожиданно маленькая брошка в виде розовой бабочки, усеянной брильянтами. Очень красивая, дорогая, но неподходящая профессорше вещь. Подобное украшение подходит девушкам или хрупким женщинам.

— Садитесь, — неожиданно мелодичным, нежным

голосом произнесла Яна Валерьевна. — Настя объяснила мне суть дела. Она сама никак не сможет выполнить ваш заказ, что только к лучшему. Кулькова не слишком опытный специалист, случайный в нашем деле человек. А я профессор, доктор наук, автор многочисленных монографий. Вам просто повезло, обычно я завалена работой по уши, но сегодня один клиент заболел, а тут вы.

— Удивительное везение, — закивала я.

Щеки Яны Валерьевны разъехались в разные стороны, скорей всего, она заулыбалась.

— Вот и хорошо, — кивнула Темкина, — надеюсь, вы понимаете, что гонорар профессора отличается от вознаграждения полуграмотной особы, которую увольняют за несоответствие занимаемой должности?

— Сколько? — деловито поинтересовалась я.

Названная сумма оказалась в пять раз выше той, что берет Настя, но мне требовалось расположить к себе Темкину, поэтому я не стала восклицать в негодовании: «С ума сойти!»

Нет, я кивнула и равнодушно поинтересовалась:

— Наличными оплачивать или можно карточкой?

— Живыми деньгами! — алчно воскликнула Яна.

— Без проблем.

Кусты бровей поднялись вверх, из щелочек выглянули хитрые глазенки.

— Чудесно, — пропела Темкина, — вот вам лист бумаги и ручка, напишите сведения о своих предках, чем они дальше от вас, тем лучше. Вначале надо вспомнить день, месяц, год и место их рождения. Знаете, правду о бабушке — хорошо, о прабабке — еще лучше, а если вы способны рассказать о пра-пра-пра... совсем расчудесно.

Я повертела в руках листок бумаги. Если я хорошо

знакома с биографиями пращуров, то зачем тогда собираюсь платить нехилую сумму Темкиной? Впрочем, я ж богатая идиотка!

— Понимаете, столь точную информацию я могу сообщить лишь об одном человеке.

— Прекрасно, хватит и его. И кто он? Дедушка?

— Нет, я сама, Дарья Васильева, родилась...

— Даже про мать ничего не знаете?

— Нет.

— И про отца?

— Увы, мы не встречались!

Яна Валерьевна постучала пальцами по столешнице.

— Тяжелый случай.

— А кому сейчас легко? — машинально ляпнула я и испугалась.

Скорей всего, Яна Валерьевна обозлится и откажется общаться с хамоватой клиенткой. Но профессор неожиданно засмеялась.

— Абсолютно с вами согласна! Деньги счет любят, нечего их зря растренькивать. Попробую сделать все, что в моих силах. С вас задаток.

— Да, конечно, — закивала я, только сейчас поняв, что забыла в «Пежо» сумочку, — думаю, вам удастся раскопать все. Зелимхан Хасанович говорил: Яна Валерьевна волшебница.

Лицо толстухи скукожилось.

— Вы о ком говорите? — недоуменно воскликнула она.

Я повесила на лицо самую сладкую улыбку.

— Жил-был на свете человек по фамилии Адашев и по имени Зелимхан Хасанович. Вы в свое время помогли ему собрать некие документы, помните?

Яна Валерьевна молчала.

— Папочку, — тихо продолжила я, — с бумагами, неужто позабыли?

— Вы кто? — резко спросила Темкина.

— Курочка с чемоданом золотых яиц.

Профессор отвернулась к окну.

— Наверное, вы уже поняли, что я не собираюсь составлять родословную?

Начальница молча кивнула. То, что она не стала орать, топать ногами и звать охрану, чтобы выставить из кабинета докучливую посетительницу, обнадеживало. И я бодро продолжала:

— Зелимхан погиб, слышали?

Доктор наук пожала плечами.

— Мне до него дела нет.

— Папка с информацией исчезла.

Темкина повернулась ко мне.

— А я тут при чем?

— Но остались люди, готовые заплатить за уже собранные для него сведения еще раз.

Яна Валерьевна выдвинула ящик стола, порылась в нем, вытащила огромный, похожий на парашют, носовой платок, вытерла им лицо и сказала:

— Подлинников нет.

— То есть?

— Адашев забрал их с собой.

— Вы продали ему документы?

— Да.

— Это же незаконно!

Яна Валерьевна неожиданно улыбнулась:

— Вы пришли сюда, чтоб учить меня? Оригинально! Значит, так. Я великолепно помню, о ком Адашев собирал сведения. Заказ его выполнялся трудно, оттого и запомнился, на Кавказе идут боевые действия, то в одном месте стреляют, то в другом, архивы у них там в безобразном состоянии, кое-что погибло безвозвратно.

Люди теперь иными стали. Когда началась Великая Отечественная война, архивные работники порой спасали бумаги ценой своей жизни, а сейчас! Убежали прочь, единицы хранения побросали, а когда с них спросили, ответили: «Так война идет! Что же мне, из-за каких-то бумажонок умирать?»

Удивительная безответственность и безалаберность на фоне попустительства властей. Вот когда я училась в институте, студентам рассказывали о заведующем архивом из города Смыльска. Крохотное местечко, богом забытый медвежий угол, ну какие там особо интересные бумаги, так, ерунда бытовая. Так вот, в сороковом году Смыльск затопило. Директор хранилища вывез на предоставленном грузовике свою семью и вещи, архив он бросил, решил, что наводнение все спишет. Ан нет! Спросили с него крепко, целый процесс затеяли, чтобы другим неповадно было, осудили и в лагерь отправили, хорошо не расстреляли. Вот как раньше бумаги берегли. А теперь! Сгорело — и ладно, утонуло — и плевать. Скоро вообще ничего не найдем. Намучилась я с заказом Адашева по полной программе. Да еще он потребовал подлинники.

— И вы отдали?

Яна Валерьевна развела руками.

— Я в безвыходное положение попала. Несколько месяцев пахала, как ломовая лошадь, рассчитывала на гонорар. Адашев, правда, небольшую предоплату сделал, а когда я ему о проделанной работе отчиталась, категорично заявил: «Либо подлинники, либо ни копейки». Пришлось в архив копии поместить. А Адашеву требуемое отдать. У меня дочь больна, на лекарства состояние трачу.

Я постаралась не показывать возмущения. Интересно, как вяжется заявление Яны Валерьевны с ее патетическими заявлениями о долге архивного работника? Только что она резко осуждала несчастных людей, убегавших вместе с детьми и домашними животными от разбушевавшейся стихии и бомб, падающих с неба, призывала сажать в тюрьмы бедолаг, спасавших свои семьи и забывших про документы. А сама! Я давно заметила, если какая-нибудь пожилая дама, красная от гнева, кричит: «Ох уж эти современные девки! Все проститутки, юбки по самое не хочу, ноги наружу! Вот я в их возрасте была...»

Не верьте, не была. Скорей всего, резко осуждающая всех бабушка сама в юности вела запредельно веселый образ жизни. Нет более злобных ханжей, чем состарившиеся девочки по вызову. А если ваша свекровь, упрекнуть которую ни в чем у вас язык не повернется, много лет прожившая с одним мужем, гневно шипит в ваш адрес: «Лентяйка! Только о мужчинах думаешь! Любовника завести хочешь! Лучше постирай белье, хозяйка хренова», — то не следует обижаться на «маменьку». Пожалейте ее. Это она всю жизнь мечтала изменить своему противному супругу, да побоялась, протосковала жизнь около постылого из-за денег или страха остаться одной. Теперь подозревает невестку в не совершенных самой проступках. И вообще, если кто-то слишком громко возмущается чужим поведением, то, вероятней всего, у него самого рыльце в пушку.

— Значит, подлинников нет, но копии остались? — уточнила я.

— Да.

— И можно их получить? Вы можете снять копию с копий?

— Естественно.

— Сделайте, пожалуйста, за вознаграждение. Сколько вы хотите? Если наличных не хватит, то я побегу искать банкомат.

Яна Валерьевна засияла улыбкой.

— Можете не суетиться, без денег обойдемся.

— Вы хотите поделиться со мной информацией бесплатно? — изумилась я.

— Практически да. Часики мне ваши понравились. Я готова совершить бартерную сделку, — заявила нахалка.

Я взглянула на запястье. Честно говоря, не знаю, сколько стоит безделушка. Мне ее подарил бывший муж, Макс Полянский.

Когда-то он был нищим выпускником столичного вуза, вялым, не желающим ничего делать парнем, оживлявшимся лишь при виде очередной красотки. Но потом, уже после нашего развода, Макс резко изменился и занялся бизнесом. Сейчас он богатейший человек и необыкновенно удачливый бизнесмен, способный выжать прибыль даже из пустого помойного ведра. Несмотря на развод, мы с Максом сохранили нормальные отношения, и один раз, уже давно, я вытащила его из крупной неприятности. Благодарный Полянский сделал мне предложение руки и сердца, я в ужасе отказалась. Макс, услыхав мой вопль «нет», обрадовался и теперь использует любой, самый крохотный повод, чтобы вручить бывшей женушке очередной дорогой подарок.

Чего он только не дарил! Серьги, бриллианты, которые походили по размеру на миски для наших питбуля и ротвейлера. Ожерелье из изумрудов, весящее больше, чем я сама, серебряный чайный сервиз, пользоваться которым практически невозможно. Маня с Аркадием попытались побаловаться чайком из раритетных чашек и мгновенно обожгли сначала пальцы, а потом губы, благородный металл сразу нагревается.

Значительно пополнив наш запас изделий из драгоценных металлов, Макс стал приносить вещички, украшающие быт: постельное белье с монограммами, которые вышивали трудолюбивые монашки, скатерти из вологодского кружева, домашние тапочки, расшитые жемчугом. Но самую невероятную вещь очумелый Полянский притащил на мой прошлый день рождения.

Когда Макс появился в нашей гостиной в сопровождении двух охранников, которые волокли неподъемную коробку, Аркадий тихо застонал.

— Нет, только не говори, что там скульптурный портрет матери! С нас оригинала хватит.

— Не угадал! — весело воскликнул Макс и заорал на своих охранников: — Ну что стоите, козлы, раскрывайте сувенирчик!

Парни принялись осторожно снимать крышку и доставать из замшевых тряпок нечто. Они хлопотали довольно долго, прежде чем перед нами предстала фигура мопса, сделанная, как мне показалось, из блестящей латуни.

— Вот, — гордо сказал Макс, — Хуч!

— Прикольно, — одобрила Маня.

— Здесь специальная тряпочка и жидкость для протирки, — начал объяснять Полянский, — не надо чистить его абразивными порошками, золото легко царапается.

— Золото?! — подскочила я. — Ты хочешь сказать, что монстр выполнен из благородного металла?

— Я думала, что он бронзовый, — хором заявили Зайка и Машка.

— Когда же я вам говно дарил, — обиделся экс-муженек, — чистый аурум, глаза — брильянты, когти —

рубины, вот попа, правда, из розового мрамора, он под хвостом лучше всего смотрелся. Не подумайте, что я сэкономить захотел, ради красоты на такой камень решился.

— Да уж, — крякнул Дегтярев, — изумруд в таком месте явно не катит.

— Верно, — кивнул простодушный Макс, — зеленый цвет там ни к чему!

Золотой Хуч стоит у нас в холле, на второй этаж мы его втащить не сумели, слишком тяжелой оказалась скульптура. Чистить урода всем тоже лень, потому он слегка потемнел, гости считают «произведение искусства» ничего не стоящей поделкой и надевают на голову чудовища шляпы. Только Оксана, хорошо знающая истинную стоимость собачки, каждый раз украшая «Хуча» своим шарфом или бейсболкой, с укоризной заявляет:

— Убрали бы этот центнер золота, не ровен час, сопрут.

Но я не беспокоюсь. Вряд ли найдется домушник, способный оторвать от пола сию неземную красотищу.

После моего дня рождения наша семья взяла с Макса клятву: он никогда более не презентует нам ничего для дома. Не покупает сервизы времен королевы Антуанетты, не приволакивает в сад скульптуры из Акрополя, не приносит подлинники Рубенса для столовой и не дарит рукописные свитки, датированные 1212 годом. Не надо!

— Дари только то, чем может лично воспользоваться мать, — сурово заявил Аркадий, — а то нам неудобно!

Макс согласился и на Новый год сделал каждому по индивидуальному презенту. Когда Машуня открыла свою коробочку и взвизгнула от восторга, я вздохнула с облегчением. Слава богу, Полянский обрел разум и преподнес обожаемой Маруське не авианосец, а всего лишь колечко, где вместо камушка мопс из эмали. Вещь явно сделана на заказ, но она стоит недорого, милый сувенир, говорящий о внимании. Когда же остальные домашние развернули упаковки, я успокоилась окончательно. У Кеши был галстук с монограммой, у Зайки — очаровательная подушка, на которой вышиты кошки, у Дегтярева — портсигар с надписью «Смерть врагам». Расслабившись, я заглянула в предназначенную мне шкатулку и чуть не свалилась со стула. Часы! Но какие! Платина с бриллиантами! Сделан прибор одной из самых дорогих фирм, специализирующихся на ювелирных украшениях. Сверкающих камней прорва, ими усыпан весь корпус размером с кофейное блюдце, внутри циферблата вроде налита вода, в которой плавает несколько камней. Или не вода, не спрашивайте, я не знаю. Определить время невозможно, цифр нет, их заменяют все те же обработанные алмазы, стрелки сверкают, браслет тоже.

— Да уж, — поперхнулся Кеша, — недешевая штучка!

— Носи их всегда, — велел польщенный Макс.

— Ты хочешь, чтобы мы лишились матери? — спросил Аркадий. — Да у нее сей механизм мигом отнимут...

— Даша человек жадный, — подхватила Ольга, — ни за что не отдаст, начнет драться с грабителем, покалечит его, потом вытаскивай ее из тюрьмы, кланяйся Дегтяреву.

— Пусть лучше в сейфе лежат, — заявил полковник, — послушай, ну что б тебе кружечку подарить, с мопсом! Дашутка их собирает.

— Не мой формат, — нахмурился Макс, — впрочем, я ошибку исправлю, давай часы назад.

Страшно обрадовавшись, я вернула ему безумно

дорогой подарок и через неделю вновь увидела Полянского, на этот раз с двумя коробочками.

— Во, — воскликнул он, — гляди, которые настоящие?

Я уставилась на сверкающие камни, потом ткнула в левую шкатулочку.

— Эти.

— Вот и не угадала! — радостно закричал Макс. — На подделку указала! Классно, да?

— Ага, — осторожно кивнула я.

— Корпус из белого золота, — возвестил Полянский, — а сверху стразы Сваровски.

Я вздохнула, потому что и копия тянет на приличную сумму.

— Так и быть, — гудел бывший муж, — носи эти, исключительно из соображений безопасности, а настоящие спрячь в сейф.

Глава 27

Яна Валерьевна попыталась открыть щелочки глаз.

— С удовольствием возьму вместо денег часы, — повторила она.

Я заколебалась. Сказать противной жадной тетке про имитацию? Сообщить про камни от Сваровски? Небось Темкина полагает, что это брюлики. Хотя никто меня за язык не тянет. Часы золотые, да и «алмазы» от Сваровски не такое уж дешевое удовольствие. Пусть профессор получит то, что попросила.

Я расстегнула браслет и сказала Яне Валерьевне:

— По рукам, но вручу вам сию безделушку, лишь увидев бумаги.

Она кивнула:

— Проблем нет.

С этими словами она включила компьютер и принялась щелкать мышкой, потом послышалось мерное гудение, и из принтера начали выползать листы бумаги.

— На всякий случай я сохраняю выполненные заказы, — сказала заведующая, — может пригодиться. Вы не сомневайтесь, я человек честный. Если беру плату, то обязательно выполняю принятые на себя обязательства. Тут все, что я передала в свое время Зелимхану Хасановичу.

Я протянула «честному человеку» часы, получила взамен папочку и покинула кабинет.

— Ну удалось? — спросила Настя.

— Спасибо, — кивнула я, — вот!

— Сколько она взяла?

— Ерунду.

— А все же?

— Забудь.

— Постой, а где твои часы? Неужели? — ахнула Настя. — Ты с ума сошла, никакая наша информация подобных бабок не стоит! Немедленно вернись и потребуй «будильник» назад. Хотя стой. Давай я быстренько документы отксерокопирую, ты отдашь ей папку и вернешь брюлики.

— Успокойся, — улыбнулась я, — часики — подделка, хоть и дорогая! Всего лишь ловко ограненный хрусталь.

— Ну и пусть, — кипела Настя, — во сволочуга! Я слышала, что эта дрянь часто не деньгами берет. Скотина! Ты бы ее на собраниях послушала! Такие пассажи загибает о науке, о чистоте исследований, об ответственности перед грядущими поколениями. А сама! И клиенты хороши! Неужели не понимают: простые сведения о предках не могут столько стоить?

Я попрощалась с разгневанной Настей, зашла в туалет, запихнула тоненькую мягкую папочку под джинсы и, мило улыбнувшись спящему на посту охраннику, выскочила на улицу. Для историка Настя слишком наивна. Иногда в прошлом человека погребены такие тайны, что за них и десяток часов с брюликами отдать не жаль.

С вожделением поглядывая на папку, я поехала по проспекту. Сейчас доберусь до кафе «Апельсинка» и там, в тишине и покое, попробую разобраться с тем, что попало мне в руки.

В крытом зале царила пустота. Знакомая официантка несказанно обрадовалась посетительнице.

— Вам, как всегда, латте без сахара? — засуетилась она.

Я кивнула, села за столик, притаившись в самом темном углу, получила высокий стакан, украшенный горкой взбитой молочной пены, отхлебнула глоток и погрузилась в изучение добычи.

«Ицхакова Зира Мамедовна, крестьянка, местожительство — село Аюрт. Ицхаков Ахмад Ахмадович, крестьянин, село Аюрт».

Я оторвалась от страницы и отхлебнула латте. Затем глаза вновь побежали по строчкам. Очень скоро мне стало понятно, что передо мной родословная семьи Ицхаковых. Яна Валерьевна, несмотря на крайнюю жадность и отталкивающий внешний вид, оказалась отличным специалистом, она проделала огромную работу, нарыла кучу сведений.

Практически никто из мужчин Ицхаковых не дожил до тридцатилетия. Все они погибали в юном возрасте от рук убийц. От полного исчезновения род спасла лишь редкостная способность к деторождению и ранние браки. Ицхаковы праздновали свадьбы в семнадцать-восемнадцать лет и на момент гибели обладали уже кто тремя, а кто и пятью наследниками. Впрочем, киллеры не щадили ни детей, ни женщин. Потом вдруг череда насильственных смертей прервалась. С 1927 года Ицхаковы перестали погибать в расцвете лет, и долгие годы они жили в относительном благополучии. Мирное течение событий прервалось в тот год, на который пришлась запись о бракосочетании Асият Ицхаковой и Зелимхана Адашева. Расписали их в конце апреля, а в начале мая смерть опять стала косить мужчин Ицхаковых. За короткое время погибли почти все, выжить удалось самым юным членам семьи, двухлетней Аминат и ее брату Рамазану. Вместе с мужьями ушли из жизни их жены и дети. Похоже, что в Стефановске случилось какое-то бедствие, вроде пожар, потому как сразу девять документов о кончине разновозрастных Ицхаковых датировались одним числом и в графах указывалась одна причина смерти: «отравление продуктами горения». Выжили несколько человек. Асият, ставшая из Ицхаковой Адашевой, крошечная Аминат и ее брат, двенадцатилетний Рамазан. Асият скончалась спустя много лет в Москве, у нее осталось две дочери: Зара и Софья. О Рамазане и Аминат сведений не имелось.

Я еще раз внимательно перечитала информацию о давно умерших людях. Интересно, что в ней такого? Впрочем, документы не исчерпывались копиями свидетельств о смерти и рождении Ицхаковых. Последний листок содержал рассказ о других людях.

Степнов Роман Федорович и Степнова Анна Федоровна. Похоже, брат и сестра. Женщина была моложе брата. Затем еще одна запись: Степнов Федор Иванович. Не надо думать, что этот тип являлся отцом Романа и Анны, потому как после его паспортных данных шла запись: женат не был, детей не имел.

Я стала читать дальше. Вот копия свидетельства о рождении Романа Степнова. Отец — Степнов Федор Иванович, мать — Степнова Ольга Петровна. Еще одна приписка, на этот раз относящаяся к родительнице: «Женщина с такими данными нигде не зарегистрирована. Органами загса этот брак не оформлялся». Напрашивался один вывод: Федор попросту признал детей от любовницы. Но была еще одна пометка: «Сведений о рождении в московских клиниках Романа Степнова и Анны Степновой нет». Но в конце концов в этом не было ничего странного. Ребята могли до какого-то возраста воспитываться у матери, а потом приехать в Москву, к отцу.

Отчего сведения об этих людях попали в папку, было непонятно. Напрашивалось только одно объяснение: Зелимхан зачем-то затребовал о них информацию. И еще. Фамилия Степнов казалась мне знакомой. Я ее от кого-то слышала, причем совсем недавно... Степнов, Степнов... С кем я встречалась в последнее время? Кто рассказывал мне об этом мужчине?

Вдруг память услужливо развернула картину. Вот наша семья, забив сумками машины, прибывает на выставку собак. Начинается суматоха, потом основная часть домочадцев бросается назад в Ложкино, чтобы забрать забытого там Хуча, я же сталкиваюсь с Розой Яковлевой, та зовет Соню. Адашева неожиданно обнимает меня и восклицает:

— Это судьба! Представляешь, только вчера я подумала, что нужно отыскать тебя.

Собственно говоря, так началась эта история, в которой я сейчас увязла по самую макушку. Но при чем здесь Степнов? Вспомнила! Едва мы с Соней успели поцеловаться, как из громкоговорителя донесся голос, вызывающий хозяев собак на ринг. Яковлева, подхватив своего пса, рванулась было вперед, а Соня ехидно сказала примерно такую фразу:

— Не торопись, насколько я поняла, первый у нас Роман Федорович Степнов. Он совершенно уверен в победе, я только что видела Аню, она нарядилась, словно на свадьбу, и иначе как «чемпион» свою моську не величает!

В голове еще крутились обрывки воспоминаний, а я уже схватила мобильный.

— Здравствуйте, сейчас я не могу ответить на ваш звонок, оставьте сообщение после гудка, — послышалось из трубки.

— Роза, — воскликнула я, — умоляю, позвони в любое время дня или ночи. Дело очень важное. Надеюсь, ты хоть иногда слушаешь автоответчик.

Дома ничего необычного не произошло. Катя сидела в своей комнате, Зайка с Аркадием мотались по городу, а Марина, Маня и Ирка возились на кухне. Девочка и домработница стояли около стола и, разинув рот, наблюдали за тем, как гостья режет то ли овощ, то ли фрукт.

— Кухарка заболела? — удивилась я.

— Нет, — пробормотала Ирка, — она у себя в комнате телик смотрит, во обрадовалась, прямо кланялась Маринке, когда та сказала, что ужин сварганит!

— Там пирог, — Машка ткнула пальцем в сторону плиты, — я такого никогда не ела!

— И я, — подхватила Ирка, — прямо офигеть! Дегтярев шесть кусков проглотил! Здоровенных!

— А теперь спит, — хихикнула Маня.

— В восемь вечера? — удивилась я.

— Ага, — веселилась Манюня, — его пирогом к кровати придавило. А Маринка теперь торт готовит к позднему ужину.

— К чему? — не поняла я.

— К позднему ужину, — подхватила Ирка, — ну, понимаете, оказывается, люди едят не так, как мы. Утром, в девять, у них первый завтрак, в полдень второй, около трех обедают, в пять пьют чай со сдобной выпечкой, после семи трапезничают, а в десять опять едят — поздний ужин, после него все, кухня закрывается, можно в полночь кефиру схомякать с конфетами или пирожками.

— И где же вы вычитали про такой распорядок дня? — искренне удивилась я.

Маня ткнула пальцем в толстую книгу.

— Во! Мы с Маринкой весь день по городу гуляли, а потом в книжный зашли. Там в антикварном и нарыли «Кулинарию» пятьдесят второго года издания. Прикольная вещь. Оказывается, мы недоедаем! И совершенно зря Зайка меня толстой обзывает. Смотри, Мусичка, тут таблица. По ней идеальный вес определяется легко — рост в сантиметрах минус сто. Ты на сколько тянешь?

— Неделю назад сорок семь кило весила, это в кроссовках и с мобильным, — уточнила я.

— Зачем с телефоном взвешиваться полезла? — захихикала Марина. — Думала, он тебе тяжести придаст?

— Муся, — перебила ее Маня, — ты дистрофан! Твой вес должен быть больше. Человека, который при росте сто шестьдесят четыре сантиметра имеет твой вес, положено госпитализировать, хотя, если судить по этой таблице, шансов на жизнь у тебя нет, смотри.

Я уставилась на Маруськин палец. Аккуратно подпиленный ноготок, украшенный бордовым лаком, уткнулся в таблицу. «Рост — 164 см. Идеальный вес — 64 кг. Избыточный — 75 кг. Первая стадия ожирения — 85 кг».

— Читай вслух, — велела Маня.

Я покорно принялась читать текст.

— «Недостаток веса — 60 кг. Первая стадия дистрофии — 58 кг. Вторая — 55. Опасность для жизни — 50. В этом состоянии человек подлежит срочной госпитализации. Советские врачи накопили большой опыт по лечению тяжелой дистрофии. Многие спасенные жители блокадного Ленинграда благополучно поправили свое здоровье. Однако следует помнить, что при достижении планки в сорок восемь килограммов в человеческом организме начинаются необратимые явления и, как правило, такого больного невозможно спасти. Наша советская медицина творит чудеса, мы знаем случаи исцеления тяжелых дистрофиков, но они все же никогда не смогут стать стопроцентно физически здоровыми людьми и останутся ущербными психически. Для них характерна быстрая утомляемость, раздражительность, немотивированная болтливость, забывчивость, неумение логически обосновать свои рассуждения, неадекватность поведения, маразм и психоз. Абсолютное большинство тяжелых дистрофиков прячет продукты, делает запасы в неподходящих местах, например, в спальне, и нервно реагирует, если эти «склады» пытаются перенести на кухню или в кладовую».

— О класс! — Ирка подняла вверх палец. — Теперь мне многое ясно стало! Позавчера я нашла у вас под подушкой две шоколадки. Хотела их убрать, а вы как заорете, завопите, руками замашете: «Не бери мои конфеты, не трогай, не подходи!»

Я возмутилась до глубины души:

— Что ты несешь? Вовсе не так было!

— Да? А как? — подперла кулаками бока Ирка.

— Я решила вечером почитать детективчик, — неизвестно почему принялась оправдываться я, — взяла шоколадки, положила их в спальне, пошла за чаем, вхожу с кружкой, а ты лакомство унести хочешь!

— Так под подушкой лежали!

— Нет! Я сверху их положила.

— Я под подушкой шоколад нашла.

— Сверху положила.

— Под подушкой нашла.

Разговор зашел в тупик.

— Да не спорьте вы, — пропела Марина, — лучше взбейте сливки.

— А что ты режешь? — полюбопытствовала я.

— Кукурелло.

— Оно кто? Овощ? Фрукт?

Марина засмеялась.

— Если честно, то я не знаю. В моих записях давным-давно рецепт лежит. Торт из кукурелло. Я даже и не надеялась его сделать, потому что главный ингредиент в глаза никогда не видела. А сегодня идем с Машкой — бац, в витрине плакат: свежие кукурелло. Ясное дело, купили и в путь. Будем к позднему ужину экспериментальный торт иметь. Ну уж если невкусно получится — не обессудьте!

— Мусик, — воскликнула Машка, — у тебя в кармане мобильный заходится, неужели не слышишь?

Я вытащила трубку. Действительно, телефон прямо трясется от негодования.

Глава 28

— Ты мне звонила? — проорала Роза. — Что-то ужасное стряслось?

Очевидно, Яковлева была на вечеринке. До моего уха долетал шум голосов и звуки разухабистой музыки.

— Кстати, знаешь ли...

— Что?

— Известен тебе...

— Ни хрена не слышу!

— Роза!

— Эй, громче!

— Яковлева!

— Дашка, ау!

— Поговорить надо! — завопила я. — Срочно!

— Ой, — испугалась Марина, — сейчас тесто сядет, оно громкого разговора боится.

— Муся, — укоризненно зашептала Машка, — наш торт испортится.

— Шли бы вы, Дарья Иванна, в гостиную, — вздохнула Ирка, — ничего из-за вас не получится.

Я выбежала в коридор.

— Говори громче! — надрывалась Роза.

— Ты где? — проорала я.

— Ресторан «Купец Иванов» знаешь? — Роза услышала наконец вопрос.

— Если я приеду, сможем поболтать?

— Давай через час! — завизжала Роза, пытаясь перекричать какофонию.

Я сунула телефон в карман. А мне раньше и не добраться. Шестидесяти минут на дорогу может не хватить, надо поторопиться. Прямо сейчас побегу к машине, вот только прихвачу ветровку, к вечеру стало прохладно.

Путь к лестнице лежал мимо комнаты Кати. Я притормозила у двери. Постучать, спросить, как дела? Нет, лучше не надо, услышу в ответ хамство, расстроюсь, но пальцы уже сами собой скреблись в филенку.

— Катюша? Ты в порядке? Может, чайку попьешь? Нет ответа.

— Катюша, ау! Это Даша.

Тишина.

— Катечка, хочешь поужинать?

Ни звука, ни шороха.

— Катя, давай притащу еды на подносе.

И снова молчание. Девочка явно не желала иметь со мной дела.

Тяжело вздохнув, я поднялась к себе, схватила ветровку и побежала к «Пежо». Сейчас позвоню в справочную и узнаю, где расположен «Купец Иванов», очень надеюсь, что сия ресторация находится в центре.

На выезде из поселка меня тормознул Павел.

— Как там Герман поживает? — улыбнулся он.

— Лучше всех, — заверила его я, — спит и ест, вам бы так.

— Оно верно, — вздохнул секьюрити, — жизнь такая, что мышкам позавидуешь. Вы уж извините, Дарья Ивановна, но не мы придумали, начальство распорядилось, понимаем, что неудобно, но все из-за Левшиных. Слышали о происшествии?

— Нет.

— Степана Аркадьевича из восемнадцатого коттеджа знаете?

— Шапошно.

— У него из сада фонтанчик пропал, ерундовая штучка небось. А Степан Аркадьевич вопль поднял, велел искать вора.

— И нашли?

— Так нет! Зато с завтрашнего дня все посторонние машины велено тормозить и за шлагбаум не пускать.

— Простите, пока я не поняла, о чем речь идет.

— Ну прачечная, химчистка, службы доставки воды и продуктов теперь тут, около нас, останавливаться станут, а хозяевам нужно к будке выйти и тех, кого вызывали, лично до своего двора проводить. Начальство решило, что пришлые тот фонтанчик к рукам прибрали, только, думается, тут свои поработали. Вот какое неудобство.

Я кивнула:

— И правда неудобно, только нас это не коснется. Ира сама белье отвозит и за продуктами ездит. Пробовали магазин приглашать, так нам вечно дрянь подсовывали!

— Верно, — согласился Павел, — но за пиццей теперь будете ходить к нам.

— За пиццей?

— Ага. Ваши вот уже несколько дней подряд пиццу на дом заказывают, утром и вечером. Мальчишка привозит, белобрысый, в кепке!

Я с недоумением смотрела на охранника. Да, действительно, был период, когда домашние с удовольствием употребляли тонкие лепешки с колбасой, сыром и помидорами. Но потом они нам надоели, и, насколько я знаю, ни Маня, ни Кеша, ни Зайка, ни Дегтярев любимое лакомство итальянцев не едят.

— Вы не ошибаетесь?

— Нет, — покачал головой охранник, — дочка ваша звонит и говорит очень вежливо: «Это Маша, пропустите на наш участок пиццу». Да и сегодня машина прикатывала!

Я подняла стекло, отъехала немного от поселка и соединилась с Машкой.

— Масюсь, скажи, ты пиццу на дом вызываешь?

— Бывает, — бодро отозвалась Манюня, — а чего? Телефон узнать хочешь? Погоди, сейчас вниз спущусь, он у нас на бумажке записан, а она у стационарного аппарата приклеена.

— Не бегай, просто скажи, когда в последний раз пиццу ела?

— Ну... перед Новым годом.

— Вчера не заказывала?

— Нет, — ответила Маня, — мусик, мы торт в духовку ставим.

Я поехала дальше. Теперь понятно, каким образом Катя не умерла от голода. Она нашла замечательный выход из положения. Девочка не желает общаться ни с кем из нашей семьи, по непонятной причине она ненавидит нас до такой степени, что не хочет никого видеть. Чтобы избежать столкновения, Катя придумала гениальный выход: вызывает пиццу и получает еду с питьем. Деньги у Кати, вероятно, есть.

Ломая голову, отчего дочь Сони прониклась к нам столь враждебными чувствами, я, узнав адрес ресторана, направилась в сторону Садового кольца. Может, Катерине требуется помощь психолога? Завтра же попробую отыскать специалиста.

Роза встретила меня широкой улыбкой.

— Садись, чего хочешь? — спросила она. — Тут классно готовят мясо.

— Спасибо, не ем его.

— Вот бедолага! Тогда рыбу?

— Лучше кофе.

— На ночь?

— Мне без разницы, выпью пол-литра эспрессо и засну спокойным сном. Я думала, тут шумно, а стоит тишина, — улыбнулась я.

— Сумасшедший дом, — скривилась Яковлева, — я приехала сюда с поставщиком, предполагала, что в спокойной обстановке сделку обговорим. В «Купце» приличные люди встречаются, никаких идиотов с пивом не бывает, и на тебе! Привалила компания безумной молодежи! Орали, визжали, музыку ставили... До мигрени довели. Правда, с мужиком я все равно договорилась. А у тебя что стряслось?

— Знаешь Романа Федоровича Степнова?

— О боже, да!

— Не любишь его?

— Господи, нет!

— За что?

— За все.

— Можешь о нем рассказать?

— Зачем?

— Мне очень надо!

Роза скорчила гримасу.

— Только не говори, что хочешь за него замуж выйти!

— Он холостяк?

— Ага, с сестрой живет, цыган!

— Почему цыган?

— Его так за глаза зовут. Цыган. Думаю, из-за внешности, по паспорту он русский, папу, судя по отчеству, Федей звали. Но, сдается мне, изменила его маменька мужу с проезжим молодцем, вот и получился Роман черноволосый, кудрявый, смуглый, с карими глазами — типичный славянин! У нас в средней полосе и на Волге все сплошь такие головешки, русых нет.

Я засмеялась.

— Видимо, Роман тебе очень нравится.

— Мерзопакостный свин! Прикинь, он раньше, при Советах, на партийной работе был, а потом бизнесом заниматься начал, водкой торговать стал и на этой почве с Адашевым скорешился, с чего бы двум королям бутылок дружить? Им глотки друг другу перегрызать надо!

— Извини, Розочка, — попросила я, — ты со мной попроще, рассказывай подробно, как идиотке.

— Ну хорошо, — вздохнула Яковлева, — начинаю *ab ovo*[1]. Надеюсь, ты не забыла латынь?

— В общем, почти да, но это выражение помню.

Роза хихикнула:

— Ладно, слушай!

Жизнь Зелимхана четко делилась на три периода. В первом он защитил диссертацию и считался молодым, подающим надежды ученым. Именно тогда он свел знакомство с Михаилом Николаевичем Яковлевым, отцом Розы.

После капиталистической революции, когда в стране начался хаос, Зелимхан оказался среди немногих граждан, которые хорошо поняли: настало время ловить кита в мутной воде. Огромные состояния в те годы делались моментально, но так же быстро они и терялись.

Зелимхан начал торговать спиртным. То, как он раскручивался, вытеснял с рынка партнеров, боролся с ними, достойно целой книги. Роза, естественно, не была в курсе всех подробностей, но она хорошо понимала: стать королем спиртного очень трудно, наверное, Зелимхан был плотно связан с криминальными структурами.

В конце концов настал момент, когда на рынке «огненной воды» осталось два столпа — Адашев и... Степнов. Нет, еще, конечно, имелась целая куча мелких торговцев, тоже мнивших себя государями императорами, но истинных хозяев было двое. Им же одновременно пришла в голову идея торговать продуктами.

---

[1] Ab ovo (*лат.*) — от яйца. То есть с самого начала.

При этом Адашев привлек к бизнесу дочь Соню и Розу Яковлеву, а Степнов сестру Аню.

Напомню, что, когда эти двое бизнесменов начали ворочать совсем уж крутыми делами, ситуация в стране изменилась. Если раньше многие переговоры заканчивались перестрелками, то сейчас богачи, вышедшие из уголовного мира или тесно связанные с ним финансовыми путами, стали более цивилизованными. Они перестали носить спортивные костюмы, малиновые пиджаки и килограммовые золотые цепи. В моду вошли занятия спортом, отправка детей на учебу за границу, подчеркнутая вежливость, хорошие костюмы, дорогой парфюм.

Не следует считать, что волки превратились в овец. Нет, проблемы по-прежнему решались жестко, но стреляли теперь в конкурентов в исключительных случаях. В конце концов можно найти иные рычаги давления на человека.

Адашев и Степнов оказались умными. Они подружились. Вернее, сделали вид, что стали не разлей вода. Часто ездили вместе в рестораны и всегда подчеркивали: они товарищи. И бизнес их от этого только выиграл.

Потом Зелимхан погиб. После смерти «друга» Рома Степнов пролил слезу и пообещал Соне и Розе всяческую поддержку. Но уже через короткое время женщинам стало понятно — «приятель» ведет нечестную игру. В лицо улыбается, клянется в верности, а за спиной проводит свою политику.

Впрочем, и Роза, и Соня уже набрались к тому времени опыта и отлично усвоили поговорку: «Дружба дружбой, а денежки врозь». К тому же они понимали, что Степнову не под силу потопить их бизнес, он будет пакостничать по мелочи. Именно так Роман и поступал. Свежий пример: не так давно в газетах напечатали интервью разозленных москвичей, которые грозились подать в суд на несколько супермаркетов. Дескать, и салаты там гнилые, и продукты плохие. Жаловались только на магазины, принадлежавшие Соне и Розе. В особенности разозлила Яковлеву тетка, сказавшая в телепередаче:

— Хотела купить у них рыбу, взглянула на лоток и не взяла. Тушка странной показалась, вся в пятнах. Прибежала через неделю, глядь, та же форель лежит, пятнистая, очень приметная, но число на упаковке другое. Вот чем они занимаются! Дурят нашего брата почем зря!

Роза пришла в негодование, приехала в упомянутый магазин, устроила разбор полетов, поняла, что продавцы ни при чем, отыскала бабу, участвовавшую в шоу, и все выяснила. Никакую рыбу женщина не покупала, ей просто заплатили и велели озвучить в эфире уже написанный текст.

Упорная Яковлева стала копаться в этой истории и добралась до конца нити. Заказчиком «мочилова» была Аня Степнова.

Роза ничего не сказала Степнову, но решила отплатить мерзавцу, и вскоре в одной из лавок Романа вспыхнул скандал. Магазин уличили в торговле «паленой» водкой. Несмертельно, но неприятно. Вот так они и живут по сю пору. Сделай себе в радость другому гадость. Но на первый взгляд все прекрасно: любовь, дружба, уважение.

Особенно зимой разозлило Розу желание Романа Степнова двинуть в политику. Он, правда, давно собирался баллотироваться в Думу. Впервые эта идея пришла нувориш в голову еще при жизни Зелимхана, но потом Роман почему-то ничего предпринимать не стал, может, сообразил, что шансов у него нет. К избирательным урнам идет в массе простой народ, а ему не по вкусу короли продуктов, гнусные капиталисты, поднимающие цены на хлеб, мясо, молоко и крупы.

И вот зимой старая идея вновь посетила Романа. Но на этот раз он всерьез занялся выборами, вероятно, нашел специалистов, а те составили план действий.

Роза с Соней обомлели, узнав о том, что Степнов полностью передал бизнес сестре. Официально он теперь считался почти нищим. По документам торговцу принадлежала только крохотная квартирка в Сокольниках и дребезжащая полуразвалившаяся машина. Остальным владела сестра.

Дальше — больше. Роман основал центр со звучным названием «Убежище». Туда могли прийти женщины, обиженные родственниками, малолетние, забеременевшие дурочки, которых родители выгнали из дома. Никаких бомжей, пьяниц и маргиналов в «Убежище» не принимали, только людей, попавших волею судьбы в экстремальную ситуацию, вынужденных бежать из дома.

— Я так хочу помочь несчастным, — ныл Степнов с телеэкрана, — сердце кровью обливается, когда понимаешь: нашим бедным женщинам деваться некуда. Ну чем они хуже американок! И вот, спасибо моей сестре, она выделила деньги. Теперь в столице имеется «Убежище».

Похоже, Степнов вложил в свою раскрутку не один миллион. В газетах началась пиар-кампания, к делу были подключены радио с телевидением. Венцом идиотизма стало телешоу на тему: «Я живу в страхе». Простые тетки, не актрисы, убедительные в своем неумении выражать собственные мысли, плохо причесанные, дурно одетые, с нелепым макияжем, захлебывались, рассказывая незамысловатые истории. Одна удрала с младенцем от мужа-алкоголика, вторая покинула отеческий дом из-за побоев, третью пытался изнасиловать родной отец. Заканчивались выступления одинаково:

— Теперь я живу в «Убежище», у меня есть кровать, еда и одежда. Сотрудники этой организации решили все мои проблемы! Помогли оформить развод, сейчас разменивают квартиру! Жизнь скоро наладится.

Под конец появился Степнов. Тетки кинулись ему на шею. Зал рыдал, ведущий вытирал слезы, зрители схватились за носовые платки. Одна Роза обозлилась до невменяемости. Она-то очень хорошо понимала, что Степнову просто хочется иметь власть вкупе с депутатской неприкосновенностью. Денег у него полно, теперь охота поуправлять государством, поездить на машине, где на номерном знаке нарисован флаг.

— Значит, с бизнесом у него проблем нет? — спросила я.

— Никаких, — заверила Роза.

— Он может заполучить ваши магазины?

— С какой стати?

— Ну... так... вдруг!

— «Вдруг» не случается.

— Если ты умрешь, кому достанется бизнес?

— Офигела? Я еще сто лет проживу.

— И все же?

Роза умолкла, потом неуверенно ответила:

— Катьке. На нее завещание составила.

— Да?

— Ага. Хоть девчонка мне и не нравится, но больше некому дело оставить. Никаких близких людей у меня нет.

— А подруги?

— Кроме Сони, никого, а она умерла.

— Степнов знает о распоряжении в пользу Кати?

— Да.

— Откуда?

Роза поморщилась.

— Ну мы как-то на тусовке столкнулись. Благотворительный аукцион в пользу бездомных животных. У Степнова одно светлое пятно имеется. Он собаку свою любит, Шельму, до одури. Прикинь, на той выставке, что мы с Сонькой организовали, изнервничался весь, чуть инфаркт не получил, боялся, его шавка без диплома останется. Пришлось выдать четвероногому убожеству медальку.

— Ты пожалела Степнова? — удивилась я.

Роза отмахнулась.

— Связываться не захотели. Роман за свою Шельму убить может, мне его откровенно злить не с руки, да и не трудно псине приз втюхать, нехай тащится от восторга. Так к чему это я?

— Речь шла о завещании.

— Да! Точно. Стою у окна, тоскую, жду, когда торги закончатся и домой чапать можно. И тут подваливает Степнов. Слово за слово, о собаках потрепались. Потом он на здоровье жаловаться стал. И желудок у него болит, и сердце, и ноги, и давление, и черт знает что еще!

Роза кивала, изображая сочувствие. Под конец Степнов ляпнул:

— Пора мне завещание составлять.

— Верно, — кивнула Роза, — позаботиться о денежках надо, кому что достанется, а то передерутся наследнички.

— У меня таких проблем нет, — неожиданно грустно заявил Роман, — одна Аня и еще Шельма. Оговорю, чтобы собаку до смерти комфортно содержали, и на тот свет спокойно отбуду. Знаешь, я начал бессонницей мучиться. Лежу в кровати, ворочаюсь с боку на бок и задаю себе вопрос: за фигом работаю? Ну куда мне столько денег? Ни детей, ни внуков, вообще никого! Зачем состояние наживал? Разве стал более счастлив? Ни дня, ни ночи нет, только работа, пашу как вол! С какой радости? Для кого? Кому все после смерти достанется? И Анька сухая ветка, молодых побегов нет, замуж не желает идти. Уж просил ее: «Роди ребеночка, к черту супруга, так воспитаем, нянек, мамок наймем». Помнишь Локтева?

Роза покачала головой.

— Ну как же? — заявил Степнов. — Магазин на Можайском шоссе имел, большой. Вы его еще купить хотели, а я перехватил!

Яковлева кивнула.

— Вспомнила. Феликс Локтев, вроде он твоим приятелем был.

— Сильно сказано, — усмехнулся Степнов, — просто хороший знакомый. Так вот, разорился он, точку продал и исчез, а тут вдруг встречаю мужика. Вначале пожалел его! Раньше-то Феликс на «мерине» катался, весь в «фирму» упакован был, в обнимку с модельками, выбритый, надушенный. А тут вылезает из металлолома мужичонка в дешевых джинсах! За ним тетка потная и детки в количестве трех штук! Орут, визжат: «Папа! Купи мороженое!»

Степнов сначала не узнал Локтева, но Феликс мигом сообразил, с кем его столкнула судьба, и бросился к закадычному другу.

— Рома! Пошли в кафе!

Степнов от неожиданности согласился и отправился вместе с шумной семьей в расположенный рядом парк. Угощая супругу и наследников пломбиром, Феликс изложил новости. Он по-прежнему торгует харчами, но в большой бизнес не лезет, имеет точку на рынке, купил недорогую иномарку, сделал ремонт в квартире, приобрел дачку, недалеко, всего сто километров от Москвы, собирается везти своих в Турцию. Неожиданно у Степнова стало щемить сердце. До этого он безжалостно выживал тех, кого считал конкурентами, не задумываясь о том, что станется с людьми, потерявшими все свои деньги. Бизнес — это не благотворительная организация, а кипяток с пираньями, выживает наиболее сильный, не обращающий внимания на пустяки, типа детей конкурента, плачущих от голода, но сейчас вдруг Роман чуть не зарыдал. Эк жизнь Феликса обломала!

В этот момент дети Локтева захотели покататься на карусели, и мать повела их в глубь парка. Не успели они скрыться из виду, как Феликс воскликнул:

— Спасибо тебе!

— За что? — оторопел Степнов.

— За то, что разорил меня.

— Я тут ни при чем, — быстро замахал руками Роман.

— Спасибо, — повторил Феликс, — я ужасно жил! Вернее, не жил вовсе: работал как вол, деньги делал, а ради чего? Теперь смысл есть — дети, жена, и не надо мне крутого бизнеса, я хочу счастья, а не супердоходов!

Степнов замолчал. Роза смотрела на него. Роман внезапно медленно протянул:

— Вот ты тоже одна! Кому бизнес оставишь?

— Кате, дочке Сони Адашевой, — внезапно ответила Роза. В тот момент она сама не знала, почему назвала Катю.

— Может, зря я Феликса жалел? Вдруг он прав, а?

Для кого и ради чего я ломаюсь? К гробу багажник не приделаешь, — тихо произнес Степнов.

Рассказав мне эту историю, Яковлева замолчала, а потом пробормотала:

— Семьи у меня нет. И какой муж жену-бизнесменшу выдержит? Детей не родила, кому накопленное передать? Ну я и решила в самом деле Катьке все отписать. Хоть и не нравится она мне, избалованная слишком, наглая, я бы своего ребенка другим воспитала, да не сложилось. Неужели государство капитал заберет? Пусть уж лучше Катерине достанется, дочери единственной подруги...

Глава 29

В Ложкино я приехала поздно, в голове крутились разные мысли. При чем тут Степнов? Почему Зелимхан собирал о нем информацию? С какой стати Адашеву понадобились сведения об Ицхаковых? Ладно, этот интерес хоть как-то объясним. Заполучив в жены любимую Асият, Зелимхан крепко связал вместе два несколько столетий враждовавших рода. Наверное, Адашев решил составить генеалогическое древо любимых дочерей, отсюда и интерес к предкам супруги. Но с какого бока тут Степнов? Зелимхан надумал порыться в прошлом дорогого приятеля? Хотел шантажировать его? Ох, боюсь, ответа на этот вопрос нет, сплошная черная ночь, зато начинает светать в другом месте. Кажется, я понимаю хитроумный план Романа. Степнов желает создать торговую империю, бесконтрольно царить на рынке. При этом у него до недавнего времени имелось лишь двое конкурентов: Соня и Роза.

Уж не знаю, каким образом Роман узнал о сбитой на шоссе девочке. Может, он начал копаться в прошлом Адашевой, ища компромат на нее. Это только кажется, что свидетелей преступлений прошедших лет нет, я же отыскала их, причем довольно быстро, и пьяницу Фиму, и ее сестру Таню, сумела сделать верные выводы из собранной по крошкам информации. Вполне вероятно, что и Роман пошел тем же путем.

Внезапно по спине потек холодный пот. Вот оно как! Мы с Романом одновременно занимались поисками, и Степнов убил Фиму и Таню, чтобы те никому не могли рассказать правду! И он пугал Соню! Заплатил деньги кому-нибудь, небось актрисульке из неудачливых. Такие стаями вьются вокруг успешных бизнесменов в надежде стать их любовницами, чтобы потом заставить «папика» проспонсировать сериал, где главная роль предназначена для нее, любимой. Зачем Роману этот спектакль? Да очень просто, он решил сначала довести до самоубийства Соню, а потом расправиться с Розой. Тоже небось придумал нечто этакое, изучил биографию Яковлевой. Кто же в результате получит бизнес? Катя! Справиться с несмышленой девчонкой будет легко. Наверное, Роман предполагал взять над ней опеку, хотел притвориться добрым папой и таким образом подобраться к ее капиталам. А я испортила ему всю малину! О моем присутствии Степнов и не подозревал. Он, повторюсь, изучил жизнь Сони и хорошо знал, что у той никого нет из близких. Родственники погибли, Варвара Сергеевна, верная прислуга, лежит без движения. Собакин умер. Кто остается? Роза Яковлева. Ей и быть опекуншей Кати. Если же из жизни уйдет и Роза, то Кате предстоит отправиться в детдом. И тут появится Роман, уважаемый, богатый человек, ну ладно, по документам брат обеспеченной женщины, без пяти минут депутат, благородный герой, создатель «Убежища». Такого не заподозришь ни в чем плохом.

Если, безусловно, ему разрешат воспитывать бедную сиротку, сделают исключение. Обычному одинокому мужику девочку не доверят, но Степнов мог легко обойти закон.

Но вышло по-иному! В отлично продуманном спектакле возникло новое действующее лицо, госпожа Дарья Васильева, и она перелопатила весь сценарий. Внезапно мне стало страшно. Опасность нависла не над Катей. Ее Степнов пока не тронет, девочка нужна мерзавцу живой и здоровой. Первый кандидат на тот свет — я, а потом Яковлева. Степнов будет методично уничтожать тех, кто стоит между ним и Катериной, ему надо во что бы то ни стало превратиться в заботливого опекуна сироты. Нужно немедленно предупредить Розу об опасности!

Не останавливаясь, я схватила телефон, но трубка не работала, глупая Дашутка забыла заправить батарейку! Решив не ругать себя, я поднажала на газ. Слава богу, до дома осталось меньше километра.

И тут «Пежо» дернулся, раз, другой, третий и встал. В полном ужасе я осмотрелась по сторонам. Тишина. Вдоль узкой дороги, которая ведет от Новорижского шоссе к Ложкину, высятся густые темно-зеленые ели, никаких случайных прохожих тут не встретишь. Машины ГАИ не сворачивают на эту магистраль, а шанс увидеть соседей, спешащих домой, очень невелик, время позднее, мобильный не работает, в общем, полный ужас!

Решив не сдаваться, я вылезла из «Пежо» и быстрым шагом двинулась вперед. Не стоит отчаиваться, случались в моей жизни и худшие ситуации, казавшиеся совершенно безвыходными, но ведь я из них выбралась! А тут что? Всего лишь пробежать небольшое расстояние. Страшно, конечно, но я храбрая, отважная, просто бесшабашная...

Уговаривая себя, я сначала шла, потом побежала. Темный лес мрачно молчал, за каждым деревом мне чудился волк, кабан, маньяк, убийца. Хорошо хоть с неба ярко светила огромная, низко висящая луна. Ноги у меня стали холодеть, спину заломило, в боку закололо. Задыхаясь, я неслась вперед. «Только бы не упасть!» — молнией вспыхнуло в голове, и тут же правая ступня зацепилась за камень. Я попыталась удержаться на ногах. Куда там! Я пошатнулась и свалилась в довольно глубокий овраг, отделявший дорогу от леса. Пару секунд лежала в каком-то буреломе, потом, тихо радуясь, что этим летом стоит сухая, без дождей погода, попыталась сесть и вдруг увидела свет, а потом услышала звук мотора. Прямо возле того места, где я упала, остановилась машина. В лучах луны я великолепно разглядела тачку: белый фургон с яркими надписями «Пицца для вас».

Радость затопила душу. Сейчас закричу, шофер услышит и бросится на помощь. Но не успела я вякнуть, как дверца распахнулась, и на дорогу вылезла Катя.

— Слышь, Макс, — сказала она, — и что делать? Эти козлы тебя теперь на участок не пропустят.

— Ну доставлю тебя к воротам, ступай до дома пешком, — ответил водитель.

— Офигел?

— А че?

— Идиот, охрана меня знает.

— Ну... позвони в дом, попроси впустить.

— Урод! — топнула ногой Катя. — Я все сделала для того, чтобы никто не понял, что я из особняка каждый день уезжаю! Тебя наняла! Придумай хоть что-нибудь!

— Не знаю.

— Раскинь мозгами.

— Поехали, переночуешь у меня, — предложил парень.

— Сбрендил?

— Не бойся, приставать не стану, у меня невеста есть, — успокоил ее шофер.

Катя скривилась:

— С какой стати мне тебя опасаться? Только попробуй руки распустить, мигом по сусалам получишь! Мало не покажется. Не в этом дело!

— А в чем? — зевнул водитель.

— Вдруг эти заметят, что меня нет, — задумчиво протянула Катя, — хотя я все предусмотрела, чтобы их отучить в мою комнату лезть, но люди там суетливые. Одна Дарья десятерых стоит! Вечно в дверь колотится и жрать предлагает. Да, ситуация!

— Давай вокруг забора пойдем, — предложил водитель, — поближе к участку подберемся, я тебя подсажу, или дырку найдем.

— Можно попробовать, — кивнула Катя, — в том поселке, где я с мамой жила, тоже на выезде охрана стояла, а чуть подальше пролом в ограде был, через него все, кому не лень, лазили. Может, и тут так!

— Садись, — кивнул на машину шофер.

— Дурак! Мотор услышат! Пешком надо идти.

— А тачку тут бросить?

— Да кому она нужна? — меланхолично спросила Катя. — Экая ценность.

— Вдруг кто поедет и заинтересуется, почему тут авто стоит?

— Двигайся, — приказала Катя, — деньги тебе заплачены, теперь отрабатывай! Никто и головы в сторону раздолбайки не повернет, решат: шофер пописать пошел. Ну, долго тебя ждать? Видел «Пежо»? У обочины стоит. Это Дашин, у нее бензин кончился, вот небось и пошла пешком. Сейчас заявится домой, сына на дорогу с канистрой пошлет, а сама ко мне ломиться начнет: «Катюша, выходи покушать». Торопиться надо! Дверь, правда, заперта изнутри, но с моей благодетельницы станется ее сломать. Заботу проявить захочет. Шевели лапами!

Парочка быстрым шагом стала удаляться по дороге. Я, ни жива ни мертва, лежала на дне оврага. Вот оно что! Хитрая Катя по какой-то причине ездит в город. От нас она решила скрыть свои путешествия и разработала замечательный план. Вызвала доставку пиццы и договорилась с шофером, либо он просто ее приятель, я же ничего не знаю о Кате. Девочка запирает дверь изнутри, вылезает в окно и тайком садится в авто. Машина, доставляющая пиццу, ни у кого не вызывает удивления. Участок у нас большой, небось Катерина велела забирать ее не у парадных ворот, а со стороны боковой калитки, ею пользуются крайне редко, практически никогда. Если выбраться из гостевой спальни через окно, то как раз окажешься среди деревьев, на тропинке, ведущей к боковому выходу. Никто ничего не заметит.

Сопя от напряжения, я, сломав три ногтя и испачкав мокасины, выбралась на дорогу. Как поступить? Уличить Катю во лжи? Прямо сейчас прибежать домой, ворваться в ее комнату и заявить: «Я знаю все! Ну-ка, объясняй, зачем ездишь в Москву?»

И действительно, зачем? Спотыкаясь о выбоины в асфальте, я побрела по шоссе. Может быть, у Кати любовь. Первое чувство обычно связано с сильными переживаниями и желанием во что бы то ни стало сохранить тайну. Дашутка, не пори горячку. Скорей всего, девочка бегает на свидания. И как мне поступить? Пицца!

Я развернулась и побежала назад. Черный лес больше меня не пугал. Да и зачем тут прятаться маньяку-убийце! Не такие уж эти преступники дураки, чтобы годами сидеть в кустах, поджидая жертву на шоссе, по которому никто практически не ходит.

Добравшись до автомобиля, украшенного яркими надписями, я мгновенно прочитала название фирмы, увидела телефон, бросила взгляд на номерной знак транспортного средства и попыталась запомнить всю информацию. Но столько всего сразу в моей головке не умещается, если честно, в памяти остались лишь цифры, выбитые на железке, прикрепленной на бампере машины: 333. Такое сочетание запомнит любой. Ни карандаша, ни бумаги у меня с собой не было, я тяжело вздохнула и тут увидела сквозь стекло на заднем сиденье коробки с пиццей, их было четыре штуки. Дернула дверь. О радость! Она оказалась открытой, а на крышке четко напечатана вся необходимая мне информация: название предприятия, телефон. Сбоку была приклеена бумажка. «Эту выбросить. Оплачивать отказались. Просили с морепродуктами, а привезли с колбасой».

Я схватила упаковку. Значит, я ничего не краду, эту пиццу все равно отправят в помойное ведро. Прижав к себе «добычу», я галопом понеслась к дому. Катя назвала шофера «Макс». Завтра позвоню в эту пиццерию с неоригинальным названием «Итальянский вкус», найду координаты водителя и устрою ему допрос с пристрастием.

Тяжело дыша, я добралась до наших ворот, сообразила, что забыла в «Пежо» сумку со всеми документами, и позвонила в домофон. Калитка распахнулась, я пробежала по мощеной дорожке, вдоль которой буйно цвели флоксы, поднялась по ступенькам и услышала удивленный возглас Кеши:

— Ты потеряла ключи?

— Нет, в машине оставила, — сообщила я, стаскивая туфли, — вместе с сумкой.

— А где «Пежо»?

— На дороге, совсем близко от поселка.

— Несколько позднее время для прогулки на свежем воздухе, — вздохнул наш адвокат.

— Мой верный коняшка сломался.

— Да? И что с ним?

— Не знаю. Дернулся пару раз и встал!

— Как дернулся?

— Ну... так... тык... тык...

— Ясно, — кивнул Кеша, — и ты, значит, пошла пешком. Схватила самое дорогое, что было в машине — коробку с пиццей, и двинула. А документы, деньги и ключи бросила в «Пежо»?

Я молча сунула ноги в тапки и стала гладить прибежавших собак. Конечно, в изложении Аркадия ситуация выглядит откровенно идиотской, на самом деле все обстоит иначе!

— Ладно, — забубнил Кеша и направился во двор.

— Ты куда? — крикнула я.

— В гараж, — не оборачиваясь, ответил Аркадий. — Возьму канистру и оживлю твой «Пежо», похоже, у него попросту закончилось топливо. Кстати, извини, я все забывал предупредить тебя: машину следует изредка привозить на бензоколонку. Увы, человечество пока не изобрело самодвижущиеся повозки, «питающиеся» воздухом, поэтому водителям приходится покупать довольно дорогую штуку под названием «бензин».

Продолжая бурчать себе под нос, Аркадий удалился по дорожке, я с тоской посмотрела ему вслед. Ну вот, теперь до Нового года все будут смеяться надо мной. Непонятно почему именно мои ошибки становятся объектом всеобщих шуток, остальные члены семьи подчас совершают не менее нелепые поступки, но им все великолепно сходит с рук.

Глава 30

Положив пиццу на стол в кухне, я переписала все данные с коробочки в блокнот и пошла наверх. Проходя мимо спальни Кати, я не стала стучать в дверь, никаких сил на разговоры с девочкой не было. В душе жило лишь одно желание: принять ванну и лечь спать.

Кстати, можете мне не верить, но подаренные Светкой средства из косметической серии «Сто секретов красоты» оказались просто волшебными. У Зайки перестало шелушиться лицо, а у Мани пропали красные пятна на лбу. Вот сейчас намажусь кремом «Мед и молоко», завтра встану посвежевшей и помолодевшей.

Надев халат, я вошла в свой санузел, направилась к рукомойнику и взвизгнула. Не стоит осуждать меня за странное поведение. Интересно знать, как бы вы отреагировали, увидав странную картину, развернувшуюся сейчас перед моими глазами.

Раковина до краев полна воды, на поверхности которой плавают островки пены, на бортике выстроились бутылочки с собачьим шампунем и бальзамом. Но самое главное! Возле крана совершенно спокойно сидит мышь, завернутая в ярко-розовую махровую салфетку.

Сначала у меня от удивления парализовало голосовые связки. Ну согласитесь, совсем не странно обнаружить грызуна в кладовке, возле полок с продуктами, или на кухне, самозабвенно роющегося в мешке мусора, но найти серую разбойницу, преспокойно совершающую банные процедуры, — это уже как-то слишком. Самое поразительное, что «гостья» не выказала при виде меня никакого волнения, она не стала суетливо метаться по раковине, не завизжала, не упала в обморок от страха, просто мирно восседала в пустой мыльнице и смотрела на меня черными бусинками глаз.

— Здрассти, — невольно вырвалось у меня, — с легким паром вас!

Незваная гостья моргнула.

— У мышей закончилась в норе вода? — засмеялась я. — Ну и дела! Интересно, они часто пользуются моей ванной?

— Регулярно, — пропищало мохнатое создание, повернув морду.

Вот тут я чуть не грохнулась в обморок. Она разговаривает! Хотя что же удивительного! Мышь, сумевшая сначала помыться, а потом завернуться в полотенце, вполне способна изъясняться по-человечески.

— Раз в три дня обязательно, — вещал тоненький голосок, — одна беда! Тяжело тащить наверх бутыли с шампунями.

— Вы можете пользоваться моими, — пробормотала я, чувствуя себя главной героиней абсурда, — тут всего полно.

— Они мне не подходят, — возразил грызун, — вы блондинка с тонкими, слабыми волосами, а я обладаю густой шерстью темного цвета, собственно говоря, это мех! Тут требуется особый уход. И зубная паста у вас гадкая!

— Она стоит бешеных денег, — возмутилась я, — мне ее посоветовал стоматолог.

— Может быть, — отозвалась мышь, — но лично я люблю сладкую. Похоже, вы меня не узнали.

— Мы знакомы?

— Естественно, я живу в вашем доме, являюсь членом семьи. Ну если забыли, представлюсь: Агата!

— Очень приятно, Даша.

— Я отлично знаю ваше имя!

— Вы живете вместе с Германом, Анной Ивановной, Люсей и Филаретом?

— Увы, да.

— Почему «увы»?

— Не слишком подходящая компания для интеллигентной девушки.

— Вы так считаете?

Агата протяжно вздохнула:

— Ужасно. Анна Ивановна постоянно слушает радио. Дурацкую попсу! Просто тащится от Филиппа Киркорова, Кати Лель и Глюкозы. Люся предпочитает рок. На этой почве они постоянно ругаются. Мне приходится затыкать уши. Такие выражения! А Герман, как все мужчины, пофигист. Сколько раз просила его: «Наведи порядок в стае, укуси их за хвост и уши, мигом в ум войдут». Но нет! Ему лишь бы пиво пить и футбол смотреть. Плюхнется у телика, и хоть трава не расти! Впрочем, Филарет такой же!

У меня закружилась голова. Анна Ивановна фанатка Киркорова? Люся обожает рок? Герман наблюдает за матчем с кружкой пива в руке, пардон, в лапе?

Я с силой ущипнула себя за руку и увидела, как на запястье медленно начал наливаться синяк.

— После ванны хорошо бы конфетами полакомиться, — вздохнула Агата, — я карамельки уважаю. Сделайте одолжение, принесите пару штучек с кухни.

— Хорошо, — в полной прострации кивнула я.

— Если вдруг не найдете меня, — воскликнула Агата, — то поищите по комнатам. Пока еще не знаю, где спать лягу. У полковника очень уютно, в шкафу, в белье, но там сильно пахнет нафталином, и потом, мне не слишком по душе лежать около табельного оружия. Вдруг еще выстрелит. У Зайки замечательно в трюмо, там такие мягкие пуховки, но из них пудра высыпается и в нос забивается. У Аркадия музыка громко орет, хотя и в его спальне уютное местечко имеется, в модели «Мерседеса», на полке. В общем, поищите меня — и найдете.

— Ладно, — согласилась я и запоздало удивилась: — Вы так замечательно разговариваете, отчего же раньше молчали?

Агата слегка шевельнулась.

— Ах, представьте себе картину: вы пьете чай, а я прошу из клетки: «Дайте мне кусочек пирожного»! И что следует далее? Как минимум сюда съезжаются все репортеры России, с фотоаппаратами и камерами. Мне слава не нужна! Кстати, моя маменька тоже замечательно болтала, да еще на трех языках. Я же не получила должного воспитания, хотя, в отличие от Люси, которая читает только детективы, беру в лапы исключительно классику: Чехова, Бунина, Толстого. Всякие там Татьяны Устиновы не для приличной девушки, да-с!

Я закашлялась. Мне кажется, или Агата и впрямь осуждает меня за любовь к криминальным романам? Однако вот уже и грызуны начали делать мне замечания.

— Давайте договоримся, — задергала носом Агата, — вы принесете конфеты, а я в благодарность буду иногда с вами болтать. Кстати, вы же любите расследования! Могу служить помощником, подсмотреть, подслушать, ну как, идет? По лапам? То есть по рукам?

Не в силах произнести ни слова, я кивнула.

— Тогда иди за сладким, — бесцеремонно «тыкнула» Агата, — ищи меня либо здесь, либо по спальням.

Осторожно передвигая ноги, я выпала в коридор и наскочила на Маруську, стоявшую около двери.

— Скажи, — я решила уточнить, — говорящие мыши в природе случаются?

Манюня широко распахнула голубые глаза.

— А как же! Довольно часто. Они имеют либо розовый, либо зеленый цвет шерсти и живут исключительно у алкоголиков.

Я замерла с раскрытым ртом.

— Хочешь сказать, что на грызунов влияют водочные пары? Нанюхаются и обучаются разговору?

— Не, — прыснула Маня, — такие мыши приходят в дом под ручку с зелеными чертями. Большинство пьяниц их великолепно знает!

— Я всерьез!

— И я тоже, — захохотала Машка, — пей две бутылки водки каждый день в течение месяца, и если не умрешь, научишься беседовать с мышами, чертями, котами, стульями и кастрюлями.

— У меня на раковине в ванной сидит мышь в розовом полотенце. Она умеет говорить по-русски.

Маня зашлась от хохота, ее просто согнуло пополам, а я побежала за карамельками. Сейчас принесу Агате несколько штук, может, тогда она согласится продемонстрировать свои таланты Машке?

Но когда я вернулась, в ванной оказалось пусто. В раковине отсутствовала вода, Агата исчезла вместе с куском розовой махровой ткани, и лишь бутылочки с собачьим шампунем и кондиционером, оставшиеся у зеркала, свидетельствовали о том, что меня не посетил глюк.

Зажав в кулаке карамельку, я постучала к полковнику.

— Можно?

— Погоди секундочку, — крикнул Дегтярев, — халат накину! Теперь входи.

Я вошла и усмехнулась. Александр Михайлович сидит в пижаме, шлафрок[1] ему ни к чему. Толстяк просто решил спрятать от меня тарелку с орешками, бросил на нее газету, но полностью не прикрыл, из-под бумажного края предательски выглядывает фарфоровый ободок, да и пахнет в комнате жареным арахисом.

— Что случилось? — недовольно поинтересовался Дегтярев. — Только не начинай каких-нибудь занудных разговоров, я устал!

Нет, вы слышали? Все занудные разговоры в нашем доме всегда заводит сам полковник! Но я не стану сейчас возмущаться.

— Ты где хранишь пистолет?

— Зачем он тебе понадобился?

— Просто так.

— Нет, ответь!

— Я хотела посмотреть на оружие.

— С какой стати?

— Тебе жаль его показать?

— Не вижу необходимости.

— Ладно, я сама поищу! Он в ящике с бельем!

— Что ты задумала?

— Ничего.

— Врешь.

— Я просто выдвину ящик!

— Дарья!

Я шагнула к гардеробу. Дегтярев метнулся к шкафу. Загородил его своим толстым телом и строго сказал:

— Живо колись! За каким чертом тебе оружие потребовалось?

_____

[1] Ш л а ф р о к — дословно: юбка для сна (*нем.*) — халат.

— Оно мне не нужно совсем!

— Но ты упорно хочешь сунуть нос куда не следует!

Я вздохнула и попыталась объяснить ситуацию:

— Там в белье мышь!

— Мышь!!!

— Да, Агата. Ей, правда, не слишком нравится запах средства для смазки оружия, но она порой ночует в
ящике. Я принесла ей карамельки!

Дегтярев попятился.

— Э... э... да... э... э... ты думаешь, мыши любят конфеты?

— Агата сама попросила.

— Попросила?

— Ну да, она мылась в моей ванной, мы разговори-
лись, и, короче говоря, можно выдвинуть ящик?

Александр Михайлович кивнул. Я быстро справилась с задачей, не нашла Агату и вздохнула.

— Пойду к Зайке, небось мышь там сидит.

— Иди, милая, — ласково кивнул полковник.

Удивленная столь нежным обращением, я добралась до спальни Ольги и постучала в дверь.

— Пусти меня.

— Сейчас, ага, входи.

Я очутилась в спальне, где преобладающим цветом
был розовый, и вновь подавила усмешку. Полковник
наслаждался покоем, читал газеты и грыз орешки.
А Ольга делает маникюр, глядя одним глазом в телевизор и поедая при этом сливы. Причем, услыхав мой
голос, Зайка мигом сунула фрукты под подушку, только все равно блюдо выглядывает наружу.

— Можно посмотреть на твои пуховки? — спросила я.

— Что?

— Ну где ты держишь свою косметику?

— В трюмо.

— Дай глянуть?

— Ну уж нет, — возмутилась Зая, — купи себе свои! Нечего у меня таскать, потом понадобятся, а их нету! Вот на днях я кинулась за колготками! Ни одной пары! Кто утырил? Явно ты!

— Вовсе нет! Это Машка!

— Она в два раза меня больше, — рассердилась Ольга, — как ты можешь предполагать, что задницы у нас с Манюней одинаковые. Я на три размера меньше.

— Конечно, — поспешила согласиться я, — кстати, у меня у самой в ванной есть приличный запас пуховок.

— Зачем тогда тебе мои понадобились?

— Они мне ни к чему!

— С тобой договориться невозможно, — закатила глаза Зайка, — то дай, то не надо!

— Я их не просила! Просто хочу заглянуть в трюмо, там спит Агата, мышь. Она только что мылась в моей ванной, попросила карамелек, сказала, что может спать у тебя.

— Мышь? — вытаращилась Ольга. — Сказала? Мышь?

— Ну да! Можно дверцу открыть? Я ничего не трону.

— Конечно, смотри.

Я сунула нос в тумбочку под трехстворчатым зеркалом. Пусто. Вернее, там в полнейшем беспорядке навалена куча вещей, но Агаты нет.

— Спасибо, наверное, она предпочла устроиться у Кеши.

— Пожалуйста, — подчеркнуто вежливо ответила Ольга, — приходи, когда захочешь, в любое время.

Я побежала к Аркашке, влезла в его спальню и отметила: наш адвокат ест в тишине попкорн. Значит, домашние перед сном любят полакомиться всякой всячиной, а сами хором осуждают меня за поедание шоколадок в кровати. Разве это справедливо?

— Котик, — заискивающе начала я, — можно заглянуть внутрь вон той модели «Мерседеса»?

— Зачем?

— Ну... мне хочется.

— Мать, — сурово заявил Кеша, — сейчас ночь. С какой стати ты заинтересовалась коллекцией машин?

— Там спит мышь Агата, — в который раз принялась растолковывать я.·

Нет, все-таки члены нашей семьи похожи друг на друга до безобразия. Едят тайком в своих комнатах лакомства и совершенно одинаково реагируют на мой рассказ. Вот и Аркадий, как Дегтярев и Зайка, мигом стал приторно-ласковым.

— Можешь осмотреть все машины, мне совсем не жалко, — быстро произнес он, выслушав меня.

Я изучила салон машины и ушла в глубоком разочаровании.

Агата попросту посмеялась надо мною. Съев с горя припасенные для лживого грызуна конфеты, я вернулась в свою спальню и заснула.

Утром меня разбудил звонок, не открывая глаз, я схватила трубку и услышала звонкий девичий голос:

— Можете приезжать, я все убрала.

— Простите, — зевнула я, — кто звонит?

— Так Люся.

Ну вот, начинается! Вчера со мной мило беседовала мышь Агата, а сегодня с утра пораньше беспокоит ее подруга Люся.

— Как только вы сумели нажать на кнопочки, — восхитилась я.

— Какие кнопочки? — воскликнула Люся.

— Телефона.

— Пальцами, обычное дело.

— Может, подниметесь ко мне? Поговорим спокойно, без свидетелей, — предложила я, — понимаю, вы не очень хотите афишировать свои паранормальные для грызуна способности.

Из трубки донеслось покашливание.

— Вы меня с кем-то спутали. Люся вас тревожит, дочка Варвары Сергеевны, домработница Адашевых.

— Ох, Люсенька, простите, я подумала...

Продолжение фразы застряло на языке. Ну не сообщать же милой девушке, что я приняла ее вначале за мышь.

— Приезжайте, я убралась в доме.

— Ну и хорошо, заприте его и поставьте на охрану.

— Нет, примите у меня помещение, — уперлась Люся, — проверьте.

— Я доверяю вам.

— Пожалуйста, выберите время, — ныла домработница.

И тут до меня дошло, с ней нужно расплатиться, Люся старалась, убирала и теперь ждет денег.

— Через час вас устроит? — быстро спросила я.

— Шикарно, — повеселела Люся, — я жду.

Встретив меня у ворот, Люся закудахтала:

— Уж не знаю, одобрите вы это или нет, но окна мыть я бригаду вызвала. Мы всегда к одним обращаемся, работают они аккуратно, ко многим в «Ниве» ходят, никогда ничего не сопрут.

Я кивнула.

— Я заплатила им, вот сумма на бумажке.

— Я все вам верну.

— Теперь о кладовке, — тарахтела Люся, — там банки...

Около двух часов она таскала меня по дому, показывая тщательно упакованные в чехлы шубы, идеально сложенное постельное белье, вычищенную обувь и пахнущие свежестью драпировки. Надо признать: Люся идеальная горничная, нашей Ирке до нее как сельской водокачке до Эйфелевой башни.

— Так вы меня рассчитаете? — поинтересовалась в конце концов Люся.

— Нет-нет, — быстро сказала я, — ходите сюда, как раньше, мойте полы, вытирайте пыль, следите за домом и садом. Ваша зарплата останется прежней. Деньги на хозяйственные мелочи я вам сейчас дам, если что случится, звоните. Впрочем, меня бы больше устроило ваше проживание в доме временно, пока Катя не достигнет совершеннолетия.

— Так проблем нет, — радостно провозгласила Люся, — перевезу сюда маму, и делу конец. Только кто за коммунальные услуги платить будет?

— Я. А заодно, раз уж вы теперь сторож и горничная в одном флаконе, повышу вам зарплату.

— Супер! — подпрыгнула Люся. — Не сомневайтесь, я в десять глаз глядеть стану. Правильное решение, нехорошо дом один оставлять. Мало ли что! Ладно, еще пара вопросов.

— Задавай, — в изумлении протянула я.

— В кладовке лежит куча вещей. Ее куда?

— Что ты имеешь в виду?

— Одёжа Софьи Зелимхановны, с ней чего делать?

Я вздрогнула.

— Не знаю.

— Может, в церковь отнести?

— Пожалуй, ты права.

— Только сами разберите. Что похуже, в мешок засуньте, я сволоку в благотворительную ночлежку, тут неподалеку приход есть, батюшка обрадуется.

Мне вдруг стало не по себе. Копаться в вещах покойной Сони совершенно не хотелось.

— Все отправь бедным людям, без разбора.

— Скажете тоже! — укоризненно покачала головой Люся. — Там много такого, что им ни к чему: вечерние платья, например. А еще целый гардероб шмоток, которые Катюше с размера сошли, их тоже пересмотреть надо.

— Вот и займись этим.

— Э, нет! Тут хозяйский глаз нужен! — Люся не сдвинулась со своей позиции.

Делать нечего. Пришлось идти в подвал, в оборудованную там подсобку.

— Ты меня здесь не оставляй, — попросила я Люсю.

Она кивнула, и еще часа два мы занимались перекладыванием чужих, сильно пахнущих незнакомыми духами тряпок. Потом я устала и почему-то сильно разволновалась. Люся казалась спокойной.

— Во, — неожиданно воскликнула она, — это-то откуда! Нет, только поглядите!

Я обернулась. Домработница держала в руках пакет.

— Кто ж додумался грязное хранить? — ворчала она. — Да еще затырили в самый темный угол, за чемоданы со старым бельем! Туда десять лет небось никто не заглядывал.

Я, словно завороженная, следила за ловкими руками Люси. Вот она вытащила на свет божий две сильно испачканные туфельки розового цвета, потом появилось измятое, местами порванное белое платье, затем веночек из искусственных цветочков, парик из локонов с густой челкой.

— Мама! — вскрикнула я. — Девочка Анжелика, привидение, преследовавшее Соню, это же...

Глава 31

Из «Нивы» я выбралась в шоковом состоянии, отъехала немного от поселка, припарковалась на обочине и схватилась за сигареты. Ум отказывался принимать то, что напрашивалось само собой. Девочка, одетая в белое платье, несчастная Анжелика, погибшая на шоссе... Она вовсе не ожила и не превратилась в привидение. Все намного проще и ужасней. Роль фантома исполняла Катя. Это она пугала Соню. Зачем? Господи, что за глупый вопрос! Деньги!

Я машинально стала мять пачку с сигаретами. Катя жадная девочка, стоит только вспомнить историю с сотрудником ДПС и проданный гаишнику неработающий диктофон или поход Катерины с Машкой в кафе. Дочь Адашевой скупа, эгоистична, а еще она грубиянка и... убийца. Катя решила получить состояние и избавиться от Сони. Она ведь не знала, что Соня ее родная мать. Но откуда девочка проведала про Анжелику?

Ну, во-первых, ей могла рассказать о происшествии сама Соня. А во-вторых, Катя вполне способна подслушивать, подсматривать. Девочка хитра и нагла. Тогда, на собачьей выставке, она нацепила на себя парик, очки, платье, показалась на секунду Соне, а потом убежала, скинула «маскарадный костюм» и принялась утешать свою мать. А еще она догадалась, что Соня рассказала мне о «привидении», поэтому стала действовать дальше. Пошла собирать вещи, меня усадила в гостиной, а сама, переодевшись, выскочила в сад. Зачем? Очень просто, чтобы отвести от себя все подозрения. Фантом маячит в зарослях, а Катюша в этот момент пакует чемоданы. Наверное, она ожидала, что я испугаюсь и упаду в обморок, но я побежала за девицей в белом платье и поломала Катьке малину.

Внезапно мне стало холодно. Может, дело обстоит еще хуже? Теперь Катя непонятно за что возненавидела нас и хочет... Я завела мотор и вцепилась в руль, «Пежо» понесся на дикой скорости в Ложкино. По дороге я немного пришла в себя и обрела способность логически рассуждать.

Нет, Кате не с руки сейчас убивать кого-либо в нашем доме. Да и зачем? Ее целью было получить все деньги Сони, и она в этом преуспела. Катя очень хорошо понимает: если я не оформлю опекунство, жить ей в интернате. Значит, пока Катерина будет обитать у нас. Почему же она хамит? Наоборот, должна была постараться всем понравиться!

«Пежо» летел в Ложкино, я опустила боковое стекло, надеясь, что свежий ветер быстрее, чем струя холодного воздуха из кондиционера, приведет в порядок мой мозг. И, похоже, так и случилось.

Уж не знаю, что тому причиной: сквозняк, гулявший по машине, или внезапно появившаяся злость, но я явилась домой, полная мрачной решимости. Ну, Катя, погоди! Сейчас возьму коробку с пиццей, позвоню на фирму, найду Максима и вытрясу из него всю информацию о разъездах маленькой мерзавки. Ох, не зря она тайком удирает в город. Какая первая любовь! Первое преступление! Похоже, очаровательная Катюша, девочка из богатой семьи, никогда не знавшая бедности и голода, способна любить только шуршащие бумажки с водяными знаками. Прости, Сонечка, ты хотела, чтобы Даша позаботилась о девочке, и я была готова выполнить твою последнюю волю, но кто ж знал, что так получится!

Внезапно на меня словно пролился холодный душ. Соня! Как бы она поступила, узнав, что ее решила убить дочь? Побежала бы в милицию или попросту отселила негодяйку, выделив той причитающиеся ей деньги? Имею ли я право отдавать Катю в лапы правосудия? Думается, Соня не одобрила бы моего решения. Господи, что же делать? Как поступить? Ну зачем я влезла в это дело?

Я почувствовала приближение мигрени.

— Тебе тоже плохо? — спросила с тревогой Марина.

Я потрясла головой. Надо же! Сижу на нашей кухне! И не вспомнить, как пришла сюда, а около меня стоит Марина.

— Тебе тоже плохо? — повторила она.

— Мне хорошо, — прошептала я, — просто здорово.

И тут же испугалась.

— А кому плохо?

— Машке, — вздохнула Марина, — правда, сейчас ей уже лучше. Оксана приезжала, лекарств привезла.

— Что случилось? — испугалась я.

— А Маня пиццу слопала, — сообщила Марина, — кто-то вчера коробку принес и на стол поставил. Маруська ночью пить захотела, спустилась вниз, увидела упаковку, ну и не удержалась! Разогрела в СВЧ-печке, схомякала, и началось! Сначала понос, потом рвота, я сразу к тебе побежала, гляжу, кровать пустая. Но сейчас Маше уже гораздо лучше, она спит. Ну кому в голову пришло пиццу купить, готовую! По такой жаре, с колбасой! Хуже только салат с майонезом в харчевне у метро или шаурма с кошатиной.

— Это я принесла!

— С ума сойти, — всплеснула руками Марина, — не

смей больше так поступать! Захотелось пиццы — мне скажи. Ее недолго состряпать, чик-брик — и готова. Через полчаса подам, свежую, из качественных продуктов.

— Где коробка? — спросила я.

— В помойке, — удивилась Марина, — вон край торчит, я ее еле-еле свернула, из хорошего картона делают.

Я постаралась не ринуться сразу к ведру. Спокойно, Даша, без спешки. Не следует пока оповещать домашних о происходящем. Во-первых, пицца и впрямь могла оказаться испорченной, во-вторых, у меня мало доказательств вины Кати. Сейчас найду этого Максима, поговорю с ним.

— Почему ты такая бледная? — испугалась Марина.

— Наверное, от жары голова кружится.

— Ой, — испугалась она, — скорей ложись в саду, под тентом. Давай раскладушку приготовлю. Сейчас принесу!

Резво повернувшись, она убежала, я бросилась к ведру.

Через пятнадцать минут Марина принесла мне одеяло, подушку, детектив, конфеты, бутылочку с минералкой, вазочку с абрикосами и спросила:

— Посидеть возле тебя?

— Нет, спасибо, иди отдохни.

— Я решила торт испечь.

— И тебе не лень?

— Наоборот! — оживилась девушка. — Теперь, чтобы Маня больше на дрянь не польстилась, я буду каждый день новенькое готовить. Вот сегодня побалую вас творожным карамболем.

Я улыбнулась. На худеньком личике Маришки светятся огромные голубые глаза. Говорят, очи — зеркало души. В случае Мариши это совершеннейшая правда. Девушка наивна и по-детски ласкова. Она появилась в нашем доме недавно, но уже все любят ее, даже ворчливая Ирка сказала вчера:

— Она такая милая! Представляете, кричит утром: «Ира, вы на двор не ходите, дождик закапал, я за собаками уже в сад сбегала, не надо вам ноги мочить». Приятно, однако! Не то что ваша Катя!

— Значит, я побежала творог взбивать, — подпрыгнула Марина и умчалась.

Несколько мгновений я лежала на раскладушке, потом осторожно встала, обошла здание, придвинулась к окну гостевой комнаты и увидела, что оно закрыто. Толкнула раму, та тихо приотворилась, я заглянула внутрь. Пусто. Катя снова украдкой улизнула в город.

В пиццерии «Итальянский вкус» очень обрадовались очередной клиентке.

— Мы рады вашему звонку, — защебетал в моем ухе девичий голосок, — доставка бесплатная, пятая пицца в подарок. Здравствуйте, с вами говорит менеджер Лена.

— Добрый день, Леночка.

— Что вы хотите?

— Я ваша постоянная клиентка.

— Очень, очень, очень рады!

— Я часто вызываю в поселок Ложкино доставку.

— Замечательно! Чего желаете?

— Мне всегда пиццу привозит Максим.

— Да, он обслуживает ваше направление, — ответила Лена, — вот я вижу, адрес в компьютере есть. Новорижское шоссе. Макс по этой трассе ездит, не один, конечно, у нас по вашей магистрали три машины ходит. Хотите, чтобы именно Макс привез еду? Ой, да он у вас сегодня уже был, в восемь утра ездил, заказ доставлял. Фирменную, с четырьмя сортами сыра и копченостями.

— Понимаете, Леночка, — нежным голосом завела я, — Максим забыл свою сумку с документами, на кухне оставил, я только что заметила.

— Вау!

— Скажите, у него есть мобильный?

— Конечно.

— Дайте мне его номер.

— Лучше я сама ему позвоню и отругаю!

— Не надо, душенька, — затараторила я, — Максим очень милый юноша, симпатичный такой... э... э... у меня дочь есть, это она постоянно пиццу заказывает... мне кажется... э... поймите правильно... вроде дочка влюбилась в парня, оттого и лопает тесто с колбасой в жутких количествах. Мы с мужем люди интеллигентные, хоть и заработали вагон денег, «новыми русскими» не стали. Нас происхождение жениха дочери и его материальное благосостояние не волнуют. Был бы человек хороший. Пусть дочка юноше позвонит, про сумку сама скажет, договорится с ним о встрече...

— Пишите, — велела Лена.

Максим взял трубку не сразу, я потеряла всякое терпение, названивая парню. Наконец услышала сердитое:

— Слушаю.

— Макс?

— Да.

— Не узнаешь?

— Ленка, ты?

— Нет.

— Светка? Ну сколько раз говорил, не трезвонь, когда я на работе. Чего случилось?

— А вот и не угадал. Это Катя.

Голос Максима изменился.

— Ну привет, — почти ласково сказал он.

— Встретиться надо, — я старательно пыталась под-делаться под звонкий голос Кати.

Честно говоря, я побаивалась, вдруг Макс сейчас воскликнет: «Это не Катя!»

Но Максим не заподозрил ничего плохого.

— Ты закончила дела?

— Ага.

— Больно рано.

— Так вышло.

— Раньше шести я не смогу.

— Хорошо. Где встретимся?

— Ну, на прежнем месте.

— Нет.

— Почему?

— Сегодня мне туда не попасть.

— Ладно, — охотно согласился парень, — давай ад-рес. Только тебе это лишних сто баксов стоить будет.

— Не вопрос.

— Классно, диктуй, записываю.

— Кафе «Апельсинка», ты прямо внутрь заходи, мо-роженым угощу.

— За чей счет?

— За мой, естественно.

— Тогда лучше угости обедом. С мясом, — хохотнул Макс.

— Йес, — ответила я, — не опаздывай.

— Ну уж в чем, в чем, а в этом меня упрекнуть нель-зя, — заржал шофер.

Я, изображая из себя подростка, совершенно по-идиотски захихикала и отчего-то не смогла остано-виться, даже услышав короткие гудки.

...В «Апельсинке», как и ожидалось, никого не было. Пустые столики и соскучившаяся от безделья официантка, кинувшаяся ко мне, словно к родной матери, обретенной после длительной разлуки.

— Здравствуйте, здравствуйте! Вам латте без сахара?

— И еще меню, — обрадовала я ее, — ко мне сейчас молодой человек присоединится, он хотел мяса поесть.

Не успела девушка метнуться к этажерке, на которой лежали кожаные папочки, как дверь распахнулась, и в кафе вошел юноша, одетый в светлые брюки и футболку с надписью «Пицца для вас». Я посмотрела на мобильный. Пять часов. Да уж, он точен, как полнолуние.

— Максим! — помахала я рукой.

Парень подошел к столику.

— Вы меня звали?

— Да. Садись.

— А где Катя? — пробормотал шофер.

— Это я.

— Что вы?

— Я Катя.

Максим вытаращил глаза, потом ухмыльнулся.

— Ваще, блин! Ты че, загримировалась? Ну, прикол! Все другое! Ничего общего нет! Это как же так получилось, даже голос иной.

— Ты мяса хотел?

— Да.

— Ну и заказывай.

Качая головой, Максим изучил меню, велел принести себе телятину с грибами и вновь стал удивляться произошедшей с «Катей» метаморфозой.

— Слушай, а эти морщины у носа ты как сделала? И рот другой, и разрез глаз. Че, маску нацепила?

Мне надоела его тупость.

— Можешь подергать, лицо натуральное.

Парень разинул рот.

— Ты не Катя, — дошло до него наконец.

— Слава богу, догадался!

— А кто?

— Даша! Васильева! Живу в Ложкине, вместе с Катей. Вот что, дружок, насколько я поняла, Катерина тебе платит?

— Ага.

— И сколько?

— По сто баксов в день.

— Отлично. Я дам тебе намного больше.

— За что? — испугался водитель.

— За правду, — улыбнулась я, — ешь спокойно, а то остынет. Ты слушай, расскажу пока, где тебя видела с Катей.

Максим оказался хорошим слушателем с волчьим аппетитом. Он слопал телятину и принялся за мороженое, потом за торт. На стадии эспрессо я велела:

— Ну, теперь твоя очередь, колись, куда Катю возишь? Кстати, как ты с ней познакомился?

Максим взял салфетку.

— Да просто. Я к ним в «Ниву» часто пиццу возил. У Катьки мать бизнесвумен, дико богатая. Она на работе целыми днями пропадала, а Катюха одна. Друзей у нее, похоже, нет. Я первый раз приехал к ней с заказом и понял — не пицца ей нужна, а поболтать охота. Ну за фигом девке дрянь готовая, небось вкусного дома полно. Она меня в кухню провела, чаю предложила и спросила: «Вам разрешено у клиентов задерживаться?»

Макс ухмыльнулся.

— Ну она последней была, смена заканчивалась, и потом, а кто проверит? Пробки на дороге днем и ночью. Диспетчер клиентов всегда предупреждает: заказ выполним непременно, но можем задержаться. Никто и не ворчит, все в Москве живут, ситуацию знают. Хоть я только по поселкам катаюсь, да все равно влипнуть можно капитально, случится с кем авария на МКАД, Кольцо встанет, летать же я не могу. У нас кое-кто этим пользуется. Знаете, какие клиенты бывают! Позвонишь в дверь, а хозяйка в прозрачном халате выходит и воркует:

«Ах, ах, молодой человек, поставьте коробочки у меня в спальне. Муж уехал, прислуга тоже, а мне покушать захотелось».

Но Кате было просто тоскливо, и Макс это понял. Он напился чаю и потрепался с девушкой. Шофер был ненамного старше Катюши, и у них нашлись общие темы для разговора. С тех пор Катя стала регулярно заказывать пиццу, специально предупреждая диспетчера:

— Но только доставить коробки должен Максим в самом конце смены.

Потом она звонить перестала, Макс решил, что его новая подружка укатила вместе с богатой матерью на море. А затем его вызвали в Ложкино, причем предупредили:

— Машину следует поставить не у центрального въезда на участок, а сбоку, у маленькой калитки. В дом не входить, позвонить по указанному номеру и сказать: «Пицца приехала».

Максим не удивился. Среди клиентов хватает чудаков. Парень записал телефон и четко выполнил указание. Представьте его удивление, когда из калитки тенью выскользнула Катя.

Девочка объяснила ему ситуацию. Ее мать умерла. Катю взяли в дом дальние родственники, деспотичные люди, решившие прибрать к рукам сироту — обладательницу богатства. Кате запрещается ездить в город, ее запирают в комнате. Но девочка нашла путь к свободе. Она будет вылезать через окно и бежать к калитке. Максу предписывается ждать ее и отвозить в Москву, а вечером доставлять назад, за деньги, причем немалые.

— Чего ты такси не вызовешь? — удивился шофер.

— Дурак, — снисходительно ответила Катя, — знаешь, как заказные машины в поселок попадают? Целое дело! Им пропуск оформить надо, иначе охрана не впустит. Да еще идиоты-секьюрити у хозяев поинтересуются: у вас что, автомобили поломались? А пицца беспрепятственно въезжает. Я на пост позвонила, дочкой хозяйки представилась, сказала: «Здрассти, вас Маша беспокоит, Воронцова. Пустите к нам пиццу!» И никаких проблем.

Макс кивнул. Он и сам заметил странное обстоятельство. В коттеджных поселках, расположенных неподалеку от Москвы, тщательно следят за безопасностью. У въезда, возле закрытого шлагбаума маячат охранники с оружием и служебными собаками, но Макса всегда впускают беспрепятственно, парни в форме улыбаются и шутят:

— А, пирожок с сыром приехал! Нет там лишней пиццы для нас? Угости, не жадничай!

— Значит, сегодня ты тоже увез Катю? — перебила я водителя.

— Ага, — кивнул тот, — вечером забрать должен. Мы обычно на бензоколонке встречались. Уже на Новорижском шоссе. Катюша туда на такси прикатывала, а в поселок ее я привозил, она очень боялась, что кто-нибудь узнает о том, что она в город мотается. На пол в салоне ложилась, приказывала ее либо коробочками с пиццей прикрыть, либо пледом.

— Постой, а как же вы попадали в поселок? — удивилась я. — Допустим, утром Катя звонила на охрану и называлась Машей. А вечером-то кто пиццу «заказывал»?

Максим загоготал.

— Вся ваша безопасность полная чепуха! Охрана-то не знает, кто и откуда трезвонит! Катька, стоя на бензоколонке, по мобильнику номер набирала и опять, как утром, говорила: «Это Воронцова Маша, я заказала пиццу». Цирк, да и только! Я ее и провозил на территорию поселка.

— Ты помнишь, куда отвез Катю сегодня утром?

— Конечно, — кивнул Максим, — кстати, не в Москву. Я ее обычно до метро «Тушинская» доставлял, дальше она сама двигалась. А сегодня в Васькино подбросил.

— Куда?

— Деревенька такая, недалеко отсюда, — пояснил Максим, — или городок. Маленькое местечко.

Я встала.

— Можешь мне туда дорогу показать?

Водитель кивнул:

— Без проблем, только деньги вперед. Все, какие обещали, сразу.

Я вынула кошелек. Может, жадность и порок, но я обрадовалась, что юноша столь корыстолюбив и готов за радужные купюры продать кого угодно.

Глава 32

В Васькино мы приехали цугом: впереди Максим на своей разукрашенной надписями машинке, сзади я на «Пежо».

— Вон в тот дом она пошла, — юноша ткнул пальцем в небольшую, но чистенькую избушку, — видите, где ящик на воротах прикольный.

Я припарковала «Пежо» и пошла к забору, выкрашенному пронзительно синей краской. Вход во двор преграждали железные ворота, на деревянном столбе висел короб, куда почтальон складывал газеты и письма. Ящик и впрямь выглядел необычно, кто-то выпилил из фанеры фигурки псов и прибил их с внешней стороны. Прямо у щели, куда следовало бросать почту, белела наклеенная бумажка. «Собакина Лариса Михайловна» — гласили четкие черные буквы, написанные, похоже, рукой девочки-отличницы. Я вздрогнула, а потом без стука толкнула створку ворот и прошла к дому. Поднялась на крыльцо и, опять не постучав, открыла дверь и скользнула внутрь.

Я попала в тамбур. Маленький, очень чистый. Обычно сельские жители используют это пространство вместо кладовки. Здесь, как правило, царит беспорядок, валяется разнокалиберная обувь, висят на гвоздях тулупы, стоят бачки и ненужные кастрюли.

Но у Ларисы Михайловны Собакиной в сенях был строгий порядок и невероятная чистота. С правой стороны тянулась калошница, в которой виднелась старая, поношенная, но идеально начищенная обувь: туфли на низком каблуке, резиновые сапоги, полусапожки с меховой оторочкой и босоножки коричневого цвета. Слева, на крючках висела верхняя одежда: плащ, куртка, пальто с сильно вытертым воротником из норки. На полу лежала домотканая дорожка, на ней у самого входа в кухню стояли замшевые ярко-красные кроссовки, совершенно новые, очень дорогие. Такая обувь не по карману бедной крестьянке, равным образом ей не купить и вон ту курточку из голубой джинсовки. Вещичка, правда, выглядит хуже некуда, рукава ее усеяны дырами. Но, имейте в виду, прорехи появились на одежке не от ветхости и не оттого, что ее владелица зацепилась за грабли. Нет, дырочки прорезал кутюрье и взял за работу бешеные бабки.

Я толкнула следующую дверь. Конечно, можно предположить, что к Ларисе Михайловне приехала внучка, городская модница, но я очень хорошо знаю, кому принадлежит дорогая обувь и совсем не дешевая курточка.

Дверь хлопнула. Я вошла в большую, чисто прибранную комнату. Ну надо же! Словно попала в конец шестидесятых годов. Два кресла на тонких ножках, диван, прикрытый ковром, тумба с черно-белым телевизором «Шилялис», «Хельга» с посудой, этажерка с разномастными фарфоровыми фигурками, большой квадратный стол, покрытый бело-желтой скатертью, четыре стула. Накрахмаленные занавески покачивает ветерок, на подоконнике буйно цветет герань, на стене громко тикают ходики, одна гиря спустилась почти до полу — идиллическая картина под названием «Тихий день в деревне». Лишь одна деталь портит пейзаж: злое лицо девочки, сидящей около стола.

— Ты?! — воскликнула Катя.

— Я, а ты меня не ожидала?

— Зачем приехала?

— А ты с какой стати тут?

— Мне надо!

— И мне.

— Вы кто? — недоумевающе осведомилось еще одно действующее лицо, полная, но еще вполне крепкая женщина с сильно загорелым лицом.

Я чеканным шагом подошла к свободному стулу, без всякого приглашения плюхнулась на жесткое сиденье и сурово заявила:

— Похоже, нам предстоит долгий разговор.

Катя задохнулась от душившей ее злобы, Лариса Михайловна Собакина удивленно заморгала:

— Да что случилось?

Я усмехнулась, открыла рот, но не успела издать и звука.

Дверь с треском распахнулась, комната стала быстро наполняться хмурыми мужчинами. Несмотря на то, что внезапно появившиеся люди были в гражданской одежде, сразу стало понятно: это представители правоохранительных органов.

— Лариса Михайловна Собакина? — сердито поинтересовался полный лысоватый дядечка, странно похожий на Дегтярева.

— Да, — совершенно растерявшись, кивнула пожилая женщина, — паспорт показать?

— Не надо пока, — махнул рукой толстяк.

Потом он повернулся к красной, словно огнетушитель, девочке:

— А ты Катя?

— Нечего тыкать, — взвилась та, — я с тобой на одном поле не гуляла!

— Деточка, — ласково заявил милиционер, — грубить старшим плохо, и вообще, хорошо воспитанные дети говорят взрослым дядям «вы».

— Как ты со мной, так и я с тобой, — парировала Катя, вскакивая на ноги, — хорошо воспитанные дяди говорят незнакомым девушкам «вы».

Толстяк хмыкнул:

— Ладно. Меня зовут Виктор Анатольевич.

Катя стояла молча. Мужчина взглянул на меня.

— Дарья Ивановна Васильева?

— Ага, — кивнула я, — именно так. Откуда вы меня знаете? Мы знакомы?

— Лично пока нет, — усмехнулся Виктор Анатольевич, — но я наслышан о вас, весьма, да...

В этот момент Катя, воспользовавшись тем, что внимание милиционера переключилось на меня, кинулась к окну.

— Лови ее! — закричала я. — Сейчас уйдет.

Но зря я волновалась. Один из парней, стоявший у дверей, мгновенно схватил девочку, та его лягнула. Виктор Анатольевич покачал головой:

— Фи! Как некрасиво. Садитесь, нам, похоже, предстоит долгий разговор.

— Уже слышала нечто подобное, — скривилась Катя и ткнула в меня пальцем: — От нее.

— Вот с нее и начнем, — улыбнулся толстяк. — Ну, Дарья Ивановна, похоже, вы влипли в историю.

— Немедленно покажите документы, — велела я.

— Мишка, — спокойно отреагировал Виктор Анатольевич.

Один из парней вынул удостоверение и сказал:

— Смотрите издали, руками не трогайте.

Я уставилась на «ксивы». Это не милиция! В избушку пожаловала ФСБ.

— Документ настоящий? — решила уточнить я.

Мужчины засмеялись.

— Ничего веселого, — рявкнула я, — сейчас любую корочку купить можно.

— Хвалю за бдительность, — кивнул Виктор Анатольевич.

Потом он вытащил мобильный, нажал на кнопку и сказал:

— Ну, бормотни-ка ей пару слов.

Затем протянул мне сотовый. Я машинально взяла трубку и сказала:

— Алло.

— Поезжай с Виктором Анатольевичем, — каменным голосом приказал Дегтярев, — ей-богу, мне тебя господь в наказание послал.

Через пару часов я сидела в небольшом кабинете.

— Духота у нас, — озабоченно покачал головой Виктор Анатольевич, — хотите чаю?

— Нет, — быстро ответила я, — только воды и покурить. Дайте пепельницу.

Виктор усмехнулся.

— Это без проблем, ну, начинай!

— Что? — спросила я, одним глотком опустошая протянутый стакан.

— Рассказывать, — спокойно продолжил Виктор, — сначала ты, затем я, идет? Поделимся информацией. Твой любимый Дегтярев пообещал, что ты можешь много чего знать. Но и я не промах. Интересно, кто из нас более умный?

Я вздохнула, откашлялась и начала:

— Если хотите утром, услыхав противный звук будильника, моментально вскочить с кровати, положите сверху на часы мышеловку...

Говорила я долго, Виктор молчал. На его лице не отражалось никаких эмоций. Пару раз он кашлянул, но это оказались единственные звуки, изданные им за то время, что длился мой рассказ.

— Доказательств вины Кати у меня нет, — наконец добралась я до конца, — одни догадки и предположения. Выводы сделаны на основе логических рассуждений. Имеется белое платье, я слышала от Дегтярева, что теперь вроде можно доказать: одежду носил определенный человек, какие-то следы находят на ткани, какие-то частицы...

— Ну да, — кивнул Виктор, — это не новая методика. Допустим, мы имеем футболку, забытую на месте происшествия, и парня, который намертво отрицает свою причастность к убийству. Доказать, что он носил прикид, очень легко, даже элементарно. Поэтому платье нам обязательно расскажет, кто в нем щеголял.

— Катя! — тоскливо воскликнула я. — Вот ужас-то!

Виктор моргнул раз, другой.

— Послушай, — неожиданно сказал он, — ты нашла кучу сведений и являешься бесценным свидетелем. Кстати, в ведомстве твоего любовника...

— Кого? — подскочила я.

— Ну, извини, — быстро поправился Виктор, — сослуживцы твоего гражданского мужа...

— Ты о ком толкуешь? — неожиданно для себя я тоже перешла с ним на «ты».

— О Дегтяреве, — улыбнулся собеседник.

— Мы просто друзья.

— Пусть будет так!

— Это правда!

— Сия информация не имеет принципиального значения.

— Но...

— Да какая мне разница, с кем ты спишь, — вздохнул хозяин кабинета, — речь идет о другом. В общем, в том месте, где служит Дегтярев, о Дарье Васильевой ходят легенды. Недавно их начальство на одном совещании, упрекая сотрудников, воскликнуло: «Да вы просто васильевщиной занимаетесь!»

Я уставилась на Виктора.

— И к чему ты это расказываешь?

— Да к тому, что, нарыв кучу сведений, ты порой не замечаешь маленьких, но кардинально меняющих ситуацию фактов.

— Каких в данном случае?

Виктор улыбнулся.

— Их много. Но есть один, который в прямом смысле на виду. Скажи, Катя носит серьги?

— Серьги?

— Ну да. Только не говори, что не знаешь про такие украшения.

— У Катерины много драгоценностей.

— Помнишь, что было в ушах девочки, когда ты увозила ее в Ложкино?

Я напрягла память.

— Да! Очень симпатичные сережки в виде розовых бабочек, усыпанных мелкими бриллиантами.

— Поняла теперь?

— Нет.

— Вспомни свой визит к Темкиной, начальнице отдела НИИ, где людям составляют родословные. Яна Валерьевна сняла у тебя с руки часы.

— Да! Точно.

— Ты только что сказала: у противной бабы на кофте была брошь...

— Розовая бабочка в бриллиантиках, — подскочила я, — украшение слишком нежное, девичье, оно не подходит гиппопотамихе. Ой! Конечно! Серьги и...

— ...брошь являются одним комплектом, — кивнул Виктор. — Яна Валерьевна верна своей привычке брать у клиентов понравившиеся ей драгоценности.

— Но зачем Катя к ней ходила?

Виктор покашлял.

— Ну ладно, слушай. Ты уже знаешь, что Адашевы и Ицхаковы враждовали друг с другом?

— Конечно. Одно время, правда, «бои» прекратились, но после свадьбы Зелимхана и Асият вспыхнули с новой силой.

— Верно, — кивнул Виктор, — Адашевы приехали в Москву, их приютил родственник. Знаешь, что случилось с Ицхаковыми? У них ведь остались мальчик Рамазан и девочка Аминат?

— Ну... наверное, детей отправили в детский дом.

— Нет. Рамазан хоть и был почти ребенком, обладал цепким умом и прозорливостью. Поняв, что семья погибла, мальчик, прихватив баул с ценностями, убежал вместе с сестрой в Москву. Адашевы убивали Ицхаковых, а те поджигали дома своих врагов и стреляли в тех, кто был кровно с ними связан. Но вот деньги, драгоценности ни первые, ни вторые друг у друга не крали. Кровная месть никак не связана с воровством. Более того, взять что-либо, ранее принадлежавшее врагу, считается подлостью. Адашевы, уничтожив Ицхаковых, не прикасались к тому, что накопили кровники. Рамазан остался единственным владельцем родового богатства.

Как брат и сестра добирались в столицу, каким образом мальчик, тащивший в левой руке чемодан с украшениями, а в правой — малолетнюю сестру, сумел не попасться на глаза милиции, отдельная история. Думаю, что большинство его родственников не справились бы с задачей, но Рамазан считал себя старшим в роду и ответственным за сестру.

Прибыв в столицу, Рамазан отыскал дальнего родственника, который с радостью принял детей, имевших при себе огромные ценности. Не следует думать, что только в наше время все можно купить за деньги. Наверное, я разочарую тех, кто с ностальгией вспоминает советские времена, но и тогда за хорошую сумму вы могли приобрести документы на другое имя.

Рамазан побоялся оставаться Ицхаковым. Он хорошо знал: его фамилия истреблена полностью. Седьмая вода на киселе, обитающая в Москве и принявшая сирот, на самом деле могла считаться родней с огромной натяжкой. У матери Рамазана имелась сестра, у той муж, а у него отец, брат которого женился на женщине по имени Зинаида. Вот к сыну этой бабы и приехали малолетние беженцы. Фамилия мужика была Степнов, а Рамазан хорошо понимал несколько вещей. Ицхаковых, кроме них, нет, предательницу Асият мальчик теперь родней не считал. Адашевых на земле пока больше. Месть объявлена, и остатки Адашевых вполне способны добить двух малолетних Ицхаковых. Следует тщательно спрятаться. Затаиться, а уж потом расправиться с Зелимханом, Асият и остальными врагами. Рамазан хорошо усвоил уроки деда, а старик, воспитывая из внука мужчину, частенько повторял:

— Терпение — главная доблесть. Если долго сидеть на берегу реки, течение обязательно пронесет мимо труп твоего врага. Выжди время и нанеси удар наверняка.

Рамазан Ицхаков постарался спрятаться как можно глубже. Он и Аминат сменили имена. Мальчик превратился в Романа Степнова, а девочка в его сестру Аню. Причем долгое время она не знала правды о своем происхождении. Аминат не помнила ни того, как убивали ее родных, ни того, как они с Рамазаном бежали в Москву. Слишком мала была она в то время. Лишь спустя много лет Ицхаков-Степнов рассказал ей, как обстоит дело.

Глава 33

Шли годы, много разного, хорошего и плохого, случилось в России. Роман, давай будем теперь называть Рамазана этим именем, вырос. Он не оставил мысли о том, чтобы убить Адашева, просто на время забыл о ней, решив сначала устроиться в жизни, жениться, народить побольше детей, выдать замуж Аню... Но нечто или некто мешал Роману осуществить планы. Первый его брак развалился из-за того, что жена оказалась бесплодной, второй прервался при трагических обстоятельствах. Беременная супруга Степнова вечером, возвращаясь с работы, наступила на плохо закрытую крышку канализационного люка, упала в колодец и умерла на месте. В третий раз жениться Рамазан не стал. У Ани личная жизнь тоже не складывалась, мужчины отчего-то обходили стороной девушку, и она осталась старой девой.

После перестройки Роман занялся торговлей, быстро преуспел и очень скоро узнал: у него есть конкурент на рынке — Зелимхан Адашев.

Роман быстро разузнал подробности жизни кровника. Тот, очевидно, ничего не боялся, жил под своей фамилией и был крайне удачлив в делах. А еще у Зелимхана имелись две дочери, внук, внучки, он оказался вполне счастлив в семейной жизни. Единственная радостная весть, долетевшая до Романа, была сообщением о смерти гадины Асият, мерзкой предательницы, дряни, заварившей всю кашу. Роман ненавидел сестру до такой степени, что при одном воспоминании о ней у него подскакивало давление.

Не передать словами ощущения Степнова, которые он испытал, услыхав о светлой жизни Зелимхана и об его успехах на ниве бизнеса. Врага следовало убить сразу, стереть с лица земли вместе с выкормышами, но Роман вспомнил деда и решил действовать медленно, осторожно. Москва не Кавказ, это в Стефановске можно было устроить перестрелку или на глазах горожан заколоть кровника. Вот там за подобный поступок не осудят и даже постараются спрятать, если в городок заявится милиция. Но в России-то свои порядки. А Роман, желая убить Зелимхана с его детьми и внуками, сам хотел остаться в живых и на свободе.

Больше года Роман разрабатывал план, придумывал и отбраковывал разные сценарии, пока наконец не принял решение. Для начала он попытался установить с Адашевым хорошие отношения. Зелимхан не заподозрил ничего дурного, он тоже считал, что худой мир лучше доброй ссоры, и между двумя конкурентами возникло некое подобие дружбы. Улыбаясь Зелимхану, Роман думал: «Ничего, сначала разорю, а потом убью его». Но торопиться было никак нельзя, следовало действовать очень осторожно, продвигаясь вперед черепашьими шажочками.

Ну а потом события стали развиваться не по сценарию Степнова. И Зелимхан, и Роман постоянно расширяли бизнес, оба они почти одновременно узнали о том, что мэр принял решение возвести новый квартал. А где люди, там и продукты. Бизнесмены кинулись за разрешениями на строительство супермаркетов. Самым сладким кусочком был огромный пустырь, расположенный в очень удобном месте, рядом со МКАД. Построенный там торговый комплекс стопроцентно принесет гигантскую прибыль. С одной стороны, магазин мог иметь въезд с Кольцевой дороги, а с другой — в него спокойно попадут жители нового района. Степнову хотелось заполучить землю до дрожи. Для него тот год был нервным, бизнесмен подумывал и о политической карьере, сделал пару пробных заявлений о своем желании баллотироваться в Думу, одновременно с этим узнал, что пустырь может достаться Адашеву, и начал раздавать взятки чиновникам.

Вечером четырнадцатого февраля, дата впечаталась

Роману в память на всю оставшуюся жизнь, ему позвонил Зелимхан и бодро сказал:

— Не хочешь вина выпить? Я нашел чудное местечко. Народу немного, кухня волшебная — правда, кавказская. Ты к ней как относишься?

— Очень даже хорошо, — ответил Роман, — сациви-щмациви.

Зелимхан рассмеялся.

— Тогда приезжай.

Роман прибыл по указанному адресу, отведал восхитительного шашлыка, выпил отличного вина и слегка расслабился. Зелимхан тоже откинулся на спинку стула и воскликнул:

— Сколько человек съесть способен!

— Горы, — усмехнулся Роман, — кстати, на этом наш с тобой бизнес держится. Прикинь, где мы окажемся, если народ поголовно от продуктов откажется.

— Лучше не думать о таком, — улыбнулся Зелимхан, — и вообще твое предположение звучит дико. Человек ел, ест и будет есть. Впрочем, говорят, кое-кто способен и без пищи прожить, монахи, например, с Тибета.

— Они еще и летать умеют, — подхватил Роман.

Разговор двух бизнесменов, отдыхавших после тяжелой рабочей недели, повернул к теме паранормальных способностей человека. Так, ни к чему не обязывающий треп. Степнов рассказал о знакомом, которого вылечил филиппинский хилер, Адашев поведал о некоем астрологе, способном подсказать, в какой день лучше всего принимать стратегические решения. Потом оба замолчали.

— Да, — прервал молчание Степнов, — человек способен на многое. Вот так живешь и не знаешь, что ты экстрасенс, потом бац — и открывается третий глаз.

— Ага, — кивнул Адашев, — кстати, смотри, какой интересный документ!

Роман, не ожидавший никакого подвоха, кинул взгляд на протянутый листок и почувствовал, что сердце выпрыгнуло из груди, переместилось в горло и колотится там со страшной силой. Перед ним была копия свидетельства о рождении Рамазана Ицхакова. Шок оказался настолько велик, что Степнов, на секунду потеряв голову, не сумел сдержать нахлынувших чувств и воскликнул:

— Но как ты узнал?

Зелимхан взглянул на него.

— Во-первых, ты похож на своего отца и деда, просто копия. Даже нос морщишь, как они, ну, а во-вторых... Ладно, тебе это неинтересно. Я знаю все. Теперь слушай: на тебе много крови...

Степнов молча ощупывал глазами лицо Зелимхана, а тот как ни в чем не бывало спокойно вещал дальше:

— Помнишь Зиру Угароеву?

— Вашу соседку? — тихо уточнил Роман. — Да.

— Так вот, она видела, кто поджег дом Хасана, когда погибли почти все Адашевы, — так же понизив голос, ответил Зелимхан, — мальчик Рамазан Ицхаков.

— Твои моих первыми сожгли, а Зира сошла с ума, — быстро ответил Степнов.

— Нет, она вполне здорова.

— Она жива?

— Да, в Стефановске полно долгожителей, — медленно произнес Зелимхан, — знаешь, только кажется, что все это было очень давно, на самом деле тогда Зира была молода, ей сейчас и восьмидесяти нет, не возраст для старухи, всю жизнь прожившей на свежем воздухе.

Повисло молчание. Потом Зелимхан сказал:

— Вражду надо прекратить, хватит убивать друг друга.

— Я не знал, что ты тот самый Адашев, — быстро соврал Роман, — и в голову не могло прийти, давно живу в Москве, отрочество забыл, меня родственник усыновил, свою фамилию дал. Прошлая жизнь словно приснилась.

— Хорошо, — кивнул Адашев. — я тоже забыл, но... Пустырь под застройки должен достаться мне, кстати, ты вроде в Думу собрался? Не боишься, что газеты раскопают правду о Рамазане Ицхакове? Зира жива. Впрочем, я никому ничего не расскажу, давай забудем вражду, хватит смертей.

Степнов правильно понял Адашева. Гигантский супермаркет начал возводить Зелимхан, Степнов оставил мысли о политической карьере, внешне он остался приятелем Адашева, но в душе у него горел не просто пожар, там пылал огромный вулкан. Роман решил сделать все, чтобы уничтожить Зелимхана. Через год семья Адашева попала в авиакатастрофу.

Виктор замолчал.

— Ты хочешь сказать... — прошептала я.

Он кивнул.

— Да. Мы стали плотно заниматься одним делом, потом скажу, каким, и вырулили на события тех лет. В самолете летело, сама понимаешь, много народу. Так вот, мы выяснили, что одним из пассажиров был Кузнецов Николай Сергеевич, довольно молодой мужчина, неизлечимо больной, почти умирающий. Странно, что человек в такой стадии недуга отправился отдыхать!

— Решил перед смертью пожить на полную катушку, — пролепетала я.

— Полетел один! Без жены и сына!

— Ну... может, они ему надоели.

— Кузнецов имел инвалидность, — продолжал Виктор, — последние годы перед смертью не работал, его семья нуждалась, им на хлеб не хватало. И вдруг — поездка за границу.

— Захотели порадовать умирающего.

— После катастрофы жена и сын Кузнецова покинули Москву.

— И что?

— Они осели в Екатеринбурге. Купили там отличный дом и открыли свой бизнес, — продолжал Виктор, — на какие такие сбережения? Откуда денежки?

— Продали квартиру в столице!

— Две комнаты в бараке? Кузнецов сел в самолет с небольшой сумкой, другого багажа с собой не имел. Его лечащий врач сказал нам, что жить мужику оставалось от силы полгода. Причем последние шесть месяцев ему предстояло провести в страшных мучениях.

— Ты полагаешь...

— Да, — кивнул Виктор, — он был камикадзе. Пронес на борт взрывное устройство, и ку-ку. Самолет упал в море, следов не нашли. Кузнецов пошел на смерть ради благополучия жены и сына. Никто не заподозрил в тот момент ничего плохого. Степнов тщательно спланировал преступление, но он не предполагал, что Соня и Катя останутся дома, женщину и девочку спасла случайность. Одна сломала ногу, другая уперлась и, сказав: «Не хочу никуда ехать», осталась дома. Зелимхан не сумел переубедить строптивую внучку.

— Значит, это не Катя убила Соню! — заорала я.

— Нет.

— Но зачем она ездила в город? Тайком!

Виктор усмехнулся.

— Просто удивительно, что вы друг друга не вычислили. А еще поговорка есть: «Свой свояка узнает издалека». Врет, наверное, народная мудрость. Ты ведь была у Адашевых в доме, видела их библиотеку?

— Да, даже позавидовала.

— Чему?

— Огромному количеству детективов! Почти все собрали! Я и не предполагала, что Соня такая любительница криминальных романов!

— Это не Соня! Лихо закрученными сюжетами увлекается Катя, — с удовольствием сообщил мне Виктор, — девочка, кстати, свободно владеет двумя языками. Английский и французский она выучила, чтобы иметь возможность читать не переведенные на русский произведения.

— Понимаю, — пробормотала я, — сама такая.

— Кате показалась очень странной смерть Сони, — продолжал Виктор, — но еще раньше, чуть повзрослев, она стала задумываться о том, почему же ее любимый дедушка и вся родня попали в авиакатастрофу. Отчего погибли ее тетя... сестра...

— Эй, — подскочила я, — Катя, между прочим, считает себя дочерью Зары!

— Нет, после гибели семьи Соня открыла девочке правду, чем обрадовала ее необыкновенно. Зара, естественно, хорошо относилась к «дочери», но материнской любви к ней не испытывала, она обожала своего сына. Катя чувствовала это, а Соня всегда была для девочки самым близким человеком, иногда Катя, лежа вечером в постели, думала: «Ну почему тетя любит меня сильнее мамы? С какой стати двоюродная сестрица мне ближе, чем родной брат?» Ну а после авиакатастрофы все стало на свои места. Сначала, узнав о гибели родных, и Соня, и Катя испытали огромный шок. Но потом они поняли: жизнь продолжается. Соня ушла в бизнес, работа стала для нее болеутоляющим средством, лекарством, помогающим на время забыть о горе. Адашева целыми днями пропадала на службе, а Катя в свободное от школы время читала детективы. Мало-помалу в ее голову стали закрадываться вопросы, и девочка решила самостоятельно разобраться в истории с авиакатастрофой. Не надо забывать, в какой семье она родилась и кем были ее родители. Кстати, Зелимхан погиб, унеся с собой тайну о трагедии, которая разыгралась после их свадьбы с Асият. Ни Соня, ни Катя ничего не слышали об Ицхаковых. Почему Адашев не посвятил любимую дочь в тайну? Не знаю. Может, хотел сберечь ее душевный покой, а может, надеялся, что история с кровной местью, тянувшаяся на протяжении нескольких веков, наконец-то завершится.

Заподозрив неладное, Катя начинает расследование. И, как это ни странно, девочка узнает много интересного. С недетской прозорливостью ребенок задает себе вопрос: а кому была выгодна смерть деда? И отвечает: его конкуренту Степнову. Катя недавно стала следить за Романом. Она переодевается, гримируется, одновременно пытается выяснить подробности биографии Степнова и в результате приходит к Темкиной.

— Как она ее нашла? — изумилась я.

Виктор усмехнулся.

— Реклама — двигатель торговли. У Кати в классе есть мальчик, Вася Иванов. Вот он с недавних пор начал хвастаться всем, что является графом, человеком с аристократическими корнями. Катя лишь посмеивалась над ним.

— Граф, — сказала она, — отставной козы барабанщик — вот ты кто. Фамилия у тебя шикарная — Иванов, значит, у нас вокруг сплошные аристократы!

— Не Ивано́в, а Ива́нов, — поправил ее Вася. — Ударение не там делаешь. Еще вот, гляди!

— Это что, — удивилась Катя.

— Генеалогическое древо моего рода, — гордо ответил новоявленный дворянин.

— И где ты его взял? — недоверчиво спросила Катя.

— Папа в НИИ заказал, у профессора Темкиной, — пояснил Вася, — дорого, конечно, но дело того стоит. Теперь о своих предках я знаю все. Хочешь, дам адрес и телефон доктора наук? Она и о твоих предках все выяснит.

— Думаешь? — задумчиво протянула Катя. — О любом человеке правда в архиве хранится?

— Сто пудов, — заверил Вася.

И Катя поняла, вот кто может «просветить» Степнова.

— Надо же, — пробормотала я, — такое совпадение, сначала Зелимхан, потом его внучка обратились в одно и то же место, к Яне Валерьевне.

— Ничего удивительного, — улыбнулся Виктор. — В Москве мало специалистов, способных грамотно составить родословную. Тот, кто решил узнать правду о предках, рано или поздно придет в отдел, которым руководит Темкина. Ладно, мы сейчас занимаемся выяснением малозначительных деталей, едем дальше.

Яна Валерьевна берет у девочки брошку в качестве оплаты и предоставляет ей информацию. Катя понимает: она на верном пути! Федор Степнов не был женат, но имел двух детей: Романа и Аню. От кого появились сын и дочь? А еще: Кате удалось за деньги заглянуть в домовую книгу, и она сделала еще одно открытие — Федор Степнов жил один, потом вдруг в его квартире прописались два ребенка, внезапно возникшие, словно ниоткуда... Катя поняла, что не ошиблась.

Потом Соня сводит счеты с жизнью, все вокруг говорят о самоубийстве, но Катя понимает: любимую маму убили. Ее долг обличить негодяя. Девочка собирает всю свою волю в кулак и решает действовать. К тому времени она много знает о Степнове и почти уверена: это он убийца.

— Вот почему Катя показалась мне на поминках совершенно равнодушной, — вздохнула я.

Виктор кивнул:

— Она сказала себе: поплачу потом. Сначала надо покарать преступника, а потом рыдать о маме! Прадед Хасан, отец Зелимхана, был бы очень доволен своей правнучкой. Та вела себя, как истинная Адашева.

Катя собирается посвятить всю себя расследованию, благо на улице стоит лето, и в школу ходить не надо. И тут появляется Даша Васильева с предложением ехать к ней в дом. В первый момент Катя теряется. Она давно считает себя самостоятельной, взрослой, и только сейчас до нее доходит: сироту-подростка положено отправить в интернат. То, что Катя богата, не имеет значения, закон одинаков для всех, впрочем, возможен и иной вариант — ей назначат опекуна, с которым придется жить. И неизвестно, какой человек станет распоряжаться судьбой девочки. О Даше Васильевой Катя слышала, в последние дни перед смертью Соня довольно много говорила о ней, и Катя соглашается ехать в Ложкино, она надеется, что, находясь там, сможет заниматься расследованием. Но умная девочка прекрасно понимает и другое: Даша Васильева и ее многочисленные родственники постараются окружить сироту вниманием и любовью.

И Катя принимает решение: нужно вести себя таким образом, чтобы окружающие не захотели иметь с ней дела.

— Вот почему она стала говорить о возмещении расходов на себя, устроила спектакль с гаишником, — воскликнула я, — вот по какой причине почти довела до слез в кафе Манюню и осыпала гадкими замечаниями Ирину!

Виктор кивнул:

— Да. Ей хотелось добиться одного: возможности свободно распоряжаться своим временем. И она это получила. Никто не стучал в дверь спальни Кати, никому ведь не хочется услышать очередную отповедь. Девочка уверена, что к ней не полезут, поэтому спокойно вызывает Максима и уезжает.

Впрочем, у нее возникает проблема: заканчиваются наличные деньги. Кредиткой она воспользоваться не может. Соня мертва, и в банке заблокирован ее счет. Катя решает задачу просто. Едет в «Ниву», открывает сейф и берет пачку долларов. Она великолепно знает, где мама держит деньги, и, естественно, считает их своими.

— Вау!

— Ага, — усмехнулся Виктор, — а Дашенька в тот день явилась в поселок, чтобы снять показания счетчика. «Пежо» остался у административного корпуса. Ты спустилась в подвал и провела там минут сорок.

— Ну да! Сразу не нашла щиток.

— Катя же в это время приехала в поселок, взяла деньги и отправилась дальше. В «Ниву» она проникла не через центральный вход, а пробралась по дороге, ведущей из Грызова. Она вихрем взлетела на второй этаж, не поняв, что в доме еще кто-то есть. Да и как она могла заметить чужое присутствие? Машины у ворот не было, а ты возилась в подвале, оттуда никакие звуки до второго этажа не долетают.

— Но зачем она пугала Соню? — прошептала я.

— Кто?

— Катя!

— С чего ты взяла, что это она изображала привидение?

— Платье белое лежало в кладовке в «Ниве», и венок, и туфельки розовые! Кстати, у меня к ним есть сумочка! Я сняла ее с куста...

— Платье и впрямь хранилось в чулане, — согласился Виктор, — Катя узнала почти все! Она нашла человека, задумавшего преступление, обнаружила одежду, украла ее и до поры до времени решила сохранить наряд, это была улика. Но Кате хотелось самой довести дело до конца.

— Кто же лишил жизни Соню? — я окончательно потеряла самообладание. — Степнов?

— Нет.

— А кто?

— Ну, это совсем другая история, — хмуро протянул Виктор, — она практически не связана с прошлым Зелимхана. Вернее, нет, корни этого дела тоже в прошлом, но в недавнем, не столь отдаленном, хотя и произошедшем не вчера.

— Нельзя ли тебя попросить изъясняться человеческим языком, — прошипела я, — излагать свои мысли четко, ясно, понятно?

— Попытаюсь, — мирно пообещал Виктор, — слушай теперь вторую часть истории, вроде она и не связана с первой, но это только кажется.

Глава 34

Несколько лет назад Соня Адашева совершенно случайно сбила на шоссе девочку. Испугавшись почти до потери сознания, она приезжает домой и расказывает отцу о происшествии. Зелимхан обожает дочь и готов сделать все, чтобы спасти от неприятностей.

Адашев приносит Соне сильное успокоительное, укладывает ее спать, на всякий случай запирает снаружи спальню и, прихватив верного шофера Юрия Собакина, мчится на место происшествия.

Спустившись в канаву, Зелимхан убеждается: девочка мертва. Адашев сразу понимает, как нужно действовать. Вызывать милицию он не собирается, хотя понимает, что Соню никто за решетку сажать не станет. Девочка сама виновата в произошедшем, выскочила на дорогу внезапно, в темном месте, там, где узкое шоссе делает резкий поворот. Но Зелимхан знает и другое: Соня тонко чувствующая натура, она потом всю жизнь будет мучиться от сознания своей вины. Значит, надо избавить дочку от негативных переживаний. Адашев решает найти родственников погибшей и попросту откупиться от них. У Зелимхана много денег и две пустующие квартиры в Москве, жилплощадь он приобретает для дочерей.

— Немедленно заверни тело в брезент, — приказывает Зелимхан Юрию, — отвези в лес и закопай.

Собакин кивает. Он, простите за дурацкий каламбур, предан хозяину, как собака. Оставив шофера возиться с телом, Адашев идет в деревню. Он рассудил верно: ну откуда было взяться ребенку на шоссе? Скорей всего, девочка живет либо в «Ниве», либо в Грызове. Второе более вероятно, за детьми из «Нивы» хорошо присматривают родители и няни, они вряд ли разрешат подростку ночью одному бегать по дороге.

Не успел Зелимхан прокрутить в уме эти мысли, как Собакин подал ему сумочку, которая валялась около несчастной девочки. Внутри оказалась записная книжка, крохотная, что-то вроде дневника. На первой странице была запись: «Деревня Грызово. Анжелика Варькина. Чужие тайны не читай. Нашел, хозяйке отдай». Далее шло написанное аккуратным почерком название улицы и номер дома.

Адашев идет по указанному адресу, находит Фиму и, оценив обстановку, делает той предложение:

— Вы уезжаете из деревни, никому ничего не говоря. В Москве я предоставлю вам квартиру и перепишу ее на ваше имя, там есть мебель и предметы первой необходимости. Еще вы получите деньги.

Фима хлопает глазами, она, как все алкоголики, в подпитии и не слишком хорошо соображает. Зато ее сестра Таня быстро соглашается.

— Поняли, мигом укатим, никто ничего не узнает про Анжелику. Только всю сумму сразу Фимке не давайте. Она деньги, не дай бог, тут же прогуляет и сюда вернется, начнет языком трепать... Лучше присылайте ей каждый месяц понемногу, навроде пенсии, тогда Фимка будет в Москве жить, рублики поджидать.

Договорившись с родней погибшей, Адашев звонит Юре и спрашивает:

— Все нормально?

— Нет, — тихо отвечает шофер.

— Чего так долго?

— Она, похоже, дышит.

— Кто?

— Ну... девочка.

У Зелимхана темнеет в глазах. Если ребенок жив, дело плохо. Девочку придется отправить в больницу, она там, скорей всего, умрет, после такой травмы не выживают... Весь замечательный план летит к чертям, Соню затаскают по инстанциям, доведут до нервного расстройства.

— Не может быть, — реагирует Адашев, — она

мертва! Я же видел! И слышал! Она не дышала, и пульс отсутствовал.

— А сейчас вроде живая...

— Тебе это кажется, она умерла.

— Но...

— Девочка скончалась, закапывай.

— Но...

— ОНА ТРУП!

— Ага, — растерянно отвечает Юра, — понял. Только мне быстро не справиться. Никак подходящее место не найду. Тут лесок негустой, весь днем напрогляд. Надо подальше отвезти, в глухую чащу, куда-нибудь за Волоколамск.

— Действуй.

— А вы как?

— Пешком домой пойду, тут всего ничего.

— Ясно, так я поехал? — переспрашивает Юрий.

— Дуй живей, — приказывает хозяин.

Собакин отсоединяется, а Зелимхан идет по спящему поселку. И тут ему на пути попадается здание недавно сгоревшего магазина: черные стены, зияющие окна и случайно оказавшиеся нетронутыми манекены, пугающе похожие на живых людей. Адашев останавливается. Одна из кукол, одетая в белое платье, привлекает его внимание. Скорей всего, на ней наряд невесты, потому что на голове у куклы венок из искусственных цветочков, к которому прикреплен остаток фаты.

Адашев подходит к чучелу, осматривается по сторонам и видит на заборе соседствующего со сгоревшей лавкой дома брезентовый куль, вывешенный для просушки. Высота манекена около метра пятидесяти. Зелимхан засовывает куклу в мешок и несет ее домой. Он надеется, что Соня не разглядела как следует сбитую девочку, не оценила ее рост, не видела лицо. И он оказывается прав, дочь успокаивается, увидев манекен. Зелимхан допускает лишь одну ошибку. Анжелика блондинка, а у куклы парик каштанового цвета.

— И откуда ты все так подробно знаешь? — недоверчиво спросила я. — Зелимхан-то умер.

— Верно, — согласился Виктор, — просто, выяснив кое-какие факты, я сделал логические выводы. В милиции в тот год было несколько «висяков», вполне обычное дело. У одного парня сперли велосипед, у бабули украли козу. Но вот два заявления показались мне примечательными. Одно написал директор магазина, которого допрашивали в милиции по поводу пожара. Среди перечисленного убытка указывалось: один манекен, сгоревший без следа, в платье невесты и фате. Стоимость одежды... ну да это уже неинтересно. И тут же имелась жалоба от пенсионерки Нины Ивановны Казаковой, которая требовала найти и вернуть ей брезентовый мешок: «выстиранный с большим трудом и оставленный сохнуть на заборе. Привлеките Сеньку Ищеева, это он, гад, спер и пропил».

Вот почему я сумел реконструировать действия Адашева. Ну да то, где Зелимхан раздобыл манекен, на самом деле не очень интересно, намного более драматично разворачивались события у Юры Собакина.

Здесь мне придется на некоторое время отвлечься и рассказать немного о судьбе шофера. До Юры у Зелимхана работали другие люди, но все оказывались неподходящими, опаздывали на работу, обманывали с деньгами на бензин, были безответственными. А потом судьба послала Адашеву Юру.

Очень скоро Собакин превратился в его верного оруженосца, молчаливого исполнителя хозяйских поручений. Юра был патологически немногословен. На вопрос Асият: «И где вы с хозяином сегодня катались?» шофер бубнил: «Ну... того... по улицам».

Асият злилась, а Зелимхан регулярно повышал водителю зарплату, очень хорошо понимая, что второго такого честного, преданного и молчаливого служащего ему не найти никогда. Собакин был уникум, раритет, и он достался Адашеву.

Очень скоро Юра стал поверенным во всех делах Зелимхана, хозяин приобрел привычку, сев в машину, делиться планами с шофером. У Адашева не было близких друзей, а после смерти Асият Юрий вообще стал единственным человеком, с которым бизнесмен мог поделиться наболевшим.

Зелимхан ни секунды не сомневался: информация утонет внутри Собакина без всплеска. Но, что самое интересное, о личной жизни шофера хозяин не знал почти ничего. По утрам, правда, Зелимхан интересовался:

— Как дела?

— Хорошо, — отвечал Собакин и заводил мотор.

О своих делах он заговорил лишь пару раз, однажды попросил хозяина:

— Зелимхан Хасанович, не могли бы вы мне отпуск дать на два дня?

— Зачем? — удивился Адашев.

— Жениться надумал, — последовал короткий ответ.

— Хорошее дело, — улыбнулся Зелимхан, — и кто невеста?

— Ларисой звать.

— Красивая?

— Ну, мне нравится.

— А жить где станете?

— Она из деревни, неподалеку отсюда, из Васькина, — ответил Юра, — значит, ко мне в комнату придет, но ничего, соседи у меня хорошие.

— Ты в коммуналке живешь? — удивился Зелимхан.

— Да, — кивнул Собакин.

Адашев отпустил водителя на неделю, более того, он сделал ему царский подарок — дал деньги на отдельную квартиру.

Юра после свадьбы не изменился, о молодой жене хозяину не рассказывал. Но спустя три года опять попросил:

— Уж простите, Зелимхан Хасанович. Очень мне выходной завтра нужен.

— Никак ты заболел? — удивился хозяин, глядя на бледное лицо Собакина, тот никогда до этого не жаловался на здоровье.

— Похороны у меня, дочка умерла.

Адашев схватился за сердце и засыпал водителя вопросами:

— У тебя был ребенок? Почему я не знал? Что случилось?

Мало-помалу он вытянул из шофера правду.

Юра женился на Ларисе «по залету», особой любви он к супруге не испытывал, но считал, что для семейной жизни страсть не нужна. А вот появившуюся дочку, названную Анжеликой, Собакин просто обожал. Когда личико девочки озаряла улыбка, Юра таял и сглатывал подкатывающий к горлу комок.

На лето Анжелика вместе с мамой уезжала в Васькино. Конечно, Ларисе было скучно в деревне. Юра сразу, еще до загса, предупредил ее:

— Главное для меня работа.

— Конечно, — согласилась Лариса, мечтавшая поскорее выскочить замуж.

Она-то полагала, что мигом прижмет мужа к ногтю, но Собакин никак не реагировал на ее истерики, и дома его практически никогда не было. Стоит ли удивляться тому, что у Ларисы в деревне появился любовник, молодой парень из местных. Лара не собиралась разводиться с мужем, тот отлично зарабатывал, обожал дочь, никогда не обижал жену, но ведь и себя побаловать надо. Дочери Лариса не стеснялась, Анжелика была слишком мала, чтобы что-то понять. Несчастье случилось накануне трехлетия девочки. После обеда Лариса позвала к себе сердечного друга, парочка устроилась в избе. Неверная жена чувствовала себя абсолютно спокойно. Юрий никогда не приезжал раньше полуночи, а Анжелика спала в другой комнате.

Через два часа, проводив хахаля, Лариса пошла посмотреть на дочь и нашла комнату пустой. В тревоге мать выскочила во двор, обежала избу и... закричала.

На участке у Собакиных был крошечный пруд, воробью по колено, но этого количества воды хватило маленькой Анжелике, чтобы утонуть. Пока мать развлекалась с любовником, крошка проснулась, вылезла из кроватки и самостоятельно отправилась погулять. Как она забрела на край пруда, почему упала, осталось неизвестным.

Васькино загудело. Ох напрасно Лариса считала, что о ее похождениях никому не известно. В деревне каждая травинка имеет глаза, а любое деревце уши. Юре моментально доложили о неверности жены.

— Не наше дело в чужую семью мешаться, — тараторила одна из соседок, схватив мрачного Собакина за рукав, — ну спала Лариса с Колькой, так и наплевать. Но ведь ребенок умер. Простишь ты ее, другого родит, и что? Опять не усмотрит!

Юра заскрипел зубами.

— Ой, мама! — испугалась болтливая баба. — Ты, милый, только не убивай жену! Ну случается разное. Вон в прошлом году у Меркуловых тоже малыш утонул, и ничего, живут себе. Значит, судьба такая у твоей Анжелики была, не калечь Ларису, тебя же посадят!

Собакин лишать жизни Ларису не стал, он просто развелся с ней. Бывшая супруга осталась в Васькине, она чувствовала свою вину, на квартиру не претендовала и никогда не беспокоила супруга. Юра более не женился, детей не имел.

— Погоди-ка, — перебила я его, — ты путаешь!

— Уверена? — прищурился Виктор.

— Ну да!! А Маринка? Она же дочка Юры.

— Неужели? — снова прищурился Виктор. — Ну так послушай дальше.

Первые годы после смерти Анжелики стали для Собакина настоящим испытанием.

Долгое время Юра существовал словно лошадь, вращающая ворот. Работа — дом — работа. Его никто не ждал, в холодильнике не было продуктов, телевизор он не включал, радио не слушал. Собственно говоря, в квартире он только спал, использовал ее как гостиничный номер.

Жизнь круто изменилась в тот день, когда Соня сбила на шоссе девочку. Хозяин, велев Юре похоронить труп, направился в Грызово, оставив Юру решать проблему с телом, а шофер через некоторое время сообразил: девочка жива.

Собакин кинулся звонить хозяину, но Зелимхан сурово приказал шоферу:

— Она труп. Засыпай землей и уезжай.

Что оставалось делать Юре? Он взял лопату и стал уговаривать себя: несчастный подросток мертв! Биение пульса ему просто почудилось, легкий стон послышался. И тут несчастная открыла глаза и прошептала:

— Где я?

Юра выронил лопату. Нет, он не мог хоронить живого человека, но, с другой стороны, ослушаться Зелимхана никак нельзя. Если подросток останется жив, Соню ждут неприятности, а если нет... Нет человека, нет и проблемы, а если нет тела, то нет и дела — старые ментовские истины.

Юра наклонился над девочкой.

— Как тебя зовут? — спросил он.

— Анжелика, — прозвучало в ответ.

Собакин сел на землю. Анжелика! Блондиночка с голубыми, нежными, словно незабудки, глазами.

— Дяденька, — прошептала она, — что вы со мной сделать хотите?

— Не бойся, милая, — ласково сказал Собакин, — давай в машину тебя положу.

Юра отвез Анжелику в травмпункт, дал дежурному врачу денег, сочинил какую-то историю и попросил осмотреть девочку. Эскулап обследовал ребенка и вынес изумивший Собакина вердикт: девочка практически здорова, не считая легкого, неопасного для жизни сотрясения мозга, пары царапин и ссадин с шишками.

— Почему же она лежала как мертвая и не дышала? — изумился Юра. — Никак не реагировала ни на звуки, ни на тряску? Честно говоря, я решил, она скончалась.

Врач кивнул:

— Бывает такая реакция от сильного испуга. С человеком приключается нечто вроде летаргии. Внешне, согласен, очень похоже на труп. Сердце бьется редко и слабо, пульса практически нет, лицо застывает маской.

— И что с ней будет? — не успокаивался Юра.

— Ничего, — пожал плечами врач, — хорошее питание, отсутствие стрессов, умеренная физическая нагрузка — и ваша дочь станет здоровей быка.

Глава 35

Юра привез Анжелику к себе домой. Зелимхану он отрапортовал о выполнении задания.

— Молодец, — сухо похвалил его хозяин, — завтра не приезжай, выходной тебе даю.

Собакин налил ванну, велел Анжелике вымыться, дал ей свой спортивный костюм и, пока девочка сушила волосы феном, сгонял в ларек у дома, купил хлеб, масло, чай, сахар, конфеты.

Остаток ночи Юра и Анжелика провели в разговорах. Девочка поведала о своей несчастной полуголодной жизни возле вечно пьющей матери и тетки, которая со всего размаха давала подзатыльник племяннице, если та первой тянулась к кастрюле с отварной картошкой. А Юра неожиданно рассказал правду о Ларисе и своей дочке, тезке Анжелики. Он рассказал, что долго после несчастья дочь ему снилась. Как она падает в пруд, а он, Юра, не успевает ее спасти... Кошмары прекратились после того, как он, неверующий, вошел в церковь и заказал молебен. Изливали души они друг другу долго, моментами плакали, иногда смеялись, потом замолчали, и на маленькой неуютной кухне повисла пронзительная тишина.

— Ты меня завтра отвезешь назад? — вдруг спросила Анжелика. — В Грызово?

Снова стало тихо, потом Юра встал.

— Ложись спать, до полудня покемаришь, после отправимся на рынок одежку покупать.

Анжелика кинулась ему на шею. Юра обнял девочку.

— Ну, ничего, — пробормотал он, — видишь, как бывает, расстались мы с тобой в раннем детстве, а встретились сейчас, не беда, много лет впереди, все будет хорошо, мы будем счастливей всех!

Виктор на секунду замолк, потом взял со стола карандаш и начал вертеть его.

— А дальше что? — прошептала я.

— Ну... Собакин купил девочки документы, — пояснил Виктор, — весь пакет: метрику, медицинскую карту и все, что еще нужно ребенку. На свет появилась Марина Юрьевна Собакина.

— Почему он не оставил девочке прежнее имя?

Виктор поднял брови.

— Из суеверия. Одна Анжелика трагически погибла, другая чуть не умерла вследствие ДТП, и потом, есть такая примета: поменяй имя — изменишь судьбу.

— И он ничего не сказал Зелимхану?

— Нет.

— Но почему?! Девочка-то оказалась здорова! Соню ни в чем нельзя было обвинить!

— Понимаешь, — протянул Виктор, — Юра полюбил Марину. Он всю жизнь прожил в одиночестве, короткий брак с Ларисой не в счет. Жена не стала ему близким человеком, а родная дочь погибла. Снова связывать себя узами брака Собакин не хотел, он мечтал о ребенке, но где было его взять? К малолетке, как правило, прилагается мать!

— Ну... а удочерить сироту из интерната...

— И кто же доверит дитя одинокому мужчине? А тут словно с неба упала Анжелика. Юра очень хорошо понимал: если Адашев узнает, что «труп» ожил, он моментально отыграет ситуацию назад: отнимет у Фимы квартиру и «пенсию», а девочку велит вернуть матери. Раз у подростка всего лишь сотрясение мозга да пара царапин, с какой стати скрывать происшествие? А Юра никак не хотел снова лишиться дочери. Да и Марина не желала покидать своего благоприобретенного папу. Вот почему Юра молчал, а Зелимхан никогда не заговаривал с шофером о произошедшем. Создавшаяся ситуация устраивала всех. Адашев рад, что дочь спокойна, Соня заставила себя поверить истории про манекен. Фима имеет новую квартиру и деньги на выпивку, Юра и Марина счастливы. Об Анжелике не вспоминает никто.

Раз в месяц Зелимхан дает Собакину конверт и коротко приказывает:

— Отвези это.

Юра рулит к Фиме, но перед тем, как въехать во двор, Собакин гримируется. Надевает парик, очки, наклеивает бороду, усы.

— Господи, зачем?

— Юра очень боится потерять Марину, — терпеливо объяснял мне Виктор, — чем дольше он живет вместе с вновь обретенной дочерью, тем больше трясется над ней. Наверное, Собакину следовало обратиться к психотерапевту, который бы сумел ему помочь. Но Юра о таких специалистах не имеет понятия. Ужасная глупость, конечно, но ему кажется, что Фима может проследить за ним, узнает правду, потребует дочь обратно. Поэтому он гримируется под молодого парня.

— Это ему удалось, — кивнула я, — соседи были уверены, что к Фиме приезжает сын, Леонид.

— Ну да, парик без седины, усы и борода. Юра сохранил стройную фигуру и хорошую осанку, голос у него молодой, в гриме Собакин походит на парня лет двадцати семи, решившего ради солидности отпустить буйную растительность.

— Но откуда он узнал про Леонида?

Виктор кивнул.

— Хороший вопрос. Юра наводил справки о Фиме, его интересовала семья Варькиных. Сведения были утешительными: Фимка квасит безостановочно. Младшие дети погибли в пожаре в интернате, старшие исчезли в неизвестном направлении, вроде уехали из Москвы, Анжелику никто искать не собирается. Юра проявляет оперативность и находит на вокзальной площади Леонида. Прикинувшись скучающим мужиком, не знающим, как скоротать время до поезда, Юра заводит с Леней беседу и с радостью понимает: на девочке семья поставила крест, ее никто никогда искать не станет. Но на сердце у него по-прежнему тревожно, и тут он решает прикинуться Леонидом. Не дай бог, кто-то из соседей начнет проявлять любопытство и что-то узнает? А так сын материально помогает непутевой матери. Никто и не заподозрит Собакина, Юра намного старше Леонида, он мужчина в солидном возрасте, а к Фиме будет ездить молодой парень. Приняв это решение, Юра якобы ненароком представляется болтливым бабам, сидящим у подъезда, что он Леонид. Юра очень боится лишиться Марины, даже после трагической гибели Зелимхана все равно привозит Фимке «пенсию», теперь Собакин отдает свои деньги, он опасается, что пьяница, не получив очередную мзду, начнет искать девочку.

— Вот уж глупость! — воскликнула я. — Да Фима потеряла всякий человеческий облик, ей нет никакого дела до своих детей.

Виктор почесал в затылке.

— Верно, только у Юры развилась фобия, и, сохраняя ясный ум и трезвую голову в любых других ситуациях, в случае с Фимой Собакин становится неадекватным.

После кончины Адашева Юра лишился работы. Соня не захотела оставить в доме Собакина.

— Почему? Столь преданного служащего трудно найти!

— Верно, только Юра не совсем правильно вел себя с семьей своего хозяина. Нет, он никому не хамил, не грубил, но всегда держался на расстоянии от нее, более того, не упускал случая подчеркнуть: им имеет право распоряжаться только глава семьи.

Если Соня говорила:

— Юра, сделайте одолжение, купите по дороге хлеб, — водитель кивал и вежливо отвечал:

— Да, только сейчас разрешение у Зелимхана Хасановича спрошу.

Ежели Соня спрашивала:

— Скажите, Юра, вы сегодня по Тверской поедете? — шофер заявлял:

— Лучше у Зелимхана Хасановича спросите. Я маршрута не знаю.

Соня не понимала, что такое поведение вызвано исключительной преданностью шофера хозяину, ей порой казалось, что Собакин над ней издевается. Вот она и рассчитала водителя, вручила ему конверт и сообщила:

— Здесь ваша зарплата за месяц вперед. Ищите другое место, мне шофер не нужен, сама вожу машину.

Юра оказался на улице, но для них с Мариной не наступила черная полоса. Юра устроился на другое место, Соня дала ему отличные рекомендации.

— Но Марина говорила мне иное!

Виктор вздохнул.

— Позже поймешь, почему, сейчас слушай дальше.

Марина оказалась талантливой, она легко поступила в театральный вуз и вскоре стала считаться там одной из самых перспективных студенток. Когда дочь относила документы в приемную комиссию, Юра, твердо уверенный, что в престижное место без блата не попасть, вспомнил про Розу Яковлеву и бросился к той с просьбой о помощи. Роза вылила на него ушат холодной воды и даже пальцем не пошевелила, чтобы помочь незнакомой девочке.

Юра приуныл, но Марина сама с блеском, на одни пятерки, сдала экзамены.

— Но мне она сказала, — забубнила я, — совсем другое.

— Марина отличная актриса, — кивнул Виктор, — такая что хочешь изобразит, вот она и сыграла главную роль в самостоятельно написанном сценарии. Бедная, голодная девочка... Девушка и впрямь маленькая, хрупкая, такая и за семнадцатилетнюю сойдет. Да еще она, как все, кто связан со сценой и экраном, постоянно сидит на диете.

— Значит, она не нуждалась? Я пожалела ее. Решила, что она голодает, и позвала к себе.

— Материальное положение Марины нельзя назвать хорошим, но на еду ей хватало.

— Но у нее дома не было никаких продуктов! И мебель она продала!

— Правильно, — согласился Виктор, — и квартиру тоже пустила с молотка, выручила за нее хорошую сумму и купила себе другую. Ты ее застала в момент переезда, Марина уже перетащила часть вещей в другое место жительства. Ясное дело, проданная квартира смотрелась убого, неустроенно, и, по-видимому, актриса на секунду растерялась. Кстати, ты, рассказывая о своих приключениях, сказала: «Увидев меня, девушка воскликнула: «Ой, это вы!» Ты не обратила внимания на ее возглас.

— Ну да, я решила, что она меня с кем-то спутала!

— Нет, Марина узнала тебя и не сумела сдержать удивления, слишком неожиданным было твое появление, причем в такой момент, когда девушка размышляла, как ей лучше проникнуть в Ложкино.

— С какой стати Марина рвалась к нам? Мы незнакомы! Никогда не встречались!

Виктор усмехнулся.

— До конца истории осталось совсем чуть-чуть. Ты помнишь, что Марина очень любит Юру, который стал ей настоящим отцом?

— Да.

— Тогда понимаешь, как она расстроилась, узнав, что у него тяжелая болезнь сердца?

Я кивнула.

— Марине сказали, что ему предстоит очень тяжелая операция и делать ее должен профессор N, в противном случае может случиться самое плохое, — продолжал Виктор, — но светило берет большой гонорар.

Юра к тому времени уже лежал в больнице. Марина была в отчаянии. Где взять денег? Вначале она хотела продать квартиру, но официальным владельцем жилья был Собакин, а он отказался совершать сделку, сказав дочери:

— После моей смерти ты не должна жить в плохих условиях. И вообще, хватит нервничать, пусть оперирует любой врач. Что на роду написано, то и будет!

Но Марина не хотела сдаваться и... пошла к Соне. Представилась дочерью Юры, объяснила ситуацию и попросила:

— Одолжите мне нужную сумму. Я ее обязательно верну, дайте денег под залог квартиры, если моего честного слова мало. Отец у вас всю жизнь проработал, вы должны помочь ему.

Соня с каменным лицом ответила:

— Господин Собакин давно не служит в нашем доме, он работает в другом месте, пусть там и помогают сотрудникам. Какие могут быть ко мне претензии? Выходное пособие Юрию выплачено полностью. Денег в долг я никому не даю. Никогда. Это мой принцип.

— Не ожидала от Сони такой жестокости, — удивилась я.

— Бизнес не располагает к сентиментальности, и потом, Адашева не поверила Марине. Рано или поздно большинство обеспеченных людей сталкивается с профессиональными попрошайками, которые рассказывают жалостливые истории о больных детях, умирающих родителях, пожарах, наводнениях, извержениях вулканов. Юра ведь никогда ни единым словом не обмолвился о наличии у него дочери.

Марина ушла несолоно хлебавши, операцию Юре сделал обычный врач. Вмешательство не спасло ему жизнь. Все вокруг твердили Марине:

— Болезнь слишком запустили, даже профессор N не сумел бы спасти вашего папу.

Девушка кивала, но в душе ее жила уверенность: если бы Соня дала денег, отец сейчас бы поправился! И Марина решила отомстить!

— Это она! — закричала я.

Виктор кивнул.

— Да. Купила белое платье, парик, прикрывающий пол-лица, венок на голову и стала пугать Соню. Фантазия девицы оказалась неиссякаемой. Она буквально преследовала Адашеву, но делала это очень хитро, выбирала самый подходящий момент, чтобы возникнуть перед Соней. Сначала встала на шоссе, на месте давней катастрофы, потом подкараулила Адашеву у магазина, ну и так далее. Кстати, ты видела Марину на собачьей выставке, она не упустила случая показаться и там на глаза.

— Соня говорила мне, что у лавки, куда она отправилась покупать шоколадки для заболевшей Кати, ей померещилась погибшая девочка, у которой вместо головы был череп, — прошептала я.

Виктор поморщился.

— Говорю же, фантазия у девицы бьет ключом. Она купила в магазине маску, такие надевают ради прикола, понимаешь, о чем речь?

— Ну да! Морда Годзиллы, лицо Фредди Крюгера...

— Вот-вот. Конечно, Соня чуть не свалилась в обморок. Слишком сильное испытание для ее нервов!

— Значит, бедная Соня, не выдержав прессинга, все же покончила с собой!

Виктор молча уставился в окно. Я в возбуждении вскочила и забегала по кабинету.

— Ой, не верю! Марина такая милая! Ее у нас все полюбили!

— Наверное, она хорошая девушка, — протянул Виктор, — просто решила отомстить за отца.

— И что теперь с ней будет?

Виктор снова повернулся к окну.

— Ну...

— Господи, — попятилась я, — а Фима с Таней?! Марина убила мать и тетку!!!

— Нет, — быстро ответил Виктор, — все было не так. Марина давно забыла о матери, но после смерти отца она запоздало почувствовала обиду на родичей, перешедшую в гнев. Вот как они с ней поступили! Узнали о трагедии на дороге и даже не расстроились! Нажились на ее мнимой смерти, получили квартиру, жили и ни разу небось не вспомнили о несчастной Анжелике.

И Марина решает отправиться к Фиме. Девушка хочет испугать мать так же, как Соню, отомстить ей, поэтому и едет к алкоголичке.

— А откуда она узнала адрес?

— Дурацкий вопрос, — обозлился Виктор, — он у Юры записан в телефонной книжке! Марина быстро переоделась в белое платье на площадке между этажами, потом позвонила в квартиру. Ей никто не открыл. Девушка толкнула дверь, вошла внутрь, осмотрела комнаты и в одной обнаружила мертвую Фиму. Пьяница наконец-то допилась до смерти. Испугавшись, Марина выскочила на лестничную клетку, и тут из лифта выходит Таня.

Татьяна регулярно, раз в месяц приезжает к Фиме и берет у нее часть «пенсии». Она еще не знает, что источник денег иссяк. Юра умер, денег больше не будет, а сестра скончалась от возлияний. Таня, не ожидая ничего плохого, выходит из лифта и видит... давно умершую Анжелику.

Марина не очень-то изменилась с подростковых лет. Она осталась маленькой, худенькой блондиночкой с наивно распахнутыми голубыми глазами. Таню словно громом поразило, она не заметила, что Анжелика стала старше. Она вообще ничего не понимает, потому что от неожиданности и страха с ней случается инфаркт, «разрыв сердца», как говаривали в старину.

Таня рушится на пол. Марина вскакивает в лифт, проезжает пару этажей, выходит, открывает дверь на лестницу, переодевается и спускается вниз пешком.

— А я в этот момент, наконец-то дождавшись кабины, еду вверх!

— Именно так, — кивает Виктор.

— Но зачем Марина хотела попасть в Ложкино? Виктор крякнул.

— После кончины Сони ненависть Марины обратилась на Катю.

— С какой стати?

— Это необъяснимо. По непонятной причине Марина ненавидит девочку, завидует ей.

— Да уж! Есть чему! Катюша осталась сиротой!

— Катю ожидает богатство. А Марина тоже осталась одна, но у нее нет ни малейших шансов получить состояние. Марина, правда, очень надеялась, что Катю заберут в интернат, и уж там-то она вкусит все прелести жизни в злом детском коллективе, среди равнодушных учителей и воспитателей. Пусть хоть ненадолго, но Кате будет очень плохо. А тут такой облом! Появляется добрая Даша Васильева и увозит сироту в богатый дом, к милым людям, ласковым собакам... И Марина окончательно теряет голову от злости. Дочь подлой Сони, из-за которой умер ее отец, должна быть наказана. Нужно проникнуть в Ложкино, уж там, на месте, она разберется, как поступить с Катей и с теми, кто посмел протянуть руку помощи проклятому отродью Адашевых.

— Да она сумасшедшая! — я вскочила и тут же села. — Пицца! Она отравила еду, подсыпала яд!

— Нет, — успокоил меня Виктор, — лепешка сама по себе оказалась испорченной. Марина пока не предпринимала никаких действий, она только присматривалась к обстановке, составляла план, размышляла, как лучше извести девочку. Она ведь вначале хотела и перед ней изображать привидение, явилась в сад к Адашевой, но ты ее спугнула. Марина убежала, оставив на кустарнике сумку. Но потом она надумала применить другую тактику, ей в голову пришла простая мысль. Катя, скорей всего, не в курсе той давней истории.

— А Катюша знала о случае на шоссе?

— Нет, Соня ей ничего не рассказала. Но перед самой смертью заявила дочери: «Если со мной вдруг случится что-то плохое, ты не должна бояться девушки в белом платье с венком на голове. Дай честное слово, что не станешь пугаться, наткнувшись на нее».

Катя удивляется, но мама настаивает, и девочка ей пообещала, что не будет бояться, если встретит похожую особу.

Честно говоря, Катюша думает, что мама переутомилась на работе. О своем обещании она вспоминает в тот момент, когда роется в кладовке у Марины.

— А как она туда попала? — воскликнула я.

Виктор улыбнулся.

— Элементарно, Ватсон. Приехала к дому, вошла в подъезд и увидела объявление, приклеенное на доску прямо на самом виду: «В воскресенье всех жильцов с 9 до 14.00 просят быть дома. На собрании примем решение поставить железную дверь в подвал, а также врезать замки во все кладовки. Деньги на замок принимают в домоуправлении». И Катя моментально соображает: в малоэтажке, внизу, есть кладовки. В подвал редко ходят. Люди, скорее всего, держат там всякую ненужную дрянь, которую жалко выбросить. Нужно порыться там, авось чего интересное найдется.

Катя находит там пакет с одеждой «привидения», задумывается и, на всякий случай прихватив его с собой, прячет в «Ниве». Катя пока не понимает, зачем ей платье, венок и туфли, но ей кажется, что эти вещи имеют большое значение.

— Кладовка, — цокнула я языком, — я совсем забыла про нее, хотя ведь слышала от соседки Марины про чулан. А зачем Катя шарила в подсобке? Что она там искала?

— Папку с подлинниками документов. Девочка решила, что Зелимхан отдал ее Собакину, а тот сунул бумаги в чулан. Понимаешь, Варвара пару раз обронила туманные фразы о неких документах, которыми владел хозяин. А Катя проверяла все версии.

— Я же спрашивала у Кати, был ли в доме шофер! А она пробормотала, что ничего о нем не помнит.

— Правильно, Кате не хотелось ставить тебя в известность о начатом ею расследовании!

В этот момент на столе у Виктора ожил телефонный аппарат.

— Да, — сухо ответил он, взяв трубку, — понял. Они уже способны говорить? Хорошо. Пошли, — обратился он ко мне.

— Куда? — удивилась я.

— По коридору направо.

— Зачем?

— Сейчас увидишь. Тебя ждет сюрприз.

— Приятный?

Виктор встал.

— Доктор, доктор, я умру? — Да, голубчик, вас ждет приятный сюрприз! — Что же приятного в сообщении о смерти? — Милейший, вы больше никогда не встретитесь со своей тещей!

— Дурацкий анекдот, — сказала я, выходя в коридор, — ничего смешного!

— У тебя просто нет тещи, — заявил Виктор, распахивая дверь другого кабинета, — ну, смотри...

Я хотела было сообщить ему, что имею свекровь, причем не одну, и еще неизвестно, кто страшнее: теща или маменька мужа, пусть даже и бывшего, но тут мой взор упал на женщину, сидящую в глубине комнаты на диване.

Я моргнула раз, второй, потом хриплым голосом спросила:

— Это кто? Она жутко похожа на...

— Удался сюрприз? — спросила женщина знакомым голосом.

Я вздрогнула и попятилась.

— Извини, Дашенька, ну не сердись, иначе никак нельзя было, — воскликнула Соня Адашева, вскакивая на ноги, — ей-богу, поверь, другого выхода не придумали, пришлось всех обмануть.

Прошло две недели. Вечером, около девяти часов, домочадцы в полном составе сидели в столовой. К ужину были приглашены гости: Соня, Катя и Виктор.

Мы благополучно съели форель и приступили к чаю с тортом. Вернее, ели все, кроме меня и Кати. Мы с девочкой, перебивая друг друга, взахлеб рассказывали о том, как пытались установить истину.

— И ты не знала, что мама жива?

— Нет! — воскликнула Катя, хватая Соню за руку. — Нет! Меня обманули, как всех!

— Ужасная жестокость! — заорала Маня. — Кому только такое в голову взбрело!

— Мне, — кашлянул Виктор, — когда Соня пришла в мой кабинет и рассказала о происходящем, то я понял, что дело серьезное.

— А почему Соня пришла к тебе, в ФСБ? — перебила я его.

— Да мы с ней еще в школе вместе учились, — сообщил довольный произведенным эффектом Виктор, — но потом долго не виделись, а тут она про меня вспомнила и позвонила. Я живу в той же квартире, где и родился, до сих пор. Сначала мы вели нормальное расследование, но потом Соня стала сильно нервничать, в какой-то момент она даже поверила в привидение, решила, что убитая девочка и впрямь преследует ее.

— А вот и нет, — сердито отозвалась Соня, — просто я устала.

Я, припомнив свое общение с Соней, деликатно промолчала. Лично у меня тогда сложилось впечатление, что она, как бы это помягче выразиться, не совсем адекватна.

— И тогда мы решили «похоронить» Сонечку, — продолжал Виктор, — чтобы спокойно заниматься поиском преступника. Он должен был успокоиться, расслабиться и, достигнув успеха, начать совершать ошибки.

Я бросила на него удивленный взгляд.

— Мусик, — заорала Машка, — а ты не поняла, что в гробу не Адашева?

— Нет. И никто не сообразил. Роза Яковлева тоже. Кстати, кто там лежал? — спросила я.

— Кукла, — пояснил Виктор, — сделанная нашими специалистами. Поверьте, качество отменное.

— С меня снимали маску, — пояснила Соня, — очень противно.

— С ума сойти, — пробормотала Зайка.

— Обычное дело, — пожал плечами Дегтярев, — я знаю такие случаи, сами иногда живого человека из квартиры в пластиковом мешке выносим в интересах следствия.

— Меня очень волновала ситуация с Катей, — вздохнула Соня, — что с ней будет, пока я «мертва». И еще Зифа! О шпице тоже сердце болело. Стали думать с Виктором, куда пристроить девочку, я вспомнила про тебя. Виктор навел справки о Даше Васильевой и обнаружил, что в Ложкине полно собак и ближайший друг хозяйки полковник Дегтярев. Ясное дело, лучшего места для Кати и Зифы не найти. Я, правда, все равно колебалась. Даже ездила к нашей домработнице Варваре Сергеевне за советом, фото ей показывала, я очень доверяю этой женщине, она людей чувствует! Неизвестно ведь было, сколько времени понадобится Виктору, чтобы во всем разобраться.

— А Варвара знала о твоей предстоящей «смерти»? — вырвалось у меня.

— Нет, — возразила Соня, — в дело был посвящен очень узкий круг людей, профессионалов, умеющих держать язык за зубами.

— Я не понимаю, — прошептала Зайка, — зачем вообще было «убивать» Соню? Ну отправили бы ее куда-нибудь за границу?

Виктор вздохнул:

— Во-первых, не сразу стало понятно, кто автор спектакля «Привидение на дороге». Во-вторых, Соню явно хотели убить, вернее, подтолкнуть к самоубийству. Отъезд за границу в таком случае ничего не даст. Рано или поздно Адашева вернется, или ее достанут за кордоном. Наш опыт говорит о том, что, если дело задумано всерьез, жертву найдут везде, вопрос лишь во времени. Да еще, повторюсь, Соня стала очень нервничать. И потом, мы решили, что в случае ее «смерти» лицо, задумавшее преступление, расслабится и успокоится. Ясно, да? Мы совершили, однако, ряд ошибок. Основная состоит в том, что сразу не проверили, правду ли рассказал Юрий о своей семейной жизни. Он ведь, когда у него появилась Марина, вдруг стал необычайно болтлив. Собакин никогда до этого не общался с бабками у подъезда. А тут вдруг рассказал и им, и в домоуправлении, когда пришел прописывать девочку, что его бывшая жена скончалась, осталась дочь, которая теперь будет жить с ним. Я уже говорил Даше, что документы он купил. Нам следовало сразу проверить, что с Ларисой Михайловной Собакиной произошло. Но мы опростоволосились, потом спохватились, поняли все, поехали к ней, ну а дальше вы знаете!

— Дегтярев! — взвилась я. — Ты был в курсе всего...

— Нет, — слишком быстро ответил полковник, — нет!

— Не ври! — вскипела Зайка.

У Александра Михайловича забегали глаза, Соня пришла ему на помощь, она постаралась перевести разговор на другую тему.

— Только мы с Виктором придумали, как мне «случайно» столкнуться с Дашей Васильевой и начать соответствующую подготовку, как ты сама явилась на выставку собак. Тебя бог привел. Спасибо ему! Кстати, мнимая смерть помогла мне разобраться в людях. Вот Роза, например, она не стала подличать, оказалась честной, и ты, несмотря на то, что мы давно не виделись, не бросила Катю. Да, не зря говорят — друзья познаются в беде!

Я тихонько вздохнула. Правильно, только я слегка бы дополнила пословицу: «Друзья познаются в беде и радости». Чужому горю способны посочувствовать многие, но вот сколько людей придут в восторг, узнав, что на вас обрушилось счастье и богатство?

— Ну, — усмехнулся Виктор, — думаю, теперь Даша с Катей должны превратиться в лучших подруг. У них ведь так много общего.

— А именно? — ревниво спросила Маша.

— Обе экстремалки, — вздохнул Виктор.

— Вот и нет, — быстро возразила я. — Веду тихий образ жизни, никакого экстрима. На машине с бешеной скоростью не гоняю, с вышки вниз головой не прыгаю, на мотоцикле по веревке над пропастью не катаюсь.

— Я тоже спокойная, — быстро добавила Катя. —

Верхом на бешеной лошади не скачу, в основном книги читаю и у компа сижу.

— Значит, воды не замутите? — прищурился Виктор.

— Да, — хором ответили мы с Катей.

Внезапно мужчина разозлился.

— Нет, — сердито воскликнул он, — вы обе плохо управляемые безобразницы, уверенные в собственном бессмертии.

— Такие не на ополоумевшей лошади скакать любят, — влез Дегтярев, — а на диком сером волке.

— Экстрим на сером волке, — протянул Виктор. — Вот она, забава для них, двух безголовых, доморощенных сыщиц.

Я открыла было рот, чтобы достойно ответить мужчинке, но Катя схватила меня за руку:

— Не спорь, их не переубедишь. Экстрим на сером волке! Однако, похоже, мы с тобой классно провели лето.

Эпилог

Вы можете мне не верить, но история эта закончилась самым неожиданным образом. Сначала о Степнове.

Факт, что много лет назад он поджег дом Адашевых и стал убийцей нескольких человек, нельзя было доказать. В тот год мальчику, решившему отомстить кровным врагам, не исполнилось еще и четырнадцати лет, а тетка, которая его видела, не может быть свидетельницей, она уже старуха в маразме. Вопрос о привлечении Степнова к ответственности за то, первое преступление отпал сразу. Не было и прямых улик, говорящих о причастности Романа к авиакатастрофе. Жена камикадзе Кузнецова не дрогнула на допросах. Без конца плача, она твердила:

— Боже! Какой ужас! Возводите напраслину на погибшего. И придет же такое в голову! Я отправила Колю на Багамы, чтобы он перед смертью порадовался жизни. Деньги одолжила. Потом уехала с ребенком из Москвы в другой город. Где взяла средства на квартиру? Продала семейную реликвию: золотую шкатулку восемнадцатого века, доставшуюся мне от предков. Купил вещь коллекционер Соколов.

Виктор стал разыскивать Соколова и узнал, что тот умер. Родственников у Соколова не имелось, его коллекция отошла государству, и в ней хранилась старинная коробочка из желтого благородного металла. Потом всплыл еще один интересный факт: жена Кузнецова подрабатывала у Соколова прислугой, ходила к нему два раза в неделю мыть полы. Скорей всего, она знала о том, что коллекционер хранил в шкафах, но, повторяюсь, любитель старины скончался, и спросить у него: «Скажите, откуда у вас появилась шкатулка?» не представлялось возможным. Папка с подлинниками документов так и не нашлась. Была ли она у Юры? На этот вопрос ответа нет.

Пока шло разбирательство, Степнова никто не задерживал, для такой меры попросту не было оснований. Роман воспользовался передышкой и исчез из Москвы, вместе с ним пропала и сестра. Где сейчас находятся Степновы, под какой фамилией проживают, прячутся ли в России или давным-давно находятся за ее пределами — неизвестно.

Соня вместе с Катей и Зифой вернулись домой. Адашева повела себя самым невероятным образом. Она сделала все, чтобы Марина не оказалась на скамье подсудимых.

— Она же хотела довести тебя до смерти! — воскликнула я, узнав, что Соня отнесла в правоохранительные органы заявление, в котором написала: «Претензий к женщине, живущей под именем Марина Юрьевна Собакина, не имею!»

— Я виновата сама, — вздохнула Соня, — была жестока, не захотела помочь девушке. Следовало внимательно выслушать ее, понять. Конечно, она была не права, решив, что я виновница смерти Юрия. Собакина не спас бы никакой профессор, но Марина просто потеряла голову от горя. Сейчас с ней поработал психотерапевт, она осознала свои ошибки, и мы теперь с ней в хороших отношениях. Хочу дать ей шанс в жизни, будем спонсировать съемки сериала, в котором Марина сыграет главную роль. Вот только Катя уперлась и заявила: «Помогай ей, если хочешь, я видеть ее не желаю».

Я вздохнула. Лично мне совершенно не хочется встречаться с Мариной. Правда, девица один раз прикатила к нам в Ложкино. Выглядела она замечательно в красивом костюме, за рулем новой машины. Очевидно, Соня решила полностью искупить свою вину перед приемной дочерью бывшего шофера.

— Вы не сердитесь на меня, — затараторила Марина, — я не хотела ничего плохого вам сделать, никому, ни Кеше, ни Зайке, ни Маше!

— Зачем ты у нас в комнатах рылась? — внезапно вырвалось у меня.

— Да вы что! Ну с какой стати мне у Ольги банки на трюмо переставлять?

Я вздрогнула. Ничего сейчас не говорила о банках и зеркале. Значит, и правда Марина шарила в спальнях, небось из чистого любопытства, только она ни за какие коврижки не сознается в содеянном.

— Давайте дружить, — предложила наглая Марина, — можно приезжать к вам в гости?

— Мы сейчас отправляемся в Париж, — залепетала я, — надолго. Потом, когда вернемся... как-нибудь... если время позволит... через год...

Надо бы ответить честно:

— Мне неприятно это общение, больше не звони нам и не приезжай.

Но трудно сказать в лицо человеку такую фразу, вот я и блеяла что-то невразумительное. Правда, Марина поняла меня правильно, нас она не навещает, чему все очень рады.

Вспоминать о девице неприятно не только мне, мы предпочитаем не обсуждать поведение Марины. Недавно, правда, Аркадий вдруг сказал:

— Любой человек, наверное, хочет быть счастлив. Вот и старается!

— Каждый кузнец своего счастья, — машинально ответила я, — кстати, эта поговорка есть во многих языках, у французов она звучит...

— Ты, Кеша, о ком говоришь? — перебила меня Маня.

— О Марине, — вздохнул Аркадий, — она ведь хотела, наверное, стать счастливой.

— Ну ты даешь, — возмутилась Маня, — хорошенькое понятие о счастье! Извести другого человека!

Дегтярев отложил газету в сторону.

— Кузнечик своего счастья, — сказал он.

Я вздрогнула.

— Что?

— Ну бывают кузнецы своего счастья, а бывают кузнечики, — изрек полковник и вновь уткнулся в заинтересовавшую его статью.

Не знаю почему, но после этих слов мы больше никогда не заговаривали о девушке. Как ни странно, но мне, с одной стороны, жаль ее, а с другой, очень неприятно вспоминать милую, умеющую печь восхитительные торты Марину.

Квартира Фимы досталась Леониду, парню больше не придется ночевать на площади. Надеюсь, он использует данный судьбой шанс, выучится на водителя, найдет хорошую работу, женится и будет счастлив.

Мы живем по-прежнему, дети работают и учатся. Дегтярев пытается искоренить преступность. Виктор иногда приходит к нам в гости. Кстати, Катя недавно проговорилась, что у него роман с Соней.

— Может, мама выйдет замуж, — сказала девочка, — похоже, он хороший и Зифу любит.

Я улыбнулась. Ну, если Виктор пришелся по сердцу шпицу, то дело в шляпе. Впрочем, собаки не носят головных уборов, я ни разу не видела Зифу в кепке, панамке, платке или цилиндре и очень удивилась бы, встретив шпица в тюбетейке. Ну а теперь о говорящих мышах. Помните Агату в розовом полотенце? Сидела на рукомойнике, просила карамельки. После того случая я несколько раз пыталась поговорить с грызуном, давала ей конфеты, но Агата не желала беседовать.

Вот и сегодня, поняв, что дома никого нет, я взяла шоколадку и пошла к клетке.

— Эй, Агата...

Молчание. Может, мышке не понравилось фамильярное обращение?

— Агаточка, сделайте одолжение, скушайте шоколадку.

— Спасибо, — раздался в ответ писк.

— Ой, — обрадовалась я, — вы все-таки умеете разговаривать! Почему же раньше молчали? Сколько раз я пыталась пообщаться! Поверьте, никому не сообщу о ваших паранормальных для грызунов особенностях! Мы могли бы просто иногда вдвоем болтать.

Внезапно Агата расхохоталась. Я насторожилась, смех вроде доносится не из клетки.

— Мусик, — донеслось сзади, — ну я просто офигеваю!

Я обернулась. На пороге стояла Маня.

— Ты дома? — удивилась я. — А мне показалось, что я осталась одна.

— Поэтому и пытаешься потрепаться с Агатой? Ой, Муся, ну кто бы мог подумать, что тебя так легко купить, — веселилась Машка.

— Это ты за нее разговаривала!

— Точно!

— Но Агата сидела на моей раковине! Одна! В ванной никого, кроме меня, не было!

— Я купала мышей, — пояснила Маня. — Вышла

на секунду отнести семью в клетку. Агата просто в руках не уместилась, вернулась назад, а ты у раковины, ну я и решила пошутить.

— Почему в моей ванной мышей моешь?

— А где еще?

Действительно. Не у себя же полоскать грызунов, не тащить же их в гостевой санузел или в баню, лучше всего купать мышек у Дашутки.

— Но Агата не убегала, увидев меня!

— Точно, — захихикала Маня, — я ее крепко спеленала и прикрепила у крана, чтобы она не улепетнула, пока остальных в клетку отнесу. Прихожу назад и слышу, как ты к ней обращаешься, типа: «Здрассти, чего вы тут делаете?»

Ну я и не удержалась, стою за тобой, пищу... Чуть не умерла потом со смеху, когда ты за карамельками полетела, а потом пошла по комнатам бродить да у Зайки, Кеши и Дегтярева Агату искать. Ну ты даешь, Мусик! Неужели не поняла тогда, что голос не от умывальника идет?

— Нет, — растерянно ответила я, — было полное ощущение, что жизнь столкнула меня с говорящим грызуном.

Машка согнулась от смеха. Я тяжко вздохнула.

— Мусик, — вытирая слезы, сказала Маруська, — ты же не сердишься? А?

— Нет, хотя все домашние, кроме тебя, посчитали меня спятившей идиоткой!

— Муся, — торжественно объявила Маня, — лично я буду любить тебя всегда, даже если ты сойдешь с ума. Ну а теперь быстренько скажи, что ты очень-очень любишь меня! И никогда не разлюбишь, даже в разлуке!

Я снова вздохнула. Ох, сдается мне, настоящая любовь не та, что выносит долгие годы разлуки, а та, что выдерживает долгие годы близости.

Д 67 Донцова Д. А.
Экстрим на сером волке: Роман. — М.: Изд-во Эксмо,
2004. — 384 с. — (Иронический детектив).

ISBN 5-699-08308-1

Конечно же, Даша Васильева не верит в привидения! Поэтому когда ее давняя знакомая Соня Адашева рассказала, что ее преследует призрак — девочка в белом платье с веночком в волосах, Даша авторитетно заключила: все, у подруги съехала крыша. Придет же такая дурь в голову! Но оказалось, что это вовсе не дурь. Через несколько дней Соня отравилась, завещав Даше позаботиться о своей приемной дочери Кате. Забирая ее из родного дома, Даша собственными глазами увидела девочку в белом с венком на голове. И даже отхватила трофей — ее сумку! Зачем фантому ридикюльчик?! Значит, Соню кто-то напугал до смерти — вот она и покончила с собой. А причина, похоже, в ее богатстве. И теперь опасность грозит Кате... Правда, та сама любого призрака может напугать до смерти. Крутой характер! Но и Даша тоже — крепкий орешек, распутала не одно дело. Так что она еще покажет негодяям небо в вожделенных алмазах!..

УДК 82-31
ББК 84(2Рос-Рус)6-4

Оформление серии художника *В. Щербакова*

Литературно-художественное издание

Донцова Дарья Аркадьевна

ЭКСТРИМ НА СЕРОМ ВОЛКЕ

Ответственный редактор *О. Рубис*
Редактор *Т. Семенова*
Художественный редактор *В. Щербаков*
Художник *Е. Рудько*
Технический редактор *О. Куликова*
Компьютерная верстка *И. Ковалева*
Корректоры *М. Мазалова, З. Харитонова*

ООО «Издательство «Эксмо»
127299, Москва, ул. Клары Цеткин, д. 18, корп. 5. Тел.: 411-68-86, 956-39-21.
Home page: www.eksmo.ru   E-mail: info@eksmo.ru

Подписано в печать с оригинал-макета 25.08.2004.
Формат 84×108¹/₃₂. Гарнитура «Таймс». Печать офсетная.
Бумага газетная. Усл. печ. л. 20,16. Уч.-изд. л. 15,4.
Тираж 340 000 экз. Заказ № 0411920.

Отпечатано на MBS в полном соответствии
с качеством предоставленного оригинал-макета
в ОАО «Ярославский полиграфкомбинат»
150049, Ярославль, ул. Свободы, 97

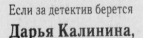

Дарья Калинина

в новой серии
дамские приколы

Если за детектив берется
Дарья Калинина,
впереди вас ждет встреча
с веселыми и обаятельными
героинями, умопомрачительные
погони за преступниками и
масса дамских приколов!

1685